이 글은 소설이다.

작품 속 인물, 단체, 지명, 사건, 기관 등은 모두 상상력의 산물로 거짓이다.

혹시 실제와 같거나 비슷한 것이 있다면 우연의 일치일 뿐이다.

싱글몰트 사나이

2

싱글몰트 사나이 2

유광수 추리소설

1판 1쇄 발행 | 2019. 1. 25

발행처 | **Human & Books**
발행인 | 하웅백
출판등록 | 2002년 6월 5일 제2002-113호
서울특별시 종로구 삼일대로 457 1009호(경운동, 수운회관)
기획 홍보부 | 02-6327-3535, 편집부 | 02-6327-3537, 팩시밀리 | 02-6327-5353
이메일 | hbooks@empas.com

ISBN 978-89-6078-688-2 04810
ISBN 978-89-6078-696-8 04810(세트)

싱글몰트 사나이

2

유광수
추리소설

Human & Books

차례

3부 그림자

에필로그

2부 얼음공주

출랑이, 뱁새, 불곰 그리고 야구 방망이

*

돌진하듯 달리는 제네시스 안에서 상황과 가능성을 설명하는 강태혁의 목소리가 빨라졌다. 바짝 긴장한 미호는 듣기만 했다. 분초를 다투는 일이라 다른 말은 하지 않았다.

고속도로를 달리는 동안 회사에서 다시 온 연락은 수배한 그 스타렉스가 천안 휴게소에 멈춘 뒤 20분째 움직이지 않고 있다는 거였다.

"거기로 가야 아무 것도 없어. 이미 다른 차량으로 바꿔 탔어."

확인할 것인지 아니면 그가 말한 가능성을 따라 영흥대학교로 가야하는지 미호는 갈등했다. 하지만 방향키를 쥔 것은 강태혁이었다.

"한시가 급해 그냥 가."

미호는 그의 말을 따랐다. 지휘체계의 혼선은 실패로 가는 지름길이었다.

영흥대학교 정문에 도착한 제네시스는 속도를 확 늦췄다. 흥분한 차량의 모습이 눈에 띄게 되면 눈치 빠른 놈들이 알아챌 수도 있었다.

정문을 통과한 제네시스가 학생회관 옆 주차장에 멈췄다.

"아까 말한 대로 해."

말을 마치고 차에서 내린 강태혁이 선글라스를 꺼내 썼다. 그리고 학생회관 입구를 향해 달리듯 걸어갔다.

지나는 학생들뿐만 아니라 공기까지 다른 느낌이었다. 불과 몇 주 전이지만 완전히 다른 세상이 된 듯 다가왔다. 곳곳에 붙은 취업현수막과 토익 광고판 옆에 내년도 총학생회장 선출을 위한 학생선거 홍보 현수막이

붙어 있었다.

'망할 새끼들….'

그는 끓어오르는 분노를 집어삼키며 쓴웃음을 지었다.

학생회관에 들어서자마자 곧장 엘리베이터를 타고 3층으로 올라갔다. 그리고 빠른 걸음으로 총학생회실을 찾았다. 윤소영의 말대로 지역경제 연구회 옆방이었다.

문을 열고 들어섰다.

다행히도 안에 사람이 있었다. 셋이었다. 그 중 둘은 그가 찾는 쪽 느낌을 온몸으로 뿜어대는 놈들이었다.

강태혁은 저도 모르게 안도의 한숨을 내쉬었다.

윤소영이 여기에 있을 가능성은 제로였다. 그건 알고 있었다. 벌건 대낮에 사람을 납치해 캠퍼스 안에 가둘 정도로 아둔한 놈들은 아니었다. 하지만 윤소영이 어디에 있는지 알려줄, 아니 알려줘야만 할 놈들이 여기 있을 가능성이 높았다. 아니 그 가능성밖에 없다.

이 망할 총학생회에 조폭 놈들이 침투한 것이다. 학교 생활협동조합을 접수하고 학생식당을 직접 운영하는데다 자판기 수익금까지 빨아먹었다. 학생회비를 내라고 닦달하고 협박하다 못해 대부업까지 하고 있다. 그리고 어쩌면, 아니 틀림없이 제때 돈을 갚지 못하는 여학생들에게 일을 알선하고 있을 것이다. 윤소영의 카메라에 담긴 박시연이 바로 그럴 거였다. 오는 동안 제네시스 안에서 꼼꼼히 다른 여자들의 얼굴도 살펴보았다. 화장이 짙었고 헤어스타일도 바뀌어 알 순 없지만 수업시간에 본 것도 같은 얼굴을 한두 명 더 짚어낼 수 있었다.

쓰레기들이 학교에 침투해서 분탕질을 하고 있는 거였다.

총학생회실은 50명 정도 들어갈 강의실만 한 크기였다. 벽에 책장과 정

수기, 컴퓨터 같은 기자재들이 잡다하게 늘어서 있고 중앙에는 커다란 테이블과 의자가 있었다. 그 테이블 뒤쪽에 창문을 등지고 5인용 소파가 놓여 있는데 거기에 남학생 셋이, 아니 남자 새끼 둘과 학생 하나가 앉아 있었다.

그들 셋의 눈길이 문을 벌컥 열고 들어선 강태혁에게 모아졌다.

"뭐야?"

거대한 덩치에 티셔츠가 찢어질 것 같은 불곰 같은 떡대가 그를 향해 으르렁거렸다. 그 옆에 마른 체형의 눈이 옆으로 찢어진 야비한 느낌의 뱁새 같은 놈도 운동깨나 한 듯 단단해 보였다. 둘 다 복학생이라 하기에도 나이가 꽤 돼 보였다. 물론 복학생이 아니라 상당히 늦게 입학한 정규 학생일 것이다. 그래야 총학생회를 접수할 수 있을 테니까.

강태혁이 아무 말 없이 안도의 긴 한숨만 내쉬자 작은 체구의 남자가 다시 물었다.

"누구시죠?"

뱁새의 목소리는 낮고 부드러웠지만 표정은 교활했다. 학생으로서 마땅히 지닐 모습은 어디에서도 찾아볼 수 없었다.

"어디를 함부로 들어와! 꺼져 새꺄!"

터질 듯한 앞가슴 근육을 씰룩거리며 불곰이 말했다. 나머지 진짜 학생처럼 보이는 안경잡이는 살짝 엉덩이를 들고 어쩔 줄 몰라 했다.

놈들의 반응에 강태혁은 다행이란 생각이 들었다.

"뭐냐고 새꺄!"

덩치가 테이블 앞에 놓인 서류뭉치를 팽개치듯 덮으며 일어섰다.

강태혁이 한 번 씩 웃었다. 오랜만에 이런 느낌이 들었다. 온 몸에 아드레날린이 용솟음치는 듯했다. 손가락 끝까지 짜릿한 기분이 퍼지며 기분이 날아갈 듯 가뿐해졌다. 윤소영 생각으로 번잡하던 걱정의 자리를 차가운 분노가 재빨리 차지해 갔다. 분명하고 명쾌해지기 시작했다. 이것들이 전민주를 다뤘다는 확신이 들었다. 그리고 감히 윤소영을 납치해갔다. 총만 있으면 그대로 쏴 버리고 싶단 충동이 머릿속에 튕기듯이 오가며 팽팽해졌다.

그러나 최대한 냉정하게 가라앉혔다. 이런 것들에겐 기선제압이 중요했다. 놈들 앞으로 천천히 다가갔다. 덩치를 꼬나보며 물었다.

"니가 학생회장이세요?"

"뭐? 이런 씨발 놈이 죽을라고."

불곰이 을러대며 강태혁의 눈앞에 얼굴을 들이댔다. 침이 튈 정도로 가까이 다가와 고개를 천천히 흔들며 노려보았다.

그러자 옆에 있던 뱁새와 안경잡이 촐랑이도 따라 일어섰다. 촐랑이는 험악한 분위기를 보고 미끄러지듯이 옆으로 빠졌다. 그러고는 재빨리 핸드폰을 꺼내 촬영버튼을 누르는 것 같았다.

불곰이 으르렁거렸다.

"뭐냐고 새꺄!"

침이 얼굴에 튀었다. 강태혁은 다시 씩 웃었다. 지저분할수록 좋았다. 알량하게 남아 있던 감정의 찌꺼기가 홀가분하게 날아갔다. 놈들은 학생이 아니었다. 그렇다면… 봐줄 필요도 이유도 없었다.

강태혁이 윽박지르는 불곰을 향해 능글거렸다.

"니가 학생회장이냐고? 아니면 학생회장 데려오든지."

"이 새끼가 악-."

강태혁이 무릎으로 덩치의 낭심을 걷어찼다. 전혀 예상치 못한 공격에 불곰이 사타구니를 움켜쥐고 풀썩 소파에 앉듯이 쓰러졌다. 그러자 옆에 있던 뱁새가 그에게 달려들었다. 그가 몸을 뒤로 빼면서 뱁새의 주먹을 피한 후 왼발을 축으로 몸을 돌리면서 뱁새의 배를 오른발로 힘껏 가격했다.

"헉-."

외마디 소리를 지르며 뱁새가 움찔하는 순간, 강태혁이 조금의 틈도 주지 않고 온 몸의 분노를 담아 뱁새의 오른쪽 무릎을 발로 찼다. 으직- 소리와 함께 무릎이 푹 꺾이며 뱁새의 몸이 앞으로 넘어지자, 사정없이 얼굴을 걷어찼다.

틈을 주면 안 되었다. 놈들은 둘이었다. 멈칫 망설이는 순간 반대로 자신이 바닥에 뒹굴게 될 거였다.

그 사이 불곰이 일어나 그를 향해 달려들었다. 강태혁이 재빨리 몸을 옆으로 비틀면서 달려드는 놈의 서슬을 피하자 덩치가 그대로 앞으로 달려들어 책장 앞에 놓인 작은 테이블의 커피포트와 주전자와 함께 와장창 앞으로 쓰러졌다. 그것을 보고 강태혁이 그대로 달려들며 다리를 한껏 쳐들어 불곰의 머리통을 내리 찍었다.

모든 것이 순식간에 일어났다. 놈들의 패인은 상대를 만만히 본 거였다. 한껏 거들먹거리며 만만한 어린 학생들을 툭툭 치며 지내던 습관 때문에 몸집만 보고 강태혁을 무시했던 거였다.

느닷없이 벌어진 상황에, 핸드폰으로 영상을 찍고 있던 촐랑이가 놀라 총학생회실 문을 열고 복도로 달아났다. 강태혁은 촐랑이의 모습을 보고 헛웃음이 나왔다. 촐랑이를 따르던 눈길이 문 옆에 세워놓은 야구배트에 닿았다.

"총학생회가 무슨 야구부냐?"

그러며 재빨리 방망이를 잡아들었다. 나무의 무게가 적당했다. 배트를 들고, 일어서려는 덩치에게 달려가 뒤통수를 가격했다. 일어서려던 덩치가 힘도 못 써보고 그대로 다시 엎어졌다. 바닥에 얼굴이 부딪혔는지 입에서 피가 나왔다. 그가 차갑게 웃으며 사정없이 더 내리쳤다.

그러고 나서 뱁새에게로 다가갔다. 부어오르기 시작한 무릎을 쥐고 진 땀을 흘리는 뱁새에게 물었다.

"니가 학생회장이세요?"

뱁새는 뭐라 입을 열려 했다. 하지만 그보다 먼저 그의 배트가 힘 있게 돌아갔다. 신음소리와 함께 뱁새가 몸을 웅크렸다. 놈은 확실히 전문가 였다. 맞으면서도 중요한 급소는 본능적으로 피하며 맞았다. 웬만해서는 놈들 입을 열기 힘들단 생각이 들었다.

그는 배트를 있는 힘껏 휘둘러 뱁새의 등을 가격했다. 헉, 하는 소리만 내지를 뿐이었다. 그는 다시 있는 힘껏 배트를 휘둘렀다.

그러는 동안 총학생회실 문이 열리며 도망쳤던 촐랑이가 사색이 되어 들어왔다. 안경 뒤의 눈이 터질 듯이 커진 채로 돌아온 촐랑이는 광기어 린 배트질에 난장판이 된 사무실과 피를 흘리며 쓰러져 있는 불곰과 뱁새 에게서 눈을 떼지 못했다.

촐랑이 뒤로 무표정한 얼굴의 미호가 따라 들어왔다. 그녀의 오른손엔 총이, 왼손엔 작은 플라스틱 석유초롱이 들려 있었다. 들어온 미호는 총 학생회실 문을 잠갔다.

강태혁이 긴 숨을 몰아쉬며 손을 멈췄다.

그러고는 촐랑이에게로 가서 그의 이마에 자신의 이마를 부딪칠 듯 대 고는 징그럽게 웃었다.

"찍던 거 마저 찍어야지, 어딜 갔었어. 잘 찍어. 알았어?"

사색이 된 촐랑이가 어떻게 해야 할지 몰라 당황한 눈빛으로 벌벌 떨었 다. 그가 손으로 촐랑이의 뺨을 토닥였다.

"찍으라고, 빨리. 핸드폰 들고, 잘 나오게, 할 수 있지?"

동네 불량배 형이 호주머니 뒤져서 돈 나오면 백 원에 한 대씩 때리겠다는 말을 들은 것처럼 촐랑이는 달달거리는 손으로 다시 영상을 찍기 시작했다.

그러자 강태혁이 씩 웃고는, 야구배트 머리를 콘크리트바닥에 그르륵 끌면서 신음소리를 내고 있는 불곰에게로 다가갔다. 덩치의 머리를 배트로 툭툭 건드렸다.

"이봐 아저씨, 엄살 부리지 마시고 저쪽으로 가세요."

덩치가 일어나지도 못하고 억지로 기어서 소파 쪽으로 가서 앉았다. 근육이 짐처럼 무거운 듯 한참을 어기적거렸다.

그러는 동안 다리가 꺾여 신음하던 뱁새가 강태혁을 바라봤다. 급소를 모두 다 피해 놓고도 죽는 표정을 지었다. 잔머리를 굴리는 소리가 째깍째깍 들렸다. 미호의 총구를 흘낏 보고도 놀라기보다는 앞뒤 계산을 따지는 눈빛이었다. 익숙하단 뜻이었다.

강태혁은 이대로는 안 되겠단 생각이 들었다. 전민주와 윤소영이 생각나며, 놈들이 한 짓과 앞으로 벌일 짓을 떠올리자 차가운 분노가 다시 거세게 등줄기를 타고 올라왔다.

입안에 피가 고인 불곰에게 다가갔다.

"니가 총학생회장이시냐고요?"

묻고서 채 0.5초가 되기도 전에 놈의 무릎을 향해 있는 힘껏 배트를 휘둘렀다.

"악!"

덩치가 무릎을 쥐고 신음을 쏟아냈다.

"그렇게 약한 모습 보이면 곤란하지요. 지금 다 찍고 있는데. 당신들 보스께서 보시면 화내지 않으시겠어요. 이런 정도에 엄살을 부리면 보스께서 당신 다리를 잘라버릴지도 몰라요. 조금만 참고 힘내세요. 알겠죠? 자- 다시. 니가 학생회장이세요?"

그러고는 덩치가 입을 열기도 전에 조금 전 그 무릎을 다시 내리쳤다.

"크악!"

무릎을 쥐고 있던 그의 손가락이 부러지는 소리가 났다.

"좋아. 자, 다시. 니가 학생회…."

"아…, 아, 아닙니다."

떨리는 목소리로 덩치가 고개를 흔들었다. 그 모습에 강태혁이 징그럽게 웃어주었다.

"그래요. 아, 이거 미안해서 어쩌죠. 에이, 빨리 말씀하시지. 그랬으면 이러지 않았을 텐데. 어쩔 수 없죠. 지난 일이니까 이해하세요. 그럼 니는 잠시 쉬고 계세요. 이따가 한 가지 물어볼 게 있으니까, 대답할 준비하시고요. 그때도 지금처럼 잘 대답하세요, 아시겠죠?"

덩치가 고개를 끄덕였다.

그러자 강태혁이 다시 배트를 휘둘러 덩치의 어깨를 사정없이 내려쳤다. 그리고는 패대기치듯 사정없이 웅크리는 놈의 등을 아예 평평하게 만들겠다는 듯이 배트로 계속 내리쳤다.

대여섯 번을 그러고는 이제 힘이 부쳐 그만 둬야겠다는 듯 숨을 길게 토해 내고는 손으로 이마에 흐른 땀을 닦아냈다.

핸드폰을 들고 영상을 찍는 안경잡이 출랑이는 물론 뱁새까지 놀라 사색이 되었다. 이유를 알 수 없는 폭력에 불안과 두려움을 증폭된 것이다.

"야, 이 새끼야. 내가 지금 장난 하는 줄 알아. 주둥아리 됐다 국 끓여 먹을래. 휴우-."

강태혁이 길게 숨을 몰아쉬었다.

"자, 다시. 제가 조금 이따 한 가지 물어봐 드릴 테니까 대답할 준비 하고 계세요? 아시겠죠?"

피투성이가 된 불곰은 재빨리 고개를 끄덕이며 답을 했다.

"예, 예, 알겠습니다."

그러자, 강태혁이 더할 나위 없이 잘 했다는 듯 만족스런 웃음을 지으며 쭈그리고 앉아 덩치의 볼을 토닥토닥 두드려 주었다.

그러고는 일어나 이번엔 눈길을 뱁새를 향했다.

"자, 그럼, 니가 학생회장이세요?"

두려움의 진땀이 가득한 뱁새의 입에서 즉시 답이 튀어나왔다.

"아… 아닙니다."

그래도 사정없이 배트를 휘둘러 무릎을 가격했다. 비명을 질러대는 놈을 향해 물었다.

"그럼 누구세요?"

"저… 저기 저 놈이… 하…학생회장입니다."

뱁새는 핸드폰으로 영상을 찍고 있는 촐랑이를 가리켰다.

그 순간 촐랑이는 저도 모르게 핸드폰을 바닥에 툭 떨어뜨리고 발발거리며 얼어붙었다. 그런 그의 청바지 가운데가 물로 적셔졌다. 오줌을 지리면서도 놀란 눈은 강태혁의 선글라스 쓴 얼굴에서 떼질 못했다.

그런 거였다. 룸싸롱 바지 사장처럼 바지 총학생회장을 세우고 맘대로 주물러댔던 거였다. 강태혁이 촐랑이를 향하던 시선을 다시 뱁새에게로 향했다.

"그럼 네 놈들은 뭐세요?"

고통의 신음으로 입술이 떨리는 것보다 머릿속의 계산으로 분주하던 뱁새가 입을 열었다.

"저…흰 지…집행부입니다."

바지 회장을 내세우고 총학생회 집행부로 실권을 장악하고 멋대로 설친 거였다. 강태혁이 잠시 윤소영이 들려준 천안과 충남지역 조폭들의 세력도를 떠올렸다.

"똥식이파냐 학뽕이파냐? 이쪽 구역을 보면 똥식이 똘마니일 것 같은데. 그러신가요?"

뱁새는 놀란 듯했지만 대답은 재빨랐다.

"도…도, 동식이팝니다."

"아, 그러세요. 잠시 쉬고 계세요. 조금 이따 물을 게 하나 있으니까 그거나 잘 답변하시고요. 우리 빨리 끝냅시다. 아시겠죠?"

"예, 예, 아… 알겠습니다."

그러자 강태혁은 소파에 쓰러져 있는 두 놈을 등 뒤로 한 채, 몸을 돌려 촐랑이를 향했다.

어느 틈인지 미호는 총을 품에 집어넣고 촐랑이 학생회장 뒤쪽 멀리 떨어져서 관망하는 자세를 취했다.

그는 내심 감탄했다. 강한 장수 아래 약졸 없다더니, 윤 소령의 그림자다웠다. 똑똑한 여자였다. 맘에 들었다.

강태혁은 뒤에서 나는 낮은 신음소리를 들으며 옆에 있는 의자를 끌어다가 앉았다. 그리고 바로 앞에 김이 모락모락 오르는 청바지를 알아채지도 못하고 터질 듯한 눈만 두려움으로 깜빡이는 촐랑이를 향해 말했다.

"자, 잘 들어. 두 번 묻지 않을 거야. 잘 생각해서 대답해."

촐랑이가 침을 꿀꺽 삼켰다.

"지난 8월 20일 밤 옆방에서 있었던 일이 저 두 놈과 관계있지?"

느닷없이 튀어나온 날짜이지만 촐랑이의 눈빛에 공포가 스쳤다. 입이 달달 떨렸지만 두려움에 열지 못했다. 왜 안 그렇겠나, 저 불곰과 뱁새의 시중을 들며 험한 꼴을 당했을 게 틀림없었다. 전민주가 당했을 일이 머릿속에 그려졌다. 강태혁의 마음이 묵직해졌다.

차를 타고 올 때, 미호는 윤소영을 찾는 상황에서 전민주 건을 묻는 것에 반대했다. 하지만 강태혁이 전민주 건은 지금이 아니면 알아낼 수 없다는 것과, 전민주 건을 덮어주는 조건으로 윤소영의 위치를 불라고 거래할 수도 있으니, 꼭 물어야 한다고 우겼다.

마음이 급한 미호는 마뜩지 않았지만 팀의 주도권은 강태혁에게 있었다. 게다가 강태혁이 이런 쪽에 능하다는 것을 알고 있었다. 그리 오래 걸리지 않을 거란 그의 말을 믿었다.

강태혁이 촐랑이를 향해 다그쳤다.

"이렇게 하지. 입을 열지 않으면, 난 저 놈들에게 물어 볼 것 하나만 물어보고 그냥 나갈 거야. 그러면 10분 후 여기서 어떤 일이 벌어질까?"

강태혁은 한번 상상해 보란 듯이 말을 멈췄다.

"적어도 하나는 확실해. 아마도 넌 이 방을 온전히 걸어서 나가지 못할 거야. 저 인간 같지도 않은 새끼들이 널 잘근잘근 씹어 먹어버릴 테니까."

촐랑이의 눈길이 강태혁의 뒤쪽 소파를 향했다가 다시 강태혁을 향했다가를 반복했다. 강태혁은 의도적으로 그렇게 앉은 거였다.

"만약 있는 사실 그대로 말한다면, 네 평생에 다시 저 놈들을 볼 일이 없게 해주지. 그건 내가 장담할 수 있어. 자 말해 봐. 8월 20일 밤에 무슨 일이 있었는지."

두 놈을 상대할 때와는 판이하게 다른 말투를 썼다. 선생이 고민에 빠진 학생을 상담하는 것처럼 친근한 말투였다.

그는 안경잡이 촐랑이에게 선택권을 주려는 거였다. 이 자식은 정상적인 학생이었을 게다. 조금 나서기 좋아하고 깝죽대는 그 나이 또래들이 다 그러는 정도였을 거다. 그러다가 놈들의 레이더에 포착됐고 코가 꿰여 밀리고 밀려 학생회장이 된 것이다. 물론 이 자식도 단물을 쪽쪽 빨아먹으며 좋다고 시시덕거린 놈이 맞다. 그래도 불곰과 뱁새와는 근본이 달랐다.

"좋아, 잘 있어. 그 고민 내가 나간 다음에 열심히 계속 주욱 해 보라고."

그러며 강태혁이 의자에서 일어서서 소파의 두 놈에게로 돌아가려 했다.

"자… 자… 잠시만요. 마, 마, 말씀드리겠습니다."

촐랑이가 다급하게 손을 내밀어 일어서려는 그를 제지했다. 강태혁이 다시 의자에 앉았다. 그리고 어서 말해보라는 듯 고갯짓을 했다.

"간단히 정확하게 말하는 게 좋을 거야. 내가 시간이 그리 많지 않아서 말야."

이 난리를 피우는 데도 학생회관 3층 바깥은 조용하다 못해 무서울 정도로 고요했다. CCTV도 없애고 학생들도 모두 내쫓은 그야말로 놈들만의 아지트였다. 아무리 난리부르스를 춰도 누구 하나 얼씬 않을 거였다.

떠듬거리며 촐랑이가 입을 열었다.

"조… 졸피뎀이 섞인 술을 일단 먹였습니다… 그리고는…."

놈이 한 말은 그가 대충 생각했던 것과 크게 다르지 않았다.

전민주를 부른 건 촐랑이였다. 학교 행사 문제로 상의할 것이 있다는 핑계로 옆방에 부른 후, 불곰과 뱁새가 들어갔고 자신은 문 밖에 있었다고 했다. 뭔가 말싸움을 하는 것이 들렸고 얼마 후 자신을 부르기에 들어갔다고 했다. 술은 같이 먹지 않았지만 애초부터 준비되어 있었다고 했다. 그렇게 그녀에게 억지로 술을 먹이고 인사불성이 되자…, 자신이 먼저 그리고 소파 위의 두 놈이 차례로 올라탔다고 했다. 원래 자신은 싫었는데, 원래 이러고 노는 년이니까 괜찮다며 어서 하라고 낄낄거리며 두 놈이 윽박질렀다고 했다. 그래도 주저하며 놈들의 말을 듣지 않자 쌍욕을 내뱉으며 수차례 뺨을 때렸다고도 했다.

예상하고 있었지만 강간을 했다는 말이 나오자, 강태혁의 피가 끓어올랐다. 윤소영을 찾는 일만 아니었다면 폭발했을 거였다. 억지로 내리눌렀다. 하지만 전민주가 이미 만신창이가 되었음에도 꿋꿋이 버티며 저항을 하고 악을 쓰며 술을 먹지 않으려 했다는 대목에서 그는 저도 모르게 눈을 감았다. 짙은 선글라스가 아니었다면 촐랑이는 그 모습을 보고 두려워 말을 멈출 뻔했다. 결국 전민주가 안 먹으려는 걸 나중엔 입에 깔때기를 끼우고 들이부었다는 말을 들을 때는 피가 거꾸로 솟았다. 촐랑이 놈의 머리통을 배트로 부숴버릴 뻔한 것을 이를 악물고 가까스로 참았다.

무서워진 강태혁의 표정을 보고 촐랑이가 다급하게 말했다.

"수…술을 마시지 못할 줄은 전혀 몰랐습니다. 정말입니다."

제발 믿어달라는 듯 애원했다.

"누가 먼저 하자고 했어? 너냐, 아니면 뒤에 있는 두 놈이야?"

촐랑이는 정말 중요한 대목이란 걸 알았다. 갈등하는 촐랑이의 표정이 복잡해지고 있는데 미호가 소리 없이 총학생회실 문을 열고 나가는 것이 보였다.

'정말 끝내주는 보디가드로군.'

그러는 생각을 하며 속으로 하나, 둘, 셋을 세고는 의자에서 획 일어나 몸을 뒤로 틀면서 배트를 있는 힘껏 휘둘렀다.

배트에 충격이 느껴지며 수박이 퍽 터지는 소리가 들렸다.

"크악-!"

소파에서 일어서려던 불곰이 두 손을 얼굴에 대고 그대로 바닥에 쓰러져 버렸다. 손이 감싼 부위를 보니 턱이 박살 난 것으로 보였다. 같이 일어나 덮치려던 뱁새는 경악의 눈이 되어 그대로 얼어붙어 버렸다. 뱁새의 손에는 잭크나이프가 들려 있었다.

틈을 보이자 뒤에서 강태혁의 등을 내리찍으려고 달려들 생각이었던 거였다. 강태혁이 차갑게 비웃으며 배트를 휘둘렀다. 놈은 손목이 부러졌다.

강태혁은 의도적으로 등을 보이고 앉았었다. 촐랑이가 어떤 선택을 할지, 그리고 놈들이 어디까지 발악을 할지, 두 가지를 의도한 포석이었다. 그의 마음을 알아챈 미호가 총을 집어넣고 멀찍이 떨어져 관망하더니 놈들의 조짐을 보고는 아예 밖으로 나갔던 거였다.

도발이었다.

결국 놈들은 아주 좋지 않은 쪽을 택했다. 그리고 그 결과는 마땅히 받아야 했다.

강태혁이 미친 듯이 배트를 휘둘러 덩치와 뱁새를 가격했다. 놈들 위로 집단강간을 당하는 전민주의 몸짓과 저항하는 고갯짓이 겹쳐졌다. 그리고 입에 깔때기가 물린 그녀에게 게워내듯 쑤셔 넣어지는 술까지…. 잠시 강태혁은 정신을 잃을 지경으로 폭력을 휘둘렀다.

문득 뚱보가 나타나 아주 미친놈이 된 걸 축하한다며 박수를 치는 것 같은 느낌을 받았다. 그제야 어느 틈엔지 다가온 미호가 그의 어깨를 잡고 흔들고 있다는 것이 느껴졌다.

비로소 멈췄다.

아래를 내려다보았다. 두 놈은 완전히 곤죽이 되어 있었다. 숨이 끊어질 뻔했다는 걸 겨우 알아차렸다. 그러면 정말 곤란했다. 일을 망치는 거였다. 그는 자신이 정말 미친놈이 되었다는 것을 알았다. 약을 먹지 않아서라는 핑계는 신물이 났다.

넌 원래 미친놈이었어, 병신아… 이제야 알았어?

잠시 멍해졌다.

미호가 무표정한 얼굴로 그에게 수건을 내밀었다. 그제야 그는 얼굴과 양복, 셔츠에 온통 피가 튀었다는 것을 알았다. 미호는 딱딱한 표정이었지만 그에게 서두르라는 눈빛이었다. 그녀의 눈빛이 맞았다. 이성을 잃으면 안 되었다. 지금은 절대로.

그는 수건으로 손과 얼굴을 닦으며 가쁜 숨을 몰아쉬었다. 그리고 의자를 끌어다가 앉아, 선 채로 또 오줌을 지린 촐랑이를 노려보았다.

미호는 더 이상 신경 쓸 필요 없는 상황임에도 강태혁 뒤에서 소파 위에 곤죽이 되어 숨만 붙어 있는 둘을 내려다보더니, 품에서 소음기를 꺼내 권총의 앞에 빙글빙글 돌려 끼우기 시작했다.

그 소리에 강태혁이 고개를 돌려 보고 다급히 외쳤다.

"안 돼, 미호!"

두 놈을 아예 제거하려 한 거였다. 정말 인조인간 같단 생각이 들었다. 아니면 그것도 촐랑이를 겁을 주려는 의도적 행동인지 판단이 안 되었다. 어떻든 미호는 강태혁의 제지에 다시 소음기를 돌려 풀고 권총과 함께 품에 넣었다.

강태혁은 안도의 숨을 쉬고 다시 촐랑이를 바라봤다. 일을 마무리 지어야 했다.

"왜 하필 전민주였지?"

촐랑이의 대답은 떨리고 더듬거렸다. 어떻게든 이 자리를 빨리 끝내고 싶은 마음뿐이었기 때문이다.

불곰과 뱁새 두 명이 학생이 되어 입학한 후, 학생회를 장악하는 것에서 시작되었다고 했다. 회장이 누가 되든 놈들은 유급을 맞아가며 학생 신분을 유지했고, 그렇게 계속 집행부로 학교를 주물렀다는 말을 두서없이 말했다.

"그래 그런데 전민주는 왜?"

"전민주가 그걸 문제 삼아 학교 홈페이지에 올리고 교수평의회에도 진정서를 냈습니다."

전민주답긴 했다. 하지만 그 정도로 사람을 죽이지는 않는다. 일반인들 생각과 달리 조폭들은 특별한 경우가 아닌 한 일반인을 절대 건드리지 않는다. 공연히 검찰에 잡혀 들어갈 빌미가 되기 때문이다. 일반인에게 손을 댔다는 것은 그런 사소한 것 이상의 엄청난 이유가 있다는 뜻이다. 물론 촐랑이가 지금까지 말한 것만 해도 한 해에 학생회비 포함해서 2억 가까이 해먹고 있으니 짭짤했다. 하지만 천안 시내 나이트클럽 운영에 비하면 새발에 피였다. 뭔가 더 있었다.

"그게 다야?"

강태혁의 쏘아보는 눈길은 매서웠다. 촐랑이는 어쩔 줄 몰랐다.

"취… 취직을 시켜주는 걸 자꾸 문제 삼았습니다."

"취직?"

촐랑이의 설명이 이어졌다. 동식이파가 학교에 들어온 것은 광맥을 캐기 위해서였고, 결국 엄청난 노다지를 차지했다. 품질 좋은 상품(?)을 찾으러 다니지 않고 잘 골라서 적재적소에 배치할 거대한 인력시장을 손에 넣은 거였다.

취업에 안달 난 학생들을 꾀어 여기저기로 보냈다. 물론 정식 취직을 약속했지만 그건 대부분 대부업체 하청이나 다단계회사의 자회사 같은 곳이었다. 가는 족족 그물망에 걸렸고 벗어나기 불가능했다. 일단 필요하다며 양복도 사고 구두도 사게 했다. 학생들이 돈이 있을 리 없었다. 첫 월급 타서 갚으라며 총학에서 돈을 빌려주었다. 그게 시작이었다. 차츰 그것이 불어나서 고리의 이자를 뜯는 방식으로 커져갔다.

여학생들의 경우는 조금 다른 곳으로도 보내졌다. 얼굴과 몸매를 보고 선별해서 싸구려 업체나 다단계가 아닌 곳으로 보냈다. 단가도 훨씬 더 쳐줬다. 그 여학생이 자발적으로 선택한 것이지만 일단 한 번 그쪽 물을 먹으면 쉽게 벗어나기 힘들었다. 거기도 시작하려면 옷도 사고 구두도 사야했다. 때론 알아서 가방도 샀다. 놈들은 치밀했다. 처음부터 손님상에 나가 시중들게 하지 않았다. 하지만 홀 청소가 서빙이 되고 서빙이 옆에 잠시 앉는 것으로 발전했다. 그렇게 차츰 손님방에 들어가 노래를 부르고, 앉게 되었고, 경우에 따라 그 이상으로도 갔다. 더 갈수록 단가가 높아지기 때문이었다. 어떻든 그 모든 것이 자발적으로 그녀들이 원해서 선택한 거였다. 갑갑한 지방대 생활에서 화려한 불빛을 보고 난 후에는 좁은 책상에 앉아있기가 훨씬 더 힘겹고 버거워졌다. 몸이 따르는 대로 흘러갔다. 자연스러운 흐름이었다.

"가끔 몇 명을 서울로 보내기도 했는데 구체적으로 어딜 갔는지는 저도 잘 모릅니다."

윤소영이 말한 성 로비였다.

걸려든 여학생들은 까다롭게 선별되어 조금 다른 제안들을 받았다. 싫다고 거부한 여학생이 없지 않으나 대체로 따라왔다. 지방 3류 대학 출신이란 점을 자극하며 자존감을 짓밟는 야비하고 교묘한 술수는 결국 자포자기하는 심정이 되게 만들었다. 그렇게 단물을 빨아먹고 필요 없으면 내버렸다. 어장 안에 물고기들은 넘치고 넘쳤으니까. 그리고 1년 마다 싱싱한 것들이 새롭게 들어오기까지 했다.

학생들은 의심하지 않았다. 버젓이 공식적인 총학생회에서 추진하는 일을 의심할 학생들은 아무도 없었다. 사실 자잘한 편의와 간단한 대출은 미끼용으로 웃으며 잘 해주었다. 얼굴과 몸매가 별로인 여학생들에겐 더욱 더 친절하게 해줬다. 그런 여학생들이 진짜 잘나가는 퀸카들을 물어왔다. "아니라니까, 진짜야. 그냥 다시 갚기만 하면 돼. 나 봐. 이 구찌도 그렇게 사고서 버거킹에서 10달 동안 알바해서 갚은 거야" 신용 없이 목돈을 대출받고 상환을 장기로 늘여 갚아도 된다는 솔깃한 미끼를 그렇게 동네방네 떠들고 다니며 알아서 좋은 상품들(?)을 물고 왔다.

성만 파는 것이 아니었다.

"콩팥을 팔기도 했습니다. 물론 자발적으로 각서를 쓰고 하는 거였습니다."

촐랑이의 말에 쓴물이 넘어왔다. 이놈을 용서하려 했던 처음 계획을 바꿔야 할지도 모르겠단 생각이 들었다. 하지만 참았다. 사소한 울분보다 눈앞에 닥친 일이 중요했다.

"최근에는 주변 천안고등학교까지 넓혔다는 소리를 들었습니다."

비로소 윤소영이 납치된 이유를 확연히 깨달았다.

그거였다. 윤소영이 모텔 앞에서 촬영한 아가씨들 중에 고등학생이 끼어 있다면 그건 그야말로 큰일이었다. 자발적이라고 해도 미성년자를 윤락행위에 끌어들였다면 간단히 끝날 일이 아니었다. 고구마 넝쿨처럼 줄줄이 딸려나오며 연쇄적으로 폭탄들이 터질 거였다.

강태혁은 상암동 호텔에서 윤소영이 브리핑할 때를 떠올려 보았다. 자신이 찍은 사진을 천안경찰서 한 형사에게 보냈다고 한 말이 기억났다.

'한 형사가 쑤셔댔고 그것이 벌집을 건드린 것이로군.'

강태혁이 의자에서 일어났다.

두려움에 떠는 얼굴로 그를 쳐다보던 촐랑이를 그대로 두고 몸을 돌려 불곰과 뱁새에게로 갔다. 진땀과 피로 범벅이 된 놈들은 숨을 가쁘게 몰아쉬고 있었다.

그 앞에 쭈그리고 앉았다.

정말 중요한 순간이란 걸 강태혁은 너무나도 잘 알았다. 단 한 마디가 이제껏 해 온 것을 단숨에 허물어뜨릴 수도 있었다. 최대한 정신을 끌어 올렸다.

이죽거리는 웃음을 한껏 지었다.

"그냥 한 가지만 물어볼 테니까, 잘 생각해서 답을 해주세요. 아시겠죠?"

"예… 예에!"

"그으으… 응."

둘 다 입 안에 흐르는 피를 튀겨가며 대답했다. 덩치는 턱이 너덜거려 조금 불리했지만 최선을 다해 신음처럼 대답했다. 강태혁이 다시 능글거렸다.

"어쩌다 보니 시간이 많이 흘러 따로따로 묻지는 못하겠고, 에-, 같이 물을 테니까 아시면 먼저 대답하세요. 아시겠죠?"

다시 둘 다 혼신의 힘을 끌어내서 답을 했다. 강태혁은 잠시 둘을 죽일 듯이 노려봤다. 그리고 천천히 입을 열었다.

"오늘 납치해간 여자는 어디 있어?"

답은 즉시 나오지 않았다. 놈들은 당황하고 놀란 표정이었다.

'뭐야? 진짜 몰라?'

놈들은 윤소영을 납치한 사실을 모르고 있었다. 잘못 짚은 것인가 순간 당황했다. 하지만 놈들의 눈빛에서 뭔가 생각하는 빛이 떠오르는 것을 놓 치지 않았다.

"으아악-."

강태혁이 배트를 휘둘렀다. 놈들은 납치까지는 모르지만 뭔가 알고 있 었다.

"다시 물을게요. 여자는 어디 있지요?"

"자… 잘 모르지만… 까… 까리 형님이….'

느닷없이 아는 놈의 이름이 튀어나왔다. 전에 안면이 있던 놈이었다. '형님'이라는 걸 보니 많이 컸구나 하는 생각이 들었다.

놈들에게서 정보를 얻어내기 위해서 징그러운 웃음이 실린 약간의 배트질이 몇 번 이어졌다.

그렇게 놈들은 동식이파에서 관리하는 업소와 아지트 두 곳과 중국이나 우즈베키스탄 쪽 인력이 올 경우 잠시 머무는 장소가 어디인지를 실토했다. 여대생 공급에 차질이 빚어져서 난감한 상황에, 며칠 전 누군가 사진을 찍어 경찰에 보내는 바람에 조직에 비상이 걸렸다는 것을 털어났다.

알아내야 할 것은 모두 알았다. 윤소영의 행방도 가닥이 잡혔다.

강태혁의 눈짓에 미호가 방에 들어올 때 들고 온 석유초롱을 가져다가 놈들 위에 뿌려대기 시작했다. 뱁새가 뭐라 말하며 몸을 일으키려 했지만 강태혁의 배트에 무릎을 맞아 쓰러졌다.

놈들은 처음으로 사색이 되었다. 당장이라도 불을 붙여댈 것만 같은 공포에 부릅뜬 눈이 격하게 흔들렸다.

강태혁이 촐랑이를 보았다. 생각 같아서는 이놈도 끝장을 내고 싶었다. 하지만 선후가 있었다. 촐랑이에게 말했다.

"잘 들어. 셋 중 하나를 골라. 첫째, 이대로 모른 척 하고 도망친다. 그러면 조만간 내가 네 놈을 찾아가 줄게. 아마 꿈마다 내가 보이게 될 거야. 걸어 다니는 뒤통수에도 내 숨소리가 따라붙을 거고. 아주 재미있을 거야, 스릴도 있고."

강태혁이 차갑게 능글거렸다.

"둘째, 저 두 놈의 보스인 똥식이란 놈을 찾아가서 지금 상황을 말하고 복수해 달라고 징징댄다. 그것도 꽤 괜찮은 방법이야. 그러면 똥식이가 널 어떻게 할까? 널 똥식이파에 넣어줄까? 잘했다고 엉덩이 두드려 줄까? 좋은 머리 뒀다 뭐해, 한 번 상상력을 발휘해 봐. 그 선택도 흥미진진하고 재미있을 거야."

촐랑이는 어쩔 줄 몰라 했다.

"마지막 셋째, 지금 당장 천안서북경찰서 한형철 형사에게 전화해서 내게 말한 것처럼 모든 것을 사실대로 말하고 자수한다. 자, 어때? 어떤 걸 선택할래?"

혼이 빠진 듯한 촐랑이가 미친 듯이 고개를 끄떡였다.

"저… 저 전화 하…겠습니다. 다…당장."

촐랑이가 떨리는 손으로 전화를 걸었다. 그리고는 경찰서의 누군가를 붙들고 자신이 한 짓을 어버버 자백하며 횡설수설했다.

그러는 사이 강태혁은 미호가 학생회실 곳곳을 샅샅이 뒤지는 모습을 바라봤다.

미호는 장부 몇 개와 파일을 꺼내 서가에 뒹구는 종이 쇼핑백을 찾아 거기에 넣었다. 그리고 덩치와 뱁새의 품을 뒤져 핸드폰을 꺼내 그것도 쇼핑백에 담고는 전화를 마친 촐랑이의 핸드폰까지 받아 넣었다.

그리고 강태혁에게로 다가오며 재촉하는 눈빛을 보내고는 한 발 먼저 앞서 가서 복도로 나가는 문을 열고 말했다.

"가시죠. 시간이 없습니다."

강태혁은 알겠다는 듯 끄덕이고는 주머니에서 미리 준비한 성냥을 꺼냈다. 그리고 어서 이 끔찍한 꿈이 끝나기를 간절히 바라는 눈빛이 간절한 안경잡이의 손에 쥐어주었다.

"저 놈들은 평생 휠체어에 앉아 빨대로 밥을 먹어야 할 텐데, 그래도 살아보겠다고 기어 나올 수 있거든. 혹시 그러면 이 성냥을 확 그어서 던져.

알겠어?"

졸랑이가 다시 응답 기계인 것처럼 고개를 세차게 끄덕였다. 강태혁은 들고 있던 피 묻은 배트를 졸랑이에게 쥐어주며 당부했다.

"너 혼자 뒤집어쓰고 싶지 않으면, 잘 해. 그리고 빵에 갔다 와서는 착하게 살아라. 알겠지?"

그러며 졸랑이의 볼을 다시 토닥토닥 두드렸다. 감옥에 간다는 것은 확실치 않았다. 범죄라면 전민주 강간과 과실치사에 따른 미필적고가 쟁점일 텐데, 자수를 했으니 참작의 여지가 있었다. 어떤 변호사가 붙느냐에 좌우될 거였다.

"지금이라도 맘이 바뀌었으면 토껴. 아직 경찰이 오려면 조금 시간이 있어. 어때?"

"아… 아닙니다. 저, 절대, 아닙니다."

그러거나 말거나 맘대로 하란 듯 어깨를 으쓱하고는 문으로 향했다. 졸랑이가 나가려는 그에게 황급히 물었다.

"저… 이러면… 제가… 제가 그랬다고 할 텐데, 거… 경찰에게 뭐라 하죠…?"

강태혁이 아하 그거 하는 표정으로 씩 웃었다.

"내가 했다고 하면 되잖아."

"그게… 누, 누구라고….

강태혁이 참혹하게 부서진 총학생회실을 휘둘러보며 웃었다.

"웬 미친놈이라고 하든지, 아니면 그냥 또라이나 학생주임이 왔다고 하든지."

"예?"

어정쩡한 자세로 배트를 쥔 얼떨떨한 졸랑이는 무서움보다 난감함이 더 문제인 듯 어쩔 줄 몰라 했다. 그 순간 하나가 뽀롱 떠올랐다.

"그럼, 살짝 맛이 간 슈퍼마리오가 그랬다고 그래."

✱✱

제네시스로 다가가 강태혁이 차 트렁크를 열었다. 피가 튄 양복과 셔츠를 벗어 던지고 백화점에서 사서 넣어두었던 두 번째 양복을 꺼내 입었다. 어둑해지기도 했고 저녁 시간이 지나면 인적이 뜸하긴 해도 학교 노상에서 이렇게 옷을 갈아입는 것은 이상하게 보일 터였다. 그러나 강태혁의 머릿속은 지금 그런 것을 따질 계제가 아니었다.

"그곳을 다 뒤질 시간이 없습니다."

불곰과 뱁새가 말해준 곳을 다 뒤질 시간이 없단 뜻이었다. 조수석에 오르던 강태혁이 짧게 말했다.

"빨리 출발 해."

미호가 기계처럼 액셀을 밟았다. 차가 출렁이듯 달려가자 강태혁이 뒤쪽에 놓아두었던 카메라를 가리키며 말했다. 윤소영이 아르테미스 모텔 앞에서 문제의 여자들을 찍은 사진이 담긴 카메라였다.

"약간의 시간은 있어."

윤소영이 찍은 사진 때문이라면 그 원본을 찾으려 할 거였다. 그렇다면 아직은 조금 시간이 있었다. 물론 그동안도 몇 번이고 끔찍한 일이 반복될 수 있었다.

다급한 마음으로 차를 모는 미호를 향해 강태혁이 엉뚱한 소리를 했다.

"너 춤 좀 추냐?"

쓰레기통 속의 분탕질

*

얼마 전부터 까리는 밤길이 두려웠다. 천안 시내 자신의 구역을 걸을 때도 뒤통수에 끈끈이가 들러붙는 것 같은 느낌을 떨쳐버릴 수 없었다. 8월 말 그 일이 있고부터였다.

수사가 어디까지 진행되었는지도 확인했고 잘 처리되었다는 것도 알았다. 그래도 불안을 완전히 떨칠 수 없었다. 다른 일까지 번지지 않을 거였다. 하지만 그런 얄팍한 생각 때문에 병풍 뒤에서 향냄새 맡게 된 형님들이 한둘이 아니란 걸 잘 알았다.

찜찜함은 잘 때도 불을 켜놓게 했다. 일을 할 때도 매사에 조심조심했다. 혼자서는 집밖에 나서지도 않았다. 차를 탈 때도 아랫것들을 불러 같이 타고 백업차량을 따라오게 했다. 입맛도 도통 개운치 않았다.

시간이 지날수록 불길한 느낌은 줄어들지 않고 점점 더 커졌다.

'그 쌍년이 뒈진 이유를 알았나…?'

그랬다면 경찰이 가만히 있지 않을 거였다. 상황은 쥐 죽은 듯이 조용했다. 그게 더 불안했다.

아무리 느낌이 지랄맞다고 해서 사업을 그만둘 순 없었다.

까리는 아파트를 나와 엘리베이터를 타고 지하로 내려갔다. 바짝 대기해 놓은 승용차에 재빨리 올랐다. 옆과 앞 조수석까지 시커먼 양복을 입은 놈들로 채웠다.

차는 천안의 새로운 명물로 떠오르는 나이트클럽 토네이도로 향했다.

관리하는 곳을 정기적으로 돌아보지 않으면 놈들은 나무늘보처럼 해이해지고 조금 더 놔두면 쉬파리처럼 꼬이다가 바퀴벌레처럼 들끓었다.

'영흥대학교 건만 해도 더 잘 할….'

생각하려니 신문사 기자 년이 끼어든 것이 걸렸다. 빨리 처리해야 했다.

'멍청한 불곰 새끼가 고딩까지 빨아 처먹으려고 지랄만 하지 않았어도….'

까리는 기자 년 문제를 해결하고 나서 놈들을 어떻게 손봐줄지 머리를 굴렸다.

차가 토네이도에 도착했다.

입구에 서 있던 기도가 깍듯하게 인사했다. 문을 열고 들어섰다. 찢어질 듯한 BGM이 고막을 때렸다. 사이키조명이 홀 안을 가득 채운 젊은 것들의 광란의 몸짓을 때리듯이 비추고 있었다.

지배인이 나와 허리를 90도로 굽혀 인사를 하고 까리를 안쪽 널찍한 VIP룸으로 안내했다. 까리가 안쪽 중앙에 앉고 부하 둘이 그의 뒤에 서고, 다른 덩치들은 둘씩 양쪽으로 나눠 앉았다.

지배인이 바짝 긴장했다. 까리 옆에 붙어 장부를 펼치며 영업실적을 설명했다. 다른 때보다도 까리가 요즘 심기가 좋지 않다는 것을 지배인도 알았다. 뭐라도 하나 트집 잡히면 꼴이 우스워졌다. 뺨 한 대 정도면 그래도 괜찮지만 며칠 동안 선글라스로 가리고 다닐 정도가 되면 체면이 말이 아니었다. 다행히도, 불경기지만 이번 달 영업이익은 반짝 흑자였고 전달에 비해서도 조금 상승한 것이 그나마 위안이었다.

장부를 짚어가며 설명하는 지배인의 귀에 문이 열리는 기척이 나면서 바깥소리가 들렸다가 사라졌다. 메인 홀과 거리가 조금 있지만 BGM이 찢어지는 소리가 문이 여닫는 동안 쿵쾅거린 것이다. 웨이터가 들어온 거였다.

웨이터가 재빨리 위스키와 얼음 통, 오룡차, 병맥주, 그리고 과일안주가 담긴 접시를 까리 앞에 늘어놓았다. 웨이터가 싹싹하게, 까리가 내민 위스키 잔에 조니워커를 정중히 따랐다. 그러고는 쟁반을 쥔 채 고개를 숙여 인사를 하는데, 문이 다시 열리는 소리가 나며 음악소리가 크게 울렸다.

장부에서 눈을 떼지 못하던 지배인은 '애들은 조금 이따가 들어와야 하는데' 하는 걱정을 했다. 영업보고와 지시사항을 받아 체크한 후 자신이 나간 다음에 까리가 좋아하는 미나와 소희를 들여보내기로 되어 있었다. 언제나처럼 그랬다. 그래서 지배인은 속으로 '아니 왜 이리 성급해, 대체 뭐야?' 하는 생각을 주워섬겼다. 그때 그의 귀를 의심하는 소리가 들려왔다.

"어이, 까리. 잘 지냈냐?"

까리는 무슨 이유인지 모르나 남들이 까리라고 부르는 것을 불같이 싫어했다. 하지만 지배인의 눈에 들어온 까리의 표정은 분노가 폭발하는 모습이 아니라 충격을 받아 흙빛이 된 모습이었다.

쿵쾅거리던 음악 소리가 문이 닫히자 끊겨졌다. 은밀한 손님에게 제공되기에 VIP룸은 방음이 잘 되었고 또 그래야만 했다.

지배인이 비로소 문 쪽을 쳐다봤다. 먼지 하나 붙어 있을 것 같지 않은 매끄러운 양복을 쫙 빼 입은 마른 체형의 남자와 인형처럼 표정이 없는 단발머리 여자 하나가 들어와 있었다.

"왜 대답이 없어? 잘 지냈냐고?"

놀리는 목소리로 겁 없이 까리의 이름을 부른 남자가 선글라스를 벗으며 씩 웃었다.

"좀 컸다고 똥까리가 똥폼 잡는 거냐?"

지배인이 보기에 상황은 우스꽝스러울 지경이었다. 룸 안에는 까리를 제외하고도 부하 여섯 명이 있었고 자신도 있고 웨이터도 있었다. 하지만 저쪽은 달랑 둘이었다. 게다가 한 명은 여자였다. 아무리 날렵한 싸움의 달인이라 해도 이 좁은 공간에선 불리했다. 한번 잡히면 끝장이었다. 까리 뒤에 선 덩치만 해도 유도 유단자들이었다.

갑작스런 출현과 금기의 말을 내뱉는 통에 잠시 정신을 차리지 못했던 덩치들이 그 말을 한 자의 체격과 뒤에 선 여자를 보고 어이없다는 표정으로 코웃음을 쳤다.

문 가까이 앉아 있던 산만한 덩치가 을러대며 일어섰다.

"뭐야, 이 새끼는?"

그러며 그를 향해 주먹을 휘둘렀다. 아니 휘두르려 했다. 순간 남자의 주먹이 덩치의 목젖을 사정없이 가격했다. 컥- 거리며 갑작스런 호흡곤란을 느끼게 된 덩치의 얼굴을 그 남자가 재빨리 구둣발로 차버렸다. 발이 쑥 길어진 듯이 보일 정도로 날렵한 발차기였다.

"이 새끼가!"

흥분한 다른 부하들이 그 자에게 달려들었다. 까리가 그만두라고 할 틈도 없었다.

까리는 이미 짐작하고 있었다. 미친개가 겨우 여자 하나를 달고 들어왔을 리가 없다는 것을, 그리고 정말 여자만 한 명 달랑 데리고 왔다면 그건 훨씬 더 위험하다는 것을 알고 있었다. 꺅꺅 호들갑을 떠는 여자로 봤다가는 큰일 난다고, 나서지 말라고, 뒤로 물러서라고 말하고 싶었지만, 이미 늦어버렸다.

와장창 하고 중앙테이블 위로 산만한 덩치가 넘어진 것은 강태혁이 날린 발길질 때문이었지만 이어진 광경이 더 놀라웠다.

무표정한 단발머리가 품에서 소음기 달린 총을 꺼내서는 서슴없이 대뜸 쏘아댔다.

쑥─, 쑥─, 쑥─.

"악!"

"크악!"

"큭!"

게임기에 과녁을 맞추는 것처럼, 아니 생활의 달인이 눈을 감고 양파를 팍팍팍 잘라내는 것처럼, 그저 그냥 총을 쏘아댔다. 심드렁하고 무표정하게 그냥 빨리 끝내고 낮잠이나 늘어지게 잤으면 좋겠다는 표정으로 총을 쏘아댔다.

쑥─, 쑥─, 쑥─, 쑥─.

그때마다 부하들이 쓰러졌고 목에 숨이 콱 들이치는 짧은 비명을 질러댔다. 신음소리가 룸 안에 가득해졌다.

"자… 자, 잠깐!"

까리의 눌렸던 입이 겨우 풀어졌다.

"가…강… 형사님. 제발, 제발."

그러며 자리에서 일어나 손바닥을 앞으로 내밀며 멈추란 표시를 했다.

"잠시 진정하시죠."

강태혁이 능글맞게 이죽거렸다.

"뭔 소리야? 너희가 먼저 달려들었잖아. 먼저 때리고 이러기야? 이제 좀 신이 나려는데 그만이라니. 아직 움직일 수 있는 놈이 네 놈 뒤에 두 놈 더 남았잖아. 잠깐만 이리 앞으로 나오라고 그래. 실력 좀 보게."

"죄… 죄, 죄송합니다. 뭔가 오해가 있었던 것 같습니다."

"에이, 오해는 무슨 오해, 그냥 돌대가리 양아치니까 그런 거지. 안 그래?"

느물거리는 강태혁을 향해 까리가 고개를 연신 숙였다.

"예에, 맞습니다. 돌대가리에 양아치여서 그렇습니다. 죄송합니다."

손이 발이 될 정도로 비는 모습에 몸은 부상을 당했지만 눈은 멀쩡한 부하들이 당황했다. 비열하고 잔인한 것으로는 보스보다 더 하다는 까리가 이런 모습을 보이다니 놀라지 않을 수 없었다.

"좋아, 그래. 말로 하자는 거지? 그러지 뭐. 그런데 끙끙 대는 소리에 어디 시끄러워서 말이 제대로 들리겠냐."

그러며 강태혁이 왼쪽으로 시선을 돌렸다. 거기엔 총에 맞아 피가 흐르는 오른쪽 허벅지를 움켜쥐고 신음소리를 뱉어내는 빡빡머리가 있었다.

"아이, 정말 듣기 싫다, 그치?"

어린애 투정 같은 말이 떨어지기 무섭게 슉-, 공기를 가르는 소리가 들렸다.

"크악!"

무표정한 인조인간 같은 여자가 빡빡머리의 왼쪽 허벅지에 총을 쏜 거였다. 신음소리가 더 커졌다. 당연했다.

"까리야, 너도 시끄럽지 않니? 그렇지? 이렇게 시끄러워서야 원. 저런 덩치가 뭐가 아프다고 저렇게 엄살이냐. 아주 조용히 했으면 좋겠다, 그치?"

강태혁의 말이 끝나기 무섭게 또 총을 쏠 것만 같은 생각에, 까리가 재빨리 손을 흔들며 말했다.

"아닙니다. 조용히 할 겁니다."

"정말?"

"그렇습니다."

까리의 명령이 아니어도 빡빡머리는 이를 악물고 통증을 참았다. 얼굴에 비질거리며 진땀이 흘러내렸지만 이를 악물고 눈알이 터져 나올 듯이 참았다.

룸 안을 한 바퀴 휙 둘러본 강태혁이 이 정도면 괜찮군, 하는 새침한 표정으로 고개를 끄덕였다.

"좋아, 좋아. 자, 그럼 다들 앉지."

그러고는 강태혁이 까리가 앉은 가운데로 다가갔다.

그렇게 덩치들의 옆을 지나가는 순간, 목덜미에 뉴질랜드 원주민들의 기다란 문신을 한 자가 그를 덮치려고 움찔했다. 그 즉시 슉-, 총알이 날아들었다.

"큭!"

웬만한 고등학생 애들 허벅지보다 더 두꺼운 어깨에 총알이 박혔다.

슉-, 슉-.

연이어 그 자의 허벅지에도 총알이 날아들었다.

그 자가 뒤로 쓰러지자, 강태혁은 그런 일을 그제야 겨우 알았다는 듯 느릿느릿 고개를 뒤로 돌렸다. 그러고는 쓰러져 입술을 악물고 진땀을 흘리는 문신을 한 덩치를 향해 동네 초등학생 타이르듯 말했다.

"에구 이런, 찍소리를 냈구나. 내지 말라니까."

그리고 미호를 손가락으로 가리켰다.

"쟤 지금 생리 중이야. 성질 더러워. 건드리지 말라고, 알겠어?"

그러고는 시선을 떼고 다시 벽에 등을 기대고 쓰러져 있는 덩치들을 향해 살살 훈계하듯 말했다.

"이런 돌대가리 새끼들을 봤나. 소리 내지 말라고 했으면 움직이지도 말아야지. 너희가 무슨 귀여운 강아지 줄 아냐? 바신작거리면 시끄럽단 말야. 생각 좀 해라, 생각 좀. 이 돌텡이들아. 아무튼 머리 나쁜 것들은 분위기 파악도 못해요. 에휴-, 정말 답이 없다, 없어."

그러고는 뭔가 한껏 즐거운 일이 떠올랐다는 듯 금세 명랑한 표정이 되었다.

"뭐, 움직이고 싶으면 움직여. 총알 개수를 세는 것도 괜찮고. 재미있잖아, 스펙터클하고. 총알 대 몸빵. 좋은데! 영화 제목으로 끝내 줄것 같은데! 어때 까리야? 괜찮지?"

그러고는 까리 옆에 가서 소리 나게 소파에 풀썩 앉았다.

바로 뒤에 두 덩치가 서 있는 것을 완전히 무시한 대담한 행동에 유도 유단자 둘도 어쩌지 못하고 서로 눈만 마주봤다. 손만 뻗으면 한주먹 감이지만 벽을 등지고 서 있는 단발머리의 총 쏘는 솜씨가 예사롭지 않았다. 가슴과 허벅지가 아니라 이마를 향해서도 거리낌 없을 것 같았다.

강태혁이 까리의 귀 가까이 얼굴을 가져다 댔다. 그리고는 모두가 들을 수는 있지만 한껏 낮춘 목소리로 말했다.

"까리야, 쟤 말야, 총이 두 개야. 게다가 내가 그렇게 말렸는데도 총알이 부족할지 모른다고 주머니에 잔뜩 넣고는 나중엔 브라자와 빤스 속에도 넣었다. 어때, 재미있지? 총알이 먼저 떨어질까, 아니면 너희 돌대가리 새끼들이 먼저 떨어질까? 우리 내기 할래?"

말도 안 되는 소리에도 미호는 눈 하나 꿈쩍 하지 않았다.

제네시스에서 강태혁이 한 말은 "장난감 말고 진짜 있지?" 단 한 마디뿐이었다. 그러고는 무작정 이 나이트클럽으로 달려들었다. 그리고 대뜸 난리를 피워댔다.

잔뜩 불안해진 까리의 뺨을 강태혁이 손으로 가볍게 토닥였다.

"아무리 말해도 못 알아듣는 돌대가리 새끼들이 지겨워지면, 이제부터는 그냥 이마부터 먼저 날려주고 시작하려고. 그래도 괜찮겠지? 말해 봐,

까리야. 괜찮지?"

까리는 고개를 재빨리 끄덕였다.

그러는 동안 미호는 아무 일도 없다는 듯이 주머니에서 탄창을 꺼내 재장전 했다. 너무나 빠르고 숙련된 모습이 손으로 옷에 묻은 먼지를 툭툭 털어내 듯 자연스러웠다.

그걸 보고 강태혁이 짧은 탄식을 내뱉었다.

"아, 아깝다. 저 순간에 달려들었어야지. 아하, 안타깝다. 이젠 어쩔 수 없네. 이마에 총구멍이 나든지 아니면 나랑 즐거운 시간을 보내든지. 둘 중 하나를 해야겠네."

"무… 무슨… 하실 말씀이라도…?"

그제야 생각이 났다는 듯 강태혁이 말했다.

"아, 그거. 왜 있잖아, 내가 돈 좀 벌겠다고 다니던 그 대학교 말야."

"여… 영홍대학교요?"

"응, 너도 알고 있었구나? 알았으면 미리 말 좀 해 주지. 그랬으면 내가 오늘 이 개고생을 하지 않을 텐데 말야."

강태혁의 말에 까리가 긴장했다.

"거기서 여자애가 하나 죽었어."

웃는 표정과는 달리 강태혁의 눈빛에 섬뜩함이 가득했다.

"알아보니 네 똘마니들이 조금 돌렸더라."

까리는 저도 모르게 침을 꿀꺽 삼켰다.

"놀다 보니 그런 거니, 아니면 처음부터 그러려고 논 거니?"

강태혁의 눈길을 마주친 까리는 저도 모르게 시선을 피했다. 취조실에서 수없이 봐 왔던 반응이었다.

"그게 제가 제대로 관리를 못해서, 뱁새 놈이 그만…, 그 새끼가 상품에는 손을 대지 말라니까 글쎄 일을 그런 식으로…."

"그런 식?"

"그… 그게 아시잖습니까, 저 높은 쪽 분들은 취향이 조금… 좀 그래서… 필요하실 때가 있어서… 그때마다 약간씩 보내고 그랬는데… 아무래도 안전하고 또 탈나지도 않을 상품을 원하시는 분들이 꽤 있어서, 저 그게 그런데… 글쎄 뱁새 새끼가 손을 대서, 글쎄…, 휴… 죄송합니다."

콜걸 조직을 운영했단 소리였다. 총학이 나서서 탈도 나지 않고 소문도 나지 않을 안정적인 여자 공급을 했단 말을 직접 듣자, 알고 있었지만, 분노가 치밀었다.

"애들 찍어 놓은 영상도 있지?"

"저… 그게…."

이 양아치 놈들이 어떤 놈들인데 고위층의 그 흥미진진한 섹스파티를 촬영하지 않을 리 없다. 그리고 그 자료를 그대로 흘러버릴 리도 없다. 고이고이 간직했다가 이런저런 이권이 필요할 때 적재적소에 사용했을 거다. 물론 과도하지 않은 수준을 지킬 정도로 아슬아슬하게 권력자들과 줄타기를 했을 것이다. 까리 놈은 야심 있는 놈이었다.

강태혁이 오른손으로 까리의 뺨을 찰싹찰싹 토닥였다.

한 번, 두 번, 세 번, 살짝, 사알짝, 사알짝…. 매우 천천히 느리게 귀여운 강아지를 토닥이듯 시작한 손길이 네 번째로 넘어가면서 조금씩 착, 착, 소리가 찰지게 들리더니 점점 강하게 점점 빠르게 까리의 뺨을 때려댔다. 그러고는 열다섯 번째쯤인가에서 더 이상 빨라질 수 없을 정도가 되는 순간 사정없이 힘껏 뺨을 갈겼다.

짝- 소리에 까리의 얼굴이 팩 돌아갔지만, 룸 안의 그 누구도 숨소리조차 제대로 내쉬질 못했다.

강태혁이 한껏 장난스런 표정으로 오른손을 공중에 들고는 아프다는 듯 흔들어 털며 말했다.

"까리야, 네가 똘마니 새끼들을 제대로 관리 못해서 내 손이 이 모양으로 힘들지 않냐. 반성 좀 해라. 응?"

왼쪽 뺨이 벌겋게 부풀어 오르기 시작한 까리가 재빨리 고개를 숙이며 답했다.

"예, 알겠습니다. 제 불찰입니다."

강태혁은 조금의 빈틈도 보이지 않으려는 놈의 모습을 보고, 이 새끼가 어떤 줄을 잡았는지는 모르나 꽤나 높은 질긴 줄을 잡았다고 생각했다. 이 자리만 피하면 당장 역습을 해올 만큼의 강력한 뒷배가 생긴 거였다. 결국 어떻게 해도 입을 열 것 같지 않단 생각이 들었다. 이대로는 방법이 없었다.

소파에 몸이 푹 꺼지듯이 등을 기대며 강태혁이 비로소 생각났다는 듯이 말을 꺼냈다.

"아, 참. 오랜 만에 똥식이 좀 보자. 아무래도 넌 아이큐가 떨어져서 모를 것 같으니 똥식이에게 직접 물어보지 뭐."

"제게 말씀해 주시면, 제가….."

그 순간 미호의 총알이 날아왔다.

"악!"

까리의 오른쪽 뒤에 서 있던 덩치가 왼손으로 오른쪽 가슴을 움켜쥐었다. 잡은 손 밖으로 피가 흘러내렸다. 이제 몸에 총을 맞지 않은 자는 까리 왼쪽 뒤에 서 있는 덩치와 처음부터 테이블 밑에 머리를 처박고 있던 지배인과 웨이터, 까리뿐이었다.

강태혁이 정색을 하고 말을 끊었다.

"내가 지금 너랑 말장난하러 온 것 같냐?"

까리는 강태혁의 눈 속에서 분노를 읽었다. 그리고 이렇게 개구쟁이처럼 어디로 튈지 모르게 폭주하는 장난을 치다가 대뜸 진지해질 때가 가장 무섭다는 걸 알았다.

미친개가 돌아온 거였다. 어디선가 더 미친년을 달고서.

세상에 총을 마구 쏴 대다니… 완전히 정신 나간 년이었다. 뒷감당을 어떻게 하려고….

"아 참, 그리고 여자 하나 있지?"

"여… 여자요?"

"그래, 내가 데리고 다니는 기자 여자애가 있는데, 오늘 만나기로 했거든. 그런데 너희들이 데려간 것 같더라."

까리는 천둥이 치는 줄 알았다. 그게 아니라고 뭐라 말하고 싶었지만, 강태혁의 섬뜩한 미소에 부딪혀 얼어버리고 말았다.

"덕분에 천안의 물 좋은 나이트클럽도 구경하고, 오랜만에 똥까리도 보고, 괜찮긴 한데, 이제 시간이 됐으니 만나 봐야 할 것 같아서 말야."

진땀이 얼굴에 가득한 까리는 어떻게 말을 해야 할지 몰라 정신이 없었다.

"똥식이 오기 전에 만나는 게 좋을까, 아니면 똥식이 온 다음에 만나는 게 좋을까? 어느 게 낫겠어?"

쑥-!

"크윽!"

까리가 입을 열기도 전에 미호가 그의 뒤에 있던 나머지 덩치 하나의 가슴에 총을 쏘았다.

까리는 자신의 부하 여섯이 모두 총에 맞아 뒹굴자 땀이 비 오듯 쏟아졌다. 다음 차례가 어디일지 분명했기 때문이다.

강태혁은 그런 까리를 보고 씩 웃으며 바로 앞의 테이블을 발로 탕탕 찼다.

"이제 나와, 병신 새꺄."

우물쭈물거리는 얼굴이 땀과 두려움으로 시뻘게져서 지배인과 웨이터가 테이블 밑에 웅크리고 있던 얼굴을 드러냈다.

"저쪽으로 가 서."

이미 볼 만큼 본 그들은 강태혁의 말에 재빨리 벽으로 달려가 벽속으로 들어갈 것처럼 바싹 붙어 섰다. 그것을 보고는 다시 까리의 눈을 쏘아보았다.

"자, 이제 둘 남았네."

그러고는 딩동딩동 음을 통통 맞추며 말을 했다.

"저 둘 다음엔 어디로 총알이 갈까요? 알. 아. 맞. 춰. 보. 세. 요. 딩. 동. 댕."

그 말이 끝나기 무섭게 미호의 총알이 웨이터의 오른팔을 꿰뚫었다.

"으악!"

그러자 강태혁은 까리를 보며 눈을 장난스레 깜박거렸다.

"넌 그래도 나름 보스니까, 특별하게 이마빡으로 하자. 어때?"

그러며 두 손으로 까리의 머리를 붙잡고는 얼굴을 미호 쪽으로 돌려대려 했다.

"제… 제, 제발, 사… 사, 살려주십시오. 모… 모… 몰랐습니다. 강 형사님과 함께 일하시는 분인지 모, 모, 몰랐습니다."

그러고는 재빨리 품안에서 핸드폰을 꺼냈다. 조금 전 사정없이 맞아 부어오른 입안으로 피가 터져 나온 것을 침과 함께 꿀꺽 삼켰다. 그리고 보스의 전화번호를 찾다가 당황한 표정이 되어 강태혁을 보았다. 그것을 보고 그가 씩 웃었다.

"전파차단장치를 해 놔서 전화가 안 터지지? 그래서 우리가 이 룸 안에서 버티고 있어도 너희들 쪽수로 밀어붙이면 우리 목을 딸 수 있다고 계산하는 거잖아, 안 그래?"

귀신같은 소리에 까리는 더 강하게 고개를 흔들어 부인했다.

"아… 아, 아닙니다, 강 형사님."

조금 전 까리는 둘이 들어오는 순간 심상치 않다고 생각했다. 밖에 백업이 있든지 아니면 병력이 곧 도착할 거라 생각했다. 하지만 설치는 것을 보는 순간 아니란 직감이 들었다. 둘뿐이었다. 그렇다면 어떻게든 할 수 있단 계산이 섰다. 총알은 한정이 있게 마련이고 완력은 자신들이 우위였다. 숫자도 더 많았다. 하지만 비위를 거스르면 저 미친년은 정말로 머리에 총알을 박아 넣을 것 같았다. 살얼음판을 디디는 것처럼 조심해야 했다. 전파차단이 된 이 VIP룸에서는 전화도 되지 않으므로 경찰에 연락할 수도 없었다. 시간을 끌면 끌수록 밖에선 자신이 나오지 않는 것을 보고 이쪽 상황을 의심할 테고 그럼 다른 부하들이 모여들 거라 계산했다.

그런데 이 미친개가 천연덕스럽게 그걸 지적했다. 거기까지 생각하고 들이닥친 거라면 대안을 마련했단 소리였다.

"까리야, 잔대가리 굴리는 소리가 여기까지 들린다. 넌 그만 생각하고 네 핸드폰을 저 새끼한테 줘."

그러며 매니저를 가리켰다. 매니저가 재빠르게 달려왔다. 몸에 밴 눈치였다. 자신만 총에 맞지 않은 이유를 깨달았다. 멍청하게 쓸데없는 소리를 하거나 어물쩍거리다가는 몸에 총구멍이 날 거였다.

까리가 매니저에게 핸드폰을 건네자 강태혁이 매니저를 향해 고개를 돌렸다.

"너 나가서, 똥식이에게 전화해. 여기 상황을 말해. 기지배 일을 좆 나게 이상하게 푸신 좆 까리 선생 때문에 윗분들께서 좆 나게 화가 나셨다고 말해. 20분 내로 오면 그럭저럭 내가 여기 정리를 하고 윗분들께 말씀 잘 드리겠지만 늦으면 나도 어쩔 수 없다고 전해. 일단 까리 새끼 마빡에 총알을 박아 넣고 올라가, 윗분들께 '보내신 기자까지 잡아먹었습니다'고 보고하면 어떤 일이 벌어질지 나도 모르니까 말야. 알겠어?"

그러고는 징그럽게 웃었다.

뒷말은 고위 인사들 성 로비를 한 것을 넘겨짚어 을러댄 거였다. 윤소영과 상관없는 일이지만 구린 놈들이 다급해질 충분한 이유가 될 거였다.

지배인은 두려움에 몇 번이고 입으로 되뇌며 끄덕였다. 자신이 이 아수라장을 빠져나가게 되었다는 것만으로도 감지덕지했다. 나가려는 그를 강태혁이 불러 세웠다. 중요한 것을 까먹었는데 이제야 생각났다는 듯이 덧붙였다.

"똥식이 보고, 올 때 비엔나소시지처럼 애들 주렁주렁 달고 와도 된다고 그래. 오랜만에 회포 좀 풀게. 알겠지?"

그러고는 부리나케 나가는 지배인을 보고는 강태혁이 소파에 등을 푹 기댔다.

"어디 똥식이 배짱 한번 볼까."

그러고는 까리를 향해 씩 웃었다.

"참, 총이 두 개란 소리는 안 했던가? 돈이 없어서 두 번째 총에는 소음기를 못 붙였어."

숨소리조차 들리지 않을 정도가 된 룸에서 강태혁이 잔에 위스키를 콸콸 따라 단숨에 들이켰다. 그리고 미호를 손가락으로 가리키며 까리의 귀에 대고 말했다.

"쟤가 나가서 메인 홀에서 총을 몇 방 쏴대고 다시 돌아오면 신나겠지?

그지? 아, 이런. 이미 네 머리통을 박살낸 후니까 넌 못 느끼려나?"

까리는 저도 모르게 등골이 오싹해졌다.

"20분만 기다려. 똥식이가 안 오는 게 더 재미날 것 같아. 안 그래? 우리 한번 신나게 놀아보자고."

까리가 아는 미친개는 한다면 하는 놈이었다. 형사일 때도 제멋대로 법의 테두리 바깥을 넘나들었다. 그런데 지금은 형사도 아니었다. 게다가 저 무표정한 미친년이 이 짧은 시간 보여준 냉혹한 짓거리를 감안하면… 충분히 그러고도 남을 것 같았다.

미친개는 거기까지 생각했던 거였다. 전화도 안 되고 무전이 터지지 않아도 단 한 방의 총성으로 그 모든 것을 합한 효과를 내고도 남을 거란 걸 계산했던 거였다.

메인 홀에 총을 쏜다면 나이트클럽 안 모든 사람들이 다 알게 될 거였다. 도망치고 달아나는 것만이면 그래도 괜찮지만 그게 아니었다. 그들 모두 손에 다 핸드폰을 쥐고 있었다. 잠자는 것보다 SNS에 미친 요즘 것들은 이 끝내주는 상황을 인터넷에 실시간으로 올릴 거다. 그게 퍼지는 것은 채 1분도 안 걸릴 거다.

총성과 SNS.

자연스레 경찰이 알 수밖에 없었다. 경찰이 신고를 받고 출동하기까지 아무리 길어도 15분을 안 넘길 것 같았다.

그 정도 시간 동안 이 VIP룸에서 총을 들고 농성을 하는 것은 미친개와 미친년에겐 아무 일도 아닐 거였다.

까리는 속으로 기도했다. 믿지도 않는 신을 향해 보스가 빨리 오기를 간절히 기도했다.

누구 동아줄이 질길까

*

정확하게 18분 후, 동식이파 보스인 DS유통 지동식 회장이 VIP룸 안으로 들어섰다. 50대 중반에 배가 조금 나왔지만 땅딸막하고 단단한 체격이었다. 머리숱이 줄어들며 이마가 벗겨지는 중이었지만 눈매는 잡아먹을 듯 날카로웠다.

아무리 때려도 미동도 안 할 것 같이 샌드백처럼 부푼 덩치 둘을 대동하고 들어섰다. 강태혁은 역시, 하며 비웃었다. 지동식은 표정은 당장 그를 씹어 먹을 듯 했지만 낮은 목소리는 반가운 친구를 만난 듯 살짝 올라갔다.

"오랜만입니다, 강 형사님."

강태혁이 피식 웃었다.

"형사 그만뒀어. 지금은 백수야. 폼 잡지 말고 이리 와 앉지 그래."

나이도 한참 어린 것이 부하들 앞에서 막말을 뱉어내는 것에 지동식의 눈에 분노의 빛이 스쳤지만 곧 미소 띤 표정을 지으며 강태혁 옆으로 가서 앉았다. 그리고 앞에 세팅되어 있는 잔을 들어 그에게 권했다.

"한 잔 하시지요?"

말은 여전히 정중하고 부드러웠지만 눈은 이글거렸다. 보스가 졸개들 앞에서 못 보일 꼴을 보이는 것을 생각하면 그럴 만도 하겠다 싶었지만, 강태혁은 전민주와 윤소영을 생각하면 이도 너무 과분하게 너그러운 거란 생각이 가슴을 쳤다.

"아니 됐고. 너무 오래 앉아 있어 엉덩이가 아파. 한 가지만 물어보고 가려고."

"애들은 물릴까요?"

강태혁은 그제야 생각났다는 듯 룸 안을 건성으로 보고는 끄덕였다.

"그러지. 조용히 좀 하라니까, 똥마려운 강아지 새끼들처럼 낑낑 대는 소리가 역겨워서 말야."

그러고는 손가락으로 지동식과 함께 들어온 둘을 가리켰다.

"야, 거기 부푼 풍선 둘. 이 강아지 새끼들 끌어내."

양복이 터질 듯한 둘은 눈알을 부라렸지만 자신들 보스의 눈짓을 살피고는 군말 없이 부상당해 쓰러져 있던 자들을 하나둘씩 끌어내 나갔다.

룸에는 소파에 앉은 강태혁과 지동식과 까리, 그리고 벽 쪽에 무심한 듯 서 있는 미호만 남았다. 지동식이 강태혁의 술잔에 위스키를 따르며 말했다.

"무슨 일이십니까?"

강태혁의 표정에 살기가 돌았다.

"이봐, 지 회장."

이때까지와 달리 낮게, 그것도 공식 호칭을 가라앉은 음성으로 부르는 것에 지동식이 긴장했다.

"나 퇴직한 거 알지?"

"예, 압니다."

"강사질 해서 먹고 사는 것도 알지?"

조금 주저하다가 답했다.

"까리에게 들었습니다."

"지 회장, 내가 언제 당신 영업에 훼방 났나?"

그가 고개를 흔들었다.

"아닙니다."

"그런데 왜 내 인생에 자꾸 끼어들어 짱돌을 던져?"

"예?"

"내 여자를 왜 당신 똘마니 새끼들이 찝쩍대는 거야?"

지동식의 눈에 당황한 빛이 짧게 스쳤다.

"그게…?"

"내가 데리고 있는 애를 당신이 데려갔다며?"

날카롭게 노려보는 강태혁의 시선에 지동식이 움찔했다.

"요즘 인신매매사업도 하냐? 애들끼리 돌려 먹고 섬에 갖다 팔려고? 지금이 80년대인 줄 알아? 그 여자애가 기자인 건 알지?"

"기… 기자요?"

지동식은 복잡한 표정이 되었다. 그의 육감은 지동식이 납치 건에 대해 전혀 모르는 눈치였다. 그것이 그를 다급하게 만들었다. 그러나 표정은 한껏 태연하게 꾸며냈다.

"같이 오라고 말한 거 같은데 귓구녕이 막힌 거야, 아니면 간뎅이가 부은 거야?"

"그, 그게 아니라…."

"아하, 넌 모르는 일이다, 이건가? 그렇게 오리발 내밀고 그냥 넘어 가겠다?"

"아… 아, 아닙니다. 잠시만 기다려주십시오."

그러더니 자리에서 일어나 문을 열었다.

그 순간에도 메인 룸 토네이도의 휘황찬란한 바람은 쉬지 않는 것 같았다. 찢어지는 음악이 룸 안으로 밀려들어왔다. 문을 연 채 지동식이 바깥의 누군가를 향해 뭐라고 말하는 듯했다. 그리고 문을 닫았다. 다시 돌아와 그의 옆에 앉는 지동식의 얼굴은 분노로 이마까지 시뻘게져 있었다.

"조직의 기강이 아주 말이 아니군. 당신이 모르는 일도 다 있어? 지 회장도 이젠 한물갔어."

조롱 투였지만 지동식은 아무 말도 않고 입을 꾹 다물었다.

"꼴에 마취약까지 준비해서 납치를 했어요. 내 여자인 줄 알고 아주 만반의 준비를 했던데. 그러니까, 내가 경찰 옷 벗었다고 이젠 한번 해 볼만하다 그렇게 생각한 거지?"

지동식의 눈썹이 꿈틀했다. 그건 강태혁의 말 때문이 아니었다. 옆에 앉은 까리의 몸이 가늘게 떨리는 것이 느껴졌다.

"그게 아닙니다. 죄송합니다."

지동식이 고개를 숙여 조아렸다.

"이봐, 지 회장!"

강태혁은 지동식의 눈을 물어뜯어 질겅질겅 씹어 먹을 것처럼 노려보았다.

"만약 그 애가 와서 조금이라도 이상한 말을 하면…, 넌 오늘 이 자리에서 차라리 죽여 달라고 애원하게 될 거다."

강태혁의 한껏 누른 낮은 목소리에 서린 차가운 분노를 느낀 지동식이 움찔했다. 그리고 저도 모르게 침을 꿀꺽 삼켰다.

"지난번에 그냥 넘어가 줬더니 아주 날 호구로 보는 거지?"

그러며 강태혁이 품안에서 사진을 꺼내 그의 앞에 던졌다. 문제의 킹모텔 사진이었다.

"왜 자꾸 내 주변의 여자들만 골라 괴롭히는 거야?"

그것을 보는 까리의 눈빛에 불안이 재빨리 떠올랐다 사라지는 것을 강태혁이 놓치지 않았다. 반면 사진을 집어 들고 살펴보던 지동식은 골똘히 살펴보고는 테이블에 사진을 내려놓았다. 강태혁이 말했다.

"내가 가르치던 여자애인데 말야. 죽었어, 8월 말에."

그 말에 지동식의 얼굴이 순간 딱딱하게 굳어졌다. 미친개가 날뛰는 이유를 비로소 깨달은 듯했다.

"경찰에선 내가 그 여자애를 데리고 놀다 버렸다는 거야. 그래서 그 충격에 애가 자살을 했다고 날 잡아다 책임지라고 난리를 피우더군."

지동식의 얼굴이 서서히 벌겋게 달아올랐다.

"내가 이런 거 상당히 불편해 한다는 거 알지?"

미친개란 별명을 얻게 된 이유를 지동식도 알았다. 취조하던 강간범 목덜미를 달려들어 정말로 물어뜯었기 때문이었다. 다른 것보다 그가 더 치를 떠는 범죄가 뭔지 잘 아는 지동식은 단단히 잘못되었다는 것을 깨달았다. 이마에 진땀이 배어났다.

"내가 학교에 가서 너희 애들 몇을 만나 가볍게 농담 몇 마디를 했어. 그랬더니 말해 주더군. 애들이 꽤나 착하던데. 그래서 편안하게 휠체어에 앉아 노후를 보내라고 해줬어. 늙어서 할 건데 미리 휠체어 타고 연습하면 좋잖아, 안 그래? 그리고 밥이 맛이 없다나 뭐라나, 그래서 빨대로 죽을 빨아먹는 것도 괜찮겠다 싶어 살짝 도와줬어. 착하더라고, 애들이, 아주."

능글거리는 말투가 짙어질수록 지동식의 눈이 심하게 흔들렸다.

"그 착한 애들 말이, 그 여자애를 좀 가볍게 터치를 하고 조금 효율적으로 술을 퍼먹게 했다나 봐."

지동식이 잠시 눈을 감았다. 머리에 철퇴가 내려치는 느낌이었다.

"입이 너무 작아 그랬는지, 먹기 좋게 입에 깔때기를 끼워 넣고 참이슬

페트병을 친절하게도 부어줬다고 하더군. 아, 물론 다른 애들한테 좀 재미 보라고 돌렸고 말야. 애들이 참 민주주의를 좋아해. 공평하게 돌리느라 꽤나 힘들었나 봐."

강태혁의 이죽거리는 말 속에 담긴 뚝뚝 떨어지는 시퍼런 분노에 지동식의 벗겨진 이마에 땀이 송글송글 맺혔다.

"그런데 왜 죽인 거야? 진짜 이유가 뭐야? 나 때문에 죽인 거야?"

갑자기 강태혁이 말투를 바꿨다.

"대답에 따라서 내일 아침이 있느냐 없느냐가 결정될 거야. 알지, 지 회장?"

이곳으로 오기 전에 토네이도 매니저에게 상황을 들었다. 토네이도에 와서는 복도 CCTV를 통해 VIP룸으로 들어간 자가 강태혁 같다는 생각을 하는 순간 어느 정도 각오는 했다.

강태혁은 미친개처럼 날뛰지만 아무 때나 그러지 않는다는 것을 잘 알았다. 조폭과 형사가 친하게 지낼 수는 없지만 몇 가지 일로 경찰서 신세를 지게 될 때, 생각보다 강태혁이 무작정 꼴통이 아니란 것 정도는 알아보았다. 그래서 총질해대는 기괴한 단발머리에 대해 듣고도 정면 승부를 할 생각으로 혼자 들어선 거였다. 말로 충분히 풀 수 있는 상대였다. 하지만 집단강간에 깔때기로 소주를 들이부어 알던 여학생을 죽였다면… 얘기가 조금 달랐다. 또 여기자 얘기는 뭐란 말인가….

미소 띤 얼굴에 핏발이 선 강태혁의 눈을 마주한 순간, 지동식은 하나밖에 답이 없다는 것을 깨달았다.

있는 그대로 말하는 거였다. 여기자 납치 건은 처음 듣는 말이지만, 영흥대학교 건은 알고 있었다. 다만 그 여학생이 미친개와 관련이 있다는 것은 방금 알았다.

"저희 사업에 방해가 되어서 아래 것들이 손을 봐 준다는 것이 그만 그 렇게… 되었습니다."

강태혁이 소파에서 등을 떼며 몸을 앞으로 숙이며 말했다.

"이봐 지 회장, 이상하잖아. 여자애를 손봐준다면 그냥 돌리기만 하면 되잖아? 그런데 왜 죽여? 그게 처리가 더 복잡하지 않아? 안 그래?"

그가 잠시 지동식의 번들거리는 이마와 눈을 지그시 노려봤다.

"너희들이 언제부터 살인까지 저질렀어? 이젠 사업을 납치와 청부살 인, 시체 처리로 확장할 생각이냐? 그런 거야?"

지동식은 뭐라 답해야 할지 몰라 난감했다. 그 모습에 강태혁이 등을 다시 뒤로 젖혀 소파에 몸을 파묻었다. 인상을 찡그렸다.

"미호."

그의 말이 떨어지기 무섭게 공기를 가르는 소리가 들렸다.

슉-.

"악!"

강태혁의 옆에 앉아 있던 까리의 왼쪽 어깨에 총알이 꽂혔다. 까리는 오른손으로 자기 입을 억지로 틀어막았다.

강태혁은 세상일에 무심한 듯 앞에 놓인 위스키를 잔에 따랐다.

갑작스런 상황에 놀란 지동식은 눈이 휘둥그레졌다. 밖에서 들었던 상 황을 직접 눈으로 보자 바짝 긴장이 되었다. 미친개의 비위가 조금만 뒤 틀리면 정말 총알을 자기 심장에 박아 넣을 것 같았다. 두려움이 솜털처 럼 일어났다.

강태혁이 위스키를 입에 털어 넣고 천천히 말했다.

"나 지금 기분이 별로야. 말이 안 되는 소리를 들으면 신경질이 나거든. 왜 여자애를 죽였냐는데 지랄 맞을 개소리나 계속 짖어댈 거야? 그 대답을 하는 게 그렇게 어려워?"

"그게…."

더듬거리는 순간, 미호의 총알이 앉아 있는 까리의 왼쪽 허벅지에 박혔다. 언제인지 미호가 귀신처럼 그들 주위에 두 걸음 가까이 다가와 있었다.

"머리가 나빠 영 못 알아듣는 것 같으니까, 정리해서 말해줄게, 잘 들어."

강태혁이 두 손을 앞으로 내밀어 박수치듯 맞잡았다. 세상에 두 번 다시없을 협상을 하는 듯한 자세를 취했다.

"의도적으로 여자애를 죽였어. 그리고 내가 그 여자애와 섹스를 벌였다는 정황을 물씬 풍기는 허접스런 사진을 합성해서 장난질을 쳤고."

그러며 테이블 위에 놓은 킹 모텔 사진을 가리켰다.

"저 장난질 때문에 강사질을 못 하게 된 건 대강 넘어가겠는데, 경찰들이 나보고 저 여자애와 섹스를 했냐고 다그치는 건 상당히 곤란하더군. 그러니까 경찰 말이, 선생인 내가 저 여학생을 따먹었고 팽개쳤다는 거야. 내가 그런 소리를 내 안방 같은 경찰서 취조실에서 들었다고. 알겠어?"

지동식의 얼굴이 다시 달아올랐다.

"내가 하고 싶은 말은 말야, 내가 그냥 넘어가지 못하도록 빤히 밝혀질 게 뻔한 조작 사진 같은 걸로 어떤 씨발 새끼가 날 엿 먹였다고!"

저도 모르게 욕을 내뱉은 강태혁은 감정을 추슬렀다. 필요한 것은 그것이 아니었다.

"중요한 건 말야, 저런 사진이 나돌아도 그 여자애가 죽지 않았다면 내가 경찰서까지 가서 모욕을 당하지는 않았을 거란 거야. 그러니까 여자애가 죽은 이유가 내겐 정말 중요한 문제란 거지."

강태혁의 말에 분노가 터질듯이 차오르자 지동식이 힐끔 미호 쪽을 쳐다봤다.

"그런데 그 여자애를 글쎄 니들이 죽였다는 거야. 게다가 지금은 내가 데리고 다니는 신문 기자까지 납치해 가고 말야. 자, 이러니 내가 당연히 궁금증을 갖지 않겠어, 안 그래?"

강태혁이 노려보았다.

"내가 궁금한 건 말야, 어느 게 진짜 목적이냐고? 여자애를 죽이는 거야, 아니면 날 엿 먹이려는 거야? 어느 쪽이야?"

그는 물론 어느 정도 짐작은 있었다. 그리고 지금은 이게 중요한 것도 아니었다. 윤소영의 행방이었다. 아니 무사하게 돌아오는 거였다. 하지만 이렇게 밀어붙이지 않으면 놈들은 어떻게든 감추며 오리발을 내밀려 할 게 뻔했다. 납치는 큰 사건이었다.

"어느 쪽이냐고? 응?"

그때 문을 노크하는 소리가 났다. 그리고 문이 벌컥 열렸다. 윤소영을 데리러 갔던 지동식의 덩치가 다급한 얼굴로 들어왔다. 90도로 고개를 숙이고는 말했다.

"저…, 회장님."

덩치에 안 맞게 우물쭈물 거리는 것에 강태혁이 불안해졌다. 뭔가 사달이 난 거였다.

"뭐야?"

지동식의 성난 표정에 덩치가 강태혁을 흘깃거리며 답을 했다.

"경찰이 애들을 덮쳤습니다."

"뭐?"

"경찰특공대가 여기자를 저희 애들과 함께 연행해 갔습니다. 그래서…"

강태혁은 잠시 정리가 되지 않았다. 재빨리 미호를 보았다. 미호의 표정은 변화가 없었지만 눈빛은 그녀 역시 생각지 못했다고 말하고 있었다.

강태혁은 다급해졌다. 이렇게 노닥거릴 때가 아니었다.

일이 이상하게 꼬이고 있었다. 이때껏 가만히 있던 경찰이 동식이파의 아지트 하나를 급습했다는 것은 공교롭기 그지없었다. 그는 우연을 믿지 않았다.

강태혁이 말했다.

"지 회장, 라이터 있어?"

강태혁이 찾던 여기자를 경찰이 데려갔다는 말에 난감하던 지동식은 그 말에 사면이라도 받은 듯 움직였다. 재빨리 테이블 한쪽 재떨이 옆에 놓인 1회용 라이터를 집어 두 손으로 그에게 내밀었다.

그것을 받아 쥔 강태혁이 라이터를 오른손으로 빙글빙글 돌리며 말했다.

"이미 다 들었지?"

"예? 무슨…?"

"지배인 놈이 나가서 말했을 거 아냐, 메인 홀에 나가서 총을 쾅쾅 쏴대면 사람들이 우르르 몰려들 거라고 말이야. 아닌가?"

시간이 부족해 대충 들었지만 총을 쏴서 사람들을 놀래켜 혼잡하게 만들고 경찰이 출동하도록 할 거란 소리를 들었다.

"네가 데려온 풍선 덩치들이 저 문 밖에 있겠지?"

지동식은 답을 하지 않았다. 그것을 보고 씩 웃으며 강태혁이 라이터를 미호에게 던졌다. 그것을 깔끔하게 잡은 미호는 언제 잡았느냐는 듯이 미동도 없어 보였다. 공중에서 라이터가 사라지는 마술을 부린 것처럼 보였다.

"이 방에 전파방해장치가 있어 전화는 안 터지고, 밖에 나가 총을 쏴서 사람들에게 알리려니 덩치들이 죽 늘어서 있어 그것도 힘들고, 그럼 어떻게 해야 하나?"

그러며 강태혁은 빙글빙글 약 올리며 번들거리는 지 회장의 대머리를 무심히 쳐다봤다.

지동식도 VIP룸 안으로 들어올 때 생각한 바가 있었다. 혹시 미친개가 진정하지 않고 날뛰면, 아무리 총을 쏴대도 밀어붙일 생각이었다. 부하 몇이 나가 떨어져도 덮칠 수밖에 없단 생각이었다. 체면이 이 정도로 구 겨지면 조직이 어떻게 될지 모르기 때문이었다.

그런데 미친개가 묻는 말들은 죄다 그가 모르는 말이었다. 까리 이 새 끼가 제 멋대로 날뛴 것이 이해가 되지 않았다. 용서도 되지 않았다. 미친 개를 때려잡지 못할 거면 애초에 건드리지 말았어야 했다.

"이봐 지 회장, 대한민국 소방법은 알지?"

무슨 소린지 의아한 눈으로 강태혁의 얼굴을 봤다.

강태혁이 위스키를 마저 마시더니 그 잔을 그대로 위로 천장을 향해 던 졌다. 잔이 천장에 튕겼다 바닥에 떨어져 쨍그랑 깨졌다. 그 소리가 멈추 자 강태혁이 말했다.

"저 위에 있는 스프링클러에 불을 가져다 대면 어떻게 될까? 물이 뿜어 져 나와 옷이 좀 젖겠지만, 밖에 있는 소화전에서 비상벨이 울리겠지. 물 론 이런 정도의 건물이라면 소방서에 신고도 될 테고 말이야, 아닌가?"

지동식은 저도 모르게 어금니를 깨물었다. 토네이도가 있는 건물 전체 가 자신의 소유가 아니었다. 미친개의 말대로 건물의 소방점검은 철저했 다. 게다가 나이트클럽이 있는 건물은 더 세심하고 꼼꼼했다. 사람들이 많이 모이는 곳이니 화재라도 나면 그야말로 날벼락이었다. 혹여 사람이 라도 죽으면 경찰, 소방서 등등의 책임자가 문책을 받아 옷을 벗어야 할 지도 몰랐다.

"자, 이제 그만 가자고."

이 얄미운 강태혁이 계산에 계산을 하고 의도적으로 호랑이 굴속에 들어왔다는 것을 비로소 알았다. 그러자 지동식은 대뜸 따라 일어서며 입을 열었다.

"입구까지 제가 모시겠습니다."

고개를 숙이면서까지 이렇게 말하는 지동식의 모습에 강태혁이 씩 웃었다.

"그래야지. 억지로 총구의 협박에 끌려가는 모습을 아랫것들에게 보이는 건 아무래도 쪽팔리잖아, 그렇지?"

그러고는 고개를 지동식의 얼굴 가까이 숙이며 그의 귀에 속삭였다. 물론 총 두 방을 맞고 신음소리를 삼키며 피를 흘리고 있는 까리에게도 들릴 정도의 목소리는 됐다.

"회장도 모르는 일이 DS 유통엔 꽤나 많은가 봅니다, 지동식 회장님."

VIP룸 문손잡이를 잡고 돌리다 말고 강태혁이 이제야 겨우 생각났다는 듯 검지 손가락을 들어 자신의 이마 한 가운데를 톡톡 치며 말했다.

"아참, 이제부터는 여기를 쏘려고. 나도 약이 좀 올랐거든."

그러며 이죽거렸다.

"몇 놈이나 데려오셨는지 모르지만 총알 수만큼은 돼야 할 거야. 회장님은 예우 차원에서 맨 마지막까지 남겨드리지. 어때? 이 정도면 내가 체면은 세워주는 거 맞지?"

문을 열었다. 메인 홀의 전자음이 고막을 강타했다.

토네이도 입구까지 나가는 동안 지동식의 지시에 밀려 길을 튼 덩치들 몇이 기세등등하게 그와 미호를 노려보았지만 그게 전부였다. 누구에게든 목숨은 하나였고 굳이 나서서 공을 세울 일도 아니었다. 표정을 읽을 수 없는 미호의 기계 같은 눈길이 머무는 곳마다 놈들은 오한을 느꼈다.

밤거리의 소음과 냄새가 살아있는 지상으로 올라왔다.

강태혁은 잠시 어두컴컴한 하늘을 올려다보았다. 그리고 옆에 선 지동식에게 말했다. 토네이도에 있을 때와는 다른 차분한 말투였다.

"대선을 앞두고 요즘 경찰 애들이 실적 때문에 골머리를 싸매고 있는 건 알고 있지? 승진하겠다고 날뛰는 놈들은 언제든 있고 말야."

처음엔 무슨 소린지 알아듣지 못했다.

"학교에 장부 몇 개가 굴러다니더군. 불곰과 뱁새의 핸드폰에도 이상한 게 수두룩하고. 카톡 내용은 휘황찬란하던데."

지동식의 벌게진 대머리가 불빛에 화끈거리는 듯 보였다.

"총학 예산처럼 코 묻은 돈 삥땅친 건 경찰 애들이 신경도 안 쓸 거야. 하지만 대학생들에게 사기 쳐서 다단계에 팔아먹은 건 얘기가 좀 다르잖아. 거기에 여고생까지 클럽과 룸싸롱에 팔아먹었으니 완전 빼박 아냐?"

강태혁의 말에 피곤함이 묻어났다.

"또 좀 반반한 애들은 골라서 관청과 정치권에도 보냈더군. 이건 아무래도 좀 덩치가 있는 건 아닌가? 나 같은 또라이들이 경찰에 여럿 있거든. 걔네들이 물고 늘어지면 골치 아플 것 같던데. 딸 같은 애들 따먹은 윗분들이 질색하실 텐데, 그 불똥이 어디로 튈까? 아무래도 만만한 쪽이겠지, 그렇겠지? 너희 같은 깡패새끼들이 피똥 싸지 않겠어? 안 그런가?"

무슨 말인지 단번에 알아들은 지동식은 입안이 바싹 말라들었다.

"학생 애들 돈 그냥 탕감해서 정리하고, 철모르고 달려든 여자애들은 풀어줘. 이미 꿀물은 빨아먹을 만큼 다 먹었잖아. 안 그래? 그럼 장부는 그냥 묻어 두지."

지동식은 완전히 코가 꿰었다는 표정이었다.

"싫으면 맘대로 해. 날 죽이고 장부를 뺏는 것도 괜찮은 방법이긴 해."

당치도 않다는 듯 완강히 부인하는 눈길의 지동식에게 강태혁이 다시 능글거렸다.

"하나만 곰곰이 생각해 봐. 경찰도 아닌 내가 어떻게 저렇게 총을 쏴대는 여자를 데리고 다니게 되었을까? 그리고 니 애들 가슴에 구멍을 내고도 눈 하나 깜짝 안 하는 이유는 또 뭘까? 이 자신만만함은 뭘까? 잘 생각해 봐, 아주 많이 유익할 거야."

그러고는 지동식의 이마를 들이받을 정도로 얼굴을 바짝 들이댔다.

"그 여기자가 경찰에서 몸 성히 나오기를 기도하는 게 좋을 거다. 내가 오늘 아침에 본 그대로가 아니라면, 그러면…, 네 목아지를 한 입씩 물어서 뜯어내 주마. 아주아주 흥겨울 거야. 기대해."

이쪽 바닥에서 닳고 닳은 지동식이지만 광기로 번들거리는 강태혁의 눈빛에 담긴 시퍼런 분노가 가슴을 서늘하게 했다.

"정치권에 여자 갖다 바친다고 어물쩍 넘어갈 수 있을 거라 착각하지 마. 네가 잡은 동아줄이 허공에서 끊어져 대나무 숲에 떨어지면 배 터져 죽는다."

살기가 어린 그의 눈이 희번덕거렸다. 입술이 비정상적으로 비뚤어지며 까랑까랑한 쇳소리가 배어져 나왔다.

"그래도 살아나면 내가 직접 네 창자를 죽창으로 쑤셔주지. 배가 뚫리고도 몇 분이나 살 수 있는지 꽤나 궁금하거든."

복도에 서 있는 여자와 토네이도

*

연이은 폭력의 기운이 강태혁의 온몸을 지배했다. 몸을 휘감고 올라가는 흉폭한 긴장이 흥분한 근육을 욱신거리게 했다. 윤소영이 납치되는 장면을 CCTV로 확인했을 때부터 치솟았던 아드레날린이 멈출 줄 모르고 뿜어져 나왔다.

하지만 미호는 달랐다. 천연덕스럽게 총을 쏘고도 늘 있었던 일처럼 차분하게 운전을 했다.

밤 깊은 시간이라 주변에 인적이 많지 않았다. 미호는 제네시스를 천안 서북경찰서 옆 이면 도로에 주차시켰다. 여차하면 도주하기에 용이한 위치였다.

'설마 경찰서에서도 총을 쏠 생각은 아니겠지?'

오는 동안 몇 가지를 정했다. 미호가 회사에 연락해서 확인한 후에 나온 결정이었다. 회사는 관여하지 않았고 경찰의 급습은 현재로선 경찰 자체의 판단으로 보인다는 전언이었다.

경찰서로 달리듯 걷는 강태혁의 눈에 경찰서 이름과 마크가 들어오자 심호흡을 했다. 차분해지려 노력했다. 그러자 흥분으로 따져보지 못했던 것이 떠올랐다. 제일 먼저 생각했어야 하는 문제였다.

'어떻게 윤소영이 힐튼에 있는지 알았지?'

몇 가지 짐작은 있었다. 지금 경찰서로 들어가서 확인할 것이 그 중 하나의 답이었다.

IC 리서치 기자신분증을 제시하고 정문을 통과했다.

당당하고 과감하게 움직였다. 들어본 적도 없는 신문사였겠지만 의경이나 샌님 경찰들이 막아서기엔 강태혁과 미호의 움직임은 권력의 냄새를 짙게 풍기고 있었다.

강력반 사무실 앞에 도착했다. 미호는 복도에서 기다리기로 하고 강태혁만 안으로 들어갔다.

강력반은 시끄럽지는 않지만 늦은 밤인데도 가벼운 흥분과 활기로 분주했다. 이 시간 이런 활기는 특별한 일이 있다는 의미였다.

"동료를 찾으러 왔습니다."

문가에 앉은 순경제복을 입은 남자에게 신분증을 내밀듯이 보여주고 재빨리 말을 이었다.

"중앙일보 윤소영 기자라고 여기 있단 말을 듣고 왔습니다. 지금 어디 있지요?"

"기자라면 저쪽 기자실 쪽으로 가보셔야 하는데요."

물론 보통 기자라면 뭐라도 떨어지는 것 없나 기웃거리며 기자실에서 숙직을 할 것이다. 멍청한 말은 아니지만 한심한 소리였다. 말귀를 못 알아듣는 얼치기와 실랑이 할 시간이 없었다.

"한형철 형사는 지금 어디 있습니까?"

"한 형사님은 지금 바쁘신데요? 누구시라고 했죠?"

하루 종일 폭력으로 흥분한 분노가 채 가라앉지 않은 것이 촌각을 다투는 상황이란 화급함과 맞부딪혀 터져 나왔다.

"기자라고 했잖아, 이 병신아."

무시하고 사무실 안쪽으로 그냥 쑥 들어갔다.

"뭐요? 당신 거기 서! 안 서!"

그러며 책상에서 일어나 달려와 그의 어깨를 잡으려 했다. 잡았다면 주먹을 날릴 수도 있을 찰나였다. 그때였다.

"아니, 강태혁 씨?"

한형철 형사였다. 손에 서류를 잔뜩 들고 걸어오고 있었다. 상황을 짐작한 한 형사가 달려온 순경을 향해 눈짓을 했다. 그러자 순경이 짧은 욕을 내뱉으며 돌아갔다.

한 형사가 강태혁의 곁에 와서 목소리를 낮춰 물었다.

"아니, 여기서 뭐 하세요?"

"길게 말할 시간은 없고, 나와 같이 일하는 여자 알지?"

"예?"

"왜 지난번에 만났잖아? 하얗고 예쁘게 생긴 여기자."

"아, 그 사람. 그런데 왜요?"

연기라면 대단하단 생각을 했다. 전혀 모른단 표정이었다.

"여기 잡혀 왔다는데 대체 무슨 일이야?"

한 형사가 놀란 표정으로 눈썹이 올라갔다. 그러더니 취조실과 유치장이 있는 안쪽으로 들어갔다. 그를 뒤따랐다. 다른 형사들은 자기 일에 바쁘기도 했지만, 너무나도 자연스럽게 보이는 강태혁의 모습과 움직임에 이상하단 생각을 하지 못했다. 한 형사와 공조하는 다른 경찰서 형사 정도로 여긴 듯했다.

유치장에는 없었다.

취조실 몇 군데를 벌컥 열어보며 다니고 나서야, 비로소 서릿발처럼 차갑게 앉아 있는 윤소영을 볼 수 있었다. 겉보기에 달라진 것은 없어 보였다. 지친 표정이었지만 그녀는 조금도 변함이 없었다. 그래야 했다.

온갖 망상으로 두근두근 번잡했던 마음이 씻은 듯이 사라지자, 강태혁은 저도 모르게 눈물이 왈칵 쏟아질 듯 뭉클해졌다. 재빨리 눌러 없앴다. 그런 그의 시선이 윤소영의 눈빛과 마주쳤다. 그녀의 눈빛은 가늠할 수 없이 차가웠다.

그 취조실 안에는 터틀넥이 빵빵하던 근육질 땅딸보가 앉아 있었다. 오나가나에서부터 악연이던 그 망할 형사였다.

그들이 문을 왈칵 열고 들어선 것을 보자, 김안식 형사가 깜짝 놀란 표정으로 돌아보았다.

"김 형사, 지금 뭐하는 거야?"

한 형사의 말에 김 형사가 순간 당황했다. 무엇보다 그 문제의 강태혁이 같이 들어선 것에 더 그런 것 같았다.

"취, 취조 중입니다."

"저 여자를?"

"예, 그게 동식이파 아지트에 같이 있는 걸 경찰특공대가 연행해 왔습니다."

말이 복잡해지면 상황이 더 꼬일 것 같았다. 강태혁이 재빨리 끼어들었다.

"잠입 취재 중인 기자를 지금 영장도 없이, 현행범도 아닌데 연행했단 뜻이군요?"

"뭐?"

근육질 땅딸보는 여전히 앙금이 남아 있었다. 선임인 한 형사만 없었다면 대번 욕설을 내뱉을 것 같았다.

"저와 같이 천안지역 조직폭력단을 조사하는 중앙일보 윤소영 기자입니다. 천안지역 조폭들이 경찰과 연계되어 있다는 첩보를 입수하고 취재 중이었습니다. 그런데 그런 기자를 경찰이 아무 설명도 없이 잡아다가 이

한밤중에 취조를 한다는 거군요. 예, 좋습니다. 어디 한번 해보시지요."

강태혁의 기세에 한 형사가 당황했다. 그가 뒤로 돌아가서 취조실 문을 닫아 밖에서 들리지 않게 했다.

거짓 속에 진실을 섞지 않으면 탄로가 나는 법이었다. 강태혁은 알고 있는 진실을 적당히 풀어 놓았다.

"천안 지역 폭력조직에서 이 지역의 대학교에 침투해 여학생들을 유흥업소에 연결시키는 사업으로 재미를 톡톡히 본다는 제보가 있던데, 그게 어디 경찰이 눈 감아 주지 않으면 될 법이나 한 일입니까?"

그러고는 한 형사 쪽을 바라보며 말을 이었다.

"1시간 반쯤 전에 영흥대학교에서 전화가 안 왔었나요?"

그 말에 한 형사가 김 형사를 쳐다봤다. 한 형사는 김 형사가 입을 열려다가 침을 삼키는 것을 보고는 강태혁의 말이 사실이란 것을 알았다. 그가 전화를 직접 받지는 못했지만 자신에게 알리지도 않고 처리했던 거였다.

"그 제보를 누가 했을까요? 찌질하게 보이던 안경잡이가 전화를 했을 텐데."

비아냥거리는 말에 땅딸막한 근육질의 김 형사가 비로소 긴장했다. 온몸에 석유를 뒤집어 쓴 채 인사불성이 되어 대학병원으로 급히 이송된 둘의 모습이 떠올랐기 때문이다. 자신이라도 그렇게까지 잔혹하게 처리하지는 못했을 거란 생각이 들었다. 이 자가 정말 선생인지, 기자인지는 모르겠지만 확실히 미친 건 틀림없었다. 미친놈에겐 약이 없었다. 부딪히지 않는 것이 상책이었다.

"동식이파가 이미 영흥대학교 총학생회를 꿀꺽 삼키고 이 지역을 농단하고 있는데, 경찰이 몰랐다면 그건 무능인가요, 짬짜미를 해서 눈감아주는 건가요?"

김 형사는 얼굴이 벌개져서 어쩔 줄 몰랐다.

"그런데 그것을 파헤치는 여기자를 조폭들에게 넘겨 납치하게 해요?"

갑작스런 공박에 두 형사 모두 화들짝거렸다. 그 당황의 차이를 강태혁은 눈여겨 머릿속에 담았다. 진실이 거기에 있을 거였다.

"아, 아니 무슨 소립니까?"

"그게 뭔 소리요?"

둘의 반응은 비슷했지만 많이 달랐다. 한 명은 알고 있고 한 명은 생전 처음 듣는 모함이란 반응이었다.

다행이었다. 둘 중 하나만 물들었다면 이 방안에서 곱게 나갈 수 있었다. 만약 둘 다라면 완력을 써야 하는데, 공교롭게도 미호는 저 멀리 복도에 있었다.

"아니, 동식이파 아지트에 같이 있는 것을 경찰특공대가 연행, 아니 데려온 거라니까!"

뭐라 하든 더 이상 들을 필요가 없었다. 알아야 할 것은 대충 알았다.

윤소영이 납치된 건 사진 때문이었다. 하지만 그녀를 납치하려면 그녀가 어디에 있는지 정확히 알아야 했다. 단순한 동선만 가지고는 어려웠다. 무엇보다 갑작스레 정한 상암동 힐튼호텔에서 납치되었다는 것은 놈들이 모든 것을 정확히 꿰고 있었단 얘기였다. 그건 그녀 몸에 수신기를 부착하지 않고서는 불가능했다. 그 가능성은 아주 희박했다. 그렇다면 하나뿐이었다. 그녀가 아르테미스 모텔 맞은편에서 사진을 찍을 때 사용했던 산타페였다.

윤소영이 촬영한 사진을 받은 건 한 형사였다. 그리고 그 사진이 동식이파에게 흘러들어갔고 놈들이 윤소영을 전격적으로 납치했다. 그것이 가능하려면 그 사진이 촬영된 장소를 거꾸로 추적해서 해당 시간에 주차

되어 있던 산타페를 보아야 한다. 그러지 않고서는 불가능한 일이고, 그렇게 주변 도로 CCTV 확인하고 그런 일을 할 수 있는 건 경찰뿐이었다. 손쉽게 차적을 조회할 수 있는 것도 경찰이었다. 그렇게 산타페의 차고지를 알게 되었고 산타페에 약간의 장치를 부착했을 거다. 그리고 얼마 동안 틈을 보며 미행했을 거였다.

결과적으로 윤소영이 사진을 호랑이 아가리에 던진 셈이었다. 그리고 그렇게 놈들에게 물린 것이다.

"아아, 됐고요. 맘대로 떠드세요."

강태혁이 진저리난다는 듯 고개를 세차게 흔들어대며 소리쳤다.

"영장 없으면 우린 갑니다."

그러고는 차갑게 노려보는 윤소영 옆으로 가서 그녀의 팔을 잡아 일으켰다.

"고생 많았지, 윤 기자. 내가 미안해."

그녀의 몸이 분노로 가늘게 떨리는 것이 느껴졌다. 더럭 겁이 났다. 그 차가운 분노가 어디로 쏟아질지 두려워졌다. 상암동 힐튼에서 자리를 박차고 나갔던 분노가 다시금 떠올랐다.

"자자, 이제 그만 가자고."

그녀를 부축하듯 일으켜 나가려 하자, 땅딸막한 김 형사가 막아서듯 의자에서 일어섰다.

협박이 필요했다. 김 형사를 무시하고 뒤에 서 있는 한 형사를 노려보며 말했다.

"동식이파 지동식 알지? 아까 들어오다 복도에 선 여자애 봤지? 단발머리 여자애 말야. 토네이도는 알아? 거기 가 봤어?"

한 형사는 너무 많은 물음에 무슨 말이냐는 듯 그를 쳐다봤다.

"동식이를 조금 전에 토네이도에서 만나고 오는 길이야. 아주 재미난 말을 하더군."

그러고는 시선을 돌려 그를 막아 선 김 형사를 노려보았다.

"비켜! 이 배신자 새끼야."

그의 말에 김 형사의 표정이 무너졌다. 김 형사는 토네이도와 지동식 회장이란 말에 충격을 받은 표정이었다. 놈이었다. 놈이 조폭 뒤를 봐주는 부패경찰이었다.

"넌 경찰도 아냐, 더러운 개새끼."

강태혁이 손으로 김 형사의 어깨를 세차게 밀어버리고 취조실 문으로 향했다. 그래도 풀리지 않는 분에 그가 고개를 돌려 나직하게 말했다.

"한 형사만 아니라면, 네 놈 얼굴을 갈가리 찢어버렸을 거다."

**

미호는 하루 종일 애타게 찾던 윤소영이 나타나자 재빨리 다가가 고개를 숙였다.

"죄송합니다, 팀장님. 제 잘못입니다."

놀랍게도 인조인간의 눈시울이 붉어진 듯 보였다.

윤소영은 얼음장 같은 표정으로 경찰서 로비를 나갔다. 그 뒤를 아무 말 없이 강태혁이 따랐다. 미호는 한 걸음 먼저 달려가 제네시스의 뒷좌석 문을 열었다.

차는 서울로 향했다.

제네시스를 탄 이후 윤소영은 한 마디도 하지 않았다.

조수석에 앉은 강태혁은 눈을 감았다. 취조실에서 윤소영의 팔을 잡았을 때 느껴졌던 그녀의 분노와 울분과 치욕이 섞인 떨림이 되살아났다. 지금 얼음공주에게 말을 붙였다가는 정말이지 죽을 수도 있단 생각이 들어서였다. 숨 쉬기조차 불편해졌다.

정말 긴 하루였다. 상암동 호텔에서의 일이 먼 과거 일처럼 한없이 멀게만 느껴졌다.

취조실 안의 상황이 떠올랐다.

복도에 서 있는 여자와 토네이도는 도무지 연결될 것 없는 말장난 같은 말이었지만, 까리에게서 연락을 받은 자만은 대번에 알아들을 소리였다. 총을 쏴 대는 차갑게 생긴 단발머리와 미친놈이 경찰서로 간다고 알렸을 테니 말이다. 그의 도발적 물음에 뜨끔했던 자는 김 형사였다. 한 형사는 어리둥절한 의아함이었다. 여기자를 조폭에 넘겨 납치했다는 말에 대한 반응에서도 차이가 났지만, 그것만으로 단정 지을 수 없어 던진 승부수였다.

그래서 알 수 있었다. 까리와 연결된 부패경찰이 누구인지 알게 되자, 상황이 명료히 그려졌다.

시작은 윤소영이 한형철 형사에게 보낸 사진 때문이었다. 한 형사는 그 사진을 동료인 김 형사에게도 알렸을 테고, 김 형사는 다급해졌을 것이다. 아마도 한 형사에게 누가 보냈느냐고 물었을 테고, 윤소영이 기무사 소령인줄 모르고 단지 기자라고 생각해 한 형사가 가볍게 말했을 거다. 그리고 그것이 까리에게 들어갔고 그래서 이렇게 흘러온 거였다.

강태혁이 눈을 떠서 룸미러로 뒤에 앉은 윤소영의 얼굴을 흘깃 살폈다. 주변의 공기까지 얼려버릴 것처럼 싸늘한 분노를 내뿜고 있었다.

납치당했다는 것은 치욕이고 상처였다. 천하의 윤소영이 벌건 대낮에 잡혀가다니 있을 수 없는 일이었다. 무슨 일이 있었는지, 어떻게 되었는지, 묻지 않았다. 대답을 할 리도 없지만 알아도 의미 없었다.

'그녀는 더할 나위 없이 아름다운 여자고 놈들은 더러운….'

강태혁이 고개를 돌려 창밖을 바라봤다.

그는 알았다. 오늘 일은 죽을 때까지 입에 올려서는 안 된다는 것을, 아니 기억에 떠올려도 안 된다는 것을, 그는 알았다.

마음속에서 자꾸 괴로운 영상이 이야기를 지어내며 떠올랐다. 섹스와 죽음이 뒤엉킨 불편한 생각이 그를 괴롭혔다. 폭력과 흥분으로 달아오른 근육의 긴장이 풀어지지 않고 갈수록 뭉쳐졌다. 그나마 다행인 것은 아수라장 속을 헤맸는데도 망상이 따라오지 않았다는 거였다. 마치 예전 그때로 돌아간 것처럼 말끔한 기분이었다.

그래서 몰랐다.

이상한 것들이 도처에 얼핏 거렸지만 강태혁은 그걸 보지 못했다. 느끼지도 못했다. 다시 얼치기 초짜 경찰 때처럼 생각까지 말끔해졌기 때문이다.

그런 단순하고 투박한 정신으로는 진실을 도저히 깨달을 수 없었다.

늦은 *사과라도 하지 않는 것보다는 낫다*

*

   며칠을 방구석에 놓인 서류가방과 눈씨름을 했다. 국산그룹 김 전무가 해운대 파라다이스 호텔에서 준 돈 가방이었다. 3억이 차곡차곡 들어 있는 날렵한 가방이 팥죽빛으로 곰팡이 핀 벽지와 어울리지 않았다.

   '난 삥 뜯는 양아치가 아니다.'

   국산 회장의 죽음은 엄연한 살인이었다. 여전히 메스로 목을 그어버린 미친놈이 바깥에 돌아다니고 있는 것도 사실이었다.

   '난 형사가 아니다.'

   '그럼 돈은 어쩌고?'

   머릿속에 작은 실랑이가 일었다.

   털어버릴 생각으로 고개를 흔들자, 전민주가 죽기 얼마 전 8월의 여름날이 떠올랐다. 마지막 모습이 그녀의 전부가 되었다.

   '내게 상의하려던 것이 이런 거였을까?'

   머릿속이 사나워졌다.

   '조금이라도 살갑게 대했더라면… 글쎄….'

   줄어들지 않는 부채감이 뱃속을 묵직하게 만들었다.

   '그 봉투라도 열어봤어야 했다….'

   아무리 후회해도 차가운 과거가 따뜻해질 수는 없었다.

   후회는 또 있었다. 윤소영의 싸늘했던 마지막 모습이 생각나자 머릿속이 뒤숭숭하게 헝클어졌다.

일어나 장롱서랍을 열고 청바지와 티셔츠를 꺼내 입었다. 장롱 문에 달린 쪽거울에 신경질적인 눈빛의 더럽게도 못생긴 놈이 보였다. 떨쳐버리듯 장롱 문을 닫고 반 지하 방을 나섰다.

수유역으로 향하며 미호에게 전화했다. 조금 놀란 눈치였다. 그래도 그가 원하는 장소를 알려주었다.

양아치도 아니고 형사도 아니지만 여전히 미심쩍은 것이 있다. 그리고… 무엇보다 윤소영에게 할 말이 있다. 미안하다고 말해야 한다. 늦어도 안 하는 것보다는 낫다.

전민주에게는 늦었지만 윤소영에게는 아직 늦지 않았다.

**

윤소영은 논현동 안달루시아 3층 창가의 호젓한 자리에 앉아 있었다. 그를 보고 웃기까지 했다. 미호가 알렸으니 올 줄 알았겠지만 이렇게 오랜만에 만나는 반가운 친구 대하듯 할 줄은 몰랐다.

맞은편 자리에 앉아 메뉴판을 들었다. 암호가 가득했다.

"모르시면 일단 살모레오나 카스파초를 시키세요."

그녀의 목소리는 명랑했다. 정말 데이트를 하는 것처럼 밝고 화사했다. 며칠 전 제네시스 뒷좌석에 앉아 터질 듯한 분노의 침묵으로 입을 꽉 다물고 있던 여성이 맞는지 의아할 정도였다.

"아니 그건 별로고요, 올리브 오일을 살짝 두른 연어샐러드가 차라리 나아요."

흘기는 눈빛의 핀잔 투로 윤소영이 메뉴판의 이런저런 음식들을 설명해 줬다. 그녀의 명랑한 분위기에 부응해야 할 것 같았다. 우중충한 것보단 백 배 나았다. 만들어낸 너스레를 떨었다.

"팀장님처럼 몸매 관리를 해야 하는 여자라면 모를까, 난 기름에 꽉꽉 튀긴 치킨이 듬뿍 들어간 샐러드를 먹어야 할 것 같은데요. 요즘 고생을 많이 했더니 정력이 떨어져서."

"좋으실 대로."

윤소영은 싱긋 웃고는 아몬드를 넣은 카스파초 블랑코와 연어 샐러드에 커피를 시켰다. 웨이트리스가 돌아가자 강태혁이 입에 붙은 원래의 호칭으로 그녀를 불렀다.

"소령님은 매일 새벽 운동하시고 이런 곳에서 살 안찌는 올리브 오일에 살짝 간을 한 풀잎사귀나 씹고 계시니 지금 같은 끝내주는 몸매가 되는가 보죠?"

윤소영이 입술로만 웃으며 말했다.

"지금 하신 말 성희롱인 거 아시죠?"

"고소하시려고요?"

"못 할 것 같아요?"

"뭐, 천하의 윤 소령이 못하는 것이 뭐가 있겠어요. 하지만 전 오리발을 내밀 건데 어쩌려고요?"

"어쩌다가 우리 강 형사님이 이렇게도 느물거리시게 되었나 몰라."

윤소영이 눈꼬리가 흥미롭다는 듯 올라갔다.

"원래 그랬는데 소령님께서 잘 모르셨던 건 아니고요?"

잘 모른다는 말은 윤소영에게 해서는 안 되는 말 중에 가장 상위에 꼽히는 단어였다. 그런데 그녀의 반응은 편안했다.

"제가요?"

그녀가 이젠 모든 것을 다 정리한 듯했다. 상황을 완전히 통제하고 있단 자신감이 넘쳐 보였다.

"소령님처럼 차갑고 아찔한 매력이 있는 여성이 세상에 어디 또 있겠어요. 남자들이 한번 보면 정신이 멍해져서 몸이 바르르 떨릴 걸요. 여태 그걸 모르셨어요?"

"조금만 더 나가시면 정말 곤란한 것 아시죠?"

윤소영의 눈빛이 번뜩였다. 그래도 강태혁은 멈추지 않았다.

"예전에 같이 일했던 때 기억나시죠? 그땐 내가 명령을 내리는 위치인데다 나이도 조금 많아 이런 말을 하면 좀 곤란했죠. 소령님이 인권위에 제소하면 목이 뎅겅할 수 있었으니까요. 억지로 참았다니까요."

느물느물 입이 잘도 돌아갔다. 윤소영이 예전처럼 보이는 것에 마음의 짐을 덜었기 때문이었다.

"그런데 지금은 소령님이 팀장님이고, 전 하청 받아 일하는 알바 신세니, 제가 약자인데 소령님이 고소하시면 위에서 받아줄까요? 소령님처럼 매서운 양반에게 들이대는 얼빠진 놈이 있단 말을 기무사령관이나 인권위가 믿어줄 것 같지 않은데요."

살살 약을 올리는 맛도 나쁘지 않았다. 그녀는 분노보다는 평상적인 차가운 눈빛으로 어디까지 가나 한번 보잔 듯 응시했다. 다행이란 생각이 들었다. 그게 나았다. 그녀답지 않은 모습은 싫었다.

"그리고 전 고소당해도 잃을 게 없어요. 뭐 도무지 가지고 있는 게 있어야 말이지요. '전직 형사의 추락'이니 '역시 변태였네' 같은 말이 신문 한 귀퉁이에 실려도 상관없어요. 될 대로 되라지요. 하지만 소령님은 좀 곤란하지 않겠어요? 뭐 우리나라에 비뚤어진 인간들이 어디 한둘이어야요. 온갖 상상과 망상에 끈적한 포르노 색깔을 싹 입혀서 퍼뜨릴 텐데, 그걸 어쩌시려고요? 감당할 수 있으세요? 그래도 좋으시다면 맘대로 하시든지."

그러며 넉살 좋게 헤벌쭉 웃었다. 아슬아슬한 소리였다.

때마침 웨이트리스가 주문한 커피와 샐러드를 가지고 왔다. 음식을 세팅하는 동안 끊어졌던 말을 윤소영이 먼저 시작했다.

"이 좋은 시간에 걸근대며 들이대시려고 오신 게 아니라면 본론을 말씀하시죠. 브런치 맛집을 찾아왔다는 허풍은 사절이고요."

강태혁이 잘 구운 치킨 조각을 양상추와 함께 젓가락으로 들었다. 그럭저럭 괜찮았다. 하지만 하려는 말이 떠오르자 입맛이 달아났다.

테이블에 젓가락을 놓으며 그녀 앞에 놓인 커피를 보았다.

"전 커피도 안 시켜 주시나요?"

"알아서 주문하셨어야지요."

강태혁이 손을 들어 커피를 진하게 달라고 주문했다. 그리고 냅킨으로 입을 닦았다.

"미안하단 말씀을 드리고 싶어 뵙자고 했습니다."

그녀가 의외라는 듯 고개를 갸우뚱했다.

"상암동에서 제가 줄곧 어깃장만 났습니다. 소령님이 말씀하신 대로 팩트를 있는 그대로 봐야 하는데 그러지 못했습니다. 미안합니다."

그녀가 하얀 크림 스프 같은 가스파초를 한 입 먹었다.

"이제야 겨우 그런 생각이 드셨어요? 전민주는 그런 학생이 아니라면서요?"

그녀답게 비꼬았다. 짧게 코웃음을 내뱉고는 양상치를 아삭 소리 나게 입에 물었다. 그러고는 그를 향해 눈짓을 했다.

"겨우 미안하단 말을 하자고 오실 분은 아니시니 진짜 본론을 말씀하시지요."

이런 점에서 윤소영은 어느 여성들과 달랐다. 자신의 감정도 하나의 팩트로 다룰 뿐이었다. 무서운 여자였다. 사과는 이미 충분하니 할 말 하라는 그녀의 말이 그를 편안하게 만들었다.

"소령님께서 말씀하신 대로 팩트를 앞에 놓고 며칠 동안 몇 가지를 생각해 봤습니다. 그러다보니 이상한 것들이 마구 쏟아지더군요."

윤소영의 입매에 웃음기가 돌았다. 강태혁이 말했다.

"우선 전민주 사건부터 말씀드리지요. 정황을 보면, 총학 놈들은 전민주를 죽일 생각이 아니었던 것 같아요. 죽일 생각이었다면 학생회관에서 그러진 않았겠죠. 아무래도 사고사겠지요."

그러고는 알코올 분해효소가 부족한 전민주가 불의의 사태로 죽었고, 불곰과 뱁새가 그걸 무마할 생각으로 처리한다고 짜낸 생각이 전민주와 요양시설까지 다녀온 얼빵한 시간강사와 엮이게 하자는 거였을 거라는 추측을 설명했다.

"물론 그 만만한 시간강사가 전직 형사였다는 걸 몰랐던 거죠."

전민주가 죽었을 때 까리에게 보고만 했어도 알았을 테지만, 불곰과 뱁새는 먼저 일을 처리하고 보고하려 했다. 까리의 지랄 맞은 성격을 누구보다 잘 알고 있었을 테니 그럴 만 했다.

"이렇게 대충 주변 상황은 추측이 되는데, 전민주가 왜 타깃이 되었는지는 잘 모르겠어요. 그녀가 총학의 비리를 들쑤셔서 그런 건지, 아니면 소령님 말씀처럼 성 로비를 했는데 거기서 탈이 나서 그런 건지 명확지 않아요."

윤소영이 커피를 맛있게 마셨다. 흡족한 표정이었다.

"조금 복잡해지는 것이 여기부터인데요. 성 로비 정황은 코엑스에서 찍힌 사진 때문이지요. 그런데 그 사진은 국산그룹으로 날아들어 갔죠. 국산 김동욱 회장이 죽은 사건이니까요. 이상한 것은, 아니 뜬금없다고 해야 하나, 그 국산 사건을 소령님께서 제게 가지고 오셨다는 거예요.”

윤소영이 재미있다는 표정으로 계속 해보란 눈짓을 했다.

“그리고 사진 하니까 생각나는데, 정말 중요한 사진이 하나 더 있잖아요. 저와 전민주가 킹 모텔에서 같이 나오는 사진이요. 제가 그런 적이 없으니 누군가 그 사진을 조작한 건데, 그 사진을 학교에 보낸 자를 모르겠어요. 도무지 말이지요?”

강태혁이 고개를 갸우뚱거렸다. 그러자 윤소영이 반도 먹지 않은 식사를 마친 듯 포크를 아주 내려놓았다. 강태혁은 못 본 척 말을 이었다.

“아무튼 이해가 되지 않는 것은 대충 이런 거예요. 전민주를 강간해서라도 단단히 묶어두어야만 했던 것이 무엇일까? 영홍대학교에 사진을 보낸 자는 총학 놈일까 다른 놈일까? 그 사진을 보낸 이유는 전민주를 압박하는 것일까, 아니면 한심한 시간강사를 압박하는 것일까?”

그가 고개를 갸웃거리며 눈살을 찌푸렸다.

“소령님께서 이 모든 사건이 다 저를 중심으로 돌아간다고 하셨지요. 정말 그런 것 같아요. 시간강사에서 쫓아내는 모텔 사진이 나오고, 뜬금없이 국산그룹 수사를 하게 되고, 또 말도 안 되게도 성 로비하는 예전 여학생의 사진이 나오고 말이에요. 자 이제 앞으로 뭐가 더 나올까요?”

그가 주문한 커피가 나왔다. 깊은 향을 음미하며 한 모금 마셨다.

“그래서 말이지요, 소령님께 부탁드릴게 있어서요.”

“부탁?”

“제 알바비를 정산해 주세요. 잘리기 전까지 일한 것은 받아야 하지 않을까요.”

느닷없는 소리에 윤소영이 피식 웃었다.

“얼마 드리면 되지요?”

"돈은 됐고요, 미호를 주세요."

윤소영의 눈빛이 날카롭게 변하는 것을 보고 강태혁이 재빨리 말했다.

"그런 얘기가 아니고요, 며칠 동안만 제 뒤를 따라다니게 해주시면 됩니다."

"조사를 계속하시겠단 얘기로 들리는군요."

"예, 맞습니다. 제가 뭐 소령님만큼이나 궁금증을 못 참는 성격은 아니지만, 양아치는 아니거든요."

그녀의 아름다운 눈썹이 꿈틀거렸다.

"국산 김 전무에게서 3억을 받아놓고 꿀꺽할 수는 없잖아요, 안 그래요?"

"제가 싫다면요."

"에이, 안 그러실 걸요."

윤소영의 목소리가 날카로워졌다.

"무슨 근거로 그렇게 말씀하시지요?"

"소령님도 궁금하시잖아요. 누가 국산 김동욱 회장의 목을 잘라놓았는지요. 그리고 제게 국산 건을 던져주게 하려고 감히 소령님을 들러리 세운 놈이 누구인지도요."

말을 하던 강태혁이 갑자기 중요한 게 이제야 생각났다는 듯 의아한 표정이 되었다.

"아, 혹시 들러리를 서신 게 아니라 소령님이 이 모든 것을 주도하신 거세요?"

느닷없는 도발이었다. 윤소영의 눈빛이 그를 녹일 듯이 매서워졌다.

"아니 너무 공교롭잖아요. 국산 건을 제게 던져준 건 어찌어찌 그렇다 쳐요. 그런데 납치된 소령님이 너무나 곱게 그대로 나오신 것이 이상하거든요."

강태혁이 금기의 선에서 아슬아슬하게 줄타기를 했다.

"너무나 공교롭게도 경찰특공대가 하필이면 그 시간 거기를 급습하다니요. 세상에 이렇게 딱딱 들어맞는 우연이라니, 너무 우습잖아요."

윤소영의 하얀 얼굴이 당장이라도 서릿발을 칠 것처럼 새하얗게 되었다.

"소령님은 우연을 믿으세요?"

그가 얼음공주를 더 세게 밀어붙였다.

"전 우연을 믿지 않거든요."

윤소영의 표정이 터질 듯이 차가워지며 눈빛이 그의 뇌를 뚫어버릴 정도로 날카롭게 매서워졌다. 그러다 갑자기 피식 웃음을 터뜨렸다. 그리고 정말 조금 웃기까지 했다.

그 모습에 강태혁은 오히려 무서워졌다. 자신이 엉뚱한 곳을 짚었단 불안감이 커졌다. 뱃속이 묵직해지며 심장이 거칠게 뛰었다.

"멈추기를 바랐는데, 계속 가시겠다? 진심이시죠? 후회 안 하시죠?"

그녀의 말에 가슴이 불안하게 두근거렸다. 윤소영의 하얀 얼굴이 더할 나위 없이 차가워졌다. 공연히 그녀를 건드린 것 같은 후회가 밀려들었지만 어쩔 수 없었다.

"좋아요, 좋아. 강 형사님이 드디어 제대로 돌아오셨군요. 맘에 들어요."

그녀가 고개를 끄덕거렸다.

"미호를 드리지요. 단, 일주일 동안입니다."

정이 떨어질 것처럼 쌀쌀맞은 목소리였다.

"그 안에 답을 가져오시는 것이 좋을 겁니다. 강 형사님이 방금 하신 말씀에 대해서도 꼭 답을 들고 오세요."

그녀가 더할 나위 없이 찬란하게 웃다가 갑자기 정색을 했다.

"만약 그러지 못하시면 제 대답을 들려드리지요. 아주아주 재미있을 겁니다."

아슬아슬한 행적과 미심쩍은 사진

＊

렌트한 라노스는 조금 달리자 털털거렸다. 시간은 일주일뿐이었다. 조수석에 놓인 그의 전화가 울렸다. 핸즈프리에 연결된 리시버를 귀에 꽂았다.

"코엑스 사진은 조작입니다."

미호의 말은 단호했다.

"회사 전문가 말로는 이렇게 자연스러우려면 비슷한 여성을 준비해서 찍은 후 조정하는 방법을 택했을 거랍니다."

윤소영에게 미호를 달라고 한 것은 기무사의 정보를 이용하겠단 의미였다. 조사에 매달리느라 미호와는 통화로밖에 말할 수 없지만 그걸로 충분했다. 사실 현장에 같이 다닐 생각은 처음부터 없었다. 어떻든 미호는 공주님의 시녀였다. 웃지도 않지만 설사 웃고 있다고 해서 이쪽 편을 들 여자가 아니었다.

"사진은 조작이지만 전민주가 5월 5일 코엑스 근처를 지나간 것은 사실입니다."

운전대를 쥔 강태혁의 손에 힘이 들어갔다. 그것을 알 리 없는 미호의 말이 기계음처럼 리시버를 통해 계속 흘러나왔다.

"코엑스에서 1,500미터쯤 떨어진 선릉역 사거리 국산그룹 본사에 들어갔다 나오는 것이 CCTV에 잡혔습니다. 이후 그녀가 코엑스로 이동했는지는 확실치 않습니다."

그녀가 부산 가산유통에 나타났던 CCTV를 본 때부터 줄곧 확인하고 싶던 사실이었다. 전민주는 국산그룹에도 나타났었다.

'대체 왜?'

누군지 모르지만 어떻게든 전민주와 국산 김 회장을 엮겠다는 철저한 의지가 느껴졌다. 전민주가 코엑스로 향하지 않았어도 둘을 엮을 사진을 조작해 놓은 것이다.

"올 3월부터 죽은 8월 20일까지 전민주의 행적을 모두 조사할 수 있겠지?"

말도 안 되는 시간과 인력이 필요한 황망한 작업이 될 터였다. 그러나 미호는 아니 정확하게 윤소영의 팀에는 그럴 정도의 돈과 시간과 인력이 있을 거였다.

"알겠습니다."

그녀다운 대답이었다. 이유도 어려움도 말하지 않는 짧고 명료한 대답으로 통화가 끊어졌다.

미호가 어떻게 전민주의 행적을 파악할지는 알 수 없지만, 아마도 그녀의 학교 시간표와 출결사항 등을 기준으로 시간대를 정하고, 그녀의 자취집과 학교, 자주 가는 장소 등을 선별한 뒤 공간을 나눠서 그녀의 움직임을 접근 가능한 CCTV로 찾아낼 것이다. 자신이라도 그렇게 할 거였다. 그나마 3월부터라는 기간을 정한 것이 도움이 될 것이다.

'3월 이전도 알면 참고가 되겠지만 굳이….'

자신이 시간강사로 출강하고 나서 모든 것이 시작되었을 거란 느낌이 이젠 확신처럼 들었다.

경부고속도로에 차가 많아 라노스는 거북이걸음을 했다. 자동차 밖은 쌀쌀했지만 온실 같은 자동차 안에 앉은 그에겐 햇살이 따뜻했다.

생각이 나른하게 늘어졌다.

이유는 모르지만 전민주는 여기저기 그룹을 방문하고 다녔다. 어쩌면 SK글로벌처럼 다른 펀드를 따서 중국에 가겠다는 생각이었는지 모른다. 하지만 그게 아닐 거다. 돈 몇 푼 받자고 부산까지 다녀오는 것은 이상한 일이었다. 서울 경기에 있는 웬만한 기업이 부산의 가산 유통보다 더 나았다.

'정말 성 로비?'

영흥대학교 총학을 접수한 동식이파가 성 로비를 한 것은 윤소영의 말대로 사실이지만 전민주에게 그 일을 시켰을 가능성은 낮다. 정말 그렇게 귀중한 자원이었다면 함부로 집단강간과 같은 짓을 했을 리가 없다. 놈들도 상품의 귀중함은 안다. 진열한 상품에 손을 대면 장사가 망한다는 것도 잘 안다.

'보란 듯 회사 정문으로 걸어 들어갔다?'

성 로비는 은밀한 것이고 벌건 대낮에 회사에서 이뤄질 리도 없다. 이를테면 코엑스의 블루문 같은 곳이 적격이다.

'그런데 코엑스 사진을 조작했다면, 그건 이미 성 로비와 관련이 없다는 의미다.'

강태혁의 두뇌가 다시 예전처럼 빠르게 리듬을 탔다.

'이유가 뭐지…?'

그 이유는 생각보다 꽤 거창할 것이다. 기무사 윤 소령까지 움직일 정도로 대단한 힘일 것이다. 강태혁은 번잡해지는 머릿속의 생각을 털어내려 했다. 정확한 사실을 보기 전에 추측은 금물이었다.

차는 미칠 정도로 막혔다.

**

　천안중앙도서관 3층 종합자료실은 크지 않았지만 이용객이 없어 대화를 하기엔 나쁘지 않았다. 한형철 형사는 마뜩지 않은 표정이었다. 둘은 각자 읽을거리를 손에 쥐고 책상에 나란히 앉았다. 자판기 커피를 뽑아서는 4년 전 잡지 중간을 펴놓고 앉은 한 형사는 골똘히 잡지를 읽는 시늉을 했다.

　"이번뿐입니다, 경감님."

　한 형사는 그를 깍듯하게 불렀다. 강태혁이 물론이란 듯 끄덕였다.

　"킹 모텔 사진은 누가 보낸 건가?"

　"학교에 보낸 것은 수사의뢰가 없어 알 수 없습니다."

　"총학 놈들이 그런 건 아니고?"

　"한 놈은 말을 못하니 모르겠고, 한 놈은 빤질거리는 게 진술을 순간순간 바꾸니 명확지 않습니다."

　불곰과 뱁새는 뜨거운 맛을 본 후에도 생긴 대로 행동하는 것 같았다.

　"신고한 안경잡이 빼빼는 진짜 학생 같긴 한데, 그놈도 모르는 것 같습니다."

　한 형사는 툭 던지듯 말을 이었다.

　"살짝 맛이 간 슈퍼마리오가 놈들과 어찌나 깊고 진지한 대화를 나눴는지, 덕분에 놈들이 대체로 사실을 제각제각 대더군요. 경찰서가 아니라 병원에서 수사를 하게 된 것이 좀 번잡했지만 슈퍼마리오에게 고맙단 말을 해야겠어요."

　강태혁은 무슨 소린지 모르겠다는 듯 말을 돌렸다.

　"그 덩치 형사는 어떻게 됐어?"

"김 형사요? 윤리위원회에 회부했습니다. 아마도 까리에게서 돈을 좀 받은 것 같습니다. 유흥업소 단속을 미리 알려주는 정도라면 그냥 흐지부지 되겠지만 이번 사안은 조금 난감해서 저도 잘 모르겠습니다. 모 아니면 도겠지요."

"그 여기자가 보낸 사진을 김 형사가 까리에게 흘린 거지?"

이미 알고 있는 것이지만 돌다리도 두들기고 건너야 했다.

"그렇습니다. 제가 사진을 보고 김 형사에게 말을 했지요. 아르테미스 모텔에 들락거리는 애들이 누구냐고 묻기도 했으니까요."

한 형사는 종이컵에 담긴 커피를 한 모금 마셨다.

"단순히 뒤를 봐주는 것이 아니라 고위직 성 로비에 그놈도 관여했기 때문이겠군?"

"잘은 모르지만, 아마도요."

성 로비였기에 모 아니면 도라고 한 거였다. 윗선의 어디까지를 들출 거냐에 따라 정치적으로 결정돼 내려올 사안이었다. 완전히 덮고 꼬리를 자르든지 아니면 무척이나 성가시게 시끄러워질 거였다.

한 형사가 덧붙였다.

"간이 배 밖에 나오다보니 신문기자를 너무 안이하게 생각한 거죠. 그 때문에 어디로 튈지 모르겠습니다."

결국은 언론의 대응에 따른 여론의 향배에 따라 윗선이 가이드라인을 정할 거였다. 그보다 강태혁이 궁금한 것은 따로 있었다.

"기자가 별다른 상해를 입은 건 아니잖아?"

그러기를 바라는 심정이 담긴 질문이었다. 그건 경찰 입장에서도 마찬가지일 거였다. 한 형사는 말투에 담긴 의미를 알아들었다.

"예. 클로로포름 마시고 쓰러진 것 말고는요. 까리가 직접 처리할 생각이었던 것 같은데 어찌된 일인지 까리가 늦어졌던 거죠."

아슬아슬했던 거였다. 그가 토네이도에서 난리를 피우지 않았다면 어찌 될지 장담할 수 없었던 거였다.

"그것도 슈퍼마리오의 작품인지는 모르겠습니다."

한 형사는 조금도 재미없다는 투였다.

"갑작스레 천안 병원에 총상환자들이 늘어났다는 보고가 올라오는데, 대체 무슨 영문인지 도통⋯."

한 형사가 떠보듯 말꼬리를 흐리는 것을 무시하고, 강태혁은 그를 만나고자 한 본론으로 들어갔다.

"경찰특공대가 왜 하필 거기를 급습한 거지?"

한 형사가 다시 종이컵을 입으로 가져가며 말했다.

"아마 저 때문입니다."

"아마?"

"기자가 보낸 아르테미스 모텔 사진을 보고 동식이파 쪽을 조금 들춰봤습니다. 그런데 자꾸 이상한 것들이 나오는 거예요. 삐끼와 웨이터 그리고 아가씨들에 영홍대학교 출신이 꽤 많은 거예요. 그것도 동식이파에서 관리하는 클럽 쪽에서만요. 나머지는 경감님도 대충 아실 겁니다. 총학을 손에 넣고 안정적인 인력공급을 한 거지요. 성 접대도 있지만 정작더 큰 문제는 마약이었어요."

"마약?"

두런거리던 강태혁의 목소리가 저도 모르게 조금 올라갔다.

"예. 그들 사이에 마약이 유통되고 있다는 첩보를 입수했거든요. 그래서 위에 보고를 했습니다. 아시다시피 마약 건은 경찰청 중앙에서 다뤄야 하는 문제니까요."

"그래서?"

"위로 올라간 다음은 어떻게 진행되었는지 저도 모릅니다. 그날 경찰특공대가 급습한 것이 그 때문인 것만 압니다."

강태혁이 잠시 생각에 잠겼다.

"마약은 나왔나?"

"잘은 모르겠지만 꽤 나왔다는 것 같습니다."

강태혁은 뱃속이 꼬이는 느낌이 났다. 두 가지 마음이 교차했기 때문이다. 얼음공주를 도발했던 어리석음을 어떻게 주워 담을까 하는 걱정과 싸늘하게 노려보던 그녀의 후폭풍을 어떻게 감당할까 하는 불안이었다.

굳이 긍정적인 것을 찾자면 얼음공주가 저쪽 편이 아니란 것이었다. 그녀가 이 모든 계획을 기안하고 추진한 '놈'이 아니란 건 정말 다행이었다.

'죽지 않을 친구를 옆에 두라니까.'

뚱보의 말이 떠올랐다.

이제 고민은 머리끝까지 화가 나 있을 공주님을 어떻게 풀어드리냐 하는 거였다. 예나 지금이나 가장 자신 없는 거였다.

망사 스타킹을 신은 여자

*

천안에서의 일이 생각보다 시간을 많이 잡아먹었다. 사흘이나 걸렸다. 한 형사를 믿지만 늘 그렇듯 그가 '믿는다'는 것은 70%만 믿는 거였다. 한 형사의 말을 더블체크 해야 했다. 그것이 꽤 걸렸다. 다행이라면 한 형사가 거짓말을 하지 않았다는 거였다.

영홍대학교는 대외홍보팀이 훌륭한지 사건을 잘도 덮었다. 총학생회장이 슈퍼마리오 어쩌고 하며 정신 나간 소리를 하며 경찰에 신고하는 바람에 학교 내부의 총학 문제를 경찰로 가져간 꼴이 되었지만 일반인들은 그 사정을 잘 몰랐다. 학생들도 관심이 없기는 마찬가지였다. 기자들도 조용했다.

까리의 거미줄에 걸려 유흥주점과 다단계에 얽혀져 있는 학생들이 하나둘 돌아왔다. 휴학생은 복학으로 자퇴생은 재입학 하는 것으로 학교는 행정적 처리를 했다. 갑작스레 사업에 타격을 받은 업소들도 별다른 반응을 내지 않았다. 동식이파를 상대로 뻗대봐야 좋을 게 없단 판단에서였다.

동식이파도 조용했다. 아지트 한 곳이 급습당해 마약이 나온 것을 뒷수습하기에도 급해 그랬지만 무엇보다 강태혁이 들고 간 장부 때문이었다. 장부가 경찰로 흘러가면 조직이 공중분해 될 수도 있었다. 막심한 손해를 감수하고 여학생들을 놓아준 것도 그 때문이었다. 바짝 엎드려야 했다. 적어도 미친개는 제 말에 책임은 지니 말이다.

밖에서 보는 변화라면 까리가 어디론가 사라져버렸다는 것 정도였다.

몇 가지 가능성이 있지만 아마도 콘크리트에 발이 묶여 아산만 방조제 근처 바다에 들어갔을 가능성이 가장 높았다. 조폭이라고 항상 보복하고 응징하고 책임추궁 하는 것은 아니지만, 절대 그냥 넘어가지 않는 것이 있다. 보스를 제치려는 것이다. 까리는 너무 나섰다.

'이제 한 가지만 확인하면 된다.'

그 생각에 마음이 묵직해져왔다.

모든 사건의 키는 전민주가 쥐고 있는데, 사실 그녀에 대해서 아는 것이 제대로 없었다. 기초적인 것부터 확인해야 했다. 다시 경찰 초년생이 된 기분이었다. 맥도날드에서 런치세트로 점심을 때우고, 라노스를 몰아 시내를 벗어났다.

전민주의 주소지는 천안 외곽의 빌라였다.

소시지를 연상시키는 촌스런 이름의 진주빌라는 오래전 지어진 구닥다리 빌라들 틈에 섞여 있었다. 냄새나는 복잡한 골목길을 이리저리 돌아 한참을 들어갔다. 학교에서 거리가 꽤 되었지만, 썩 유쾌하지 않은 주변 환경을 감안하면 여기에서 자취한 이유를 알 것 같았다.

지난 시절에는 꽤 유행했을 빨간 벽돌로 외장을 쌓아올린 진주빌라는 그래도 3층까지 있었다. 빌라 안으로 들어가는 공동 현관문은 오른쪽이 어디론가 사라져 없었다. 남은 반쪽도 유리창이 깨진 채로 묵은 먼지만 끼여 있었다. 현관 안쪽 벽에 붙은 세대별 편지함도 상황은 비슷했다. 호수 라벨이 제대로 붙어 있는 것이 거의 없어 누군가 매직으로 호수를 쓴 것만 보였다. 뿌옇게 먼지 앉은 302호 편지함에는 무선인터넷 광고전단지와 피자치킨배달, 받지 못한 돈을 받아주겠다는 대행업체 전단지, 도를 믿냐는 뜬금없는 종이쪼가리만 있었다.

강태혁은 잠시 착잡해졌다.

'여긴가?'

미호가 전화로 알려준 주소지는 여기가 맞았다. 월세라고 했다. 전민주가 죽은 지 벌써 두 달이 넘었으니 다른 세입자가 살 거였다. 하지만 우편함에는 다른 기척이 없었다. 이런 허름한 동네라면 아직 세입자가 나타나지 않아 그냥 비워두었을 수도 있단 생각을 했다.

현관 안으로 들어섰다. 청소한 지 1년은 넘어 보이는 계단을 따라 3층으로 올라갔다.

302호 옆 벽에 붙은 초인종을 눌렀다. 반응이 없었다. 다시 한 번 눌렀지만 집안에선 별다른 기척이 없었다.

둘 중 하나였다. 집이 비었든지 지금 세입자가 없든지. 어떤 경우든 안에 들어가야 했다. 바라기는 전민주의 짐들이 고스란히 그대로 먼지를 뒤집어쓰고 있었으면 했다. 그녀가 오나가나에 와서 전해주려 했던 봉투 안의 것이 그녀의 다른 소지품들 사이에 끼어 있기를 바랐다. 지난날이 또다시 후회되었다. 보지도 않고 그냥 밀어버린 그 졸렬함이 두고두고 후회되었다. 목구멍으로 쓴물이 넘어오려 했다.

문은 전자도어락이 아니라 단순한 열쇠타입이었다.

강태혁이 안주머니에서 손가락만한 길이의 톱니 칼과 뾰족한 철심을 꺼냈다. 형사시절 기술이 녹슬지 않기를 바라며 열쇠구멍에 철심을 조심스레 쑤셔 넣었다.

그때 맞은 편 301호 문이 열리는 소리가 등 뒤에서 났다.

"지금 뭐 하세요?"

화들짝 놀란 심정을 감추며 고개를 돌려 보았다. 머리가 푸시시하게 산발이 된 서른이 됐을까 싶은 여자가 고개를 빠끔 내밀고 있었다.

"예?"

"지금 뭐하시냐고요?

의혹이 깃든 표정으로 탐색하듯 훑어보았다. 누가 봐도 상황은 그럴 만했다. 재빨리 머리를 굴렸다.

"여기 사는 사람 삼촌 되는 사람인데, 어딜 갔는지 도무지 오질 않아서… 기다리고 있는 중입니다."

"302호 애의 삼촌이라고요?"

"예, 그게… 제가….."

"아아, 됐고요. 꺼지세요. 안 그러면 경찰 부를 거예요."

그러고는 뭐라 대꾸하기도 전에 문을 쾅 닫아 버렸다.

잠시 멍청한 느낌이 들었다. 보이스피싱업자가 저쪽에서 보이스피싱인지 알고 전화를 툭 끊어버리면 이런 느낌이 들 것 같았다.

301호 여자가 정말로 112에 전화를 할 수도 있단 생각이 들었다. 이 허름한 빌라들은 치안이 좋지 않을 거다. 그리고 지금처럼 제멋대로 얼쩡거리는 놈팡이도 아주 없지 않을 거고.

계단을 내려와 빌라에서 벗어났다.

소득이 아예 없었던 것은 아니었다. 302호에는 '애'가 살고 있다고 했다. 그리고 요즘 같은 때에 더구나 저런 허름한 빌라에 사는 사람이 옆집에 저 정도 관심을 가지고 있다는 것은 생각보다 많은 것을 알게 해줬다. 둘은 분명 아는 사이였다.

강태혁은 진주빌라 건물로 들어가는 골목 어귀에 있는 슈퍼로 갔다. 칸타타 다크를 사서 슈퍼 앞 파라솔 의자에 앉아 씁쌀한 커피를 홀짝였다.

기다렸다.

1시간 정도 시간이 흘렀다. 그러는 동안 주위가 어둑해졌다.

이윽고 동네 분위기에 안 맞게 짙은 화장을 한 여성이 진주빌라가 있는 골목에서 걸어 나왔다. 301호 아가씨였다. 큰 선글라스에 푸스스했던 산발머리가 착 가라앉은 것이 다른 사람처럼 보였지만 그녀가 맞았다.

그녀가 택시를 잡으러 차도로 나가는 것을 확인하고는 재빨리 길가에 주차해 놓은 라노스로 달려갔다. 서둘러 라노스를 큰 길로 몰고 나오자 때마침 그녀가 택시에 올라타는 모습이 눈에 들어왔다.

택시는 천안 시내로 들어갔다. 대전지검 천안지청 앞을 지나 신세계 백화점을 끼고 돌아 10미터 쯤 더 가서 멈춰 섰다. 그는 라노스를 근처 아파트 상가 주차장에 대고는 그녀가 택시에서 내려 황급히 사라진 빌딩으로 향했다.

잠시 그녀를 시야에서 놓쳤지만 어디로 향했는지 금세 알 수 있었다. 그래도 확인하기 위해 그 건물 1층 로비에 붙어 있는 입주업체 명단을 훑어보았다. 역시 지하였다.

'골든 바'

금괴를 들고 오란 것인지 아니면 금색으로 치장한 바를 늘어놨단 건지 모르겠으나, 예상대로 301호 여자는 술집아가씨였다. 정오가 넘은 시간에 그렇게 잠에서 덜 깬 푸석한 얼굴로 나타났다면 가능성이 높았다. 말을 할 때 약간의 가벼운 숙취 냄새에 담배 냄새가 훅 나기까지 했다. 부스스한 머리와 귀찮아하는 표정을 걷어내고 보면 꽤 괜찮은 얼굴이기도 했다.

골든 바로 내려갔다.

안은 나름 화려하고 쾌적해 보였다. 최고급은 아니었지만 싸구려 술집도 아니었다.

"어서 옵쇼! 자 이쪽으로 오시죠."

웨이터의 말에 강태혁이 손을 들어 제지했다.

"방금 들어온 애 있지?"

김건모라는 명찰을 단 웨이터의 얼굴이 의심으로 딱딱해졌다. 사실 이 시간이라면 손님보다는 귀찮은 족속일 가능성이 높았다. 소방점검이나 위생관리 같은 것일 수도 있고 그냥 무작정 뜯어낼 수만 있으면 뭐라도 하겠다는 진드기일 수도 있었다.

골치 아픈 표정으로 변한 김건모에게 강태혁이 마치 자기 가게인 것처럼 말했다.

"그 애 좀 불러 와."

"저, 무슨 일이시죠?"

"그건 알 거 없고, 잠시 나와 보라고 해."

웨이터는 잠시 그를 가늠하는 눈빛으로 훑어봤다. 이때가 중요했다.

"됐고, 마담 나오라고 해!"

인상을 구기며 틱틱거리는 투로 말을 내뱉었다. 웨이터가 순간 당황했다.

"예?"

"마담 오라고! 아니면 지배인 부르던가."

웨이터는 잠시 자신에게 미칠 영향을 머릿속으로 계산해보는 듯했다. 그러는 동안 강태혁의 고함 소리에 다른 웨이터 둘이 더 나타났다.

"마담은 아직 안 나오셨고요, 지배인님은 출근 전이십니다."

그럴 시간이었다. 짐작하고서 한 말이었다. 강태혁은 인상을 확 찌푸렸다.

"공식적인 조사에 앞서 몇 가지 간단히 물어보려고 했는데 안 되겠군. 좋아, 됐고. 그럼 지배인보고 내일 09시 30분까지 천안서북경찰서로 나오라고 해, 알겠지?"

손가락으로 김건모 웨이터를 지적하듯 가리키며 딱딱거렸다.

"그때까지 출석하지 않으면 그냥 너희들은 다른 일자리 찾아보는 게 차라리 나을 거야. 알겠어?"

그러고는 단호히 휙 돌아 계단으로 향했다. 빠르지도 그렇다고 느리지도 않은 사무적인 걸음걸이여야 했다.

비로소 웨이터들이 상황이 어떻게 돌아가는지 깨달았다.

무슨 일인지 모르지만 관청과 틀어지면 곤란했다. 경찰은 더더욱 그랬다. 공식적인 출석, 어쩌고 하는 것은 늘 골치 아팠다. 서류에 기록으로 남는 그런 것은 뒤로 어떻게 해볼 수도 없는 노릇이었다.

김건모가 재빨리 허리를 90도로 굽히며 말했다.

"자… 잠시만 기다려 주십시오. 알겠습니다. 잠시 이쪽으로 오시지요."

강태혁은 불쌍해서 한번 봐준다는 듯한 눈빛으로 인상을 쓰며 웨이터가 안내하는 룸으로 들어갔다.

잠시 앉아 있자 김건모가 위스키와 녹차 캔, 얼음, 생수를 쟁반에 받치고 들어왔다.

"그런 건 됐고, 빨리 걔나 불러. 다른 곳도 가야 한단 말야."

비로소 완전히 이해한 김건모가 알겠다는 말과 함께 재빨리 나갔다. 공짜 술 처먹고 여자 주무르다가 뻥 뜯어 가려고 온 놈인가 했는데 정말로 몇 가지 정보를 알고 싶어 하는 놈이란 생각에, 차라리 다행이다 싶었다.

잠시 후, 301호 여자가 나타났다. 문을 열고 들어서며 "희연이에요"라고 인사하는 순간 그녀의 눈이 깜짝 놀라 다급하게 깜빡였다. 그를 알아보고 기억해냈다. 눈썰미가 좋은 여자였다.

"경찰서로 가고 싶지 않으면, 그 문 닫고 앉아."

이런 직종에 종사하는 사람들의 약한 곳을 그는 잘 알았다. 잘못이 있건 없건 경찰서에 가는 것이 쾌적한 일은 아니었다. 본인도 피곤하지만 몇 번 그런 일이 이어지면 업소에서 쫓겨날 수 있었다.

희연이라고 소개한 301호 여자가 짜증스럽지만 어쩔 수 없다는 듯이 반대편 소파에 팍 앉았다. 팔짱을 끼고는 고개를 옆으로 돌려 외면했다.

"무슨 일이시죠?"

눈빛에 불안감이 느껴졌다. 그럴 만했다. 수상하게 서성이며 건넛집 문을 따려던 놈이 이렇게 업소까지 나타났으니 말이다.

"뭐 좀 물어보려고."

진주빌라 3층 복도에서와는 상황이 바뀌었다. 말투도 바뀌어야 했다.

"뭘 물을지 몰라도 전 아는 게 없는데요."

강태혁은 앞에 놓인 마른안주 중 땅콩을 입에 넣으며 말했다.

"그래도 302호 여자가 죽은 건 알 거 아냐?"

"예?"

그녀가 화들짝 놀라며 팔짱을 풀었다.

"그게 무슨 말이에요?"

그 반응은 진심이었다. 그의 머릿속이 복잡해졌다. 그러나 고민으로 시간을 허비할 수 없었다. 기회가 많지 않았다. 지배인이나 노회한 마담이 출근하면 골치 아파진다. 그 전에 떠나야 했다.

"연기 잘 하는데, 다 알고 왔어. 그런다고 통할 것 같아."

연기는 지금 그가 하고 있었다. 물론 이런 연기에는 베테랑이었다.

"지난 8월 말에 302호 여자가 죽었잖아. 모르는 척 내숭 떨지 마. 네가 그 일에 관련이 있다는 것도 알고 있어. 시치미 떼 봐야 소용없어."

희연이라고 말한 301호 여자는 눈이 똥그래졌다. 궁지에 몰린 두려움이 아니라 기가 막힌다는 쪽이었다. 심지어 손가락으로 그를 가리키기까지 했는데, 그 손가락이 발발 떨리기까지 했다.

"그… 그, 그게 무슨 소리예요? 말도 안 되는 소리 말아요."

더 강하게 밀어붙이려는 순간 그녀의 입에서 놀랄 만한 소리가 튀어나왔다.

"좀 전까지도 나랑 같이 입가심으로 맥주 한 잔 했는데, 뭔 소리예요?"

그러더니 자리에서 발딱 일어나, 벽 옆에 붙은 내선전화를 들어 버튼을 눌렀다.

"혜리 있지? 빨리 여기로 오라고 해."

그러더니 다시 소파에 앉았다. 어이가 없다는 표정에 일말의 두려움이 섞인 모습으로 301호 여자는 호흡을 짧게 내쉬었다. 잠시 할 말이 없어졌다.

곧 룸의 문이 열리며 한 여자가 들어왔다.

들어오는 그녀와 눈이 마주친 순간, 그도 그리고 들어오던 여자도 놀라 얼어붙고 말았다. 그런 두 사람을 보며 301호 여자가 씨근덕거리며 말했다.

"봐요! 이렇게 번듯이 살아 있는데, 무슨 누가 누구를 죽여요? 대체 당신 뭐야?"

지금 강태혁의 귀엔 301호 여자의 거친 숨소리가 들리지 않았다. 눈앞에 선 이 여성으로 인해 정신이 멍해지며 귓속에 윙- 하는 소리가 커졌기 때문이다.

'그… 그러니까, 전민주 집에 이 애가…?'

301호 여자가 수상하게 복도를 어슬렁거리는 그를 보고 쫓아버린 이유를 알았다. 둘은 같은 업소에서 일을 하는 사이였던 거다. 301호 여자가 희연일리 없듯이 전민주의 302호에 사는 여자도 혜리일 리 없었다. 당연히 가명이었다. 그는 혜리라는 여자의 본명을 알았다. 그녀의 이름을 몇 번이고 불렀기 때문이다.

박시연이었다.

중앙로에서 그에게 울분 섞인 눈물로 노려보던 전민주의 친구, 그 박시연이었다. 예상했어야 했다. 윤소영의 카메라에 담긴 사진 속에서 그녀의 얼굴을 확인했을 때 이런 일을 어느 정도 짐작했었어야 했다.

박시연은 카메라에 담긴 사진처럼 그대로 얼어붙어 버렸다.

과도한 화장을 한 모습 그대로, 짧은 치마에 망사스타킹, 가슴의 반이 파인 타이트한 옷을 입은 모습 그대로, 놀란 토끼 얼굴 그대로, 이 세상이 끝날 때까지 그럴 것처럼 꼼짝 없이 얼어붙어 버렸다.

**

강태혁이 골든 바를 나와 건너편 모퉁이에 있는 커피 빈으로 갔다. 주문대에서 아메리카노 두 잔을 시켜 들고 자리를 찾았다. 창가 쪽에 자리가 하나 남았지만 아무래도 거기는 피하고 싶었다. 화장실 바로 옆 구석 자리에 앉았다. 커피 하나를 맞은편에 놓고 입구 쪽을 바라보았다.

몇 분 후, 박시연은 몸에 맞지 않은 커다란 잠바를 걸치고 나타났다. 짧은 치마에 망사스타킹이 안쓰러워 보였다. 급히 나오느라 웨이터 중 하나의 잠바를 빌려 걸쳤지만 아래쪽은 어쩔 수 없었던 것 같았다. 돌아가 다시 바꿔 입어야 하는 것이 성가셨을 수도 있고.

그가 앉은 곳을 확인하고는 걸어와 맞은편에 앉았다. 놀람과 혼란의 흥분이 가신 그녀의 몸짓은 차가워 보였다. 짙은 화장에 가린 표정은 읽어낼 수 없었다.

"커피 마실래?"

"아니요. 금방 돌아가 봐야 해요. 빨리 말씀하세요."

골든 바에서 말하는 것은 아무래도 성가셨다. 301호 여자는 바깥에서 잠시 보겠다는 말에 크게 반대하지 않았다. 아직 영업이 바쁠 시간도 아니고 굳이 그와 각을 세워 껄끄럽게 문제를 만들기보다는 매끄럽게 넘어가는 것이 낫다는 판단 때문이었다. 웨이터들도 마찬가지였다. 잠시라면 괜찮겠다고 했다.

"네가 왜 302호에 살지?"

"그게 왜요?"

한참 엇나간 여고생을 상대하는 느낌이었다. 조숙하게 덕지덕지 화장을 처바르고 폭주하는 오토바이 뒤에 탄, 삐뚤어지고야 말겠다고 단단히 작심한 여학생처럼 대꾸했다.

"무슨 상관이시죠?"

그녀는 성인이고 어떤 일을 하든 그녀 맘이고 선택이었다. 그리고 지금은 그런 일로 보자고 한 것도 아니었다.

"거기가 전민주 방인 건 알지?"

"그런데요?"

그녀의 독기어린 쏘아붙임에 문득 할 말이 없어졌다. 다르게 물었어야 했단 후회가 들었다.

"같이 지냈니?"

"이제야 그런 관심이 생기셨어요?"

짙은 마스카라 뒤에 숨은 박시연의 눈빛이 날카롭게 쏘아붙였다. 긍정의 답변이긴 했다. 그러나 그는 여전히 다루기 힘든 폭발물을 손에 쥐고 어떻게 해야 할지 몰라 허둥대는 느낌이었다. 전민주에 대해 사과를 하지 않으면 한걸음도 내디딜 수 없을 것 같았다. 마음이 묵직해져 왔다.

"전민주의 죽음에 대해 조사하고 있다."

완전히 틀린 말은 아니었다.

"이제 와서 왜요? 그렇게 민주가 말하고 싶어 할 땐 듣지도 않아 놓고서,

이제 와서 뭘 알고 싶은 거죠? 그런다고 죽은 민주가 살아난대요? 예?"

그녀의 공박에 잠시 할 말을 잊었다.

전민주가 자신에게 뭔가를 말하려 했다는 그녀의 말이 마음에 못을 박았다. 이미 많은 기회가 있었다. 몇 번이고 달리 선택할 기회가 있었다. 적어도 오나가나에서 만난 날 그녀가 보라고 한 봉투만 열어봤어도, 어쩌면 이런 일들을 막을 수 있었다. 아니 아예 일어나지 않았을지도 모른다.

"그렇게도 쌀쌀맞게 무심하시더니, 이제야 겨우?"

그녀는 악을 쓰듯 이를 악물었다. 눈물이 그렁거리려 했다. 그렇게 노려보는 눈빛을 고스란히 받았다.

하지만 묻지 않을 수 없었다. 지금이 아니면 다시 기회가 있을 것 같지 않았다. 이미 결과를 다 알면서도 도발하는 것이 야비하단 느낌이 들었지만 어쩔 수 없었다. 박시연의 꽁꽁 언 마음을 녹여야 했다.

"경찰은 자살이라고 하던데? 그러니?"

어이가 없다는 표정이 된 박시연이 작심한 듯 말했다.

"맘대로 지껄이라고 하세요. 하고 싶은 일이 산더미 같은 애가 왜 자살을 해요. 당장 다음 날도 서울에 가야 한다고 했다고요."

"그래? 그럼 과음으로 인한 사고사구나?"

그 말에 그녀의 표정이 순간 어두워졌다. 뭔가 있단 느낌이 들었다. 단정적인 어투를 써서 확정하듯 말해 보았다.

"술을 못 먹는 민주가 화가 나서 마구 먹다보니 저도 모르게 심장에 무리가 와서 죽은 게 맞지? 그걸 경찰이 학교 측 얘기를 듣고서 자살이라고 우긴 거고. 그렇지?"

짙은 화장을 해서 나이가 들어보여도 박시연은 아직 스물한 살이었다. 지독한 인간들을 수없이 겪어본 그가 보기엔 말랑말랑한 애송이였다. 학생 편처럼 학교를 은근히 비난하는 투를 섞은 것이 주효한 듯했다.

"학교가 뭐라 했는지 아세요?"

묻기 위해 한 말이 아니라 스스로에게 한 말이었다. 박시연의 목소리가 조금 높아졌다.

"학교는 방학 중에 학생들이 동아리 방에 모여 활동하는 것까지 일일이 알고 통제할 수는 없다, 그러나 도의적 책임은 있으니 송구하다, 향후 이런 일이 발생하지 않도록 철저하게 관리하겠다, 뭐 이따위 소리를 늘어놨어요. 그게 말이 돼요? 자기네 학생이 죽었는데? 자살이요? 사고사요? 멋대로 떠들라고 하세요."

그는 박시연이 차분한 학생이었던 것으로 기억했다. 이렇게 울분을 터뜨리는 것이 놀라웠다. 어쩌면 망사스타킹에 가슴이 푹 파인 모습으로 만난 것이 민망해서 더 그럴지도 몰랐다. 하지만 뭔가 있었다. 갑작스런 분노와 악에 받쳐 격앙된 모습은 그걸 감추려는 기색처럼 과해보였다. 조금 더 도발해야 했다.

강태혁은 정말로 말을 꺼내기 어려워 주저하는 모습을 지어내며 말했다.

"경찰에 연행되었었다."

느닷없는 말이 박시연의 관심을 이끌어냈다. 그녀의 얼굴에 놀람이 스쳤다.

"전민주와 내가 이상한 관계란 소문이 있더구나. 그래서 경찰은 전민주가 그 일로 상심해서 그렇게 술을 먹었다며 나를 용의자로 잡아갔다."

짙은 마스카라로 감춘 그의 얼굴에 당황과 난감함이 스쳤다. 그렇게 뻣뻣하더니 잘 되었단 느낌 반, 그를 몰아붙이기만 한 것에서 느껴지는 미안함 반이 섞인 듯했다.

"그래도 넌 민주와 친하니까 알겠지? 내가 진짜 전민주와 아무런 사이가 아니란 거 말야."

박시연은 비로소 그가 왜 전민주에 대해 묻는지 이해했단 표정이 되었다. 강태혁은 됐다 싶었다. 그가 자신이 억울해서 이렇게 전민주 사건에 대해 파헤치려 한다고 박시연이 오해하도록 내버려두었다.

"그렇지? 넌 알 거 아냐?

"당연히 알죠. 교수님처럼 재수 없게 쌀쌀맞은 사람을 좋아할 여자가 어디 있다고요. 민주가 바보인줄 아세요?"

그녀의 목소리가 조금 풀어졌다. 강태혁은 조심스레 물었다.

"진주빌라에선 민주와 같이 살았니?"

그녀가 끄덕였다.

"언제부터?"

"죽, 계속요."

답을 요구하는 눈빛을 보고 박시연이 말을 이었다.

"원래 처음엔 기숙사에 있었는데, 민주가 같이 지내자고 했어요. 물론 그냥은 아니고 방값을 나눠 내자고 했죠. 개도 알바로 학비를 버는 처지여서 녹록지 않았거든요. 학교에서 조금 멀기는 해도 따져보니 기숙사비보다 방값이 저렴해서 그러자고 했어요. 그 즈음 기숙사 룸메이트가 밤마다 남자를 끌어들여서 귀찮은 참이었거든요. 그래서 1학년 2학기 때부터 같이 살았어요."

남자를 끌어들여 귀찮다는 말이 지금 짙은 화장을 한 그녀의 입에서 나오기엔 어색했지만 꼰대 같은 알량한 생각이었다. 그는 선생이 아니고 그녀는 어린애도 아니었다.

"장례는?"

장례라는 말에 박시연의 눈시울이 다시 붉어지려 했다.

"군산 집에서 어머니가 오셨어요. 화장을 해서 저와 함께 민주가 평소에 좋아하던 삽교천 근처 서해바다에 뿌렸어요."

"어머니만?"

"아버지는 고등학교 때 돌아가셨다고 했어요. 다른 친척은 모르겠고요."

강태혁은 이미 미호에게 들어 알고 있는 내용이었다. 굳이 물은 것은 상대가 진실을 말하는지 중간중간 테스트하던 형사 때 버릇이었다. 그리고 그 버릇은 유용했다. 박시연은 거짓말을 하지 않았다.

"제가 어렵사리 민주 어머님께 방 얘기를 했어요."

월세 보증금이 떼이지 않도록 월세만 제때 내면 계속 살아도 된다고 민주 어머니가 허락했다고 했다. 민주가 낸 월세 보증금 천만 원도 10달에 나눠 보내주면 된다고 해서 계속 사는 거라 했다. 학생에게 백만 원이면 큰돈이었다. 그는 문득 그래서 2차도 나가는 걸까 하는 생각이 스쳤지만 흔들어 지워버렸다. 민망하고 힘겨운 생각이었다. 윤소영이 찍은 사진 때문에 알 필요 없는 것까지 너무 많이 알아버린 것이 괴로웠다.

"민주 어머니는 민주에 대해서 무심한 듯 했어요. 뭐랄까, 다 컸으니까 그냥 알아서 해라 같은 느낌이었어요. 뭔가에 지친 듯도 해 보였고요. 사는 게 다 거기서 거기니까요."

강태혁은 슬슬 조바심이 났다. 정말 알아야 할 것을 물어야 했다. 조금, 아니 많이 불편한 물음이었다. 그래도 어쩔 수 없었다.

"혹시 민주도 너처럼… 거기서 일 했니?"

박시연은 확실히 똑똑했다. 무슨 말인지 '거기'가 어딘지 대뜸 알아챘다. 표정이 돌변할 줄 알고 조마조마하던 강태혁의 예상과 달리 어두워진 그녀의 표정에 기묘한 떨림이 스쳤다. 부끄러움과 모욕감이 아니라 불안과 두려움이었다. 짙은 화장으로도 그녀의 깊은 떨림을 감추지 못했다.

그는 자신이 뭔가 단추를 잘못 누른 것은 아닌지 걱정되었다. 입안이 말랐다.

"아니요."

전에 없이 단호하게 박시연이 고개까지 흔들었다.

"아니에요. 민주는 저처럼 골든 바에 나오지 않았어요. 억척스럽게 돼지갈비집이나 편의점처럼 고된 알바들을 찾아다니면서도 그러지 않았어요. 돌아가신 아버지께 죄송하다며 열심히 일해야 한다고 했어요."

박시연이 똑바로 강태혁을 응시했다. 눈빛에는 애처로운 호소와 가냘픈 바람이 흔들리고 있었다. 뭔가가 그녀의 감정선을 건드린 것 같았다. 하지만 그게 뭔지, 무엇 때문인지 알 수 없었다.

"아니, 민주는 골든 바 같은 곳에 나올 수 없었어요. 1차만 하면 된다고 내가 아무리 말해도 민주는 안 된다고 했어요. 왠지 아세요?"

강태혁이 고개를 저었다.

"민주는 술을 마시지 못하니까요."

알고 있는 거였다. 경찰에서 조사한 혈중 알콜농도는 일반인이라면 죽을 정도까지는 아니었지만 알코올 분해 효소가 없는 그녀에게는 치명적이었다.

하지만 박시연의 말엔 뭔가가 더 있었다. 질기고 끈덕진 것이 그의 몸을 힘겹게 핥는 느낌이었다. 체험형 아쿠아리움에서 만져 보았던 상어의 피부처럼 매끈하면서도 불쾌한 까끌거림이 일었다. 어떻게 보면 아무렇지도 않지만 어찌 보면 이렇게도 불편한 것이 다시없을 느낌이었다.

그의 표정을 읽은 박시연이 말했다.

"그래요, 맞아요. 그래서 제가 교수님을 그렇게 뵈려고 한 거예요."

중앙로에서 독기 오른 눈으로 쏘아보기 직전, 그를 만나려고 했던 그때를 말하는 것 같았다.

"민주는 절대로 술에 취해 동아리 방에서 심장마비로 죽을 수 없다고요, 아셨어요?"

박시연의 눈에서 두려움과 울분이 섞인 눈물이 그렁그렁해지려 했다.

"경찰 조사 때 그런 말을 왜 안 한 거니?"

그랬는지 안 그랬는지 모르지만 넘겨짚었다. 그녀가 발끈했다.

"왜 안 했냐고요? 그럼 제가 학비 벌려고 야시시한 옷을 입고 아저씨들 손에 몸을 맡기는 이런 짓을 하면서, 친구까지 꾀어 술 따라주며 옆에 바싹 붙어 몸을 비비라고 했다고, 그렇게 말했어야 했나요? 그런가요?"

쏘아붙이고 나자 조금 평정심이 돌아왔는지 목소리가 잦아졌다.

"그래요, 그런 말을 하지 않고도 같이 사니까, 술을 먹지 못한다고 경찰에 가서 말을 할 수는 있었겠죠. '민주는 술을 전혀 못 먹어요'라고요. 하지만 그런다고 뭐가 달라지죠? 죽은 민주가 살아오나요? 아니 저 같은 일개 학생의 말을 경찰이 듣기나 하겠어요? 학교가 대놓고 자살이라고 공표했는데, 제 말을 들어주기나 하겠어요? 공연히 저를 괴롭히고 까발리려 하지 않겠어요?"

이해되었다. 게다가 그런 말을 하면 그녀를 향해 경찰이 물을 첫 번째 질문은 "그 시간에 어디 있었지?"라는 알리바이 확인일 것이다. 그러면 그녀는 전민주가 학생회관에서 일을 당하는 동안, 어쩔 수 없이 골든 바에서 마이크를 들고 노래하며 집적대는 취객의 집요한 손길을 피해 몸을 비틀었다고 진술할 수밖에 없었다. 가혹하게 몰릴 거였다. 발기발기 생활이 벗겨질 거고 그녀의 학교생활은 거기서 끝날 거였다. 그런다고 전민주의 애석한 죽음이 밝혀질 것도 아니었다. 아무것도 달라질 것이 없었다. 정말 그녀의 말대로 그랬다.

순간 한 가지 생각이 퍼뜩 스쳤다.

"혹시, 네가 그랬니?"

"예?"

박시연이 그를 빤히 바라봤다.

"온 학교가 다 알도록 퍼뜨린 거 말야."

그녀의 표정이 황급히 닫혔다. 화장한 인형처럼 보였다.

"언론에 흘린 것도 너지?"

아무 말도 하지 않았지만 답을 알 수 있었다.

죽은 사람이나 가족에게는 큰 문제겠지만 술 먹고 심장마비로 죽은 여학생 같은 것까지 일일이 냄새 맡고 다닐 기자는 없다. 요즘처럼 대선이 얼마 남지 않은 시기에 사회부 기자들이 이런 지방대의 사소한 사건까지 캐고 다닐 시간은 없었다. 그랬다간 엉뚱한 짓 한다고 데스크의 불호령이 떨어질 거였다. 제보가 있었던 거다. 그래서 기사가 난 거였고.

"전민주와 내가 킹 모텔을 나서는 사진을 조작한 것도 너니?"

"아니요! 그런 건 전 몰라요."

강한 부정이었다. 킹 모텔이란 말은 처음 듣는 것처럼 보였다. 하지만 이 강한 부정은 민주 사건을 언론에 제보하고 학교에 소문을 낸 것이 자신이라는 것에 대해서는 긍정이란 의미였다.

그가 그녀를 지그시 바라봤다. 상대를 심문할 때 쓰던 압박의 눈빛이었다. 결국 박시연이 입을 열었다.

"민주는 아무도 믿지 말라고 했어요."

"응?"

박시연은 과거를 떠올리는 눈빛으로 앞에 놓인 커피 잔을 보았다. 이미 마실 수 없을 만큼 식어 버렸다.

"민주가 자주 그런 말을 했어요. 불길하니까 그만하라고 했지만, 몇 번이고 신신당부했어요."

"아무도 믿지 말라고?"

"예…."

그리고 잠시 머뭇거리며 시선을 피하던 박시연이 그를 똑바로 보았다.

"그러면서, '믿을 수 있는 건 오직 강태혁 교수님뿐이야, 알겠지 시연아. 내게 무슨 일이 생기면 교수님을 찾아가. 알겠어?'라고 했어요."

망치로 머리를 맞은 듯한 충격이었다. 아픔보다 멍하고 얼얼한 느낌이었다. 웅웅거리는 소란 속에서 조각난 진실 하나가 비집고나와 제 목소리를 냈다. 그것이 차츰 커지더니 주변의 번잡한 소음을 죄다 삼켜버렸다.

알고 있었다…, 알고 있었어….

자신에게 무슨 일이 생길지 알고 있었다. 그런데도 계속 뭔가를 했다.

왜? 그게 뭔데…?

순간 잇따라 새로운 사실들이 의식 위로 떠올랐다. 뇌를 꺼내다가 떡메로 내려치는 듯한 충격이었다. 터지지도 않고 질겅거리는 정신이 웅얼웅얼 소리를 뱉어냈다.

그것이 많은 것을 설명해 주었다. 그동안 눈앞에 있으면서도 몰랐던 것들을 모두 설명해 주었다. 그녀가 자꾸 앞에 나타났던 것도, 싫어하는 기색을 알아차리고도 계속 들이댄 것도, 천향원까지 끌고 갔던 것도, 노부인에게 말도 안 되는 소리를 했던 것도, 오나가나로 찾아와 하소연했던 것도, 모두모두 이해되었다.

'내… 내가… 누군지 알고 있었구나….'

그래서 그렇게도 단정적으로 치매 노부인에게 "걱정 마세요, 강태혁 교수님이 찾아주실 거예요."라고 말할 수 있었던 거였다.

'하지만 그걸 어떻게… 알았지?'

박시연이 자리에서 일어서는 서슬에 상념에서 깨어났다.

"너무 오래 있었어요. 들어가 봐야 해요."

일어선 그녀의 표정에 부끄러움이 섞여 들었다. 빨리 이 자리를 벗어나고 싶어 하는 불편한 표정이 더 안쓰럽게 느껴졌다. 그러나 지금 아니면 묻지 못할 것들을 그대로 놓아둘 순 없었다.

"민주가 왜 날 믿어야 한다고 했지?"

"그건 잘 모르겠어요. 그냥 그렇게 말했어요."

그는 땅을 치고 지난날이 후회되었다. 전민주가 오나가나에서 뭔가 주려고 했을 때 받았어야 했다. 마땅히 그랬어야 했다. 돌아갈 수만 있다면 그날의 자신을 흠씬 두들겨 패주고 싶었다.

순간 지극히 당연한 것이 떠올랐다.

"혹시, 민주가 뭔가 내게 줄 것이 있다는 말은 안 했니?"

자리에서 벗어나려던 시연이 잠시 멈추더니 생각을 했다.

"아, 그리고 보면 노트에 매일 같이 뭘 적기는 하던데, 그걸 교수님께 드려야 한다고 했는지는 모르겠어요. 저한텐 아무 말도 하지 않았으니까요."

그걸 봤느냐는 말이 목구멍까지 치밀었지만 참았다. 여자애들끼리 남의 일기장 같은 것을 훔쳐봤냐는 질문은 치명적인 말이었다.

"민주 소지품은 다 어떻게 됐니?"

"자잘한 가구는 그냥 제가 쓰고요, 버릴 것은 버리고, 책이나 노트 같은 유품은 민주 어머님이 장례 후에 가지고 가셨어요."

강태혁은 아쉬움에 탄식이 나올 뻔했다.

"이제 진짜 가야 해요. 너무 시간이 지나서 안 돼요. 이제 가 봐야 해요."

그러며 그녀가 황급히 커피 빈을 나갔다. 올 때와 달리 뭔가 큰 짐을 내려놓은 듯한 발걸음이었지만, 그에겐 여전히 망사 스타킹이 마음에 시렸다.

동식이파에서 그녀를 놓아주지 않은 것인지 확인할까 했지만 의미 없었다. 그녀가 남은 거였다. 그녀가 선택해서 저기에 저렇게 남은 거였다.

낮엔 학생, 밤엔 아가씨로 퍽퍽하게 사는 박시연의 뒷모습이 가슴을 저리게 했다.

강태혁이 커피 빈을 나왔다.

도시가 어둠속에 가라앉는 것처럼 보였다. 환한 불빛조차 어둠이 삼켜버리기 직전의 마지막 애달픈 반짝임을 애처롭게 토해내는 것 같았다. 어둠 속에 숨은 그림자가 느물거리며 키득키득 조롱의 손가락질을 해대는 것처럼 보였다.

전민주가 말했단다, 너같이 쌀쌀맞고 지랄 같은 새끼를 믿으라고. 키키키키…. 그런데 넌 모르겠다고? 듣지도 못했다고? 큭큭큭큭… 나가 죽어라, 이 병신아!

강태혁은 저도 모르게 이를 악물었다. 공연히 치떨리는 분노에 울분이 터질 것만 같았다.

하지만 머릿속 비웃음을 잠재울 수 없었다. 떨쳐낼 수도 없었다. 사실이기 때문이었다.

달빛에 반짝이는 하얀 돌

*

무거운 머리를 모텔 침대에서 억지로 일으켰다. 어디에 두었는지 모를 전화기가 계속 울고 있었다. 기다시피 걸어서 핸드폰을 찾아 손에 들었다.

미호였다.

"말씀하신 일이 끝났습니다."

잠시 그게 뭔지 떠오르지 않았다. 전민주의 3월부터 행적을 샅샅이 뒤지라고 했던 것이 가까스로 기억났다.

말해보라는 그의 말에 미호는 굳이 그가 있는 곳으로 내려오겠다고 했다. 이유는 말하지 않았다. 그러라고 하고 전화를 끊었다. 머리가 옆으로 기울어질 정도로 무거웠다. 핸드폰을 침대 위에 던지고 다시 누웠다.

기계처럼 명령을 받고 움직이기만 하던 미호가 자신의 의지로 "아닙니다, 찾아뵙겠습니다."라는 말을 했다는 것이 신기하면서도 부담스러웠다.

시간은 벌써 11시를 넘어가고 있었다. 약을 챙겨먹었다. 생수를 두 모금 더 마시고 배를 문지르며 쓰린 속을 달랬다. 호텔 건너편에 있는 동태탕 집에서 늦은 아침을 대강 때우고, 한 블럭 옆에 있는 파스쿠치 카페에 앉아 미호를 기다렸다.

1시간쯤 지나 평소보다 더 굳은 표정으로 미호가 나타났다. 맞은편에 앉은 그녀가 서류를 건넸다.

두툼한 파일 안에는 전민주의 모든 것이 담겨 있었다. 나이, 학력, 성장

과정, 가족관계, 주소 등의 기본적인 사항에서부터 그녀가 죽기 전까지 했던 일들과 행적들이 일자별로 자세하게 적혀 있었다. 미호는 지시받은 것 이상을 해냈다. 심지어 초등학교 반장을 했던 것처럼 사소한 것은 물론 최근 1년 동안 그녀가 주로 접속했던 인터넷 사이트와 검색 내역까지 담겨 있었다. 알아낼 수 있는 모든 것을 죄다 털어낸 결과였다. 특히 올 3월부터의 행적은 시간대별로 정리되어 있었다.

미호의 설명은 간략했지만 내용은 무거웠다. 전민주는 생각보다 기업체를 너무 많이 찾아다녔다.

"대학생 프로젝트나 인턴, 취업 등의 문제는 아니었습니다."

설명을 덧붙이지는 않았지만 그녀가 그 기업들에 대해서도 더블 체크했을 거였다.

"그래, 네 생각은?"

그의 질문에 미호는 다른 식으로 답을 했다.

"저희는 전민주의 특이한 동선과 그녀가 다녀간 날짜, 그리고 그 기업과 관련 있는 죽음들을 매치시켜 보았습니다."

"죽음?"

"이미 국산그룹과 가산유통 건이라는 선례가 있으니까요."

이 딱딱한 여자는 표정으로 이미 할 말을 하고 있었다.

"하나가 더 있었습니다."

마음 깊은 곳에서 '쿵'하는 소리가 울린 것 같았다.

"세 번째 죽음은 지난 10월 셋째 토요일이었습니다. 인수그룹 이한상 회장이 북한산에서 실족해서 죽었습니다. 물론 전민주는 자신이 죽기 3일 전, 그러니까 8월 17일에 인수그룹을 방문한 사실이 있습니다."

미호가 누런 봉투 하나를 따로 건넸다. 제네시스 안에서 윤소영이 처음 국산그룹 건을 건넬 때 같은 데쟈뷰가 느껴졌다.

"실족사로 언론에 발표가 되었지만 사실은 목이 잘린 시체가 추락한 것이었습니다."

봉투를 열어보면 안다는 듯이 말했다. 이미 그 사건에 대해서도 빠짐없이 조사했을 것이 분명했다.

만지면 안 될 것을 바라보듯 봉투와 눈싸움을 벌이는 그를 향해 미호가 서류에 적혀 있는 내용 중에서 핵심을 골라 말했다. 레펠을 묶고 절벽 아래로 내려가서 시신을 수습해서 올리는 일을 했던 구조대원의 말이었다.

"대원들은 그 노인이 이한상 회장인지는 몰랐습니다. 추락하면서 나뭇가지에 긁히고 바위에 부딪혀 얼굴이 더 처참하게 변했기에 가족들도 처음엔 알아보지 못했으니까요."

그리고는 확인해 보라는 듯 말을 끊고 그를 쳐다보았다. 눈길의 압박에 못 이겨 그가 서류를 꺼내 넘기기 시작하자, 미호의 말이 이어졌다.

"경찰이 숨겼지만 추락 전에 메스로 목이 그어진 것이 분명합니다. 국산그룹 김동욱 회장 건과 같은 케이스의 살인입니다."

수사 자료를 살펴보았다. 그녀의 말이 맞았다.

강태혁은 저도 모르게 입술을 잘근잘근 씹기 시작했다. 집중할 때의 버릇이었다. 잊어버렸던 버릇이 돌아왔지만 그는 아직 그런 줄 몰랐다.

"메스는 공통점이지만, 차이점도 있습니다."

미호답지 않았다. 그녀는 사실만 전할 뿐이지 설명하거나 분석하지는 않았었다.

"장소입니다."

그가 서류에서 눈을 떼서 그녀를 쳐다보았다.

"김동욱 회장은 호텔에서 벌어진 일이라 덮기가 용이했습니다. 하지만 이번 이한상 회장 건은 덮지 못하도록 북한산 노천에서 벌인 겁니다."

강태혁은 미호의 설명이 타당하다고 생각했다. 그러자 한 가지가 떠올랐다.

"윤 소령이 그러던가?"

그의 말에 순간 미호가 멈칫거렸다. 그가 쓴 미소를 지었다.

"멍청한 형사에게 가서 잘 설명해주라고 신신당부하셨구만."

미호가 화들짝거리는 표정을 재빨리 감췄다.

"그렇지 않습니다. 팀장님께서 먼저 사건을 분석하셨기에 단지 의견을 말씀하셨을 뿐입니다."

역시 윤소영이 간여한 것이 맞았다.

"어떻든, 좋아, 계속 말해봐. 노천에서 일을 벌여 감추지 못하게 하려했다는 건 알겠는데 어떻게 실족사가 된 거지?"

미호가 공교롭게도 최초 발견자가 너무 놀라 시체를 건드리는 바람에 절벽으로 떨어지게 된 경위를 설명했다. 그가 천천히 끄덕였다.

"전민주가 이한상 회장을 만났던가?"

"그건 확인할 수 없습니다. 분명한 것은 이 회장의 인수그룹을 방문했던 사실 뿐입니다. 물론 그룹 관계자는 홍보팀 방문이나 인턴십으로 오는 학생들이 많아 잘 모르겠다며 말을 아꼈습니다."

하다못해 지나다가 화장실이 급해 건물로 들어간 것일 수도 있었다. 물론 그럴 리는 없겠지만

"다른 사건은 없나?"

"현재로서는 없습니다. 그리고 없게 할 겁니다."

미호의 말에 날카로움이 묻어났다. 그것이 현재 윤소영이 무슨 일에 전력을 기울이는지를 알게 했다. 전민주가 만나고 다닌 기업의 총수들을 밀

착해서 감시하고 있는 거였다. 헛일일 수도 있지만 범인을 잡을 중요한 방법이기도 했다. 최소한 살인이 늘어나는 것을 막을 방법은 되었다.

강태혁이 침묵에 빠졌다. 혼란스런 머릿속이 정리되지 않았다. 이렇게 생각하면 저것이 맞지 않고 저렇게 생각하면 이것이 비틀어져 나왔다. 어떻게 맞추어도 퍼즐이 맞아 떨어지지 않았다.

'전민주가 기업을 돌아다녔고 그 중 몇몇 기업의 총수들이 죽임을 당했다. 그런데 그녀도 죽고 말았다. 사고로…. 대체…?'

죽인 놈들은 총학에 잠입한 동식이파의 까리였다.

'그래 죽이려 하지 않았다고 하자. 그러면 왜 전민주를 그렇게 린치한 거지?'

가능성은 둘이었다. 총학 문제를 공론화하려고 하니까 집단강간을 한 후 영상을 찍어 협박하려는 것 아니면, 기업체를 들쑤시고 다니는 것이 누군가의 심기를 건드렸기에 혼내주려는 거였다.

'총학 놈들은 자신들이 하는 일을 자꾸 문제를 삼기에 그랬다고 했느…'

순간, 번개가 머리를 꿰뚫고 지나간 듯 정신이 번쩍 났다 입안에 메슥거리는 맛이 날 정도였다. 둘의 접합점이 있었다. 가능성은 둘이 아니라 애초부터 하나였다.

'성 로비를 세상에 떠벌리려는 거였다!'

전민주가 총학을 들쑤신 것과 기업을 찾아다닌 것은 성 로비와 관련이 있었다.

기이한 모양으로 머릿속을 떠돌던 퍼즐들이 하나둘씩 자리를 찾아 내려앉기 시작했다. 이제야 코엑스 앞에서 찍힌 것처럼 사진을 조작한 의미와 호텔에서 죽인 이유를 알 것 같았다.

'1차 살인은 호텔에서 섹스를 했다는 암시를 물씬 풍기는 것이 목적이

었다. 섹스 스캔들이라고 알리기 위해서였다.'

그리고 인수그룹 이 회장이 북한산에서 죽은 이유도 설명이 되었다. 원래 놈은 처음부터 이럴 생각이었다.

'하지만 1차 살인부터 공공장소에서 죽이면 섹스 스캔들이라고 알아 볼수가 없다. 그래서 1차는 호텔에서 살해한 것이다.'

범인은 영리한 놈이었다. 섹스 문제라는 것을 이미 알린 이상 그것을 바깥에 공론화시키려고 북한산을 택한 거였다. 그리고 명민한 윤 소령도 이것을 알아차렸다. 그래서 더 많은 희생이 있을 거라고 예상해서 기업 총수들을 밀착 마크하고 있는 것이다.

강태혁의 몸이 달아올랐다. 제대로 가닥을 잡은 느낌이었다.

'전민주가 총학의 문제를 눈치채고 기업들을 다니면서 그 사실을 확인했던 거다. 그런 모습을 포착한 총학 놈들과 불안해진 기업 놈들이 손을 잡았고, 그렇게 해서 전민주를 손 좀 봐주게 된 것이다. 그런데 그것이 뜻하지 않게 과해서 죽이고 만 것이다.'

자신을 향한 그림자의 손길이라고 윤 소령이 했던 말도 이해되었다. 자신이 나서지 않았다면 그대로 멈출 것이 자신이 나서자 움직이기 시작했다는 말이 비로소 명확해졌다.

'내가 국산 김 회장 건을 맡자, 놈이 전민주를 넣은 코엑스 사진을 조작해서 국산에 보냈다. 놈이 그러지 않았다면 나는 전민주와 국산그룹이 관련 있다는 것을 알 수 없었다. 죽은 전민주가 바로 그런 성 로비 문제를 들쑤시고 다녔다는 것을 절대 알 수 없었을 것이다.'

그러자 한편에서 불편한 반론이 들고 일어났다.

살인자가 총학과 기업의 성 로비 문제를 밝히려던 전민주가 강간을 당하다 죽었다는 것을 알리려 했다면, 그래서 코엑스 사진을 조작해서 의도적으로 연결고리를 찾게 했다면… 아귀가 맞지 않았다.

살인자가 좋은 의도를 지니고 있다고? 전민주를 위해서 살인을 했다고?

너무 많이 나간 생각이었다. 고작 여학생 하나 때문에 우리나라 기업 총수들의 목을 벨 자는 없다.

다시 머릿속 비웃음이 커지려 했지만 단호하게 제압해서 눌렀다. 아직 불명확하지만 뭔가 분명 이유가 있다. 그걸 밝혀낼 것이다.

'어떻든 놈이 나를 지목했다.'

윤소영의 말이 아니라도 이젠 확실했다.

'킹 모텔 사진을 조작해서 나를 궁지에 몰고, 꼭 퍼포먼스처럼 경찰에 끌려가게 해서 전민주의 죽음에 집중하게 만들었다. 그리고 내게 강요했다, 이 사건을 맡으라고….'

결국 그렇게 되었다. 얼마나 대단한 힘을 지니고 있는지 천하의 얼음공주마저 움직여서 그렇게 만들었다. 그리고 결국 여기까지 흘러왔다.

강태혁은 입안이 말라들었다. 불안감에 뱃속이 싸르르 아파왔다. 국산, 가산, 인수 이렇게 세 기업의 총수가 죽었지만 몰아치는 것이 아니라 차근차근 죽였다는 느낌 때문이었다. 그건 결국 하나의 의미를 뜻했다.

'못 알아채면 또 다시….'

자신이 제대로 길을 못 찾으면 놈은 또 일을 저지를 거였다. 깊고 깜깜한 숲에서 길을 잃은 아이의 눈앞에 돌멩이를 던져주며 길을 안내하는 것처럼 놈은 또 그럴 거였다. 달빛에 반짝이는 하얀 돌멩이가 가리키는 길을 못 찾아내면 얼마든지 그럴 놈이었다.

"팀장님께서 말씀을 전해달라고 하셨습니다."

미호의 말이 상념을 흩어버렸다.

"조심하시라고 하셨습니다."

"응?"

"인수그룹 이한상 회장이 누구인지는 아시지요?"

미호답지 않게 가르치는 말투였다.

"이철상 의원의 형입니다."

익숙한 이름이지만 그 이름이 무척이나 생경하게 느껴졌다. 사건의 본질을 훑어 본 충격의 흔들림 때문에 모든 것이 낯설게 느껴져서일 수도 있었다. 그 이름의 무게가 차츰 제대로 느껴지자 또 다른 혼란의 쓰나미가 밀려들었다.

"이번 대선에서 여당의 박인권 의원과 맞서는 야당 후보 이철상 의원의 형을 보란 듯이 북한산에서 목을 잘라 죽였단 말입니다."

심장을 옥죄는 느낌이 들었다. 달빛에 반짝이는 돌멩이를 하나라도 놓치면 그야말로 절벽으로 곤두박질칠 상황이었다.

입술이 너덜거릴 정도로 잘근거렸다. 입안에 철사를 씹는 듯한 피맛이 배어들었지만 도무지 느끼질 못했다.

죽음을 기다리는 여인과 수첩

*

11월 중순으로 접어드는 군산의 바닷바람은 쌀쌀했다. 강태혁은 자켓을 여미며 춘천닭갈비집으로 들어갔다. 군산에서 춘천닭갈비를 찾는 사람이 얼마나 있다고 이런 집을 열었을까 싶은 마음이 들었다. 그런데 의외로 사람이 많았다.

"2인분이 기본인데요."

서빙을 하는 노랑머리 여자애는 '2인분'이라고 말하든지 아님 꺼지든지 빨리 결정하란 듯 그를 내려다보았다. 껌까지 씹었다면 시비를 걸려는 것이 아닌가 싶을 정도였다.

그라라고 했다. 여자애가 쌩하고 주방 쪽으로 가며 "이모 기본!"하고 소리쳤다.

미호가 준 파일에는 이 식당에서 찍은 전민주의 모친 사진이 있었다. 주소지도 알고 전화번호도 알지만, 그녀의 모친을 어떻게 만나 어떻게 물어야 할지 고민이 되었다. 경찰이라면 간단했다. 신문기자도 힘들 것은 없었다. 하지만 밑도 끝도 없는 기획기사 소리는 어딘가 구린 데가 있는 기업 같은 곳에서나 통하지, 먹고살기 위해 주방에서 설거지 하는 팍팍한 아주머니에겐 씨알도 먹히지 않을 수작이었다.

그래서 우선 상황을 보기로 했다.

닭갈비 맛은 서빙하는 못돼 먹은 노랑머리만큼이나 제멋대로였다. 이 신기한 맛을 보려고 사람들이 이렇게 모이는 것이 놀라울 따름이었다. 그냥 맵고 짜고 어떻게 했는지 미치도록 느끼할 뿐이었다. 반찬으로 준 양배추 샐러드만 서너 번 먹고 그만두었다.

주문이 폭주하고 설거지거리가 쌓여 안으로 밀려들어갔다. 말을 붙이기는커녕 얼굴도 보지 못하겠단 생각이 들 때쯤이었다. 잠시 화장실을 가려는지 전민주의 모친이 주방에서 나와 홀을 가로질러 밖으로 나갔다. 다리가 불편한지 오른쪽 다리를 살짝 절었다.

그녀의 모습에 강태혁은 작은 충격을 받았다.

사진과 많이 달라 보였다. 미호가 준 사진은 주민등록증 발급 때 찍는 경직된 사진이라 실제 인물과 차이가 날 거라고 예상은 했다. 똑바로 앉아 말끔하게 정면을 보고 찍은 만들어낸 모습과 삶의 먼지가 낀 현실의 모습은 많이 다를 거였다. 하지만 이 정도일 줄은 몰랐다.

전민주의 모친 하신애의 얼굴에는 전민주가 들어 있었다. 세월의 곤핍과 팍팍함의 무게가 주름으로 자리 잡은 그녀 안에 있었다. 하신애는 적어도 쉰은 넘어 보이는 것이 결코 마흔넷으로 보이지 않았다.

잠시 멍했다. 왠지 모를 죄책감이 스며들었다. 전민주의 모친이 어떻게 살고 있는지는 파일을 통해 대충은 알고 있었다. 가난한 생활에 남편이 일찍 죽고 하나뿐인 딸마저 죽은 여자의 삶에 행복의 미소가 피어날 거란 기대는 안 했다. 그래도 이건 너무 심했다.

계산을 하고 춘천닭갈비를 나왔다.

건너편 GS24로 가서 칸타타 아메리카노를 샀다. 편의점 앞 파란 플라스틱 의자에 앉아 몇 모금 마셨다. 그래도 헝클어진 가슴속이 쉽사리 가라앉지 않았다.

어두워진 차가운 바람 속에서 그는 커피만 세 캔을 마셨다.

밤 12시가 가까워서야 춘천닭갈비가 문을 닫았다. 지방 경제가 불황인데도 늦게까지 이렇게 성업이라면 대단한 거였다. 자신만 그 맛이 이상했던 거였다.

하신애가 가게를 나왔다. 그녀는 같이 일한 아주머니 세 명과 인사를 하고는 헤어져 부둣가로 난 길을 따라 걸어갔다.

그 뒤를 멀찍이 따라갔다. 저녁에 얼핏 봤을 때보다 절름거림이 더 심했다. 몸이 좌우로 흔들리는 것이 눈에 확연했다.

을씨년스런 부슬비가 내리기 시작했다. 굵지는 않았지만 제법 옷을 차갑게 적셨다.

그녀의 발걸음이 부둣가로 향했다. 야간영업을 하는 포장마차 다섯이 나란히 붙은 곳이었다. 남자들의 걸걸한 목소리와 왁자지껄한 소리들이 흘러나왔다. 차가운 가을비가 내리는 어둠 이편과는 딴 세상처럼 조명이 풍경화처럼 화사해 보였다.

그녀는 그곳을 지나쳤다. 한참 구석의 골목으로 들어갔다. 거기도 포장마차가 있었다. 부두가 포장마차집과 달리 이 집 포장엔 오뎅, 떡볶이, 순대라고만 적혀 있었다. 열린 포장 사이로 안이 훤히 보였다. 손님 하나 없었다.

그냥 앉아 떨어지는 빗소리를 듣는 것 같던 주인 남자는 그녀가 절름거리고 들어서자 흘낏 보고는 별다른 말도 없이 종이컵을 그녀 앞에 놓았다. 그리고는 그 자판기용 종이컵에 소주를 콸콸 부어주었다. 반 병은 족히 들어간 것 같은 종이컵 앞에 떡볶이를 몇 개 담은 접시를 내밀었다.

그녀는 종이컵을 들고 그야말로 물 마시는 듯 들이켰다. 중간에 한 번 끊지도 않고 정말 물처럼 마셨다. 그렇게 갈증을 채우듯 단번에 마시고는 잠시 그대로 앉아 있었다.

이윽고 지폐 두 장을 꺼내 놓고 자리에서 일어섰다. 주인은 아무 말 없이 지폐를 챙기며 그녀가 나가는 모습을 쳐다보지도 않았다. 하루이틀이 아니란 듯 모든 게 자연스러웠다. 소주냉장고가 있는 식당 주방에서 하루 종일 일하고도 매일 같이 이 허름한 떡볶이집에 와서 천 원짜리 두 장을 놓고 종이컵에 콸콸 넘치는 소주를 물처럼 마시고 가는 거였다. 의식처럼 아무 말 없이 그렇게 하루의 마지막을 밟아야 겨우겨우 집으로 돌아갈 수 있는 거였다.

그 모습이 강태혁의 가슴을 마구잡이로 밟아댔다.

하신애는 비척거리지도 흔들리지도 않는 몸으로 다시 걸었다. 다리를 절기는 했지만 포장마차에 들르기 전보다 훨씬 덜 기우뚱거렸다. 가을비가 차가웠다.

멀찍이 따라가면서 강태혁은 어떻게 그녀에게 전민주의 말을 꺼내야 할지 고심했다. 쉬운 답이 나오질 않았다.

저만치 앞서 어두운 골목길을 가던 하신애가 문득 멈춰 섰다. 조금 가팔라 보이는 돌계단 앞이었다. 그 위에 그녀의 집이 있었다. 오전에 미리 답사를 했기에 알고 있었다.

그녀는 숨이 차는지 그대로 몸을 돌려 계단에 엉덩이를 붙이고 앉았다. 뒤로 돌아서 앉는 그녀의 시선을 피해 골목으로 숨었다. 그리고 움직이는 기척을 기다렸다. 꽤 오랫동안 기척이 없었다. 그녀가 앉은 비에 젖은 돌계단의 차가움이 그에게까지 전해지는 것 같았다.

얼마 후, 그녀가 일어나 다시 걷는 소리가 들렸다. 계단을 터벅거리는 소리에 어느 정도 거리가 벌어졌을 거라 짐작하고 골목에서 나왔다. 저만큼 위로 힘겹게 계단을 오르는 그녀의 뒷모습이 보였다. 계단은 길었다.

그가 몇 계단을 올랐을 때, 하신애가 계단 층계참에 멈춰 섰다. 쉬려는가 싶었는데, 갑자기 뒤로 돌아서더니 계단을 내려오기 시작했다.

강태혁은 당황했다.

긴 계단은 가팔라서 꽤나 위험했다. 그래선지 곳곳에 보안등이 환했다. 그녀와 어느 정도 거리는 있었지만 돌아서서 내려오는 그녀를 피하는 방법은 많지 않았다. 계단 중간중간 이어진 골목 중 적당한 곳으로 들어가거나 그대로 아무렇지 않은 듯 올라가며 그녀와 스쳐 지나가는 것 정도였다. 계단 중간에서 옆으로 뻗은 골목으로 들어가는 것은 위험부담이 있었다. 막힌 골목일 수도 있고 골목이 짧을 경우 그 골목 안 어느 집이든 들어가야 했다. 그래서 그는 그대로 지나쳐 올라가는 것을 택했다. 그녀가 무엇을 잊고 왔는지 아무튼 내려오고 있지만 결국은 집으로 돌아올 거였다. 먼저 가서 집 근처에서 기다릴 생각이었다.

이제 거의 스쳐 지나기 직전이었다.

하신애의 피곤하고 지친 얼굴이 텔레비전을 보는 거리 정도로 가까워졌다. 그는 아무렇지도 않은 듯 슬쩍 보고는 그대로 지나치려 했다. 바보같은 얼간이 초짜 미행자는 이럴 때 의도적으로 타깃을 보지 않고 지나치려 해서 낭패를 본다. 사람은 누구든 가까이 오면 얼굴을 확인하기 마련이다. 이런 한밤중이라면 더욱 그렇다. 그래서 그는 계단을 오르느라 계단 바닥을 향하던 시선을 들어 마주 내려오는 하신애의 얼굴을 보았다.

그 순간 그는 일이 터무니없이 잘못되었다는 것을 깨달았다.

그녀는 무서울 정도로 그를 쏘아보고 있었다. 그건 어둔 밤중에 이런 곳에서 젊은 남자를 만났을 때 보일만 한 중년여성의 행동이 절대 아니었다. 노려보는 눈빛에는 증오와 분노, 그리고 환멸이 가득했다. 게다가 그의 앞에 우뚝 멈춰서기까지 했다.

"이만큼 따라왔으면 어서 찔러!"

그녀의 말은 충격적이었지만, 순간적으로 자신을 강도나 강간범으로 여긴 거라 생각했다. 그래서 그런 게 아니라고 변명하려고 손을 흔들려는데 그녀의 입에서 표독스런 말이 튀어나왔다.

"나까지 죽이면 이제 끝인가?"

그가 어떤 말을 해야 할지 몰라 주춤하는 사이 그녀가 날카롭게 쏘아붙였다.

"민주 애비와 민주로는 성에 안 찬 모양이지?"

그 말이 그의 머리를 심하게 후려쳤다. 자신의 미행이 발각되었다는 충격보다도 그녀의 말이 더 충격적이었다. 그녀의 성난 눈에는 눈물이 고이고 있었다.

"자 어서 끝내. 빨리 죽여! 빨리 죽이라고! 이 나쁜 새끼야!"

그녀의 목소리가 비명을 지르듯 군산 밤거리를 싸늘하게 찢어놓았다.

**

하신애가 혼자 사는 단칸방은 옹색했다. 비닐옷장도 벽에 걸린 옷가지도 80년대에서 벗어나지 못한 구형 선풍기도, 모두 착잡하고 심란했다. 곰팡이 핀 그의 반지하만도 못했다.

늦은 밤이지만 그녀는 커피를 탔다. 맥심커피믹스의 달콤한 향이 을씨년스런 방안에 퍼졌다.

마주 앉은 하신애의 얼굴은 눈 밑에 검은 그림자가 길게 늘어져 있는 전민주였다. 지치고 힘들어 풀 죽은 전민주였다. 전민주가 그토록 환하게 웃으려고 발버둥 쳤던 이유를 알 것만 같았다. 뭐든 열심히 하면 된다고 작은 주먹을 불끈 쥐며 친구들에게 미소를 지었던 것도 알 것 같았다. 그것이 그를 몹시도 괴롭혔다.

"남편은 기사였어요."

알고 있었다. 군산일보 사회부 기자였다. 한국언론진흥재단에서 찾아낸 오래된 자료에서 그녀의 남편이 쓴 기사들을 미호가 첨부해 놓았었다. 풋내기 기자의 패기가 느껴지는 짤막한 기사 몇 개 정도였고 주목할 만한 내용도 솜씨도 아니었다. 게다가 군산일보는 중앙지도 아니었다.

"어느 날, 돌연 신학을 하겠다고 했지요."

역시 장신대나 감신대 같은 서울의 메이저 신학교가 아니었다. 지역 교단의 작은 신학교에 그것도 통신반으로 다녔다. 일은 해야 했을 테니까.

"그러며 취미라며 수지침을 배웠어요. 그땐 몰랐죠. 그이가 그런 생각을 하고 있었는지는요."

하신애의 남편 전신일은 신학교를 졸업하자마자 목사안수를 받았다. 그리고 중국에 가서 의료선교를 하겠다며 파송 받았다. 수지침이 얼마나 의료에 적합한지는 모르지만 그건 사실 중요한 문제가 아니었다.

그렇게 기자 전신일은 목사 전신일이 되었고 중국 연변 지역에서 탈북자를 돕는 일을 했다. 사망 전까지 동남아와 한국으로 탈출시킨 탈북자가 적어도 13명은 되었다. 물론 그 사실은 하신애가 몰랐다. 기무사 협조 요청으로 알아낸 국정원 자료에 기록된 것을 일반인이 알 수는 없다. 그녀에겐 돌연 신학생이 되고 목사가 되어 중국선교를 하겠다고 홀쩍 떠난 무정한 남편일 뿐이었다.

"그게 그이를 본 마지막이었지요."

몇 번이고 누군가에게 말을 해 본 것처럼 그녀의 말은 넋두리처럼 이어졌다. 이제껏 마른 논바닥 같던 그녀의 목소리에 물기가 스며들려 했다.

"민주와 함께 가지 말았어야 했어요. 하지만… 그토록 아빠를 원망하는 그 애에게 아빠의 마지막을 보게 하지 않으면 정말 영영 갈라서 버릴 것만 같았어요."

죽은 전신일의 유해는 중국에서 화장했고 장례식에는 그녀와 딸 전민주만 참석했다.

돌연사의 이유는 파고들려 하면 한도 끝도 없다. 당연히 중국에선 별다른 설명을 하지 않았고 한국도 이에 대해 문제제기 하지 않았다. 오래 전부터 국정원은 전 목사의 행동이 외교 분쟁으로 비화되지 않을까 눈살을 찌푸리던 차였기에 차라리 잘 되었단 맘도 있었다. 조용히 그리고 신속하게 덮었다. 전 목사를 파견한 파송교단은 작은 교단이었고 전신일의 가족이라곤 세상 물정 모르는 식당 아주머니인 부인과 고등학생 어린 딸내미뿐이었다. 아시아나 왕복항공권과 현지 체류비를 제공한 것만으로도 충분했다. 그들은 무슨 불만을 제기해야 하는지도 몰랐다.

"남편이 기자일 때도 집에 들어온 날보다 안 들어온 날이 더 많았죠. 그가 무엇을 하는지 몰랐지만 막연하게나마 좋은 일을 한다고 생각했어요. 그건 민주도 그랬죠. 부모참관수업에 참석 못해도, 학교 운동회에 한 번도 아빠가 온 적이 없어도, 민주는 씩씩했어요. 오히려 아빠를 자랑스러워했죠."

전민주는 넉넉지 않은 살림이었지만 아버지가 기자라는 것에, 세상 사람들이 모르는 것을 알려주는 일을 한다는 것에, 가치 있고 의미 있는 좋은 일로 바쁘다는 것에, 그 열심과 노고와 기분 좋은 피곤함을 황홀한 선망을 갖고 바라봤다고 했다.

'우리 민주, 나중에 아빠보다 더 키가 커지면 뭐 할 건가? 예쁘니까 왕자님 만나 공주할까?'

'아니.'

'그럼?'

'난 아빠처럼 기자가 될 거야.'

'아빠는 이렇게 예쁜 민주를 자주 보지도 못하는데도? 집에 못 들어오는데도?'

'그래도 괜찮아. 아빠는 사람들 도와주는 일을 하잖아. 나도 그런 일 할 거야.'

'그걸 아무도 몰라주는데도?'

'상관없어.'

'정말?'

'아빠는 알아줄 거잖아. 그치?'

'그럼그럼. 그렇고 말고, 우리 예쁜 민주가 아주아주 훌륭한 사람이 되어서 사람들을 많이 도와주는 것을 아빠는 잘 알지.'

'치, 아직 안 됐잖아.'

'아니야, 벌써 이런 생각을 하는 것이 사람들을 도와주는 거나 다름없어. 알겠지, 우리 공주님?'

과거의 기억을 헤매는 하신애의 시든 얼굴에 서글픔과 안타까움, 애달픔이 섞여들었다.

"그런데 남편이 중국으로 떠난 뒤 달라졌어요. 목사가 되겠다고 할 때가 민주가 막 중학교에 입학했을 땐데, 기자를 그만뒀다는 것을 알고는 크게 다퉜어요. 사춘기여서 그랬겠지만 도망치는 겁쟁이라고 악을 쓰며 울기까지 했지요. 그렇게 남편이 중국으로 떠나자 민주는 완전히 변해버렸죠."

어머니의 고생을 옆에서 지켜 본 딸은 아버지에 대한 불만이 쌓였고 원망은 반항으로 번졌다. 몇 년이 지나도 연락 한 번 없는 아빠를 향해, 벽에 붙인 가족사진을 향해 바락바락 "제 가족도 하나 못 건사하면서 누구를 도와주고 누구를 위하느냐"며 악을 써댔다. 벽에 던져대는 필통과 볼펜이, 책들의 펄럭임이 하신애의 가슴을 때리고 후벼 팠다.

"남편은 우리를 저버리거나 팽개친 것이 아니었어요. 저도 뭘 하는지는 몰랐지만, 그 이가 저희를 버리고 도망친 게 아니란 건 분명히 알아요. 아니 알 수 있어요. 그건 틀림없어요. 하지만 어린 민주는 이해하지 못했죠. 이해하라고 할 수도 없었고요."

그렇게 시간이 지나갔다고 했다.

"그러던 민주가 그렇게 아빠가 재가 되어 돌아오자 달라졌어요. 그토록 증오하던 아버지를 두고 불쌍하다고 했어요. 거들떠보지도 않던 골방 책상 구석에 쌓여있던 아버지의 예전 기자시절 유품을 끌어안고 며칠 동안 눈물을 흘리기도 했어요. 미워한 만큼 후회가 깊었겠지요. 다행이었어요."

그때부터 열심히 공부를 하기 시작했다고 했다. 아버지처럼 되겠다던 어릴 적 소망을 꼭 이루겠단 말도 자주 되뇌었다고도 했다.

대학에 진학한 후의 전민주에 대해서는 그녀가 잘 모르는 것 같았다. 학교 근처에서 자취를 했다는 것만 알 뿐이었다. 방학 때도 자주 내려오지는 않았다고 했다. 와도 식당 일로 바쁜 그녀가 같이 있어주지 못한다는 것이 이유이기도 했다. 그녀는 이전처럼 민주가 엉뚱한 곳으로 빠져버리지 않은 것만 해도 다행이라고 생각했다고 했다.

하신애는 허리를 쭉 펴고 미소를 지으려했다. 그것이 신산함을 더 부추겼다.

"묻고 싶으신 것은 다 물으셨나요?"

그녀가 죽이라고 악을 쓰던 계단에서, 강태혁은 자신의 명함을 내밀며 기자라는 사실을 털어놨다. IC 리서치 기자이긴 하니 거짓말은 아니지만 그렇다고 진실도 아니었다. 그러나 온 동네가 다 깨어날 것처럼 악을 쓰는 하신애를 진정시켜야 했다. 말도 안 되는 소리지만, '여명의 기자들'이란 컨셉으로 잘 알려지지 않은 선배 기자들의 삶을 연속기획으로 실을 계획이란 번지르르한 말을 늘어놓았다. 궁지에 몰려 언뜻 토해낸 소리치고는 기특했다.

명함에 적힌 기자라는 단어 때문이었는지, 하신애는 추운데 자기 집으로 가자고 했다. 사실 세상 누구든 끝장을 내줬으면 좋겠다는 음울한 표정의 그녀는 삶에 두려움 같은 건 콩알만큼도 없어 보였다. 자정이 넘은 밤에 자신을 따라오던 수상한 남자를 집에 들이는데 주저하지 않았다.

그렇게 전신일의 이야기를 들을 수 있었다. 하지만 그가 알고 싶은 것은 다른 거였다. 방향을 슬쩍 돌렸다.

"왜 아까 그런 말씀을 하셨지요?"

조심스레 말을 이어갔다.

"왜 '민주 애비와 민주로는 성에 안 찬 모양이지?'라고 하신 거죠? 전신일 기자님께서 돌아가신 것이 그러니까… 살인 같은 거였나요?"

그녀는 잠시 그를 하나하나 탐색하듯 쳐다봤다. 그러고는 고개를 살짝 끄덕였다.

"중국 공안은 자동차 사고로 죽었다고 했어요. 시신이 많이 훼손되어 있었지요. 특히 얼굴이요."

그때가 떠오르는지 그녀가 눈을 감았다. 이슬이 맺히려는 것을 침을 삼키며 진정하는 모습이었다. 다시 눈을 뜨고는 말을 이어갔다.

"육감이라 게 있어요. 기자님도 그러시잖아요. 그렇게 완전히 딴 사람처럼 되어 버린 남편을 보자, 이건 말도 안 된다고 생각했어요. 그가 무슨 일을 하는지 모르지만, 연변의 교회 근처 사람들의 시선은 냉랭하지 않았어요. 진심어린 위로와 걱정, 그리고 서글픔 속에 꽁꽁 감추려 하는 두

러움 같은 게 있었어요. 중국은 힘든 나라죠. 그들이 함부로 말할 수 없는 처지란 것쯤은 알아요. 이상하다고, 정말 이상하다고 생각했지만 거긴 우리나라가 아니었죠. 무슨 말을 해도 들어줄 사람 하나 없는 곳이었죠. 우리나라 높은 분들요? 그들은 만나주지도 않았어요. 호소요? 기자 생활하는 남편을 옆에서 보며 숱하게 보고 들은 것이 그런 알량한 짓거리는 그대로 길바닥에 팽개쳐진다는 거예요. 제가 이상하다고 말하면 믿어줄까요? 아니 들어나 줄까요? 남편이 죽어 미친 여자 보듯 하지 않겠어요? 안그래요?"

그녀의 눈 속 깊은 곳에서 무언가 뜨거운 것이 조금씩 차오르고 있었다.

"남편이 무슨 일을 하는지는 몰랐지만 나쁜 일은 아니었을 거예요. 그래서 생각했죠. 저렇게 쉬쉬하며 사람들 입을 막게 할 정도라면, 저렇게 죽을 일이라면, 분명 가치 있는 일이라고요. 제 남편은 지방 전문대밖에 나오지 못한 학력이지만 그 이가 한 일은, 그리고 하려고 한 일은 그렇게 변변치 않은 일이 아니었어요. 다른 사람은 몰라도 전 알 수 있어요. 아니 알아요."

그녀의 목소리가 눈빛만큼이나 형형해졌다.

"민주에 대해서도 묻고 싶으시겠죠?"

그녀가 알고 싶은 것을 먼저 말했다. 조금 전 물었던 질문에 남편과 딸이 둘 다 죽었다는 말을 왜 했느냐고 했기 때문이라고 생각했다.

"민주는 꼭 지 애비를 닮았어요. 생긴 것도 성격도 그리고 하는 짓도 꼭 닮았죠."

잠시 생각에 잠긴 듯 말을 하지 않았다. 어색한 침묵이 이어지는 동안 그녀는 자신의 마음을 정한 듯했다.

"민주가 죽었을 때 낙심했어요. 딸이 죽었다는 것에 충격으로 괴로워하지 않을 부모가 어디 있겠어요. 하지만 전 그보다 더 낙심했어요. 제가…
제가 말렸어야 했거든요. 그랬다면 그런 일이 벌어지지 않았을 테니까요."

그녀의 말에 물기가 묻어났다.

"지 애비가 죽은 후, 민주는 그이가 전에 쓰던 취재노트를 밤마다 들여
다보았어요. 늦었지만 아버지와 마음속으로 화해하는 모습에 다행이란
생각에 그냥 두었던 것이 제 불찰이었어요. 어떤 날은 노트를 붙잡은 얼
굴이 상기되기도 했고 또 어떤 날은 울분에 떨다 눈물을 흘리기도 했어
요. 그때 어쩌면 이미 이런 날이 올 걸 예감했는지도 모르죠. 그때 말렸으
면, 그때 그만두게 했으면, 아니 그때 그 수첩을 몰래 없애버렸으면… 그
랬다면, 우리 민주가 이렇게 죽지는 않았을 거예요."

퍼뜩 강태혁의 머릿속에 한 가지가 스쳤다. 어둠속을 더듬거리다가 우
연히 뭔가를 움켜쥔 것 같은 느낌이었다. 전민주가 SK글로벌 프로젝트에
지원을 한 이유였다. 연변이 있는 중국 동북쪽에 가려 한 것도, 그리고 어
떻게든 자신을 지도교수라는 명목으로 같이 가자 한 이유도 알 것 같았
다. 직접 아버지의 죽음을 추적하고 싶었던 거였다. 아버지의 죽음을 형
사였던 그에게 보여주고 묻고 싶었던 거였다. 살인인지… 사고인지… 아
니면 대체 무엇인지….

"경찰에서는 민주가 자살을 했다더군요."

하신애의 목소리에 환멸이 서렸다.

"민주요? 그 앤 술 한 모금도 못 해요. 지 애비를 꼭 닮았다고요. 그런
애가 술을 마셔요? 그것도 학교에서? 민주는 그럴 시간이 있으면 한 푼이
라도 더 벌어야 한다고 했을 거예요. 그렇게 한가하게 노닥거릴 시간이
있으면 아빠의 취재노트에 적힌 사실을 하나라도 더 고민해야 한다고 했
을 걸요. 그런 애가, 그런 내 딸이, 술을 마시다 죽는다고요?"

톡 건드리기만 해도 확 터질 것처럼 그녀가 점점 격앙되었다.

"자살이요? 그것도 실연의 아픔으로? 말도 안 되는 소리죠. 누군가 지 애비처럼 죽인 게 틀림없어요."

한껏 고양되던 그녀에게서 갑자기 코드를 뽑아버린 놀이기구처럼 목소 리가 축 처져 버렸다.

"하지만 누구에게도 말할 수 없죠."

그녀의 한탄스런 목소리가 나직하게 깔렸다.

"누구에게 그런 소릴 하겠어요. 누가 얘기를 들어주겠어요. 아무것도 없는, 남편 죽고 딸마저 죽어버린, 보잘 것 없는 이런 구질구질한 아줌마 의 말을요…."

강태혁은 잠시 아무 말도 할 수 없었다. 앞에 놓인 커피 담긴 종이컵이 흐물거려 손으로 쥐면 쏟아질 것처럼 되어 버렸다.

"기다렸어요."

갑작스런 그녀의 말에 시선이 그녀와 부딪혔다.

"둘 중 하나는 올 거라고 늘 생각했거든요."

누구를 말하는지 알 수 없었지만, 그녀가 누군가가 오기를 기다리며 살 고 있었다는 것은 알 수 있었다. 촉각을 곤두세우고 살았기에 식당에서부 터 포장마차를 지나 가파른 계단까지 그가 뒤쫓는 것을 알았던 거다. 중 간에 잠시 멈춰 비에 젖은 돌계단에 앉았던 것도 기다렸던 거였다. 돌아 갔나 싶어 일어나 가려는데 다시 따라오자 그녀가 그토록 울부짖으며 지 겨운 생을 끝내라고 했던 거였다.

"죽이러 오든지 아니면 내 하소연을 들으러 오든지 말이지요."

그는 그녀의 우수 깊은 처연한 눈빛을 똑바로 볼 수 없었다. 전민주가 자꾸 떠올라 괴롭혔다.

"다행이에요. 아무도 관심 가져주지 않는 우리 남편, 우리 딸 얘기를 들어줘서. 이렇게 하찮은 소리를 늦게까지 들어줘서, 고마워요."

그녀의 눈가가 그렁그렁해지려는 것처럼 보였다. 그러나 곧 추스르더니 이내 결연한 표정이 되었다.

"없었어요. 알고 싶은 것이 그거죠?"

무슨 말을 하는지 알 수 없었다. 레코드판 튀듯 갑작스런 말이었다.

"남편의 취재수첩 말이에요. 민주가 밤낮으로 보고 또 보던, 그래서 이젠 다 외워버릴 것만 같던 그 수첩."

그는 저도 모르게 당황해서 어떤 표정을 지어야 할지 몰랐다. 속이 소란스러워졌다.

"민주의 유품 속엔 없었어요. 화장품과 학교 교재, 수업 노트 같은 것에 몇 년 전 본 영화티켓까지 다 있었지만 그건 어디에도 없었어요."

실망할 만한 말이지만 그는 정신을 바짝 차렸다. 대체 이런 묻지도 않은 말을 하는 저의를 알 수 없었다.

"질긴 놈들이에요. 제가 왜 다리를 저는지 아세요?"

고개를 저었다.

"남편 장례를 치르고 돌아와 보니, 이전 살던 집이 홀랑 타 버렸더군요."

강태혁이 깜짝 놀랐다. 그리고 그녀의 뜬금없는 말을 비로소 따라잡을 수 있었다.

"조금 외딴 곳이었고 궁색하긴 해도 방 둘에 텃밭도 있는 집이었어요. 그게 다 타버렸지요. 출동한 소방관은 사람이 다치지 않아 다행이란 소리와 주변 가옥은 한참 떨어져 있어 피해규모가 적어 배상할 필요는 없을 거란 억장이 무너지는 소리만 했어요. 놈들이에요. 분명히. 남편의 얼굴을 보셨다면 형사님도 아셨을 거예요. 놈들이 남편을 죽이고 또 남편이

가지고 있던 것까지 죄다 없애려고 불을 낸 거예요."

그녀의 말에 강태혁이 흠칫했다. 말을 많이 하다 보니 용어가 뒤섞이는 것 같았다. 그녀의 말이 이어졌다.

"제가 악에 바쳐 그 잿더미 속에서 미친 듯이 남편의 유품을 찾으려고 들춰내다, 타다 반쯤 무너진 벽이 무너져 이렇게 되었죠."

그러며 그녀는 자신의 발을 가리켰다. 뼈가 골절되었지만 며칠 안 돼 일을 계속할 수밖에 없어 결국 잘못 아물어 그렇게 되었단 말을 덧붙였다.

"취재수첩은 남편이 중국으로 가면서 슬그머니 민주의 책꽂이 한편에 꽂아놓고 갔어요. 자신을 알아달라는, 그리고 딸에게 미안하다는 마음의 표현이었지요. 어릴 적 그렇게 아빠를 따랐으니 말이에요. 언젠가는 자신을 이해해주겠지 하는 마음이 아니었다면 그것도 없어졌겠지요. 남편이 죽었단 소식을 듣고 중국으로 갈 때, 민주가 그것부터 챙겼어요. 민주말이 아버지의 인생이 담긴 것이니 아버지 관에 넣어주겠다고요."

설마 관에서 다시 꺼냈단 말을 하려는 걸까 싶었다.

"하지만 그러지 못했죠. 관 근처엔 얼씬도 못하게 중국 공안이 막았으니까요. 얼굴을 본 것도 염을 하기 전에 제가 억지로 우겨서 얼핏 봤을 뿐인데 어린 딸은 오죽했겠어요. 근처에도 못 가고 부랴부랴 서둘러 해치워버린 아버지의 장례에 넋이 나간 민주는 수첩 생각을 하지도 못했죠."

하신애의 수척한 얼굴에 수첩이 남은 것이 다행인지 불행인지 모르겠단 회한이 가득했다.

"그 안에 무엇이 담겨 있는지는 전 몰라요. 한 번도 본 적이 없어요. 그래요, 남편을 원망했어요. 그런 일에 목숨 걸어봐야 세상이 안 바뀐다고 부부싸움을 한 적도 여러 번이었어요. 차마 '지방 3류 신문기자 주제에 설쳐봐야 피만 본다'는 말을 하지 않은 것만 해도 다행이었지요. 하지만 지나고 보니 남편이 옳았어요. 딸까지 죽고 나니 남편이 더더욱 옳았다는 것을 알겠어요."

그녀가 그를 똑바로 쳐다봤다. 그녀의 형형한 눈빛에 불안해졌다. 하지만 이어서 튀어나온 말에 비하면 아무것도 아니었다.

"강태혁 형사님. 제 남편과 딸의 억울함을 풀어주세요, 제발요."

커다란 종을 머리에 씌우고 뎅 두들겨 대는 것 같았다. 웅웅거리는 느닷없는 충격에 몸이 좌우로 크게 요동치는 것 같았다.

"남편이 그러더군요. 강태혁 형사님이야말로 우리나라에서 믿을 수 있는 몇 안 되는 사람 중 하나라고요. 직접 뵌 적이 있지만 형사님은 모를 거라고도 했어요. 멀리서 보았고 몇 마디 묻기만 했기에 기억하지 못할 거라고도 했지요. 하지만 정말 믿을 수 있는 형사라고 했어요. 분명히요."

연이은 충격으로 머리가 먹먹하며 귓속이 울렸다. 비로소 전민주가 왜 자신을 믿을 수 있다고 박시연에게 말했는지 알았다. 그리고 그토록 뭔가를 같이 해달라고 달려들었는지도 알았다. 아버지에게 들었던 거였다. 아니면 그렇게 적혀 있는 수첩에서 읽었던지.

"조금 전 명함을 받을 때는 잘 몰랐어요. 이름을 기억하고 있었지만 워낙 흥분해서 연결시키지 못했어요."

'그런데도 집안에 순순히 들였다고? 그럼? 그럼? 내가 정말 살인자라고 생각해서? 그래서 죽여 달라는 심정으로?'

"말씀하시는 것을 보다보니 민주 말이 떠오르더군요. 지난 봄 중간고사 때 잠시 집에 왔을 때 했던 말이요. 남편의 취재수첩에 끼어 있는 오래 된 신문 스크랩을 펴 보이며 동그랗게 나온 형사님 얼굴을 제게 보여주며 꽤나 신나 했어요."

하신애의 눈에 그리움이 북받치며 슬픔이 차올랐다.

"아버지가 말씀하시던 분을 만났다더군요. 그리고 그 분이 교수님이 되셔서 오셨다고도 했어요. 하늘에서 아버지가 도와주는 거라고, 그런 거라고 무척이나 기뻐했어요. 그런 모습은 정말 오랜만에 보는 거였어요. 남편의 기자 시절 그 품에 안겨 장난치던 때 보던 행복한 얼굴이었어요."

강태혁은 온몸에 거대한 쇳덩이를 매단 듯 방바닥으로 가라앉는 것 같았다. 입을 뗄 수 없었다. 손가락 하나 까딱할 수도 없었다. 그대로 무겁게 눌러 붙어버렸다.

그런 그를 그대로 두고 하신애가 일어나 방 한쪽에 쌓아둔 신문지와 잡지 사이를 들추더니 A4로 출력한 종이를 찾아 와 그에게 건넸다.

"그것이 있더군요."

표지도 없이 그냥 컴퓨터 워드프로세서로 작성한 것을 출력한, 채 열 장이 안 되는 7쪽짜리 짧은 문건이었다. 뭔가를 발췌해서 따로 정리한 것 같은데, 군데군데 검정 볼펜으로 숫자와 영어 단어 같은 것을 메모한 것과 밑줄이 쳐져 있었다.

"민주의 유품을 가져와 하나씩 청승맞게 보고 있었는데, 그게 나왔어요. 내용은 알 수 없지만 뭔가 중요한 것처럼 보였어요."

그러며 손가락으로 방금 전의 신문 뭉치를 가리켰다.

"오늘 오신 분이 형사님이 아니셨다면 저곳에 쌓여 있다가 제가 죽은 후 같이 버려질 거였는데…, 형사님이 오신 것이 어쩌면 민주의 간절한 바람이 있어서인 것 같네요."

그녀는 쓸쓸하게 웃었다. 그녀의 모습 속에 숨은 전민주가 웃는 것처럼 보였다. 가슴이 시큰해졌다.

"이제라도 와주셔서 정말 고맙습니다."

그녀의 말이 시린 가슴을 무겁게 때렸다. 알고 그런 건지 모르고 그런

건지 모르지만, '이제라도' 왔다는 말은 전민주가 그에게 하는 말처럼 아
프게 들렸다.

그는 고개를 숙였다. 그리고 한동안 들지 못했다. 그녀를, 그녀 속의 전
민주를… 똑바로 바라볼 수 없었다.

멈추기를 바라는 사람

*

엘리베이터를 기다리며 서 있는 윤소영의 눈앞에 경쾌한 도착음과 함께 문이 열렸다. 안에 타고 있던 직원들이 놀라 황급히 인사하며 내렸다. 익숙한 장면이지만 오늘따라 더 거슬렸다.

빈 엘리베이터에 홀로 탔다. 문이 닫혔다. 버튼에 불이 들어와 있는 9층과 8층 버튼을 눌러 해제시키고 누리기획 사장실이 있는 14층 버튼을 눌렀다.

명목상 그녀는 누리기획 감사실 전략기획팀장이고 사장이 호출하면 달려가는 것이 당연했다. 아니 그보다 먼저 틈만 나면 달려가 사장 앞에서 딸랑딸랑 해야 하는 것이 조직의 생리였다. 하지만 그녀는 낙하산이고 그 낙하산 줄이 사장의 동아줄보다 더 질긴 줄이란 걸 모르는 사람은 아무도 없었다. 누리기획 빌딩 청소 아줌마도 어림짐작할 정도였고 조금 전 엘리베이터에선 모두가 몸으로 보여줬다. 호들갑스런 질시와 따돌림 그리고 비아냥, 하지만 은근한 긴장과 두려움이 그녀 주위를 늘 맴돌았다.

그런데 사장이 호출했다. 느낌이 좋지 않았다.

엘리베이터가 띵 소리를 내며 멈추고 문이 열렸다. 생각을 감추며 사장실에 들어섰다.

홍대식 사장은 이미 응접용 소파에 앉아 있었다. 구릿빛 얼굴은 단단했다. 인상은 구겨지지 않았지만 나오는 말에 따라 얼마든지 구겨질 수 있다는 표정이 역력했다. 기무사령부 정책담당관을 역임했고 국방연구소

부소장을 거쳐 대령으로 예편한 그는 목 주위에 주름이 잡혔지만 여전히 자신을 야전사령관으로 여겼다. 모두가 "단결" 경례를 붙이는 우렁찬 목소리가 배경음악처럼 들려야 한다고 생각하는 양반이었다.

홍 사장이 전에 없이 날카로운 표정으로 맞은편에 앉는 그녀를 쏘아봤다.

그녀는 시선을 피하지 않고 차갑게 받아쳤다. 허공에 시선이 맞부딪혀 멈춰선 듯 잠시 신경전이 벌어졌다. 그녀는 피할 생각이 없었다. 언제든 먼저 움직이는 자가 지는 거고 그녀는 결코 지고 싶지 않았다. 질 수도 없었다. 사장은 져도 물러날 공간이 있지만 그녀의 뒤는 낭떠러지였다. 칼과 송곳이 시퍼렇게 돋아나 있는 땅바닥에 곤두박질치면 그냥 끝이었다.

결국 홍 사장이 입을 열었다. 낮은 저음의 굵은 목소리였다.

"할 일을 하지 왜 엉뚱한 일을 하지?"

높은 자들의 특성은 절대 구체적으로 말하지 않는다는 거다. 언제든지 도망갈 구멍을 파놓고 하는 말들은 맥락을 모르는 자에게는 암호보다 더 어려웠다. 그러나 윤소영은 금방 알아들었다. 차가운 미소로 대꾸했다.

"정해진 대로 가야지, 안 그래, 윤 팀장?"

호칭을 붙이는 것은 서열을 분명히 하는 작업이고 그것은 언제든 폭압적으로 변하기 쉬웠다. 그러려고 호칭을 붙이고 부르는 것이다. 특히 군대에서는. 하지만 여긴 군대가 아니었다.

"무슨 말씀이시지요?"

홍 사장이 인상을 구겼다. 아침 점호 이전에 커피를 블랙에 설탕 두 스푼이 아니라 한 스푼 반을 넣었다고 당직사령의 조인트를 깔 때처럼 인상을 썼다. 그러나 여긴 군대도 아니고 그녀는 사단장 따까리도 아니었다.

"정해진 대로 일을 수행하고 있습니다. 사장님 지시대로 열심히 쉬지 않고 말이지요."

홍 사장이 그녀를 똑바로 노려보았다.

"그 자에게 맡기고 지켜보라고 했는데, 자네가 직접 손을 담그면 어떻게 하나?"

여기저기 일을 분산시켜서 진행하고 있지만, 결국 국산, 가산, 인수 사건에 손을 대고 있는 것을 알아낸 거였다. 물론 전민주가 다녀갔던 기업들도 눈여겨보고 있다는 것도 곧 알 것이다. 홍 사장도 딱지치기해서 저 자리를 차지한 얼빵이는 아니니까.

"사장님께서 지시하신 일이지만 처리하는 방식은 제 재량 아닌가요? 방법까지 일일이 보고 드리고 결재 맡아야 하나요?"

"아니, 그건 아니지."

그가 검지를 들어 좌우로 까딱거렸다.

"그런데, 자네 일 수행방식이 자꾸 회사에 부담이 되고 있네. 그건 아나?"

그녀의 눈이 싸늘하게 변했다. 그러자 홍 사장의 미간이 찡그려졌다.

"이봐 윤 팀장. 자넨 우리 사람이니 어떤 일이 있든 끝까지 신경을 쓸 걸세."

생색내는 말은 언제든 듣기 거북했다. 이런 시점에는 더욱 그랬다.

"하지만 회사가 그 자까지 돌봐야 하는 건 아니잖아? 그건 알지?"

당연히 알았다. 처음부터 이럴 속셈으로 그를 콕 짚어서 일을 맡기라고 압력을 준 자가 바로 홍 사장이었다.

윤소영의 눈빛이 날카롭게 변하자 홍 사장의 입술 끝이 길어지며 잔인한 미소를 지었다.

"그 자가 조폭 놈들에게 납치돼 어디론가 끌려가도 우리가 나설 순 없단 말일세, 알겠나?"

뺨을 한 대 맞은 듯했다. 지금 그녀가 상암동 힐튼에서 납치되었던 사건을 빙 돌려 꼬집은 기었다.

'설마 능글맞은 이 영감탱이가 그것까지 알고 있어?'

놀란 기색이 드러나자 홍 사장의 눈매가 야비해졌다. 완전히 호구 잡힌 거였다.

"윤 팀장, 자네 일은 자칫 틀어져도 위에서 어떻게든 한두 마디 막아줄 사람이 있지만, 그자는 아니란 말일세. 윗분들의 테이블에서 이런저런 칼부림이 벌어졌을 때, 누가 그자를 두둔할 거라 생각하나?"

홍 사장의 눈빛이 번뜩였다.

"그 자가 천안 나이트클럽에서 총을 쏴 댄 것을 처리하는 것만으로도 회사가 얼마나 곤욕을 치렀는지 아나?"

정확하게는 미호가 쏜 것이고 회사가 곤욕을 치를 것은 하나도 없었을 테지만, 그 사건 역시 자신의 납치 건과 관련이 있다는 것을 알기에 윤소영은 이를 꽉 물고 참았다.

한 방 크게 먹었다.

완전히 깨졌다. 느낌이 좋지 않던 것이 그대로 맞았다. 어쩔 수 없이 홍 사장이 춤을 추라면 춰야 할 상황이었다. 말을 들어야 했다. 안 그러면 납치 사건과 총격 사건을 이리저리 풀어놓겠단 소리였다. 경고와 협박을 적당히 섞어서 짐짓 윽박지르고 있었다. 정말 곰탱이가 여우로 변신했는데도 그걸 몰라본 자신의 잘못에 혀를 깨물고 싶은 심정이었다.

"그러니 이제 손을 떼게. 아무래도 자넨 그 자와 옛 일이 있어 깔끔하게 일을 처리하지 못하는 것 같네."

윤소영이 발끈할 뻔했다. 앞서 몇 번의 펀치를 맞지 않았다면 즉각 들이받을 상황이었다. 일을 제대로 못 한다는 질책은 있을 수 없는 말이었다. 차라리 칼을 물고 엎어져 죽으라는 말보다 더 치욕적이었다. 게다가

홍 사장이 의도적으로 자신을 이용해 강태혁에게 이 일을 시켜 놓고서 이렇게 말하면 안 되는 거였다.

"그래서 말인데, 이번 건을 3팀에게 넘기고 자넨 그만 빠지게."

3팀은 누리기획 팀이 아니라 기무사 직속 대테러부대 감마 팀의 별칭이었다. 그들이 나섰다면 어떤 경우든 그 끝은 아름답지 않을 거였다.

"알겠나, 윤 팀장?"

쐐기를 박는 소리에 윤소영은 저도 모르게 눈을 감을 뻔했다. 치욕으로 떨리려는 몸을 겨우 참았다. 그리고 재빨리 정신을 차렸다.

맥 놓고 연속해서 몇 방을 먹었다고 흔들리는 모습으로 놀림감이 될 수는 없었다. 그건 낭떠러지 아래 칼 숲으로 곤두박질치는 거였다. 그냥 끝이었다.

윤소영이 소파에서 벌떡 일어섰다.

"하실 말씀이 그것뿐이라면 이만 돌아가 보겠습니다."

그러고는 야비한 눈빛으로 어떻게든 반응을 하라는 듯 도발하는 홍 사장을 향해 차가운 미소를 지었다. 그러다가 환하게 웃었다.

"제가 뭘 하든 회사에 부담될 일은 지금도, 앞으로도, 영원히 없을 겁니다, 홍대식 사장님."

비꼬는 마지막 말은 살짝 들어올리기까지 했다. 말투와 달리 그녀의 표정은 더할 나위 없이 완벽하게 아름다웠다. 홍 사장의 입에서 쌍욕이 날아들 것만 같은 긴장된 공기를 뚫고 그녀가 사장실을 나왔다.

팽팽해졌던 가슴이 조금 가라앉았지만 여전히 브래지어 끈이 가슴 밑을 조여 대는 느낌은 줄어들지 않았다.

그 느낌은 자기 사무실로 돌아와서도 마찬가지였다. 문을 닫고 혼자가 되자 윤소영의 표정이 삽시간에 어두워졌다.

홍 사장은 정치가였다. 본인은 야전군인이라고 우기겠지만 처음부터 정치군인이 다 된 작자였다. 여기저기 눈치 보느라 바지춤 내려가는 것도 모르는 곰탱이가 저렇게 나왔다면 하나뿐이었다.

'이미 높은 곳에선 결정이 끝났다.'

위에서 재채기를 하면 아래에선 태풍이 불었다. 손톱을 깎으라면 손가락을 잘라버릴 놈이 홍대식이었다. 3팀이 나섰다면 칼날이 내려칠 거고 그곳이 어딘지는 자명했다. 그리고 적당히 그만두는 일은 절대 없을 거였다. 누군가 피를 봐야 했다. 그것도 처참한 피를.

'처음부터 이럴 작정이었겠지….'

그녀도 짐작은 했다.

'책임?'

그녀와는 먼 가치였다. 강태혁을 끌어들인 부채감은 애초부터 없었다. 오직 알아내야 할 분명하고 차가운 진실만이 있었을 뿐이다. 그런데 오히려 그물에 걸려 코가 꿰인 것 같은 더러운 기분이 되었다. 사장에게 눌려 질척거리는 상황이 짜증스러웠다.

윤소영이 자기 의자로 가 앉았다.

문득 책상이 답답하게 여겨졌다. 빙글 의자를 돌려 창밖 빌딩들을 바라봤다. 창문에 그녀의 얼굴이 비쳤다. 강태혁의 신경질적인 얼굴이 떠올랐다. 홍 사장의 한없이 잔인해질 수 있는 검은 얼굴이 따라와 겹쳐졌다.

홍 사장의 표정과 말을 곱씹었다. 사장실에서의 흥분이 가라앉자 몰려들었던 생각들이 하나씩 높낮이를 찾아갔다.

'제복 속에 숨지 않으면 콧방귀도 제대로 못 뀌는 쫄보 주제에….'

결국 생각은 한 군데로 모아졌다. 확인하기 두려워 미뤘던 생각이었다.

홍대식 위에는 한 명뿐이었다. 기무사령관 서영무 중장. 그뿐이었다.

홍 사장이 무슨 말로 속닥였는지 모르지만 지금 전략무기협상문제로 미국에 가 있는 기무사령관에게 허락을 받은 것이다. 3팀을 움직이기로 했다면 분명 그렇다.

그때 책상 위의 전화가 울렸다. 내선이었다. 그녀가 버튼을 누르자 미호의 목소리가 들렸다.

"말씀하신 것 정리가 끝났습니다. 팀장님 말씀대로인 것 같습니다."

"그래, 가지고 들어와."

잠시 후 미호가 들어왔다. 서류를 그녀의 앞에 놓고 고개 숙여 인사하고 나가려 했다.

"잠깐. 지금 강태혁은 어디 있지?"

"군산에서 부산으로 간 것 같습니다."

"부산이라면, 거기?"

"예. 저희와 비슷한 결론에 이른 것 같습니다."

윤소영의 미간이 살포시 찡그려졌다.

"우리 팀은 모두 철수하라 하고, 네가 강태혁과 함께 있어. 그리고 말야… 잠깐 이리 가까이 와 봐."

윤소영은 다가온 미호에게 낮은 목소리로 앞으로의 계획을 설명했다.

미호는 언제나처럼 표정 하나 흐트러지지 않았지만 속은 무척이나 놀라 어쩔 줄 몰랐다. 기무사령부 감마 팀이 개입할 거란 말도 당혹스러웠지만 그보다는 윤소영의 명령 때문이었다. 전혀 그녀답지 않은 지시였다. 내키지 않았다. 하지만 결정에 따르는 것이 자신의 임무였다.

"알겠습니다."

짧고 분명한 대답을 하고 미호가 나갔다.

윤소영이 리모컨을 찾아 벽에 붙은 TV를 켰다. 채널을 돌려 YTN을 맞쳤다. 경제 뉴스가 진행되고 있었다. 거의 끝날 시간이었다. 그렇지만 화면 밑에 흐르는 자막에서 자신이 찾고 싶었던 것을 찾아냈다.

'그렇군….'

모든 것이 하나씩 의미를 지니며 선명해지기 시작했다. 모든 일의 처음과 끝이 차근차근 이유를 갖춰갔다. 여러 시나리오들이 나타났다 사라지기를 반복하며 머릿속 소음이 점점 고조되었다. 터질 듯이 쉬지 않고 팽팽하게 커졌다. 성난 파도처럼 흥분과 쾌락이 몰려들었다.

이미 그녀의 마음속에는 홍 사장에게 먹었던 묵직한 한 방이 말끔히 씻겨 있었다. 건곤일척의 승부가 기다리고 있기 때문이었다.

'나도 보험을 들어야겠군.'

**

다음 날, 연달은 두 통의 전화가 윤소영의 마음을 쥐락펴락했다.

강태혁에게 내려간 미호였다.

"그가 부산에서 경주까지 갔습니다."

부산에서 그리고 경주에서 알아야 할 것들을 모두 알아낸 것 같다는 보고였다. 생각보다 너무 빨랐다. 몸이 완전히 풀린 강태혁은 예전처럼 거침없이 움직였다.

한 시간 후 온 전화도 미호였다. 강태혁의 말을 전했다. 그가 자신을 만나고 싶다고 했다는 거였다.

"어떻게 할까요?"

지시를 바라는 미호의 목소리는 생각으로 복잡해 보였다. 윤소영이 잠시 주춤거렸다.

강태혁이 자신을 찾아오겠단 것은 이제 일을 끝내자는 의미였다. 알 만큼 알았으니 서로 재보자는 거였다. 그리고 그 마지막은 칼로 상대의 심장에 겨누는 일이 될 거였다.

'지금?'

시점이 문제였다. 언제나, 그리고 모든 것이, 늘 시점 문제였다.

밤에도 열기가 도무지 식지 않던 밤, 옥인파출소에 들이닥칠 때 이런 날이 올 줄을 어렴풋이 짐작했다. 언젠가 한 번은 건널 다리지만 꼭 지금이어야 하는지는 판단이 쉽지 않았다. 솔직히 내키지 않았다. 갈등이 아주 없지 않았다.

'강태혁… 이 망할 인간이….'

머리끝까지 흥분한 강태혁은 멈추지 않을 거였다. 어쩔 수 없었다.

윤소영은 무리수를 두기로 했다. 모든 것을 다 펼치고, 그가 어떤 선택을 할지 지켜보기로 했다. 그것도 흥미진진하게 짜릿하겠지만 공이 어디로 튈지 몰랐다. 그러나 세상일은 크든 작든 어느 정도 위험부담을 짊어져야 한다.

어떻든 미친개는 멈추지 않을 테니까.

"그러라고 해."

토플리스의 보험과 미키 마우스

*

강태혁을 태운 미호의 제네시스가 11월의 차가운 밤공기를 가르며 경부고속도로를 달렸다.

알림 소리와 함께, 운전 중인 미호의 핸드폰에 윤소영의 메시지가 찍혔다.

'도곡동'

누가 봐도 별다른 생각을 할 수 없는 간단한 문자였다. 그러나 미호의 등줄기로 싸늘한 기운이 훑고 지나갔다.

그녀답지 않게 잠시 갈등을 했다. 뒤에 앉은 강태혁을 처음 만났던 순간부터 지금까지가 차르르 카드를 돌리듯이 머릿속을 스쳐 지나갔다. 수유리 허름한 슈퍼 앞 평상에서 자신에게 건넸던 차가운 맥주 캔의 감촉도 떠올랐다. 땔감 아니면 불쏘시개라며 거칠게 웃던 그의 표정도 생각났다.

미호는 저도 모르게 착잡해졌다. 룸미러로 흘낏 살펴본 강태혁은 눈과 입을 닫은 채 깊은 침묵에 무겁게 쌓여 있었다. 그 위로 윤소영의 싸늘한 미소가 겹쳐 보였다.

제네시스의 액셀러레이터를 쉬지 않고 밟아대면서도 미호는 미련을 버리지 못했다.

하지만 어쩔 수 없는 노릇이었다. 누구든 멈추지 않을 거였다.

서울 강남이 점점 가까워지고 있었다.

강태혁은 모든 곳에 CCTV가 눈알을 들이대고 있는 것 같은 타워팰리스가 거슬렸다. 로비 현관으로 들어서기 무섭게 엘리베이터가 내려와 대기하는 시스템도 감시당하는 느낌을 가중시켰다. 윤 소령의 집이라기보다는 여러 아지트 중 한 곳이 분명했다.

미호의 안내로 강태혁이 아파트 문을 열고 들어섰다. 잠시 놀랐다.

통유리 아래로 양재천이 한눈에 내다보이는 탁 트인 시원한 거실이 드라마 세트장처럼 눈앞에 펼쳐졌다. 그 거실 한가운데 크림색 소파가 둥글게 휘어진 모습으로 자리 잡고 있고 소파 앞에 유리로 된 긴 테이블이 놓여 있었다. 그 위엔 치즈와 칩, 여러 모양의 소시지와 크랙커가 담긴 접시가 영화처럼 세팅되어 있었다. 소파 옆 둥근 보조 테이블 위에 레드와인 세 병이 놓인 것도 그랬다. 심지어 꽃병도 있었다.

윤소영이 주방 쪽에서 와인 잔 둘을 들고 나타났다. 편안한 슬리퍼 차림이었다.

"오죽이나 급하시면 이 밤중에 혼자 사는 여자 집에 오겠다고 난리세요."

그녀는 와인 병 옆에 잔을 내려놓고는 보는 것만으로도 푹신함이 느껴지는 크림색 소파에 기분 좋은 소리를 내며 앉았다. 그리고는 와인을 들고 능숙한 솜씨로 마개를 따기 시작했다.

그녀 뒤로 파란색 기포가 올라가는 커다란 사각 어항 속에 자잘한 열대어들이 색조를 뽐내며 헤엄치고 있었다. 어항과 맞은편 벽엔 짙고 무거운 하얀 색으로 이해할 수 없는 형상을 만들어낸 거대한 유화그림이 걸려 있었다. 천장에 달린 작은 분위기 조명 둘이 그 그림을 쪼이듯 비추었다.

거실만 해도 족히 25평은 넘어 보였다. 그가 소파로 다가갔다.

럭셔리한 인테리어로 가득한 공간에 꿈같은 여인이 은근한 미소로 그를 바라보고 있는 것은 달리의 비현실적 그림만큼이나 그에겐 기괴한 일이었다.

와인을 잔에 따르던 윤소영이 그를 올려다보며 말했다.

"급히 준비를 한다고 했는데 잘 모르겠네요. 우선 좀 씻으시죠. 하루 종일 온 나라 먼지를 뒤집어쓰고 다니셨을 테니."

그러며 뒤에 선 미호에게 눈짓을 했다. 그러자 미호가 그를 오른쪽으로 이어져 있는 복도로 안내했다. 씻을 생각보다 당장 붙잡고 물을 것이 한가득이었으나 그녀의 눈빛과 거실의 차분하고 고급스런 분위기가 자신의 모습을 자각하게 했다. 게다가 윤소영도 소파에서 일어섰다.

"저도 방금 와서 아직 씻지를 못했어요. 잠시 실례할게요."

그러며 왼쪽 복도로 먼저 가버렸다.

씻겠다고 한 여자를 기다리는 것은 족히 30분은 넘길 걸 각오해야 했다. 강태혁은 어쩔 수 없이 손이라도 씻자는 생각으로 미호가 가리킨 곳으로 갔다.

들어간 곳은 화장실이 아니라 5성급 호텔 수준의 목욕시설이 갖춰진 으리으리한 곳이었다. 심지어 월풀 욕조까지 있었다. 수건이 차곡차곡 쌓여 있고 간단한 세면도구가 놓여 있는 곳엔 갈아입을 속옷과 셔츠가 비닐포장도 뜯지 않은 채 놓여 있었다. 급하게 준비를 했구나, 하는 생각에 약간 미안함이 일었다. 결국 옷을 벗고 욕조에 물을 가득 틀고는 샤워기 밑에 섰다.

상쾌함이 기분을 풀어지게 했다. 전민주의 기록이 가리키는 곳들을 찾아다니며 확인한 무거운 마음과 심란함이 조금은 멀게 느껴졌다.

준비해 놓은 팬티와 메리야스로 갈아입고 벗은 옷은 속옷을 포장했던 비닐에 넣어 바닥 구석에 두었다. 돌아갈 때 찾아갈 생각이었다.

거실로 나오는 그와 미호의 눈이 마주쳤다. 커다란 소파에 윤소영과 나란히 앉아 뭔가를 말하고 있던 미호가 일어나자, 고개를 돌려 그를 본 윤소영이 웃으며 손짓했다.

"이리 와 앉으세요, 강 형사님."

유리 테이블 맞은편에 앉았다. 저절로 몸이 크림색 소파에 푹 파묻혔다. 크림처럼 사르르 녹아드는 느낌이 편안하고 노곤했다. 그때까지는 몰랐다. 그녀가 평소와 달라졌다는 것을.

"한 잔 하실 거죠?"

그러며 금색 라벨이 붙은 레드와인을 잔에 따랐다.

조금 전과 달리 그녀는 바지를 입고 있지 않았다. 하얗고 매끄럽게 이어진 말끔한 다리가 조명 빛에 대리석처럼 빛났다. 위에는 미키마우스가 커다랗게 그려진 잠옷처럼 입는 크고 헐렁한 흰 티셔츠를 걸치고 있었다. 단지 그뿐이었다. 아니 그뿐인 것 같았다. 긴 티셔츠가 허벅지 중간 정도 위치에 치마처럼 내려온 것이 속에 아무것도 입지 않았을지도 모른다는 불온한 상상을 부추겼다.

그녀를 안 이래 처음 보는 모습이었다. 예전 사건으로 강릉에서 하룻밤을 같이 보낸 적이 있지만 그때도 이런 차림은 아니었다.

아니 왜? 날 유혹하려고? 그게… 무슨…?

그러면서도 저도 모르게 침이 넘어갔다.

샤워를 금방 마친 반쯤 말린 젖은 머리카락에서 흘러내린 물방울이 하얀 티셔츠를 방울방울 적셨다. 그녀를 만난 후 처음으로 그녀가 제 나이로 보였다. 얼음공주가 아니라 서른 초반의 상큼한 아가씨로 보였다. 이런 느낌은 처음이었다. 가슴이 두근거리며 조심스럽게 뛰었다. 시선이 갈피를 잡지 못하고 그녀 주위를 배회했다.

"드세요."

얼떨결에 그녀가 건네는 와인 잔을 받아들었다.

무슨 맛인지도 모르고 넘겼다. 드라이한 느낌에 목을 넘어간 향이 코끝에 맴돌았다. 그것이 잠시 그녀에게서 정신을 떼어놓았다. 놀라운 맛이었다. 예전 자신의 월급으로는 상상도 못할 가격대의 와인 같았다.

"오신다고 해서 대접할 것도 딱히 없어 특별히 꺼냈죠."

그녀의 은근한 미소가 다시 가슴을 설레게 했다. 와인만큼이나 입맛을 자극했다. 문득 저녁을 걸렀던 것이 떠올랐다. 그 표정을 보고 윤소영이 웃었다.

"쉬운 걸로 몇 가지 차렸어요."

말과 달리 테이블 위에 차려진 것들이 한 눈에 다 들어오지도 않았다. 이름도 복잡한 샐러드들과 훈제연어, 소시지, 바게트 빵에 올린 버섯, 스파게티 정도가 그나마 알 듯한 요리였다.

소시지는 알맞게 익혀졌다. 입안에서 톡 터지며 육즙이 흘러나왔다. 매콤하게 만든 멕시칸 소스는 환상적이었다. 윤소영은 올리브유와 발사믹 식초로 살짝 버무린 양상추를 아삭아삭 먹었다.

썸을 타며 상대 눈치를 보는 사이처럼, 처음 만나 어색함을 깨뜨리는 방법을 몰라 헤매는 연인처럼, 둘은 아무 말 없이 먹기만 했다. 엷은 긴장이 흘렀다. 와인을 따르고 가볍게 잔을 부딪치고 새 와인을 따고 치즈를 얹은 크래커를 베어 무는 것 같은 미소 띤 담백한 일들만이 한동안 이어졌다.

와인 두 병이 비고 테이블 위의 마지막 한 병이 반쯤 남았다. 와인을 마저 따라주던 윤소영이 말했다.

"와인이 몇 병 더 있지만 이것보단 떨어져서 입맛을 버릴 텐데, 어떠세요, 주종을 바꾸실래요?"

강태혁은 아무래도 괜찮았다. 그녀의 심장을 어느 쪽에서 찔러 들어갈지만이 머릿속에 가득할 뿐이었다. 술을 이렇게 먹었다는 것을 뚱보가 알면 눈을 까뒤집고 기절할 수도 있단 생각이 들었지만, 지금은 알 바 아니었다. 외려 놀랄 뚱보 생각에 기분이 흐뭇해지기까지 했다.

"와인을 드셨으니 위스키보다는 꼬냑이 낫겠지요?"

어깨를 으쓱 했다. 좋을 대로 하란 몸짓에 그녀가 미소를 지었다.

"미호, 그거 가져와."

잠시 후, 미호가 레미 마르땡 XO 한 병과 꼬냑 전용 잔 둘을 쟁반에 받쳐 가지고 돌아왔다. 미호가 테이블 위에 그것을 차려놓는 것을 보고, 윤소영이 말했다.

"이제 됐으니까, 넌 퇴근해."

그 말에 강태혁이 눈썹을 살짝 치켜 올려 윤소영을 바라봤다. 시선이 공중에서 얽히자 그녀가 말했다.

"혼자 사는 여자 집을 한밤중에 찾아오실 때는 각오하신 것 아닌가요?"

저도 모르게 긴장이 되며 침이 넘어가려는 것을 참았다. 그녀가 피식거리는 표정으로 말했다.

"자고 갈 생각이든지 아니면 밤새 술을 퍼마셔서 떡이 되든지. 그 어느쪽이든 그리 깔끔한 모습은 아니지만, 좋아요, 어디 한 번 말부터 들어봅시다."

꼬냑을 따라 자기 앞과 그의 앞에 놓으며 말을 이었다.

"얼마나 지저분한 말을 할 작정이셔서 이렇게 느닷없이 찾아오셨는지 말이에요."

흠칫했다. 그녀의 심장이 아니라 자신이 먼저 찔리고 만 거였다. 멍석을 깔아주니 피우라는 재주도 부리기 힘든 광대가 된 느낌이었다.

주춤거리는 동안 미호가 테이블 위의 빈 그릇을 치우고 치즈와 크래커를 새로 가져다 놓았다. 그러고는 윤소영에게 고개로 인사하고는 아파트를 나갔다.

큰 거실이 무척 좁게 느껴졌다. 비로소 잔잔한 음악이 흐르고 있다는 것을 그제야 알았다.

"일단 드세요."

꼬냑의 향은 좋았다. 코끝에 스미는 향이 불그스름한 색깔을 띨 정도였다. 한 모금 마시자 후끈한 기운이 몸을 따뜻하게 데워줬다. 그의 표정을 보고 그녀가 만족스런 미소를 지었다. 다시 한 잔을 따라 주었다.

그녀가 몸을 숙여 따르는 바람에 그녀의 펑퍼짐한 미키마우스 티셔츠의 목둘레가 앞으로 늘어졌다. 그 순간 티셔츠 속 그녀의 하얀 살이 얼핏 보였다. 심장이 덜컹거릴 정도로 놀랐다. 작고 하얀 젖가슴에 유두가 보였기 때문이다.

그녀는… 토플리스였다. 그냥 미키마우스만 입고 있는 거였다.

따라주는 술을 받고 있던 긴장한 손이 꼬냑 잔에 파문이 일 정도로 흔들렸다. 받아 든 잔을 저도 모르게 입에 가져다 댔다. 무의식적 반응으로 반을 마셨다. 정신이 확 날아올랐다.

비로소 깊은 미소를 머금은 그녀의 커다란 흰 티셔츠의 미키마우스에 시선이 고정되었다. 미키마우스의 검은 왼쪽 귀가 그녀의 한쪽 유방은 가렸지만 다른 한쪽, 그러니까 오른쪽 귀는 미키마우스가 몸을 조금 뒤로 뒤튼 상태였기에 조금 작게 그래서 그녀의 유방보다는 아래에 그려져 있었다. 바로 그 오른쪽 유방이 있는 티셔츠의 하얀 부분에… 살짝, 아주 조금 그림자가 지어질 정도로 돌출된 것이 있었다.

시선이 온통 거기로만 쏠렸다. 눈이 떨어지질 않았다.

윤소영을 잘 안다고 생각했는데 갑자기 전혀 낯선 존재처럼 느껴졌다.

흥분한 아래쪽과 달리 위쪽은 신경이 바짝 섰다. 더럭 두려움이 몰려들었다. 총을 쏘거나 칼을 들고 달려드는 것은 대처할 수 있지만, 아니 막아낼 수 있지만, 이런 건… 자신이 없었다. 그녀가 무서워졌다.

"먼저 말씀해 보시죠."

윤소영의 말에 퍼뜩 정신이 들었다. 하지만 조금 아찔했다. 와인을 두 병 가까이 마셨는데 대뜸 꼬냑까지 마셔댄 탓이었다.

"아니면 제가 말할까요?"

아니었다. 정신을 차리려면, 냉정해지려면 말을 해야 했다. 하나씩 하나씩 논리적으로 차근차근. 그것이 빨리 이 아찔한 상황에서 벗어나는 방법이었다.

"아니, 제가 먼저 하지요."

무거운 추가 매달려 있던 것처럼 입을 떼기 힘들었다.

"전민주의 기록을 찾았습니다."

그러고는 어떻게 전민주가 살던 곳을 찾아갔는지부터 군산에서 모친 하신애를 만났는지와 전민주의 아버지 전신일의 취재노트 이야기, 그리고 하신애가 건넨 7쪽짜리 문건까지 모두 다 이야기했다.

"그 기록이 영흥대학교 총학이 성 로비를 한 명단인지 그의 아버지 전신일의 취재노트에서 발췌한 것인지는 분명치 않았습니다. 그런데 부산과 경주를 가서 확인해 보니 명확해졌습니다. 전신일의 취재노트에서 핵심 명단만 추려낸 거였습니다."

윤소영이 꼬냑을 한 모금 마셨다.

"그 명단엔 국산, 가산, 인수 그룹을 비롯한 여러 기업들은 물론 사회복지재단과 장애시설 심지어 수녀원도 있었습니다. 복지재단과 장애시설은 몰라도 총학이 수녀원 원장에게 성 로비를 할 것 같지는 않으니까요. 그건 전민주의 아버지 전신일이 추적하던 사건과 관련 있는 곳이었습니다."

그건 충분히 안다는 듯 꼬냑 잔을 들고 있는 윤소영이 고개를 끄덕였다.

"전민주는 그녀의 아버지가 못다 한 취재를 하고 있었던 겁니다. 아버지가 그 취재 때문에 사망했다고 생각한 그녀는 아버지의 못다 이룬 꿈을 이루고 싶었던 겁니다. 또 어쩌면 그렇게 따라가다 보면 아버지를 죽인 살인자를 찾을 수 있을지도 모른다고 생각한 거죠."

그렇게 보이지 않은 위험을 무릅쓰고 두려워할 즈음 나타난 전직 형사 출신의 시간강사에게, 아버지가 믿을 수 있다고 말했던 그 사람에게, 도움을 요청하려 했다는 것은 말하지 않았다. 모든 것을 알고 있는 얼음공주에겐 쓸데없는 사족이었다.

"며칠 동안 전민주가 기록한 곳들을 돌아다니며 사실을 확인했습니다. 그래서 결국 진실에 도달했습니다. 그러자 묻고 싶은 것들이 연속해서 떠오르더군요."

윤소영이 피곤한 듯 고개를 옆으로 살짝 기울였다. 그는 조금 더 밀어붙여야겠단 생각을 했다.

"하나는 소령님이 답을 해줘야 하고, 다른 하나는 이 모든 일을 획책한 범인이 답을 하는 게 맞겠지만, 그것도 소령님이 하실 수 있으실 것 같군요."

기묘한 말에도 윤소영은 단지 재미있다는 표정을 지었다. 강태혁은 마음이 복잡해졌다.

"우선 소령님께 여쭙지요. 소령님은 미호를 통해 제게 3차 살인 그러니까 인수그룹 이한상 회장의 죽음 건을 찾아 보내셨지요. 그리고 전민주가 다녀간 기업체들을 예의 주시하시고 계시고요, 맞지요?"

그녀가 얼굴을 조금 옆으로 돌리며 싱긋 웃었다. 더할 나위 없이 고혹적으로 보였다.

"그럼, 이미 다 아셨을 텐데. 왜 말씀해 주지 않으셨죠?"

따지는 말투에 그녀가 피식거렸다. 그 모습에 약간 부아가 났다.

"전민주가 방문했던 곳들은 모두 다 취재노트에 적힌 곳이었어요. 그건 결국 제가 그녀의 모친에게서 그 7쪽짜리 A4종이를 받기 전에 소령님도 그것을 알고 계셨단 의미지요."

마치 윤소영이 전신일의 취재노트를 손에 넣은 것처럼 말한 셈이었다. 하지만 그녀에겐 그런 취재노트는 애초부터 필요 없었다.

"이미 부하들을 통해 전민주가 다녔던 곳 전부를 알아 내셨으니까요. 그건 결국 소령님은 이미 전민주가 왜 그런 사람들을 만나고 다녔는지 그 이유를 꿰뚫어보았단 뜻이지요. 제가 겨우 이제야 알게 된 것을요."

전민주의 3월부터 행적을 철저하게 훑어달라고 한 것은 자신이었다. 하지만 그 결과의 디테일은 윤소영에게만 보고 되고, 정작 자신에게는 대강의 뼈대만 던져 준 거였다.

"그래서 지금 재벌 총수들을 밀착 마크 하고 계신 거고요. 안 그런가요?"

윤소영은 계속 해보란 듯 끄덕였다. 그녀는 피할 생각이 없어 보였다. 강태혁이 말을 이었다.

"만약 전민주가 발췌한 기록을 남기지 않았다면, 아니 모친이 제게 그 기록을 주지 않았다면, 저는 절대로 진실을 마주하지 못했을 겁니다. 다시 말해 소령님은 이미 다 알고도 저를 계속 헤매도록 했어요. 대체 이게 무슨 영문이지요? 왜 저를 배제하신 거죠?"

강태혁이 그녀를 노려보았다. 윤소영은 그런 그를 외면한 채 꼬냑 병을 들어 제 잔에 천천히 술을 따랐다. 그의 말이 이어지지 않자 술을 따르던 윤소영이 그에게 시선을 돌려 말했다.

"다 말씀하셨나요? 궁금한 건 그게 다세요? 두 가지라면서요?"

그녀는 결국 다리를 건너겠단 것 같았다.

강태혁은 잠시 갈등을 했다. 하지만 이미 여기까지 오고 말았다. 핵심은 그녀에게 있었다. 피해갈 수는 없는 노릇이었다.

"두 번째 질문은 제가 왜 윤 소령님의 그림판 가운데 위치했느냐는 겁니다."

무슨 소리냐는 듯 윤소영이 고개를 옆으로 기울이며 그를 쳐다봤다.

"소령님은 모든 사건이 저를 중심으로 돌아가고 있다고 하셨어요. 정확한 기억은 아니지만 대충 그런 말씀을 하셨습니다. 맞죠?"

그녀가 계속 하란 듯 긍정의 눈짓을 했다.

"그런데 저를 이 사건의 한가운데로 끌어들인 분이 바로 소령님이셨습니다. 뜬금없이 옥인파출소로 찾아오신 것도, 국산그룹 건과 가산유통 건을 던져주신 것도 소령님이셨습니다. 아무 의미도 없을 두 사건이 갑자기 의미를 지니게 된 것이 바로 소령님이 제게 사건을 의뢰하시면서부터입니다. 물론 어리석은 제가 쥐뿔도 모르면서 달려든 것이긴 하지만요."

목소리가 차츰 격앙되었다. 술기운 때문인 것 같았다.

"만약 국산그룹 건을 제가 추적하지 않았다면 코엑스 앞에서 찍힌 전민주의 사진이 나오지 않았을 거고, 사건은 그대로 묻힐 거였습니다. 설혹 사진이 나왔어도 아무 의미 없었을 겁니다. 국산의 김 전무는 그 사진을 보고도 무슨 의미인지 몰랐으니까요. 그 사진이 충격적인 사람은 오직 저뿐이었습니다. 전민주와 관련이 있는 사람이 바로 저니까요."

말을 하다 보니 힘이 부쳤다. 머리가 윙 울리는 것도 같았다. 하루 동안의 이동거리와 늦은 시간이란 것과 허겁지겁 채워 넣은 음식과 술 때문인 거였다.

"그래서 묻고 싶은 것은 이겁니다."

잠시 그는 윤소영의 표정을 눈여겨 보았다. 가슴이 불안하게 뛰었다. 핵심은 모두 말했다. 단지 한걸음 내딛지 않았을 뿐이다. 그래도 그녀는 아무런 반응이 없었다.

"소령님이 이 모든 일을 뒤에서 조정하는 검은 그림자가 아니란 것을 제가 어떻게 믿죠?"

느닷없이 튀어나온 말에 잠시 주변이 무거워졌다.

"소령님은 전민주의 행적을 살펴봐서 이미 다 알고도 저에게 알리지 않았습니다. 대체 왜요? 사건을 해결할 생각 아니셨나요?"

거실 안의 공기가 훅 빠져 나간 듯 갑갑해지며 배경으로 흐르던 음악이 웅웅 크게 울렸다.

"그게 아니라면 하나뿐이죠. 일부러 끌어들여 놓고 그때그때 본질에 도달할 수 없게 비틀고 배제하고 눈을 가리는 것 말이에요. 아닌가요?"

감정이 격앙되었다. 꼬냑의 열기가 얼굴을 지나 머리끝으로 치솟는 것 같았다.

"제 말이 너무 심한가요?"

받아칠 것처럼 한참을 매섭게 노려보던 윤소영의 입술에 차가운 미소가 배어나왔다. 코웃음을 치며 말했다. 낮고 싸늘한 목소리였다.

"이제 다 하셨어요? 더 하실 말씀은 없고요?"

윤소영의 강렬한 눈빛에 강태혁이 끄덕였다. 그러자 그녀가 손에 든 꼬냑을 단숨에 입안에 털어 넣고는 잔을 유리테이블 위에 소리 나게 내려놓았다.

"좋아요, 말씀 드리죠."

진실은 그녀에게 모든 것이었다. 그녀가 말하겠다고 한 이상 거짓이 섞일 가능성은 없다고 봐도 된다. 다만 그녀가 어디까지 말하느냐였다. 언젠가는 모든 것을 밝히겠지만 그 시점과 상황은 그녀가 정했다. 제 좋을 대로 제 좋은 시간과 장소에서 터뜨렸다. 그것이 그녀를 공주가 아니라 마녀가 되게 했다.

"강 형사님이 두 가지를 물었는데, 결국 한 질문이군요. '네 년이 고상한 척 하는 쌍년이지?' 지금 그런 말씀이죠?"

매서운 말투에 차마 입을 열지 못했다.

윤소영이 천천히 다시 꼬냑을 따라 한 모금 마셨다. 그러고는 그를 한동안 뚫어지게 바라봤다. 눈빛을 감당해내기 점점 힘들어졌다.

"조금 섭섭한데요."

그러고는 시선을 조금 숙여 테이블로 향했다. 그녀의 모습이 조금 외롭게 보였다. 하지만 그녀는 이내 씩씩해졌다. 고개를 들어 그를 똑바로 쳐다보았다.

"두 번째부터 답하죠. 이미 몇 번씩 말씀드린 건데 믿지를 못하시는군요. 전 범인이 아니에요. 그 그림자 같은 놈을 잡으려는 사람이지요."

그녀가 다시 한 모금 마셨다. 그녀의 볼이 발그레해졌다.

"강 형사님이 이 사건에 끼어든 건 물론 저 때문이고, 저는 홍 사장의 지시에 의한 것이었죠. 홍 사장 역시 위에 앉은 누군가의 명령으로 움직인 것인데, 물론 기무사령관이 아니면 생각할 수 없겠죠. 자, 그럼 전 그림자가 아니니까, 그림자는 홍 사장일까요, 아니면 서영무 기무사령관일까요?"

그녀가 차갑게 노려보았다.

"아, 물론 강 형사님이 홍 사장이나 기무사령관을 만날 수 없으니, 제가 맘먹고 거짓말을 하는 것일 수도 있죠. 만약 그렇다면 제가 범인인 것이 맞고요."

장난치듯 그녀가 씽긋 웃었다. 더할 나위 없이 발랄한 모습이었다. 그러자 눈이 자꾸 그녀 가슴의 오똑한 부분을 가리키는 미키마우스로 향했다. 이러면 곤란했다. 머리가 묵직해지며 욱신거리는 것과 달리 심장이 요동치듯 이리저리 뛰었다. 꼬냑 때문인 것 같았다. 빨리 깨야 했다.

"하지만 아니에요. 전 그림자가 아니고 거짓말을 하지도 않았어요."

그녀의 눈빛이 도전적으로 날아왔다. 시선을 피해 테이블을 쳐다보았다. 앞에 놓인 그의 꼬냑 잔에 술이 반쯤 남아 있었다. 술을 보자 머리가 더 무거워졌다. 속도 메슥거렸다. 다시 고개를 돌려 그녀의 뒤에 보글보글 파란 물방울이 올라가는 거대한 어항을 쳐다봤다. 거실에 흐르는 음악은 슈베르트의 가곡으로 바뀌어 있었다.

"전 위에서 시킨 대로 강 형사님께 일을 드렸을 뿐이지요. 제가 직장인이다 보니 사장님 말씀을 듣지 않을 수 없잖아요. 비위가 뒤틀리면 때려치우는 알바생보다 목줄이 매인 정규직 회사원이 더 힘든 건 아시지요?"

비꼬는 말이 기묘하게 고혹적으로 들렸다. 아무래도 진탕 먹은 술이 문제인 것 같았다. 무겁고 혼란스런 머리가 시선을 자꾸 그녀의 미키마우스 쪽으로 향하게 했다. 그가 앞에 놓인 꼬냑 잔을 손으로 조금 밀어 버리고 옆에 있는 얼음물을 마셨다. 정신이 반짝 들었다.

"정말 재미있는 게 뭔지 알아요?"

그녀가 소파에서 등을 떼고 조금 앞으로 몸을 기울였다. 하얀 얼굴이 발그레해져 있었다.

"강 형사님이 아주 지독한 바보 멍청이라는 거죠."

갑작스런 그녀의 말이 장난처럼 들렸다. 정말 그녀는 인상을 살짝 찌푸리며 장난기 어린 표정에 손가락을 들어 그의 눈앞에서 좌우로 흔들고는 다리를 꼬았다. 그러자 그녀의 매끄러운 다리로 조명 빛이 부드럽게 흘러

내렸다.

"대체 그 날카롭고 명민한 강태혁 형사는 다 어디로 가고 이렇게 흐리멍 덩한 엉뚱이 아저씨가 되어 있는 거예요? 제가 범인이라고요? 그림자요?"

그녀의 핀잔에 머리가 더 묵직해졌다. 앞에 있는 얼음물을 다시 마셨 다. 정신이 다시 차려지는 듯했다. 그녀가 유치원 아이를 조목조목 가르 치는 투로 말했다.

"한번 생각해 보세요. 제가 그림자라면 강 형사님에게 전민주의 행적을 정리한 파일을 미호를 통해 드렸겠어요? 그게 말이 돼요? 또, 제가 강 형 사님을 막으려고 했다면 강 형사님의 미호를 달라는 말도 안 되는 소리를 받아들였을 것 같아요? 아니 그보다 제가 그림자라면 강 형사님이 지금 까지 살아계실 수 있으실 것 같아요?"

마지막 말은 날카롭기까지 했지만, 그에게는 그녀의 살짝 흥분한 얼굴 이 무척이나 아름답게 보였다. 그는 저도 모르게 차츰 몸이 달아올랐다.

"강 형사님이 정말 형편없는 양반이 되었다는 것을 조금 전 첫 질문에 서 알아봤어요. 그 질문 자체에 이미 답이 들어 있는데, 그걸 물으면서도 답을 모르다니 어떻게 이렇게도 아둔해지실 수가 있는 거죠. 몇 년 쉬었 다고 바로 이런 퇴물이 되어 버린다면 너무 실망스럽잖아요."

그녀가 놀리는 것이 분명했지만, 그럴수록 그녀의 목소리가 더 고혹적 으로 귀에 사무쳤다.

"강 형사님이 이미 답을 알면서도 그 답을 열어볼 생각도 안 하시고, 제 게 자꾸 답을 하라니 제가 어떻게 하겠어요."

눈살을 살짝 찌푸리며 그녀가 꼬냑을 다시 홀짝였다. 그리고 천천히 다 리를 바꿔 꼬았다.

"아직도 모르시겠어요? 제가 전민주의 행적을 파악해서 이미 정답을 알았지만 형사님께 한 마디도 하지 않은 이유를요? 정말 모르세요?"

술기운의 울렁거림과 야릇한 흥분이 뒤섞인 머리가 느린 걸음을 걷듯 힘겹기만 했다. 그녀의 말을 따라잡을 수 없었다.

"강 형사님이 말씀하셨잖아요. '왜 나를 배제했냐고?' 그렇게 물으셨잖아요. 맞아요. 강 형사님을 배제하려고 했어요. 강 형사님을 위해서요."

그녀의 말에 놀라야 했지만 그보다 그녀에게서 떨어지질 않는 시선에 곤혹스러웠다.

다리를 꼬고 앉아 꼬냑을 홀짝이는 그녀의 하얀 무릎에서 매끈거리는 허벅지를 따라 시선이 올라가다 더 이상 파고들 수 없는 곳에 이르러… 그리고 조금 위로 올라가 미키마우스가 장난치듯 웃고 있는… 그 봉긋한 가슴의 정점이 조금 돌출되어 있는 곳에서….

"경주에서 뭘 찾으셨어요? 나자레원을 방문하셨겠지요? 그렇죠?"

윤소영이 하얀 손가락으로 앞에 놓인 투명한 유리 테이블을 톡톡 두드렸다.

"부산 테레이지 수녀원에선 또 뭘 확인하셨어요? 역시 그것이었겠죠? 그런데도 모르세요? 제가 왜 강 형사님을 이 사건에서 떼어놓으려고 하는지를요?"

격렬하게 뛰는 심장이 아래쪽으로 피를 몰아대느라 그는 무슨 말인지 웅웅 혼란스럽기만 했다. 알 듯도 했지만 봉긋한 가슴에서 시선이 떨어지질 않았다.

그녀는 한편으로는 한심하다는 듯 다른 한편으론 답답하다는 듯 미간을 살짝 찌푸렸다.

"정말 감이 떨어져도 한참 바닥을 치고 있군요. 그러면서 진실을 알고 싶다고요?"

날카롭게 쏘아붙인 그녀가 다시 잔을 입에 댔다. 정말 많이 마시는 듯했다. 대충 계산해도 자신의 두 배는 마신 것 같았다.

"부산과 경주에서 확인하셨다면, 우리가 건드리고 있는 것이 무엇인지, 그리고 우리가 어떤 격류를 타고 폭풍 한복판에 떠밀려 와 있는지를 눈치 채셨을 거 아녜요?"

그녀가 꼬냑 잔을 내려놓으며 말했다.

"세 번째 사건인 인수그룹 이한상 회장의 동생이 이철상 의원이란 것은 아시지요? 대놓고 목을 그어놓고 북한산 중턱에 떡 하니 보란 듯이 놓았다고요. 아직도 어떻게 될지 감이 안 오세요?"

그의 표정을 살핀 그녀가 정말 아니란 듯 고개를 흔들었다.

"이 사건은 박인권 아니면 이철상 둘 중 하나는 반드시 죽어야 끝나는 게임이에요. 그리고 누가 죽든 그 한쪽을 몰아붙여 죽게 한 자는 그 순간 끝장이에요. 어떤 이유로든 살아남을 수 없어요. 이건 엄청난 게임이라고요. 서로 상대를 죽여야 하지만 자신이 직접 죽이면 안 되는 복잡한 게임이라고요."

그의 정신을 쏘아대는 스멀거림이 조금씩 커져만 갔다. 다시 얼음물을 마셨다.

"그런데 우리는 지금 어디에 서 있는지, 박인권 쪽인지 이철상 쪽인지도 모르는 이상한 말판의 한복판에 떠밀려 서 있다고요."

윤소영이 다시 짧은 한숨을 내쉬었다.

"형사님은 절 계속해서 소령이라고 부르시더군요. 저도 형사님을 형사님이라고 계속 부르고 있고요. 하지만 진실은 뭐죠? 저는 기무사 윤 소령이 아니지만 여전히 기무사령부 소속으로 움직이는 막강한 조직의 팀장이에요. 그런데 형사님은 지금 대체 뭐예요? 형사세요? 아니면 시간강사?

알바생?"

그녀의 말에 강태혁의 깊은 속에서는 스멀거리던 것이 부들부들 떨리더니 점차 커지기 시작했다.

"제 뒤에는 기무사령부가 있어요, 그런데 형사님 뒤엔 뭐가 있지요? 아직도 모르겠어요? 제가 왜 형사님에게 아무런 말을 하지 않았는지를요?"

순간 그의 머릿속에 벼락이 내리쳤다. 그것이 온몸을 흔들어댔다.

"맞아요. 애초에 이 문제는 건드리면 안 될 문제였어요. 그걸 알기 때문에 그 망할 홍대식이가 아래로 떨어뜨린 거예요. 회사에선 일절 관심도 말고 손도 대지 말고 건드리지도 말고, 만만한 인물 하나를 골라 피를 보든 말든 알아서 처리하라고 던진 거라고요. 언젠간 반드시 터지고야 말 시한폭탄을 던진 거라고요."

그의 귓속에서 종소리가 뎅뎅 울렸다.

충격의 떨림은 생각보다 오래갔다. 얼얼했다. 누군가 뇌를 주물러대다 터뜨린 것처럼 생각이 이리저리 뿜어져 튀었다. 정신이 타들어가는 것 같았다. 얼음이 거의 다 녹아버린 얼음물을 들고 게걸스레 들이켰다.

"왜 그림 한가운데 형사님이 놓였냐고 물으셨죠? 그거야 물론 희생양으로 삼기에는 딱 만만한 카드이기 때문이지요. 아마 그게 중요한 이유였을 거예요."

윤소영은 거침없었다.

"하지만 더 중요한 이유가 따로 있었겠죠. 희생양을 삼을 자야 형사님 말고도 주변에 널려 있으니까요."

그녀의 표정은 진지했지만 가슴의 미키마우스는 활짝 웃고 있었다.

"생각보다 강 형사님이 유명한, 아니 유명했던 인물이란 말이죠. 광화문사건과 세종로사건을 해결한 형사님이시니까요."

떠올리고 싶지 않은 기억이었다. 그 사건을 해결하는 대신 주변의 동료들이 하나둘씩 어둠속으로 사라져 갔다. 사랑했던 그녀까지도.

"형사님만 홀로 부정하고 있기에 현실을 똑바로 못 본 거예요. 생각보다 조금의 의도를 가지고 찾아보면, '강태혁' 세 글자와 그 신경질적인 얼굴이 얼마든지 쉽게 툭툭 튀어나온단 말이에요."

강태혁은 가슴 깊은 한숨을 몰아쉬며 뒤로 기댔다. 크림색 소파에 몸을 파묻자 부드러운 크림이 몸 위로 흘러넘쳐 그를 뒤덮는 것 같았다. 물론 생각일 뿐이었다. 망상일 뿐이다. 뚱보 말대로 술을 먹지 말았어야 했다.

"전민주가 시간강사 강태혁 교수님을 찾아온 게 아니라, 전직 형사 강태혁을, 그러니까 믿을 수 있는 든든한 동지로서 찾아온 거란 생각은 못해 보셨죠?"

불과 얼마 전 하신애를 만나 이야기를 듣고서야 깨달았다. 너무 늦은 거였다. 전민주는 이미 죽어 버렸으니까.

머리가 갈수록 무거워졌다. 인상이 저절로 찌푸려졌다. 몸이 소파와 하나가 된 것처럼 들러붙어 꼼짝도 하기 싫어졌다.

"물론 제가 형사님을 불러냈어요. 하지만 제가 아니어도 형사님은 어떻게든 이 사건과 엮일 운명이었어요."

윤소영은 그래서 차마 자신이 이 일을 맡는 것이 낫겠단 생각이었단 말은 하지 않았다. 구질구질했다. 변명은 그녀 스타일이 아니었다.

"형사님은 적당히 하셨어야 했어요. 일을 하면서도 하지 않았어야 했다고요. 저쪽 놈들은 어설프면서도 세련된 발걸음으로 숨 막히게 육박해 오는데 형사님은 게슴츠레한 흐리멍덩 눈으로 미친 듯이 마구 내달리신 거라고요."

말의 의미를 잠시 고민했다. 빨리 떠오르지 않았다. 황소걸음으로 재빠른 생쥐를 밟으려는 것처럼 한없이 무겁고 어설펐다.

윤소영이 그녀답지 않게 길게 한숨을 내쉬었다.

"저는 강 형사님이 전민주가 요약한 기록을 찾을 줄은 몰랐어요. 물론 그러지 말았어야 했어요."

그녀의 말이 뚱딴지처럼 들렸다. 그냥 만사가 귀찮아졌다. 몸이 나른해졌다. 머리 위에 바윗돌을 올려놓은 듯 자꾸 내리눌러대는 느낌이었다. 강태혁이 입술을 깨물었다. 그리고 저도 모르게 잘근잘근 씹었다. 오래된 버릇이 되돌아오며 왼쪽 눈의 초점이 흔들리며 흐려졌다 맑아졌다가를 반복했다. 고문의 후유증까지 다시 도진 모양이었다. 갑자기 구역질이 나며 불안하고 초조해졌다. 뚱보 말을 들었어야 했다.

"형사님 말씀처럼 전민주의 행적을 추적해 보니 분명해지더군요. 전혀 연결되지 않던 두 번째 사건인 가산유통 정 사장의 죽음이 의미를 갖게되었어요. 결정적이었지요. 부산과 경주에 미호를 보내 확인했지요. 그래서 부용회에 대해서 알게 되었지요."

부용회(芙蓉會). 그도 전민주가 기록한 장소를 찾아가서 알게 된 거였다.

"제 의도는 단순했어요. 강 형사님이 사건의 진실에 더 이상 접근하지 못하게 하는 거였어요. 그렇다고 가만히 있으려면, 우리 강 형사님이 어디 그런 분이셔야지요."

그녀의 말에 머리가 더 심하게 흔들리는 것 같았다. 알코올이 피곤한 몸과 혼란스런 정신을 떡 반죽처럼 주물러댔다.

"제 생각엔 강 형사님이 전민주 주변 정리를 하시고, 모친을 만나 전민주가 사실은 사고로 죽었다는 것을 잘 말씀드리는 선에서 일이 끝날 거라 생각했죠. 그런데 거기서 생각지도 못한 것을 찾아내실 줄 몰랐어요. 제가 강 형사님을 너무 업신여긴 것 같아요."

그리고는 그녀가 따지듯이 날카롭게 말했다.

"그런데 말이죠, 그 7쪽짜리 기록을 찾으셨다면 제게 연락하셨어야지요? 그게 저와의 약속 아니었나요? 미호를 쓰기로 한 일주일이 넘어가는데도 약속을 무시하고 독단적으로 수사를 하시면 어떡해요?"

약속이란 말에 그의 가슴이 섬뜩해졌다.

"강 형사님이 지금 무슨 일을 저질렀는지 짐작도 안 되시죠? 조용한 벌집을 들쑤셔 놓으신 거예요. 부산 테레이지 수녀원과 경주 나자레원에 가셨으니 이젠 돌이킬 수 없어요. 알면서도 아무도 건드리지 못한 뇌관을 미친 듯이 폭주하는 멍청이 형사님이 건드리셨단 말이에요. 시한폭탄이 살아났어요. 전신일이 건드렸다 불발로 끝난 타이머가 다시 돌기 시작했다고요."

그녀의 말을 따라 그의 시선이 그녀의 눈으로 향했다가 가슴으로 피하기를 반복했다.

윤소영이 꼬냑 잔을 내려놓으며 말했다. 이 아파트에 들어온 후 본 가장 진지한 표정이었다.

"강 형사님. 지금 형사님 상황이 어떤지 아시기나 하세요?"

그녀의 가슴에서 미키마우스가 재미있게 웃고 있었지만 그녀의 표정은 더할 나위 없이 차갑고 매서웠다. 하지만 그의 시선은 그녀의 오똑 선 유두로 옮겨갔다.

"전민주가 뭔가를 건드리고 다니는 바람에 사람들이 죽어나갔어요. 자신은 몰랐지만, 그래서 그녀는 괜찮았지만, 그녀가 쑤셔댄 곳에선 피바람이 불었어요. 건드리면 안 될 걸 건드린 거죠. 그런데 형사님이 그걸 다시 두들겨댄 거예요. 상처가 아물기도 전에 다시 후벼대는데 누가 비명을 안지르겠어요."

그녀의 눈빛을 똑바로 볼 수 없었다. 시선을 피해 그녀의 가슴에 멈췄다.

"전민주의 행적을 파악한 순간 위험을 직감해서, 제가 형사님을 폭탄에서 멀리 떨어뜨려 놨더니, 글쎄 형사님이 꾸역꾸역 찾아가서 뇌관을 하나씩 죄다 건드려 놓았어요."

그녀의 목소리가 날카로워졌다.

"그러고서 하는 말이, '왜 나를 배제했냐'고요? 위에선 지금 폭탄이 터져 난리가 났는데, 고작 지금 하신다는 말씀이 그런 태평한 소리세요? 그리고 뭐가 어떻고 어때요, 제가 그림자냐고요? 범인이냐고요? 지금 그게 하실 소리세요?"

어지러운 머리와 달리 그의 눈은 그녀의 오똑한 가슴에서 도무지 떨어질 줄 몰랐다. 온몸이 아우성이었다.

"걱정 마세요. 조만간 그림자가 형사님을 찾아올 테니까요. 그때 확인하세요. 그림자가 와서 죽은 회장들에게 물었던 것처럼 똑같이 물을 테니까, 그때 한번 잘 대답해 보세요. 그때 가서 '난 아는 게 없는데, 우연히 알게 되었다. 부용회는 모두가 다 아는 조직 아니냐. 거길 내가 방문한 거다. 그게 대체 뭐 어떻단 말이냐?' 같은 한심한 소리나 늘어놓지 마시고요. 정신 바짝 차리시라고요."

계속해서 무거워지기만 하던 머리가 이젠 아주 커다란 무쇠 솥을 이고 있는 것처럼 견뎌내기 힘들게 되었다. 그 무게에 고개가 자꾸만 꺾이며 떨어지려 했다.

"모르시겠어요? 지금까지 형사님이 살아있는 이유는 그룹 회장들보다 날래서가 아니라, 아직 포동포동하게 살이 찌지 않아서 냅두는 거라고요. 일단 때가 무르익으면 그땐 목을 베어버릴 거라고요!"

그 말에도 시선이 그녀의 가슴에서 떨어지질 않았다. 죽을 때가 되면 더 밝힌다는 옛 스승의 말이 불현듯 떠올랐다. 그리고 목이 바짝 말랐다. 머릿속은 헝클어질 대로 헝클어지며 어지럽고 엉망이 되었지만 알 바 아니었다. 아래쪽은 다른 일로 아주 난리가 났다.

"이럴까봐 배제했는데, 왜, 대체, 뭘 하자고 기어코 기어 나온 거예요. 부용회를 왜 건드렸어요, 예?"

부용회는 광복 후 세워진 조직이었다. 1945년 패망한 일본인들이 일본으로 돌아갔지만 미처 가지 못한 이들이 있었다. 한국이 좋아 남은 자들과 한국 사람이 좋아 결혼한 자들이 있었다. 그들 중에는 남자도 있지만 여자가 많았다. 패망 후 일본으로 돌아가지 않고 그대로 남아 남편의 나라에 사는 일본인 여성들의 삶은 척박했다. 그런 그들끼리 상호부조를 위해 조직한 단체가 부용회였다. 그 말은 곧 부용회 멤버들은 일본인 여성이란 의미였고, 누군가의 어머니가 부용회 멤버라면 그건 일본인 어머니를 두었다는 의미였다. 그 누군가가 일반인이라면 그리 문제될 것도 없다. 지금 같은 다문화 사회에선 더욱 그렇다.

그러나 만약, 그 누군가가 우리나라의 중요한 인물이라면, 더 정확하게는 중요한 인물이 될 사람이라면, 이건 생각보다 난감하고 복잡한 문제였다. 심각한 사안으로 비화될 여지가 다분했다. 더더욱 그 중요한 인물이 대통령이라면 말이다.

그 부용회와 잔류 일본인 여성들을 인도적 차원에서 도운 곳이 경주 나자레원과 부산 테레이지 수녀원이었다. 그리고 거기에는 그녀들을 도운 기록이, 생생한 기록이 남아 있었다. 당연히 그녀들의 이름도 남아 있다. 그 일본인들의 명단과 이제는 개명해 한국 이름을 갖게 된 여성들을 추적하는 것은 한여름 해변가에서 안전요원 찾는 것만큼이나 맘만 먹으면 손쉬운 일이었다. 눈앞에 보이지 않아도 찾으려들면 전망대 위나 바다 쪽,

그도 아니면 비키니 입은 여자들 틈에 끼어 시시덕거리고 있는 안전요원을 찾아낼 수 있다. 보려고 하면 어떻든 보인다. 잘, 아주 잘 보인다.

그렇게 찾아냈다. 윤소영도, 그도, 결국 찾아냈다.

윤소영이 소리를 빽 질렀다.

"당신 지금 함정에 빠졌다고! 국산, 가산, 인수처럼 쟁쟁한 총수들도 목이 잘렸다고! 당신이 무얼 알든, 알지 못하든, 곧 총알이 당신 머리통에 박힐 거라고! 이 멍청아!"

화를 내는 그녀의 하얀 얼굴이 전에 없이 섹시하게 보였다. 미칠 것 같았다. 아랫도리가 폭발할 것 같고 가슴은 터질 듯이 뛰었다. 돌아버릴 지경이었다. 눈앞이 핑글핑글 돌았다. 앞에 앉은 윤소영에게 달려들고 싶었다. 그래서 저 유방을 맘껏 움켜쥐고 짓이기고 싶었다. 하지만 몸이 완전히 소파에 달라붙은 느낌이었다. 흐릿한 안개가 낀 것 같은 불편한 메스꺼움이 몸을 감쌌다. 손가락조차 달싹거리지 못할 것 같았다.

그때 차갑게 웃는 윤소영이 뱅그르 오른쪽으로 도는 것 같았다. 하지만 그게 아니었다. 그의 몸이 옆으로 픽 쓰러진 거였다.

그러자 그녀가 다리를 풀며 옆에 놓아두었던 핸드폰을 들어 버튼을 눌렀다. 찰칵 소리와 함께 사진이 찍혔다. 그러는 동안도 그의 흐려지는 눈은 그녀의 커다란 티셔츠 안의 은밀한 하얀 곳을 찾아 헤맸다.

"이봐 당신, 완전히 엿 먹었다고, 알기나 알아? 이 머저리 등신아!"

그 소리 사이로 띠리링- 소리가 났다. 무슨 소린지 생각하려 했지만 떠오르지 않았다. 그런데 어디선가 기계같이 무표정한 얼굴의 여자가 그의 눈앞에 나타나자 그 소리가 뭔지 생각났다. 아파트 문이 열릴 때 나는 소리였다.

딱딱한 표정의 여자 옆에 까르르 웃는 미키마우스 티셔츠에 봉긋한 유방과 유두의 은근함이 매혹적인 여성이 나란히 섰다. 정신이 이리저리 흔들렸다. 어떻게 돌아가는지 갈피를 잡을 수 없었다.

"미호, 준비 됐지."

미키마우스가 그렇게 말했다. 미호가 왜, 떠나갔던 미호가 왜, 아파트 문을 열고 들어왔는지 알 수 없었다.

정신이 아득하게 줄을 놓으려고 했다.

윤소영이 몸을 굽혀 천근만근 무거워지는 눈꺼풀을 이기려고 애를 쓰는 강태혁의 얼굴을 유심히 살폈다. 그녀가 허리를 굽히자 짙은 향기가 훅 다가왔다. 아득한 정신에 와락 일어나 달려들고 싶었지만 손가락 하나 꼼짝할 수 없었다.

그녀의 향긋한 숨결이 볼에 달라붙었다.

"이봐요, 강 형사님. 수면제를 그렇게 드시고도 너무 오래 버티셨어요."

수면제? 내가?

하지만 속삭이는 그녀의 목소리는 미치도록 고혹적이었다. 그녀는 근사한 미소를 지었다.

"저를 생각해서라도 좀 빨리 주무시지, 민망하잖아요."

그녀의 진한 향기에 가슴이 두근거리는 만큼 의혹과 불안이 같이 쿵쾅거렸다. 같은 와인을 마셨고 같은 꼬냑을 마셨다. 그리고 마시기는 그녀가 더 많이 마셨다.

그런데 어떻게 나만?

"형사님 잔에만 미리 조금, 준비했어요. 왜? 몰랐어요? 이렇게 아둔해서야 원…."

잔? 잔이라고? 그… 그럼… 처음부터 이러려고? 왜? 대체 왜?

"이 밤에 올 땐, 이쯤은 각오했던 거 아니었어요?"

그녀의 짙은 향기만큼이나 깊은 미소를 지었다. 점점 그의 정신이 아득히 멀어져갔다.

이러면 안 되는 거였다. 당했다는 공포가 엄습했다. 하지만 몸은 이미 그의 통제를 많이 벗어났다.

그가 마지막까지 붙들려고 한 생각은 하나였다.

내… 내… 이년을….

폭탄 돌리기가 빚어낸 결과

*

맑고 파란 하늘을 그림처럼 비춰내는 통영 앞바다에 하얀 색 요트가 바람을 맞으며 물살을 가르고 있었다.

적당한 곳에 도착했는지 요트가 바다 가운데 멈췄고 요트 갑판에 파라솔이 세워졌다. 말끔한 테이블에 식탁보가 차려지고 그 위에 음식들이 차례로 놓여졌다. 호텔에서나 볼 것 같은 음식들이었다.

요트 난간에 기대 바다를 바라보던 두 명이 다가와 그 테이블에 마주 앉았다.

꼿꼿이 앉은 반백의 60대 남자와 파란 바다와 하늘에 그림처럼 스며들 것 같은 하얀 얼굴의 여자, 윤소영이었다. 그녀와 마주 앉은 이는 그녀의 군 시절 직속상관이자, 여전히 상관일 수밖에 없는 기무사령관 서영무 중장이었다. 서 중장은 제복 대신 요트에 어울리는 카키색 바지에 니트 셔츠를 입었는데 그것이 바람에 하늘거리는 윤소영의 옅은 파랑색 긴 치마와 잘 어울렸다. 누가 본다면 격식 있는 부호 집안의 품위 있는 아버지와 잘 자라준 딸처럼 보일 터였다.

그들의 모습을 보면, 아버지와 사랑스런 딸이 서로를 아끼며 가벼운 우려와 근황을 나눈 후 환담하는 화기애애한 식사자리 같았다. 물론 지금 둘은 바다 한 가운데서 풀코스로 점심을 할 생각이었고 11월의 햇살이 그래도 낮에는 따사롭긴 했다. 그러나 화기애애하기 힘든 말과 상황이 벌어질 거란 걸 둘 모두 알고 있었다.

"바람이 쌀쌀한데 괜찮으시겠어요? 음식도 식을 텐데."

그녀답지 않은 배려하는 말에도 사령관의 표정이 밝아지지 않았다. 전채로 나온 샐러드를 먹기만 했다. 그녀도 더 이상 입을 열지 않았다.

샐러드를 치우고 새 접시가 세팅되었다. 주방장이 와서 접시에 스프를 따르자 서 중장이 말했다.

"모두 한꺼번에 내 와."

말투에 불편함이 가득했다. 누구보다 서 중장을 잘 아는 윤소영은 그가 지금 이 상황을 매우 마뜩지 않아 한다는 것을 알았다.

잠시 기다렸다.

요리사가 등심스테이크와 과일, 샐러드 추가, 그리고 서 중장의 입맛대로 단무지와 김치를 재빨리 날라 왔다. 그리고 와인을 잔에 가득 채워놓고는 멀찍이 물러났다.

윤소영이 짧게 한숨을 내쉬고 말했다.

"어쩔 수 없었습니다. 그가 협박을 했거든요."

단어는 상급자에게 하는 투였지만 말의 가락은 애교가 있었다. 아빠 팔짱을 끼고 용돈이 왜 부족한지를 꽁알대며 한 푼이라도 더 뜯어내려는 여대생 딸처럼 눈빛까지 그랬다.

그러나 서 중장은 묵묵히 스테이크만 썰었다. 그 모습에 윤소영은 기다리기로 했다.

서울의 기무사령부나 누리기획 기밀회의실, 아니면 하다못해 가까운 인천도 있는데 군이 통영에서 보자고 한 것은 서 중장이었다. VX미사일 도입 문제로 미국 록히드마틴과 협상 중이던 그가 전격적으로 귀국한 것을 위에서는 대충 용인하고 묵인하겠지만 아래에서 알면 곤란했다. 군이 요트로 남해 바다 한복판까지 나온 것도, 다른 이들까지 멀찍이 떨어지게 음식을 모두 내오라고 한 것도 같은 맥락이었다. 지금부터 하는 말은 비밀이고 누구도 들으면 곤란하단 의미, 바로 그것이었다.

와인 한 모금을 마지막으로 사령관이 식사를 마쳤다. 이미 한참 전에 포크를 놓고 기다리던 윤소영은 스테이크에 손도 대지 않았다. 와인 잔엔 입술자국도 생기지 않았다. 차분히 하급자의 자세로 그러나 차갑고 냉정하게 경우에 따라서는 매섭게 몰아칠 것만 같은 싸늘함으로 조용히 앉아 기다렸다.

"그 일은 건드리지 말라고 홍 사장이 말했을 텐데."

기무사령관의 첫 마디는 어느 정도 예상한 말이었다.

"들었습니다."

아까와는 판이하게 다른 딱딱한 목소리로 답했다.

"그럼, 따라야지."

"제 상관은 홍 사장이 아닙니다. 전 사령관님 지휘만 따릅니다. 그것도 제가 싫으면 언제든지 그만둘 수 있다는 것을 아실 겁니다. 그렇게 약속하지 않으셨던가요?"

대학을 졸업했으니 이제 관심 좀 끄라고, 내 일은 내가 알아서 하겠다고 따박따박 말대꾸하는 딸을 둔 사람만 알 수 있는 상황이었다. 사령관은 딸이 없었다. 아들만 둘이었다. 그래서 그녀를 딸처럼 여겼고 또 내심 며느리 감으로 점찍은 적도 있었다. 지금은 완전히 그런 끔찍한 생각을 버렸지만 한때는 그랬었다.

"홍대식이 하는 말이 홍대식의 말이 아니라 내 말이란 걸 알았을 텐데."

"물론입니다."

"그러면, 홍대식의 말대로 그만 뒀어야지. 그렇게 개입하면 어떡하나. 자네가 지금 해야 할 일이 그것 말고도 꽤 많지 않아?"

윤소영이 조금도 밀리지 않겠단 듯 강한 표정을 지었다.

"프랑스에서 우리나라에 팔려는 요격미사일 앙트레68DX에 대한 분석과 무기상 미셸 프아옹의 프로필을 바탕으로 한 주변 정리는 이미 완료했습니다. 우리 측 비선 접촉 상대자도 파악했습니다. 커미션을 받은 구체적 정황도 확인했고, 근거 자료도 확보했습니다. 귀국하시면 곧 보고 드리고 행동에 나설 계획이었습니다."

일 하나만 놓고 보면 그녀는 항상 믿을 수 있는 완벽한 인물이었다. 그녀의 말은 가감이 없었다. 문자 그대도 티끌 하나 덧붙이는 것도 없었다. 수많은 불확정성과 모략, 흑색선전과 역공작이 판치는 이 난잡한 골칫덩어리 세계에서 그가 백 퍼센트 신뢰할 수 있는 유일한 사람이었다. 그런데, 지금 이 애가 뜨거운 감자를 손에 잔뜩 쥐고 놓지 않으려 하고 있다. 손이 데이다 못해 부풀어 물집이 잡히고 있는데도 도무지 놓을 생각이 없어 보였다.

서 중장이 한숨을 몰아쉬었다. 조금 마음이 풀리긴 했지만 여전히 난감했다. 딸이 없는 게 다행이란 생각이 들었다. 특히 저런 딸이.

그가 뭐라 말하려는 순간, 윤소영이 치고 들어왔다.

"처음부터 이러시려고 하신 겁니까?"

맥락 없는 질문이었지만 무슨 말인지 알았다. 하려던 말을 삼켰다. 이제라도 손을 떼고 잊으란 말을 하려 했다. 전용기로 10시간을 날아온 이유가 그 때문이었다. 그 말 하나를 똑똑히 못 박으러 온 거였다. 여러 차례 전화해도 받지 않을 때 그가 택할 수 있는 일은 이뿐이었다. 국가 일로 미국에 있어야 할 시간에 한국으로의 깜짝 귀국은 위험부담이 컸지만 윤소영이 손에 쥔 것에 비하면 아무것도 아니었다. 그게 터지면 누구도 감당할 수 없었다. 터지지 않게, 터져도 처리할 수 있게, 상관하지 않게, 저

멀리 던져 버려야 했다. 윤소영을 타이르든 설득하든, 그도 아니면 윽박질러 힘으로 밀어붙여서라도 손을 털게 해야 했다.

"처음부터 강태혁을 버리시려고 하신 겁니까?"

그녀의 페이스에 휘말리면 안 된단 생각이 들었다. 단호하게 나가야 했다.

"그러면 안 되나? 그간 자네가 해온 일도 모두 그런 일 아니었나? 강태혁을 버리는 카드로 쓴다고 해서 안 될 게 뭐가 있나? 아주 끝도 아니고 말야."

마지막 말은 일종의 협상이었다. 이쯤에서 멈추란 의미이자 약간의 곤경을 겪기는 하겠지만 목숨은 아니란 의미였다. 하지만 더 간다면… 그건 장담할 수 없다는 협박이기도 했다.

윤소영이 차갑게 웃었다.

"전 상관없습니다."

의외의 반응에 서 중장이 흠칫했다.

"강태혁 같은 자가 뭐가 대단하다고 제가 사령관님과 얼굴 붉힐 필요가 있겠습니까. 버리실 계획이셨다면 버리시면 그만입니다."

서 중장의 미간에 힘이 들어갔다. 불안한 느낌이 뱃속에서 서서히 기어 올랐다.

"그 말씀을 하시려고 일부러 오신 겁니까? 강태혁은 버릴 거니까, 더 이상 신경 쓰지 말고 그 문제에 끼어들지 말라고요?"

윤소영의 말투에 격식체가 사라지자 불안감이 커졌다. 그녀의 싸늘한 얼굴에 눈빛이 번뜩이는 것도 걸렸다.

"좋습니다. 당연히 그러셔야지요. 시끄럽게 달려들어 따박거리는 퇴물 형사나 근본 없는 가난뱅이 집구석의 죽은 기자와 그 애비의 호기심 많은 딸년 같은 것쯤이야 뭐가 대수롭겠습니까. 살인이든 사고든, 그깟 하찮은 목숨 같은 거야 진실의 황홀한 아름다움에 비하면 아무것도 아니지요.”

서 중장은 자신의 경험상 그녀의 입에서 ‘진실’이란 말이 나오는 것은 좋지 않았다. 늘 뒤끝이 개운치 않았다. 그녀에겐 입에 짝짝 달라붙는 쾌락일지 모르지만 다른 이에겐 고통과 괴로움이 뒤따랐다.

“그런데, 사령관님.”

그녀가 고개를 돌려 파란 하늘과 하나가 된 바다를 쳐다보며 말했다.

“저를 왜 끼워 넣으셨죠? 제가 동원된 이유가 겨우 강태혁 같은 얼간이를 끌어들이는 일 때문이었나요?”

그녀가 고개를 돌려 똑바로 서 중장을 응시했다.

“물론 제가 전에 강태혁과 공조수사를 한 적 있었으니 가장 좋은 접촉점이긴 하죠. 하지만 다른 방법도 많은데 굳이 저에게 고작 강태혁 유인책 정도를 시킨 것이 잘 납득이 안 되는군요.”

윤소영이 이맛살을 찌푸렸다.

“그게 아니라면 제가 잘 모르는 다른 복안이 있으신 건가요? 그런가요, 사령관님?”

서 중장의 입안이 말라갔다.

일 잘하고 믿을 수 있는 충성심이 고래심줄 같은 이 부하가 가장 못 견디는 것이 무시당했을 때라는 것을 그는 잘 알았다. 진실을 찾는 것이 그녀 삶의 목표라면 그 진실로 가기 위한 거침없는 행보는 그녀의 삶 자체였다. 오연함과 당당함이 오만과 안하무인으로 비치어도, 타협 없는 과감함이 질시와 원망, 협박과 복수를 양산해내도, 그녀는 멈추지 않았다. 자존심이었다. 자신이 진실을 찾는다는 분명한 소신이었다. 그것을 건드리는 것은 잠자는 사자의 코털을 건드리는 것이나 마찬가지였다.

윤소영의 말이 심문 투로 바뀌었다.

"그럴 리 없지만, 혹시 절 유인책 정도로 취급하셨다면 제가 뭐가 되지요? 제가 강태혁을 끌어들였다는 것이 이미 이쪽에 소문이 파다하게 퍼졌는데, 강태혁이 한심하게 돼 버리면 제 얼굴이 어떻게 될까요? 예전처럼 높은 분들 앞에 서서 되바라지게 떽떽거려도 그게 먹힐까요? 사령관님 적들의 심장에 비수를 꽂아버릴 수 있을까요?"

그녀가 섭섭하다는 표정을 지어냈다. 그리고 고민하는 척 주억거리며 말했다.

"그래서 생각해 봤습니다. 사령관님의 의중을 말이지요. 왜 내게 강태혁을 끌어들이게 하신 걸까? 결국 버릴 카드인데 그런 카드를 끌어들이는데 왜 나를 쓰신 거지? 소 잡는 칼로 닭을 잡으실 분은 아닌데…, 절대 아닌데…."

그녀가 고개를 옆으로 까닥거리며 도무지 알 수 없다는 표정을 지었다.

"당신의 비수를 이렇게 더럽히시면 녹이 쓴다는 것을 모르시는 건 아닐까? 그럴 리가 있나, 사령관님이 어떤 분이신데… 내가 모르는 깊은 뜻이 있겠지, 하고 생각했죠. 그래서 제 나름대로 진실을 더듬어 봤습니다. 그랬더니 부용회가 툭 튀어나오더군요. 그리고 국산, 가산, 인수의 옛날 일들을 추적할 수 있게 되었고요. 그래서 생각보다 꽤 많은 것들을 알게 되었습니다. 그때 퍼뜩 깨달았죠. 사령관님께서 저에게 이 일을 맡기신 이유가 이것이구나, 하고요."

서영무 중장은 이번 건을 윤소영이 맡기로 했다는 홍대식의 보고를 듣는 순간 이런 날이 올 것을 우려했다. 그렇다고 이미 움직이기 시작한 프로젝트를 바꾸라고 할 순 없었다. 결정이 번복되면 오히려 영민한 윤소영이 냄새를 맡을 수 있어 더 안 좋았다. 그리고 무엇보다 강태혁을 움직일 가장 자연스런 키가 그녀란 홍 사장의 말을 반박할 수 없었다.

기민하고 영리한 윤소영이 강태혁을 희생양으로 버릴 생각임을 모를 리 없지만, 그녀가 스스로 일을 진행한다면 그것에 동의할 거라고 속편하게 생각했다. 하지만 결국 우려하던 일이 현실로 벌어졌다. 그녀는 멈추지 않았고 밝혀선 안 되는 것에 접근했고 그것을 알아냈다. 진실사냥꾼이 언제나처럼 이번에도 사냥감을 낚아챈 것이다.

처음부터 윤소영에게 이 건을 맡긴 홍대식이 잘못이다. 강태혁보다 훨씬 골치 아픈 존재가 윤소영이었다. 어리석고 무능한 놈이 윤소영을 단지 차가운 얼굴에 쌀쌀맞기만 한 예쁜이라고 오판한 것이다.

"비로소 아둔한 제가 깨달은 거죠. 그럼 그렇지, 사령관님께서 날 하찮은 유인책으로 취급하신 게 아니었어, 하고요. 그러고서 잠시나마 사령관님께 불온한 맘을 품었던 저를 자책했습니다. 사령관님의 복안은 이런 거셨더라구요."

그녀의 말투가 한없이 비비꼬였지만 서 중장은 입을 무겁게 다물었다. 한껏 토라진 여성을 잘못 건드리면 더 걷잡을 수 없게 번진다는 것을 경험상 알고 있었다.

"부용회를 알게 되자, 왜 하필 기업의 총수들이 죽었는지 알게 되는 것은 금방이었습니다."

윤소영은 도무지 멈출 생각이 없어 보였다.

"코엑스 블루문호텔에서 죽은 국산그룹의 창업주 김동욱 회장은 광복 후 일본인들의 공장, 가게, 집 등을 무단으로 점거해서 뺏은 것을 기반으로 기업을 창업했더군요. 정치깡패와 조폭들을 고용해서 건물을 무단으로 점거하고는 이름뿐인 유령단체를 내세워 자신들 것이라고 당당하게 우기는 걸로 미군정에 인정을 받는 요식 행위를 거치긴 했지만요. 그렇게 페이퍼컴퍼니 '국산'이 지금 한국을 쥐락펴락하는 국산그룹이 된 거지요.

인수그룹도 비슷했습니다. 창업주 이인수 회장은 젊은 시절에 서류를 꽤나 많이 그것도 유효적절하게 다루는 발군의 재주를 보여주었더군요. 패망 후 자기 나라로 돌아가는 일본인들에게 기차 승차권과 배 승선권을 위조해 대량 투매하고, 암표와 전재증명서(戰災證明書)를 남발해서 아주 쏠쏠히 챙기는 것은 물론이고, 징병과 징용에서 돌아온 동포들의 군표와 외국환을 이중으로 환치기하는 수법도 휘황찬란할 정도로 눈부시더군요. 그렇게 엄청난 부를 떡 주무르듯이 주물러 꿀꺽 삼킨 것이 지금의 인수그룹의 시작이고요.

사령관님도 이런 일은 다 모르셨을 겁니다. 뭐 아셨다고 해도 별수 없는 일이지요. 이미 한참 오래 전 미군정 때 일이고 이젠 건드리지도 못할 정도로 커져버린 우리나라 기둥 같은 기업들이니까요.”

윤소영의 말에 서영무 중장의 표정이 무겁게 변했다. 바닷바람이 쌀쌀하게 느껴졌다.

“이미 성장했으니까 건드리지 말자가 아니라, 잘못 건드리면 대한민국 경제가 결딴난다는 엄살이 도처에 즐비하니까요. 취직하려는데 왜 자꾸 기업을 흔드느냐, 잘잘못을 가리다가 우리 다 죽겠다, 털어 먼지 안 나오는 사람 어디 있냐, 역사가 밥 먹여주냐 일단 경제부터 살려보자, 연좌죄도 아니고 언제 적 일을 갖고 이 난리냐, 등등 한도 끝도 없는 말들의 성찬이 우르르 쏟아질 테니까요.”

윤소영이 조금 멀리 아스라하게 보이는 섬을 눈으로 더듬었다.

“진짜 이상한 것은 그런 게 아니었어요. 본질이 아니었던 거죠. 그깟 총수 몇 명 목을 딴다고 세상이 바뀌겠어요? 사령관님은 더 잘 아시겠지만, 절대 세상은 안 바뀌지요. 그런데 이상하게도 이 망할 놈의 범인은 그 어렵다는 총수들을 차례로 만나서 목을 그어댔어요. 이해가 잘 안되었죠.

특히, 두 번째 사건인 가산유통이 계속 걸렸어요. 거긴 대기업도 아닌 중소기업이었거든요. 무엇보다 목이 잘려 죽은 것이 아니라 심장마비였고요. 물론 심장마비를 일으키도록 무슨 술수를 부렸겠지만 어떻든 다른 사건과 달리 목을 베지 않은 것이 이상했어요. 또, 가산유통은 다른 창업주들과 달리 행보도 깔끔했거든요. 한국전쟁 이후 버려진 고철과 폐지를 주워 파는 고물상을 하던 아버지 정훈표가 일찍 죽자 정성호 사장은 부두노동자로 설탕과 분유 같은 미군정의 원조품을 받아 유통하는 것으로 점포를 창업했고, 성실함을 앞세워 점점 사업을 키웠으니까요."

그녀가 앞에 놓인 싸늘하게 식어버린 음식들을 한 번 쳐다보고는 손을 들어 웨이터를 불렀다. 그러고는 모두 치우라고 말했다.

잠시 테이블이 정리되는 동안 파도가 출렁거리는 소리만 들렸다. 하얀 식탁보가 깔린 테이블 위에 차가운 물과 커피가 놓여졌다.

"그 가산유통이 계속 걸렸어요. 홍 사장이 중간에 던져준 사건인데, 혹시 의도적으로 혼선을 주려고 한 건가도 의심해 봤지요. 하지만 아니었어요. 가산유통이야 말로 3차 사건인 인수그룹으로 이어지는 핵심적 키였죠. 물론 그걸 깨닫는 것은 무척 어려운 일이었어요. 길을 못 찾고서 계속 헤매자 한심했는지 국산그룹 쪽을 통해 이상한 사진 하나가 전해졌어요. 전민주라는 강태혁과 관련 있는 여학생이 국산 김 회장이 사망한 블루문호텔에서 나오는 사진이었어요. 물론 조작이었지만, 그렇게 조작할 정도로 대놓고 찾아보란 메시지를 던지다니 정말 대담한 범인이었어요. 그렇게 해서 결국 부용회에 도달했고, 모든 진실을 알게 되었지요."

서 중장은 할 수만 있다면 그녀에게 그만 말하라고 하고 싶었다. 하지만 그녀가 여기서 말을 하지 않으면 그 말을 어디에 해댈지 짐작할 수 없었다.

"제가 착각했던 거였어요. 국산그룹과 인수그룹 회장이 죽은 것은 지난 시대 비리와 부정부패 때문이 아니었어요. 국민의 고혈을 빨아 기업을 세웠기에 의분에 찬 영웅이 나타나 죽인 게 아니라, 생각지 못한 것에 연결되어 있었기에 죽게 된 거였어요. 국산과 인수그룹이 부산 테레이지 수녀원과 경주 나자레원을 지속적으로 도와주었거든요. 사령관님도 아시겠지만, 그곳이 바로 부용회가 탄생한 곳이자, 결국 파혼 당하고 멸시와 괴로움을 당해 갈 곳 없어진 늙은 부용회 멤버들을 받아준 곳이었죠."

윤소영이 물을 한 모금 마시고 내려놓았다.

"뭐, 사실 국산과 인수에서 흘러들어온 지원금이라고 해 봐야 그 그룹 입장에선 눈곱만 한 돈이었고 여기저기 후원하는 많은 곳 중의 하나였으니, 그리 두드러진 것은 아니었지요. 게다가 수녀원을 도운 거지 직접 부용회를 도운 건 아니니까요. 수녀원에 부용회 멤버라고 해봐야 채 1퍼센트도 되지 않으니, 그걸 가지고 뭐라 억측하는 것은 무리지요. 하지만 키가 있었어요. 가산유통이라는 마스터키요."

서 중장이 눈을 꽉 감았다.

"가산유통은 직접 부산의 테레이지 수녀원을 지원했어요. 국산과 인수보다 적은 덩치의 중소기업이 지원하기에는 과하다 할 정도의 금액을 창업부터 지금까지 단 한 번도 거르지 않고 후원했어요. 이유는 간단했어요. 테레이지 수녀원과 깊은 관련이 있었으니까요."

서 중장은 아무리 바다 한 가운데 뜬 배 위라도, 지금 여기서 해서는 안 될 말이 나올까 두려웠다. 하지만 그녀는 거침이 없었다. 성난 망아지처럼 멈출 줄 몰랐다.

"가산유통 정성호 사장의 모친이 거기 계셨어요. 정확하게는 돌아가시기 직전까지 거기서 지내셨죠."

서 중장은 그런 사실까지는 몰랐다. 그리고 알고 싶지도 않았다. 그러나 그녀가 무슨 말을 하는지는 잘 알았다.

"정 사장의 아버지 정훈표는 패망 후 미처 일본으로 돌아가지 못한 일본인 여자와 결혼을 했고, 정성호 사장을 낳았지요. 그 여인은 남편 정훈표가 일찍 죽자 먹고 살 일이 막막해졌죠. 부두 노동자로 일을 하는 어린 아들의 부담을 덜어주겠다는 마음에 그녀는 부산 테레지아 수녀원으로 들어갔죠. 물론 그 부담은 단순한 경제적인 문제만이 아니라 일본인 어머니를 둔 사람이 한국에서 살아갈 경우 부딪힐 수모와 멸시 때문이었죠. 당시는 지금과 달리 일본과 국교도 이루어지지 않은 시기였으니까요."

그녀는 정말 끝가지 가려는 것 같았다.

"아마도 정 사장은 모친을 몇 번이고 모시려 했을 겁니다. 가산유통이 설립되고는 더 그랬겠죠. 그래 그런지 모친은 아예 수녀가 되어 버렸어요. 결국 정 사장은 평생을 그 수녀원을 돕는 것으로 효성을 대신하기로 한 것 같아요. 그 후원은 모친이 돌아가신 후에도 계속 되었지만, 정 사장의 자식들도 그 비밀은 몰랐던 것 같아요. 자신의 할머니가 일본 여인이란 것을 안다면 고뇌가 깊어질 테니 정 사장이 감추었던 것 같아요."

윤소영이 차갑게 미소를 지었다.

"아무튼 부용회와 관련된 그룹이란 것을 알게 되자, 국산, 가산, 인수로 이어지는 연결고리를 만든 이유가 너무나 명확해졌어요. 셋 모두 수녀원에 지원을 한다는 것을 주목하라는 메시지였어요. 그리고 처음 국산 김 회장은 섹스 스캔들로, 가산 정 사장은 부용회와의 깊은 연관성으로 죽여야 하는 거였죠. 그러니까 범인의 말은 '이건 말야, 섹스 문제야. 성 문제라고. 알았어? 부용회를 잘 봐!'라고 하는 소리였어요. 물론 그런 말은 세 번째 살인, 진짜 중요한 목적이 담긴 인수그룹 이한상 회장의 죽음을 보라는 강력한 메시지였죠. 그래서 북한산 중턱에서 살인을 했던 거죠. 모두가 다 보라고요. '이한상 회장의 어머니가 누굴까? 이한상 회장의 어머니라면 또 누구의 어머니도 될까?'라고 외친 거였죠."

윤소영의 목소리가 싸늘하게 변했다.

"놈은 '이철상의 어머니가 부용회원이다.' 그 한 마디를 하려고 국산 회장과 가산 사장을 죽이고 여럿을 들러리로 세운 거였어요. 저까지 포함해서요."

윤소영이 잠시 고개를 돌려 새파란 바다 위의 뭉게구름을 바라봤다.

"저쪽이 일본인가요?"

그러며 한참을 쳐다봤다. 그러고는 다시 시선이 서영무 중장에게로 향했다.

"혈통이 어떻든 그게 뭐가 대수겠어요. 오래 전 일이고 또 자신이 결정할 수 있는 일도 아닌데요. 태어나 보니 그냥 결정되어 있는 거잖아요, 선택한 것이 아니라 그냥 주어진 거잖아요. 탐욕과 이기심으로, 자신이 선택한 더러운 짓거리로, 국민의 피를 빨아먹는 일도 그냥 덮어지는 이 시대에 그거야 말로 난센스 아닌가요? 그렇지 않나요, 사령관님?"

그녀의 눈빛은 그의 폐부를 꿰뚫었다.

"박인권 의원이었나요? 사령관님에게 국산그룹 건을 의뢰한 인물이?"

서 중장의 마음이 무거운 추를 매단 듯 무거워졌다. 결국 이 얼음공주가 알아내고 만 거였다.

국회 친일재산환수특별위원회 의장인 박인권 의원을 만난 것은 국산 김 회장이 죽은 지 얼마 안 지난 때였다. 박 의원이 먼저 만나자고 했고, 만나자 부탁을 했다. 친일파 재산을 환수하는 작업이 한창 물에 오른 시점인데 갑작스레 저런 사건이 터졌다며 한번 살펴봐 달라는 거였다. 창업주이자 실질적으로 비리를 저질렀던 당사자인 김동욱 회장이 죽고 나면 친일재산환수는 난항에 빠질 일이었다. 진실이 역사의 뒤편으로 완전히 물 건너가는 거였다.

박인권 의원의 부탁은 충분히 납득할 수 있는 사안이었다. 그가 그동안 해 온 행적에 비추어도 그랬다. 부친의 친일 부역 문제로 시달리는 그는 친일 잔재에 대해서는 거의 알레르기적 반응을 일으켰고 어떻게든 깨끗하게 바로 잡으려는 노력을 부단히 정력적으로 했다.

그러나 그는 정치인이었다. 복안 없이 제 자신의 이득 없이 뭔가를 부탁할 사람이 아니었다. 청와대로 향하는 직행 길을 닦기 위해 멋지게 친일재산환수 문제를 해결해 언론을 통해 팡파르를 터뜨리려는 복안이 분명했다. 서 중장도 처음엔 느낌만 있었지 그 저의를 다 알진 못했다. 게다가 모두가 묻어버린 국산그룹 건을 들추는 것은 위험했다. 받아놓고 시간을 끌며 무시할 수도 있었지만 박인권은 유력 대선후보였다. 대통령이 될 수도 있는 인물의 '부탁'을 들어주는 것은 든든한 보험이 될 터였고 거절은 후환을 단단히 각오해야 할 터였다.

박 의원과 몇 번의 의례적인 밀고 당기기가 이어졌지만 결국 해야 할 일로 정리되었다.

다만 둘 모두의 고민은 기무사가 직접 나설 수는 없다는 것이었다. 그렇게 해서 결국 유능하면서도 기댈 곳이 없는 적절한 인물을 찾았고, 몇명의 이름이 돌지 않아 강태혁의 이름이 나왔다. 좋은 카드라는 것은 그의 이름이 튀어나오는 순간 알아차렸다. 그만한 능력자가 없었고 그만큼 손쉬운 인물이 없었다.

그렇게 일이 시작되었다.

처음 강태혁이 거부했다는 말을 들었을 때, 내심 안심했다. 윤소영이 중간책으로 움직였다는 사실이 목에 가시처럼 걸렸었기 때문이었다. 그런데 다시 강태혁이 나타났고 일이 진행되었다. 진척 상황을 홍 사장을 통해 보고받을 때마다, 능구렁이 같은 박인권의 얼굴이 떠올랐다. 이철상 의원을 향한 칼날이란 것이 비로소 드러났기 때문이었다. 하지만 이미 발을 빼기엔 너무 많이 온 상황이었다.

한편으론 차라리 잘 되었단 생각이 들었다. 박인권의 부탁을 들어준 것이 정말 다행이었다. 위험할 뻔했다. 능구렁이의 부탁을 물리쳤다면 칭칭 감겨 가슴과 내장이 터질 뻔 했다. 이렇게 잘 감긴 계획을 풀어놓는 노회한 솜씨가 역시 정치 9단이었다. 싸늘한 기운이 느껴졌다. 이 능구렁이는 자신이 받아주지 않았다면 다른 수단을 썼을 거다. 국정원도 있고 경찰도 있었다. 그가 움직일 수 있는 카드는 무궁무진했다.

게다가 무엇보다 강력한 정당성을 손에 쥐고 있었다. 혼혈 대통령이 탄생하면 곤란한 거였다. 더욱 그 한쪽 피가 일본이라면… 국민들은 도저히 받아들이지 못할 거였다. 그렇다고 선거를 다시 치를 수도 없다. 법에는 아무런 하자가 없다. 국적이 대한민국인 사람이 대통령 피선거권을 갖는 것일 뿐이다. 그 모친이 일본인인지 미국인인지는 중요치 않다.

아니 이때껏 그런 일이 없었기에 중요치 않다고 생각하고 있을 뿐이지만, 이미 선거 결과는 나온 후라면… 그렇다면… 나라는 공중분해 될 수도 있었다. 국적으로 뽑은 것이지 혈통으로 뽑지 않았다는 선거법과 헌법의 정통론을 내세우면 복잡해질 것이고, 말도 안 된다고 생각한 일반인들은 거리로 쏟아져 나올 것이다. 저런 인물을 후보로 내세운 당 대표와 연대 세력을 잡아 죽이라며 목청을 돋울 것이다. 자신들이 그렇게 지지해서 표를 준 황당함과 결과의 부끄러움을 삽시간에 분노와 증오로 돌변시켜 거리를 물들여버릴 것이다.

지금 경합세인 대선후보 지지율이 부용회 건이 터져 나가면 단숨에 벌어질 거였다. 그리고 박인권은 대통령이 될 거였다. 그걸 생각하면 두고두고 가슴을 쓸어내리지 않을 수 없다. 다행히도 줄을 잘 선 거였다.

"정말 고약한 정치 공작이로군요. 자신이 직접 하지 않고 엉뚱한 사람 손을 빌려 코를 풀 생각을 하다니요."

그녀의 말에 상념이 깨졌다.

"사령관님은 더 올라가실 곳이 있으시니 그렇다 쳐도, 전 뭔가요? 이제 정말 옷을 벗고 시골에 가서 꽃밭이나 가꿔야 하나요?"

그녀의 노려보는 표정에 감정이 복잡해졌다.

맞다. 이건 처음부터 정치 공작이었고 그걸 직접 할 수 없었기에 수많은 카드를 조물딱거렸던 거다. 박인권이 직접 나서지 않은 이유는 너무 당연했다. 부담감이었다. 이철상을 공격한 것이 그였다는 것이 드러나면, 그것이 아무리 옳은 것이라도 역풍을 맞을 수 있었다.

'말도 안 되는 모함과 흑색선전을 그만 둬라!'에서부터 '아니 그럼 다문화가정은 한국인이 아니란 말이냐?' 수없이 많은 말과 말들이 흙탕물을 일으킬 것이고, 자칫하면 오히려 악수가 될 수 있었다. 사실 모친이 일본인이란 것 외에 이철상의 결격은 찾아보기 힘들었다.

선거는 그런 거였다. 아무리 옳아도 바람이 언뜻 잘못 불면 한 순간에 배가 뒤집히는 거였다.

그래서 박인권은 그것을 자신이 터뜨리지 않고 남의 손을 빌렸다. 아무도 두둔해주지 않을 만만한 자, 그러면서도 단단하게 일을 잘 처리할 자, 쉽게 흥분하고 멈추지 않을 자, 그 자의 손을 빌린 것이다. 그 자가 어떻게 될지, 죽을지 말지는 처음부터 관심 밖이었다. 폭탄만 제대로 터트려주면 그 손이 터져 너덜거리든, 팔이 잘리든, 온몸에 화상을 입든, 심지어

목이 잘려 날아가든, 알 바 아니었다.

그런데 문제는 그 폭탄을 들고 서 있어야 할 강태혁 대신, 윤소영이 들고 서서는 도무지 놓지 않는다는 거였다.

윤소영이 서 중장을 똑바로 노려보았다. 바람이 싸늘하게 불었다. 서중장은 고개를 돌려 시선을 피했다.

"사령관님께서 강태혁을 죽이시든 난도질을 하시든 곤죽을 만드시든 제가 알 바 아닙니다. 하지만 감마 팀 개입은 안 됩니다. 아직은 아닙니다. 제가 강태혁을 끌어들인 이상, 제가 이 일을 마무리 지을 겁니다. 제 명예가 달려 있습니다. 협박은 받은 만큼 돌려줄 거니까, 잠시 제게 시간을 주세요."

단호한 말투였다.

"입만 열면 딴소리 하는 철면피 홍 사장이나 감마 3팀 같은 애들이 무서워서 드리는 말씀이 아니란 건 잘 아실 겁니다."

그녀 식의 최후통첩이었다. 기무사령관에게 이런 식의 말을 할 사람이 몇 명이나 될지 꼽기도 어려웠다. 하지만 그녀의 눈빛은 조금도 장난이 아니었다.

이대로 두지 않으면 다른 수단을 간구해서라도 가만히 있지 않겠다는 협박이었다. 애초에 그녀가 전역했을 때 그녀를 붙잡은 이유를 그녀도 서중장도 서로 잘 알았다. 그녀가 걸어 다니는 걸음걸음 순간순간 주변에 긴장감을 퍼뜨렸기 때문이다. 그녀가 알고 있는 기밀과 진실들이 어느 순간 어디에서 터져 나올지 몰라 자면서도 불안했다. 무엇보다 그녀가 찾아낸 불편한 진실과 욕망의 지도에 오르지 않은 사람이 드물었다. 어디선가 펑 터져 나오면 당사자 몇 명만 다치고 끝날 일이 아니라, 연쇄폭발을 각오해야 했다. 아무 관계없어 보이는 자도 최소한 팔 한 쪽이라도 터져나가는 아픔을 감수해야만 했다.

누구든 그런 자리까지 올라간 자는 이런저런 때가 묻기 마련이다. 비리까지는 아니어도 일반인들에게 까발려진다면 편안히 자리보전이 힘든 것 정도는 다 있었다. 대중은 일방적이었고 감정적 풍향에 쉽게 흔들렸다. 그녀는 그런 민감한 풍향계를 조작해낼 줄도, 바람을 일으킬 줄도 알았다. 그래서 기무사를 떠나겠다고 할 때, 폭풍우를 일으키고 그 방향을 정할 수도 있는 그녀를 그대로 풀어놓을 수 없었다.

솔직히 그녀를 제거할 생각도 해보지 않은 건 아니다. 그러나 그녀가 어디에 어떤 안전장치를 해 놓았는지 알 수 없었다. 그녀는 단 한 번도 안전장치에 대해 말하지 않았고 자신이 죽으면 어떻다는 식의 어설픈 설레발도 입에 올리지 않았다. 그것이 그녀를 더욱 무섭게 만들었다. 진실만 말하는 그녀가 아무 말도 않는다는 것은 안전장치 뇌관을 도처에 묻었다는 위력적인 진실이 되었다. 그래서 서 중장은 그 뇌관을 건드리지 않고 손에 꽉 쥐기로 했다. 그녀의 이용가치는 높았고 그녀는 충성스런 믿을 수 있는 부하였다. 주인을 무는 잡종개가 절대 아니었다.

하지만 아무리 훌륭한 사냥개도 약을 올리거나 자존심을 건드려서는 안 된다는 것을 잠시 잊고 있었다.

서 중장은 잠시 깊은 후회를 했다. 그러나 결판을 지어야 했다. 미국으로 돌아갈 시간이 점점 가까워져왔다.

"이제 그만 손 떼. 그 건은 홍대식과 3팀 감마에게 넘기고 넌 빠져. 이건 명령이야, 알겠어?"

더할 수 없이 강경한 목소리였다. 쩽쩽한 소리가 저만치 떨어져 있던 요리사와 부관에게까지 들렸는지 그들도 흠칫했다. 그러나 윤소영은 싸늘하게 표정이 변했다.

"자네 손에서 터지면 안 된다는 것을 자네도 알면서 자꾸 이러면 곤란해. 알겠나, 윤 팀장."

서 중장의 말에 윤소영의 눈빛이 일렁거리며 흔들렸다. 그리고 속도 몰라주는 아버지의 엉뚱한 고함에 빈정이 상한 딸처럼 말했다.

"제 말을 잘 이해하지 못하신 것 같으신데요, 제가 언제 부용회 건을 터뜨린다고 했어요. 제가 천치 바보도 아니고, 전 아니에요. 사령관님 작전대로 지금 그건 강태혁 손에 있고요, 그리고 사령관님 예상대로 그 얼간이가 그걸 쥐고 터뜨리겠다며 날춤을 추고 있어요."

서 중장은 그녀의 목소리가 조금 흔들리는 듯싶어 마음이 곤혹스러웠다.

그때 그녀가 자신의 스마트폰을 꺼내 비밀번호를 풀고는 휙휙 손으로 바탕화면을 넘겨 어떤 아이콘을 누르고는 핸드폰을 그에게 내밀었다.

"자, 보세요. 보시고 다시 한 번 제 꼬락서니가 어떤지 생각해 보세요."

서 중장은 그녀가 건네주는 핸드폰을 받았다. '네가 무슨 수작을 부려도 안 돼!' 라는 생각으로 코웃음을 치며 그녀가 건넨 것을 흘낏 보다가 큰 충격을 받았다. 눈이 두 배로 커졌다.

사진이었다.

그는 저도 모르게 저절로 바탕에 손을 대고 옆으로 밀치듯이 다음 사진으로 넘겼다. 넘기면 넘길수록 충격적인 사진들이 이어졌다. 나중에는 민망해서 제대로 보지를 못하겠단 생각까지 들었다.

더 이상 넘겨지지 않는 핸드폰의 마지막 화면에 다다르자, 손으로 화면을 넘기던 서 중장이 잠시 핸드폰을 쥔 채 멍하게 멈춰버렸다. 힘을 준 손이 가늘게 떨렸다.

어떻게든 충격을 가라앉히려 노력했지만 쉽지 않았다. 눈을 들어 앞에 앉은 윤소영을 똑바로 볼 자신이 없었다. 그녀가 자신을 어떻게 쳐다볼지도 감당할 수 없었다.

"이제 아시겠어요."

그녀의 목소리에 울렁거림이 있었다. 그녀를 보지 않았지만, 그녀 눈가에 그렁거림이 가득하다는 것을 느낄 수 있었다.

"제가 그렇게 되었다고요. 제가 아까 분명 협박을 받았다고 말씀드렸잖아요. 그리고 꼭 받은 만큼 돌려 주겠다고도 말씀드렸잖아요. 제가 그렇게까지 말씀드렸으면 저를 조금만 믿어주시면 안 되는 거였어요?"

이런 사진까지 보여주어야 했느냐는 소리였다. 그는 온몸이 경직되어 움직이지 못할 것처럼 되었다. 그녀가 말한 '협박'을 완전히 다른 식으로 이해했었다.

"강태혁을 너무 만만히 보셨어요. 놈은 경찰특수조직의 베테랑이었어요. 다 죽었는데도 강력8반에서 끝까지 살아남은 놈이었다고요."

그녀의 일렁이는 목소리는 악을 쓰듯 올라갔다.

"놈은 알고 있었다고요. 처음부터 자기 목이 날아갈 것을 알면서도 이 일에 달려들었다고요. 그런 놈이 살아날 방법을 생각하지 않았겠어요. 놈이 보냈어요, 바로 그걸요."

딸처럼 여기는 그녀가 자신을 노려 볼 눈길에 그는 어떻게 대응해야 할지 도무지 알 수 없었다. 평생 군인으로만 살아온 그에겐 너무 낯설고 어려운 일이었다.

"아무 말 없이 그냥 그 사진들만 보냈어요. 제 핸드폰으로요."

서영무 중장이 눈을 꽉 감았다. 바닷바람에 짭조름한 냄새가 섞여 있는 것을 그제야 알아챘다.

"제가 알아서 행동하지 않으면…, 그러면… 그 사진을 여기저기 퍼뜨릴 거라고요."

생각만 해도 끔찍했다. 아니 일반인이라면 그냥 웃고 지날 수 있는, 아니 일반인도 그럴 순 없다. 하지만… 하지만….

"그러면 어떻게 되겠어요? 예? 사령관님은 지금 제가 어떤 상황에 처해 있는지 모르시죠? 그렇죠? 그냥 명령만 내리면 다인 줄 아시는 거죠? 왜 제게 강태혁을 끌어들이라고 하셨어요? 예? 그래서 여기까지 이렇게 되게…."

잠시 그녀의 말소리가 목에 메이는 듯했다. 말이 이어지지 않았다.

서 중장이 눈을 떴다. 그리고 용기를 내서 윤소영을 바라봤다. 그녀의 두 눈에선 눈물이 흘러내리고 있었다. 그가 그녀를 안 이후 단 한 번도 본 적 없는 모습이었다. 아니 그 누구도 얼음공주가 이렇게 나약한 모습으로 울 거라고는 상상도 못한 일이었다.

하지만 이해됐다. 아니 너무나도 분명하게 이해되었다. 그리고 서 중장은 자신이 어떤 일을 벌였는지, 그리고 그 뒷감당을 어떻게 해야 하는지 당혹감에 휩싸였다.

저 사진들이 일반에 공개되면 큰일이었다. 그러면 더 이상 누구도 윤소영 앞에서 얼어붙지 않을 것이다. 누구도 그녀를 두려워하지 않을 것이다. 비록 그녀가 진실을 말한다고 해도 그것을 실소로 흘려버리며 농담 정도로 키득거릴 것이다. 그러면 그는 정말 중요한, 잃어서는 안 되는 요원을 잃어버리는 거였다. 그리고 분노한 윤소영이 절대로 가만히 있을 것 같지 않다. 그동안 알아낸 진실과 욕망의 지도를 한꺼번에 터뜨려 버릴 것이다. 그러면….

서 중장의 얼굴이 시커멓게 변해버렸다.

억지로 울음을 참아가며 떨리는 입술을 꽉 다문 윤소영을 바라보며 기무사령관 서영무 중장은 저도 모르게 분노에 휩싸였다.

그녀를 저렇게 만든 강태혁이란 놈을 도저히 용서할 수 없을 것 같았다. 딸 같이 여기는 귀중한 요원을 유린한 놈을 그대로 둘 순 없단 생각에 당장이라도 찾아내서 갈기갈기 찢어버리고 싶었다. 하지만… 그럴 수 없었다. 그렇게 하지 못하도록 놈이… 간악한 놈이… 일을 벌인 거였다.

서 중장은 저도 모르게 손에 쥔 윤소영의 스마트폰을 부서져라 꽉 쥐었다. 그러나 부서지지도 않을 것이고 부서져도 사진은 그대로 있을 것을 알았다.

스마트폰 속의 사진은 강태혁이 한 여자와 침대 위에서 뒹구는 질펙한 장면들을 찍은 거였다. 여자의 벗은 몸매는 정말 눈에 시릴 정도로 희고 아름다웠다.

윤소영이었다.

사냥개를 풀어놓은 공주님

*

　통영항으로 돌아온 요트에서 내린 윤소영은 뒤도 돌아보지 않고 미호가 서 있는 제네시스로 걸어갔다. 차에 오르자 제네시스가 통영항을 미끄러지듯 빠져나갔다.

　운전대를 잡은 미호는 뒷좌석에 앉은 윤소영을 룸미러로 흘깃 보기만 했다. 고속도로에 오르고 한참이 지나서야 비로소 미호가 입을 열었다.

　"꼭 그러셔야 했습니까?"

　미호의 말에 윤소영이 룸미러로 그녀의 눈을 쳐다보았다.

　"이러시는 이유가 책임감 때문이십니까?"

　"책임감?"

　"강태혁에게 말입니다. 그를 끌어들이신 건 어떻든 팀장님이시지 않습니까."

　"글쎄, 그런가? 하지만 아닌 거 같은데. 그깟 책임감 때문에 이런다면 내가 너무 손해잖아. 멋대가리 없는 강태혁과 그렇고 그런 사진까지 찍었으니 말이야. 안 그래?"

　윤소영이 꼭 남의 얘기하듯 말하는 것이 미호는 맘에 걸렸다. 그건 그녀가 인사불성인 강태혁과 윤소영이 뒤엉켜 있는 사진을 찍을 때부터 줄곧 그랬다. 그 모습은 너무도 싫었다. 도무지 개운치 않았다.

　"책임감이 아니라면, 그럼 뭡니까?"

　"재밌잖아."

"예?"

"지금 박인권과 이철상이 막상막하로 피 튀기게 싸우는데, 어디에 줄을 댈지 몰라 핏발이 선 상어들이 난동을 부리는 상황 아냐. 박 터지게 생긴 고래들이야 어떤 놈이 이기든 살아남을 테고 상어 놈들도 신나게 물고 뜯고 피 맛을 단단히 보겠지만 애꿎은 새우들만 등이 터져 비실거리면 재미없잖아. 그래서 핵폭탄을 쥔 강태혁을 풀어놓아서 저울의 균형추를 맞춰보려고."

그녀는 정말 신난다는 말투였다.

"또 알아, 멀쩡한 정신이 아닌 강태혁이 엉뚱한 곳에 폭탄을 던져버릴지 말야. 관전 포인트가 아주 많아. 재미있겠어, 아주 흥미진진해."

그녀의 웃음에 미호가 못마땅한 표정을 지었지만 재빨리 없앴다.

"팀장님답지 않으십니다."

"뭐가?"

미호가 잠시 갈등하다 말했다.

"사령관님께 진실이 아닌 걸 말씀하시지 않으셨지 않습니까."

"무슨 소리야. 사령관 늙은이에게 한 말은 진심이었어. 강태혁을 죽이든 살리든 맘대로 하란 건 진심이야. 다만 이 재미있는 판을 아직 깨지 말라고 했을 뿐이야. 감마 3팀을 투입할 시점은 내가 정할 거니까, 미련한 철면피 홍대식이가 우겨넣지 못하게 막아 달라고 한 거고. 여기에 진실 아닌 게 뭐가 있어."

"진심입니까?"

"자꾸 뭐?"

"강태혁이 죽든 말든 팀장님이 정말 신경 쓰지 않으실 겁니까?"

"당연하지. 처음 강태혁을 이 사건에 끌어들일 때 이미 포석은 깔려 있던 거였어. 말은 안 했어도 그래. 아마 강태혁도 짐작하고 있을걸. 너와 오래 있었는데 눈치 못 챘니?"

"대놓고 말을 했습니다. 자신은 불쏘시개 땔감 처지라고 말했습니다."

미호가 수유리 반 지하 동네 슈퍼에서 맥주를 건네며 했던 말을 들려주었다. 말을 들은 윤소영이 고개를 끄덕였다.

"좋은데, 좋아. 역시 강태혁이야. 한결 맘이 편해졌어."

윤소영의 말에 '한결'이란 말이 콕 걸렸지만 미호는 더 이상 묻지 않았다.

미호는 윤소영을 잘 알았다. 아니 안다고 생각했다. 자기 목표 외에는 뭔가에 마음을 쓰는 여자가 아니었다. 정의니 인정이니 하는 따위는 개나 줘버리란 비웃음으로 사는 여자였다. 책임감 같은 말도 안 되는 가치는 애초에 없었다. 전략에 따른 전술만 있는 여자였다. 괜히 얼음공주니 마녀니 하는 소리를 듣는 것이 아니었다. 그런데 이번 일은 아니었다. 이상했다. 많이 이상했다.

감마 3팀이 투입되면 강태혁은 사살될 가능성이 백 퍼센트였다. 기무사령관의 결재가 이미 떨어졌으니 뒤처리는 말끔할 거였다. 그런 일이 있었는지조차 알아차리지도 못할 순간에 모든 것이 끝날 거였다. 게다가 강태혁의 '분실'에 그 누구도 문제제기를 할 사람이 없었다. 그는 경찰도 아니고 하다못해 이젠 시간강사도 아니었다. 가족도 친지도 친구도 없었다. 예전 동료 경찰들이 있겠지만 그들은 그와 함께 호흡한 특별수사팀 강력8반이 아니니 그냥 아는 정도일 뿐이다.

그런데 윤소영이 감마 3팀이 투입된다는 것을 아는 순간, 일을 이상하게 풀었다. 전혀 그녀답지 않은 방식으로 일을 풀었다. 과도했다. 아무리 수면제에 취해 있다고는 해도 강태혁과 살을 맞대고 그런 식으로까지 그렇게 할 필요는….

물론 기무사령관을 멈추게 하려면 극약처방이 필요했고 효과는 최고였다. 그러나 강태혁에게 마음이 있거나 그를 살릴 생각이 아니었다면 침대에서 뒤엉키는 건 분명 과했다. 그런데 윤 팀장은 그의 목숨에 신경도 안 쓴다고 공언하고 있다.

"미호, 운전하면서 너무 생각이 많은 거 아냐? 뒤에 탄 내가 다 불안한데."

퍼뜩 현실로 돌아온 미호가 대답했다.

"죄송합니다."

윤소영이 피식거렸다.

"강태혁이 제 바지가 내려간 줄도 모르고 설치는 꼴을 조금만 더 보자는 건데, 그게 넌 그렇게도 마음에 걸리니?"

"아닙니다."

윤소영은 미호가 퍽이나 거짓말을 잘 하지 못한다는 것을 보고 언니처럼 웃었다.

"그럼?"

"사령관님을 속인 것이 걸려서 그렇습니다. 따님처럼 생각하시는데 이렇게까지 하는 건 아무래도 조금⋯."

"피장파장이야. 그 영감탱이가 먼저 나를 엿 먹였잖아. 능구렁이 박인권의 정치판인 줄 알고서도 정작 내게는 일언반구도 하지 않았어. 자신은 교묘한 줄타기를 하면서 나 혼자 설치게 한 거지. 그러다 일이 틀어지면 오리발을 내밀 작정이었지. 잘못 디딘 얼음판의 밑장이 갈라져 차가운 겨울 강물에 빠지게 해 놓고, '네 알아서 해.' 하며 '천하의 사냥꾼도 별수 없군! 껄껄거릴 생각이었다니까, 그 망할 영감탱이가."

그녀의 말은 조금 과했지만 아주 그른 말은 아니었다. 미호가 물었다.

"사령관님이 팀장님 말씀을 믿으실까요?"

윤소영이 코웃음을 쳤다.

"서영무 중장을 우습게 보지 마. 그 늙은이가 믿을 것 같아? 아니, 절대로 믿지 않을 거야. 충격은 받았겠지만 미국으로 돌아가는 비행기 안에서 하나씩 검토해 보겠지. 그리고 확인해 볼 거야. 내 행적과 네 행적, 그리고 강태혁의 움직임까지 몽땅 다. 그리고 결론을 내리겠지. 거짓이라고."

"예?"

"거짓인줄 알지만 나서진 않을 거야. 그냥 속아 넘어가 줄 거야, 분명히. 서 중장은 그렇게까지 내가 몸을 던져서 이렇게 만든 의도를 읽을 거야. 그리고 하나씩 꼼꼼히 짚어보며 저울질을 한참 하겠지만 결국 모르는 척 받아주고 한 발 뒤로 몸을 뺄 거야. 왠지 알아?"

"모르겠습니다."

"나와 똑같은 결론에 도달할 거거든."

윤소영의 눈빛이 반짝였다. 정말 신이 난 듯한 표정이었다.

"강태혁을 제거하는 것은 언제든지 가능해. 폭탄을 터뜨리기 전이든 후이든 이젠 완전히 우리 맘이지. 잘 생각해 봐. 미친개를 잡는 시점이 우리 손에 있다면 그게 무슨 의미일까?"

평소답지 않게 윤소영의 말이 너무 많았다. 하나도 그녀답지 않았다.

"바로 우리가 지금 대한민국을 손에 넣은 거야. 아직 모르겠어?"

운전대를 쥔 미호의 손에 저도 모르게 힘이 들어갔다.

"박인권이든 이철상이든 우리가 정한 대로 대통령이 될 거라고. 강태혁이 폭탄을 던지면 이철상이 죽을 거고 그럼 박인권이 되는 거지. 하지만 폭탄을 던지지 않으면 지금 여론조사 대로 이철상이 될 거야. 박인권은 짐을 싸야 하는 거지. 그래서 지금 박인권이 서 중장에게 딸랑거리느라 정신이 없는 거야. 거의 끝에 다 와 가니까."

룸미러에 비친 그녀의 표정이 홍분으로 달떴다.

"한번 생각해 봐. 왜 갑자기 3팀 투입 얘기가 나왔는지 말야. 강태혁을 지금 제거하겠단 소리잖아. 이제까지 포동포동 잘 키워왔는데 눈앞에서 잡아먹는다고? 말이 안 되잖아. 그건 누군가가 압력을 행사하고 있단 얘기지."

"그럼 이번 3팀 투입 건은 이철상 쪽에서 사령관님께…?"

"아무래도 그렇겠지. 이철상이 바보가 아닌 이상, 국산, 가산, 인수 그룹 총수들이 죽어나가는 일련의 과정에 촉각을 곤두세우지 않았겠어? 자신의 아킬레스건이 거기에 있는데 어떻게 그 의미를 모르겠어. 즉시 알아차렸겠지. 그래서 어떻게든 멈추려는 거겠지."

윤소영의 목소리에 점점 신이 붙었다.

"정말 짜릿짜릿하잖아. 그러니까 서영무 이 늙은이가 곤란해진 거야. 이러자니 저쪽이 난리고 저러자니 이쪽이 달려드니 말이야. 뜨거운 부뚜막에 앉은 거지. 그런데 이 늙은이가 도망칠 길이 생긴 거야. 핑곗거리가 나타난 거지. 바로 나 말야."

무척이나 자랑스럽다는 목소리였다.

"절대 손해 볼 장사는 아니거든. '난 윤소영이 처한 곤경 때문에 어쩔 수 없었다'라는 단단한 카드까지 손에 쥐어줬는데 뭘 못하겠어. 손도 안 대고 코 풀 일이 생겼는데 말야. 주판알을 잘 튕기거든 그 늙은이가."

윤소영의 하얀 얼굴이 홍분으로 발그레 해졌다.

"그렇지 않았다면 그 영감탱이가 미국에서 나한테 전화를 그렇게 여러 통 했겠어? 지금이 어느 땐데 공식 일정 중에 비행기를 타고 몰래 날아와? 다 이유가 있어서지. 늙은이 생각은 '내가 윤소영에게 단단히 일렀는데 고것이 말을 안 듣는군요. 아시잖아요, 골칫덩어리인 것을….' 이러려고 했는데, 더 큰 고깃덩어리를 문 거야."

미호는 자신이 덥석 물렸는데도 기쁘다는 표정에 흥분한 목소리의 윤소영이 정말이지 이해되지 않았다.

"끝내주지 않아? 고래 두 마리가 상어 늙은이를 물고 늘어지고 있는데, 그 늙은이가 날 물고, 난 다시 강태혁을 물었는데, 강태혁은 폭탄을 들고 둘 중 하나를 폭사시키려 하고 있으니 말이야."

"그럼 강태혁이 우리나… 아니, 모든 것을 결정하는 거군요?"

미호가 '우리나라'라고 하려다 바꾸는 모습을 보고, 윤소영이 귀엽단 생각을 했다.

"꼭 그렇지는 않아?"

"예? 그게 무슨 말씀이시죠?"

"강태혁이 미친 상또라이라는 것을 기억해야지."

윤소영이 씩 웃었다.

"또라이가 무슨 생각을 하는지 아무도 몰라. 꼭 그 둘 중 하나에게 던질 거란 생각은 하지 마. 어디에 던질지 장담할 수 없어. 나에게 던질 수도 있고 서 중장에게 던질 수도 있어. 그도 아니면 제가 꿀꺽 삼켜버릴 수도 있지."

윤소영은 자신의 상상이 정말 미치도록 신난다는 듯 얼굴이 환해지면서 눈이 반짝였다.

"게다가 우린 중요한 한 명을 빼놓고 있어. 지금까지 한 말은 모두 그 자를 빼놓고서 한 말이었어. 그 자가 끼어들면 또 달라져."

"그게 누구지요?"

"그림자."

윤소영의 말에 미호가 작은 충격을 받았다. 그리고 아무리 흥분해 보여도 윤소영이 냉철한 얼음공주란 사실이 변하지 않는다는 것을 다시금 마음에 새겼다.

"그림자가 어떻게 움직일지 아무도 몰라. 누구인지도 모르고, 왜 이 일을 이렇게 끌어오는지도 명확지 않고."

"그… 그럼 모든 것이 흐트러지는 건가요? 아니면 리셋 되는 건가요? 아무 일도 없었던 것처럼 그냥 가는 건가요?"

"그건 몰라. 그래서 강태혁이 중요해. 그런데도 얼간이 홍대식이 3팀을 동원해서 끝내려 하다니 그야말로 멍청이지. 우격다짐으로 밀어 붙이면 다 되는 줄 아는 둔탱이가 위에 앉아 있으니, 일이 복잡한 거야."

룸미러에 윤소영의 찡그린 표정이 나타났다.

"서영무 늙은이야 현장을 떠나서 정치꾼들에게 시달려서 그렇다 쳐, 그런데 이 둔탱이는 현장을 알면서도 그런 어벙한 생각을 하다니 도무지 알 수 없어. 생각해 봐. 강태혁을 지금 제거하면 어떻게 되겠어?"

답을 요구하는 물음이 아니라 스스로 답을 찾기 위한 물음이었다.

"강태혁을 제거하면 영영 그림자를 찾을 수 없는 거야."

느닷없는 말에 미호는 흠칫했다. 그리고 저도 모르게 시선을 룸미러로 향했다. 자신의 이야기에 빠진 윤소영은 미호의 시선을 눈치재지 못했다.

"그림자를 찾아야 하잖아. 대한민국을 제 맘대로 주물럭거리려고 하는 미친놈이 어떤 놈인지 알아야 하잖아. 힘겹게 옹냐옹냐 다독여서 기껏 여기까지 왔는데, 바로 코앞에서 사냥개를 죽이겠다고? 완전 돌대가리야 돌대가리."

미호는 윤소영이 혼잣말 하듯 이어지는 말에 점점 더 등골이 오싹해졌다. 말의 내용이 무서워서가 아니었다. 사람을 죽이고도 눈 하나 깜짝하지 않는 것이 바로 자신이었다. 그런데 윤소영은 그보다 더 했다. 알면 알

수록 무서워졌다. 그녀가 몸을 던져가면서까지 강태혁을 살려두는 이유가 사랑이나 책임감이라 생각했던 자신의 오해가 한심하다 못해 처량해 보였다.

얼음공주는 정말이지 진실을 찾기 위해서라면 무슨 일이든지 할 여자였다. 옷을 벗는 것은 물론이고 오랜 친구의 목에 칼을 꽂는 것 같은 일도 눈 하나 깜짝 안 할 위인이었다. 부모라도 필요하다면 이용하다 버릴 것 같았다. 그런데 하물며 한갓⋯ 부하 따위야⋯.

잔뜩 긴장한 미호의 뒤통수 뒤로 윤소영의 차가운 목소리가 날아들었다.

"우리 상또라이 님께서 무슨 짓을 하실까? 정말 흥미진진한데, 안 그래, 미호야?"

1950년 이야기: 전쟁통에 떠난 동생

*

이미 그는 집안의 기둥이 되어 있었다.

부산으로 재빨리 피란을 가야 한다고 말한 것도 그였다. 아버지는 그의 말이라면 팥으로 메주를 쑨다 해도 믿었다.

"이년아 왜 그리 동생을 못 잡아먹어 안달이야?"

왜정이 끝나고 모두가 굶주리던 때에 밥을 먹을 수 있게 된 것이 그의 공로인 이상 아버지의 신뢰는 절대적이었다.

피란을 나선 것도, 그래서 결국 죽지 않게 된 것도, 모두 다 그 덕분인 것은 맞다. 하지만 그 난리 통에 진짜 동생을 잃고 말았다.

그가 처음 우리 집에 나타난 것은 해방 되고 해가 바뀌어 가는 추운 겨울이었다.

그와 동생은 나이가 같았다. 둘은 처음부터 잘 붙어 다녔다. 친하게 지낸다고 아버지는 흐뭇한 웃음을 지으셨지만 아이들의 세상을 모르는 어른의 시선이었을 뿐이다. 친하게 지내는 것이 아니라 착하고 순한 동생이 억눌려 끌려 다니는 형국이었다. 맹수는 먹잇감을 알아보고 단번에 채는 본능이 있고, 한번 문 것은 절대 놓지 않는 습성이 있으니까.

원산 숙부네 집에 불이 나서 숙부와 숙모가 돌아가시자 혈혈단신 힘겹게 그 나이에 서울까지 찾아온 끈기는 인간의 것이 아니었다. 절대로 아니었다. 상거지 몰골이었고 얼마를 굶주렸는지 알 수 없는 표정에 눈빛만이 시라소니처럼 형형했다. 며칠을 굶주렸는지 모를 딱한 조카라며 아버지가 혀를 차시며 눈시울까지 글썽이는 순간 우리 집안은 끝난 거나 다름 없었다. 놈은 큰 먹잇감을 물었고 작은 먹잇감을 멋대로 가지고 놀았다.

"불이 나서 맨몸으로 도망치기도 바빴을 사촌동생한테 그게 무슨 말이냐?"

그를 단지 열두 살 어린애로 보는 아버지의 눈은 멀어가고 있었다. 한동안 말을 제대로 하지 못해 더듬거리는 것도 부모님이 돌아가신 충격과 천신만고로 로스케 놈에게서 도망쳐 남하한 고생 때문이라고만 여기셨다.

하지만 아니었다. 물론 그녀도 처음엔 아버지처럼 보았다. 사춘기 특유의 여성적 민감함이 어릴 적 한 번 보고 만나지 못한 사촌동생에게서 낯섦을 넘어선 기이한 엇박자를 찾아냈지만, 그것이 뭔지 확실히 짚어낼 수는 없었다. 그녀 역시 해방의 광풍이 부는 어수선한 시절의 열네 살 어린애였으니까. 약간의 이상함을 어리긴 해도 낯선 남자가 집안에 느닷없이 들어온 생경함 탓으로 그냥 넘어갔다.

그것이 불길함으로 변한 것은 우연한 계기였다. 총독부 건물로 들어가는 그를 보았기 때문이었다. 미숙이를 만나려고 화신백화점 쪽으로 가던 중이었다. 광복이 되었지만 미군정 지부가 들어서기 전에 조선총독부는 아직은 일본인들이 뒷수습을 하던 곳이었다. 아무리 해방이 되었다고 해도 호랑이 아가리 같은 거기를, 더욱이 열두 살 소년이 들어갈 곳은 아니었다. 주변을 돌아보며 뭔가를 조심하듯 들어간 그가 나오기를 숨어 지켜보는 동안 심장이 뱃속에서 목구멍까지 치솟으며 날뛰었다. 숨죽이며 지켜본 시간이 지나고 그가 나왔을 때 그의 모습은 아무것도 변한 것은 없었다.

너무 당연했다. 그리고 자신의 조신치 못한 민감함이 공연한 의심을 자아냈다며 자책했다. 그리고 미숙이를 만나 삯바느질 거리를 잘 받아주는 곰보 아주머니를 만나러 가면서 싹 잊어버렸다.

그러나 그날 저녁 모든 것이 불안으로 떠올랐다.

저녁상은 더할 나위 없이 풍성했다. 입쌀밥에 김치도 그랬지만 세상에… 계란이라니….

"다 큰 년이 넌 동생만도 못하냐, 어?"

아버지의 핀잔은 가벼운 흥분과 기쁨이 가득했다. 그가 오늘 새로 일을 얻었는데 집안 사정을 말하고 우선 급한 대로 급전을 받아왔다는 거였다.

그가 얻은 일이 무엇인지, 아버지는 알지 못했고 알고 싶어 하지도 않는 눈치였다. 원산 동생 내외가 죽으면서 내맡긴 혹 덩어리라고만 생각했던 그가 복덩어리라고 생각하는 것만으로도 충분한 듯했다.

그러나 그녀에겐 아니었다. 그날 그녀가 본 것이라곤 총독부 건물에 들어가는 거였기 때문이다. 물론 거기를 나온 후 다른 곳에서 일자리를 얻었을 수도 있다. 하지만….

그 후 며칠 동안 몰래 그를 따라다녔다. 이젠 어머니까지 삯바느질 거리조차 제대로 찾아오지 못하냐고 퉁명스레 말씀하셨지만, 그녀에겐 지금 그런 것보다 더 불안한 것이 있었고 그것이 좀처럼 가시지 않았다. 그리고 그를 미행하는 동안 외려 점점 더 커져만 갔다.

그는 충격에 말을 더듬는 것이 아니라 조선말이 익숙지 않은 거였다. 그가 만나고 다니는 무척이나 큰 어른들과 능숙하게 해대는 일본어는 전혀 달랐다. 편안함과 익숙함을 넘어 자연스러운 그 무엇이 있었다. 무엇보다 그가 일본 사람들과 어울리는 것을, 그리고 흉측하게 비웃으며 뇌까리는 일본 말의 저속함을 생각하면 도무지….

의심은 의혹이 되었고 그녀의 마음은 불안과 우울 그리고 두려움이 조금씩 갉아먹었다. 집안 사정은 그 덕분에 점점 나아졌고 아버지의 신뢰는 두터워졌다. 그럴수록 그녀는 속으로 곪아갔다.

그렇게 몇 년이 흘렀다. 그녀도 커졌지만 그는 훨씬 더 남자답게 그리고 무섭게 커져버렸다.

곪은 것이 터진 것은 인민군이 쳐들어 온 그해 6월이 되기 몇 달 전 어느 날이었다.

이젠 닭을 잡아 기름기 둥둥 뜬 국물을 먹을 수도 있게 된 여유 때문이었을지도 모른다. 아버지가 우연히 지나간 시절을 말씀하실 때였다. 그녀가 물었다.

"느그 작은 아버지? 일본 말을 잘 하지는 못했지만 알아 듣기는 했다. 왜정시대를 살아온 풍월이 있으니까. 하지만 집에선 일본 말을 못하게 했을걸. 아주 치를 떨었으니까 말야."

아버지의 대답에 그에 대한 의혹이 절대적 확신으로 굳어졌다.

그럴수록 아버지에게 의혹을 말할 수 없었다. 어떻든 굶주리지 않는 것은 그 무엇보다 중요한 문제였고, 계집애가 쓸데없이 입방정을 한 번만 더 떨면 물고를 내겠다고 하셨기 때문이었다.

그게 아니어도 그럴 수 없었다. 소년이 아니라 청년으로 바뀌어 버린 그가 무서웠기 때문이다. 어설픈 것으론 택도 없었다. 바로 잡으려면 분명한 것이 필요했다. 물증이 필요했다.

그가 처음 올 때부터 가지고 다니는 전대가 떠올랐다. 매번 애지중지하던 그것. 늘 허리에 차고 다니는 그것. 거기라면 뭔가가…?

며칠을 고민하다 결국 그가 목욕하는 동안 훔쳐보았다. 심장이 터질 듯이 곤두서게 뛰는 가슴을 움켜쥐고 벗어놓은 옷을 들추고 전대를 풀어보았다. 남자의 냄새가 역겹게 훔씬 풍기는 것도, 지금 끔찍하게 무서운 짓을 한다는 것도, 둘둘 뭉친 것 속에서 본 것에 비하면 아무것도 아니었다.

그 속에서 그녀는 절대로 봐서는 안 되는 것을 보고야 말았다.

물증을 잡겠다는 처음 생각은 그것을 보는 순간 머리가 하얗게 되며 잊고 말았다. 찾기는 했다. 그리고 그녀의 의혹이 진실이 되었다. 하지만 전대속의 그것을 빼내면 그가 당연히 알겠고, 그러면… 그러면… 무서운 그가… 그가….

두려움에 몇날 며칠을 떨었다. 자신의 전대를 훔쳐보는 것을 그가 목욕하면서 알아챘을지도 모른다는 불안감에 그를 볼 때마다 머리털이 곤두서며 눈을 마주치지 못했다. 몇 번이고 그가 달려들어 덮치는 꿈을 꾸다 소스라치게 놀라 깨고 말았다.

시름시름 앓는 도중에 그가 피란 얘기를 꺼냈다. 난리라는 뜬금없는 소리에도 아버지는 그의 말을 철석같이 믿었다. 사실 그가 가져오는 돈이 없었다면 우리 가족은 이미 몇 년 전에 굶어죽었을 거였다.

그렇게 길을 떠나고 말았다. 그의 말처럼 인민군이 쳐들어왔고, 이틀 먼저 나선 걸음이긴 하지만 그가 처음에 군산 쪽으로 잡은 발걸음을 들려오는 소식에 따라 다시 부산 쪽으로 돌리느라, 결국은 다른 피란민의 무리와 섞이고 말았다.

정신없는 나날이 이어졌고 그때 퍼뜩 기묘한 생각이 그녀의 머리를 스쳤다. 그의 전대 속 물증을 가져가도 그가 절대로 추궁하지 않을 방법이 떠오른 거였다. 아니 정확하게는 발뺌을 할 방법이었다.

피란 통에도 그는 잘도 먹을 것을 구해왔고 그것이 풍족지는 않지만 주변에서 굶주리는 것에 비하면 그야말로 "부처님 감사합니다"였고, 때론 주변에 아량을 베풀 정도도 되었다. 그는 이제는 능숙해진 조선말로 사람들을 잘 거느렸다. 그것이었다. 집에 있을 때 전대 속 그것이 사라진다면 의심받을 사람이 정해져 있지만 피란통인 지금은 아니었다. 그 주위의 누구든 다 알았다. 그가 전대를 소중히 여기는 것을. 그 속에 무엇이 있는지 모르는 사람들도 전대라면 당연히 소중한 것이 들어있을 거라 여길 것이고 그렇다면… 누군가 다른 사람이 훔쳐갈 수도 있는 거였다.

훔칠 생각이었다. 그것을 훔쳐서 아버지에게 드려야 했다. 그래서 아버지가 눈을 제대로 뜨셔야 했다.

전쟁과 피란은 그녀에게 축복이었다. 그가 무서웠지만 그녀도 이젠 열아홉이었다. 시대의 격랑 속에서 질기게 버텨온 젊음이 있었다.

그가 잠을 자는 동안 품을 뒤지는 것이 죽을 만큼 떨렸다. 하지만 결국 해내고 말았다.

모든 것을 다 꺼내지 않았다. 결정적인 하나를 뺐을 뿐이다. 나머지 것들은 그의 돈줄이었다. 그가 어디서 돈을 가져오는지 그리고 왜 군산으로 피란가자고 했는지를 알 수 있었다. 그것은 필요 없었다. 아니 그가 가지고 있어야 우리 식구가 먹을 수 있다는 나름의 계산이었다. 그래서 그 두툼한 종이들은 그대로 두고 딱 하나, 정말 중요한 결정적인 그 하나만 슬쩍 빼냈다. 그랬기에 그가 신경 쓰지 않을 수도 있다는 안이한 생각을 했다.

그게 화근이었다.

그에겐 두툼한 종이들보다 그 한 장이 더 중요한 거였다. 하지만 어쩔 수 없었다. 이미 그것은 훔쳐냈고 그 순간 앞날은 결정된 거였다.

그는 그녀를 의심의 눈초리로 보았지만 그녀는 딱 잡아뗐다. 사실은 무엇을 물은 것도 아니었으니 모르는 척 한 것일 뿐이었다. 그는 그것을 절대 입 밖에 올릴 수 없었다. 죽는 날까지. 그녀는 속으로 쾌재를 불렀다.

그런데 그 의심이 동생에게로 갔다. 그는 주변에 어울리는 다른 패거리들 말고 하필이면 착하고 순한 동생을 의심했다.

지나고 나서야 알게 된 것은 그의 의심은 너무 당연했다. 그를 따르는 무리들이라면 꼭 그렇게 그것만 골라서 가져갈 리가 없었다. 모두 가져가든지 굳이 골라간다면 두툼한 서류를 가져가는 것이 당연했다. 그것이 돈줄이었으니까. 고래심줄 같은 든든한 돈줄. 그런데 돈줄은 그대로 두고 엉뚱한 것 하나만 사라졌다면, 그렇다면…. 하지만 1950년 전쟁통에 피란민들에 섞여 밀려다니는 그때는 그런 생각을 못 했다. 어렸다고 치부하기에는 그 대가가 너무나 컸다.

동생이 사라진 것은 대구에서 부산으로 거의 다 온 고개 마루에서였다. 그와 같이 먹을 것을 찾으러 갔던 동생이 다시는 돌아오지 않았다. 그의 말은 길을 나눠 갔던 동생이 돌아오지 않아 먼저 온 줄 알고 왔다는 거였다. 놀란 아버지와 어머니 그리고 그녀는 길을 되돌아 내려갔다. 물론 다급한 표정에 덩달아 황급한 표정을 짓는 그도 역시 같이 돌아온 길을 되짚어 달려갔다. 그가 비웃는 잔인한 미소를 짓는 것을 본 것은 그녀뿐이었고 그 미소를 훔쳐본 그녀의 마음은 타들어갔다.

결국 동생을 찾은 것은 야트막한 개울가 논두렁에서였다. 동생은 동생의 모습이 아니었다. 그리고 그 모습은 평생 그녀의 꿈속에서 튀어나왔다. 얼굴이 완전히 짓이겨진 동생 옆에 피 묻은 돌멩이가 뒹굴고 있었다. 아버지는 하늘이 무너지는 표정으로 풀썩 주저앉았고 어머니는 피란중이란 것도 잊고 오열하셨다. 그는 자신의 잘못이라는 악어 눈물을 흘리며 어머니와 아버지를 달랬고, 돈을 뺏으려는 지역 불한당이나 빨갱이들 소행이라며 빨리 도망쳐야 한다고 말했다. 그녀는 공포에 와들와들 떨었다.

심장에 피멍이 든 그녀의 삶은 실성한 여자처럼 얼빠져 버렸다. 어머니는 울며 타일렀다. 그런다고 죽은 동생이 돌아오지 않으니 그만하라 하셨다. 왜정과 해방, 전쟁이라는 격랑을 겪은 아버지는 든든한 동생이 하나 더 있으니 걱정 말라며 눈물을 흘리셨다. 그녀는 미칠 지경이었다.

인간은 무신경한 동물이자 이기적인 비뚤어진 감정을 만들어내는 기이한 동물이었다.

그녀는 '자신이 그것을 훔치지 않았다면 이런 일이 벌어지지 않았을 거'란 끔찍한 후회와 탄식에서 차츰 '그가 나타나지 않았다면, 우리 집에 오지 않았다면…'으로, 자신의 실수와 잘못을 현실에서 점점 멀리 떼어놓았고, 전쟁 통에는 이런 일이 있기 마련이라는 부산 피난민들의 말에 마음속 작은 끄덕임으로 타협을 무던히도 시도했다.

'그가 결국 맏아들인 양 행동하고 더 동생을 괴롭혔을 거야.'

'동생이 있어도 결국 우리 집은 다 그가 가져갔을 거야.'

'결국 그가 우릴 먹여 살린 것도 맞는 얘기잖아. 안 그래?'

'내가 그걸 훔치지 않았어도 그랬을 거야. 그치? 그치?'

작은 안도와 아슬아슬한 평화가 유지되었다.

인정하고 싶지 않지만, 결국 그녀가 훔쳐냈다는 사실을 그가 알아채지 못했고, 그것으로 끝났다고 생각했다. 그러자 이젠 그 확적한 물증이 되레 짐이 되었다. 처음 시작은 이것을 아버지에게 보여 진실을 알린다는 거였지만 이젠 절대로 그러지 못할 것이 되었다.

위험한 것이었다. 죽을 수도 있는… 위험한 거였다.

돌멩이에 짓이겨져 광대뼈가 함몰된 끔찍한 동생의 얼굴이 꿈속에 튀어나와 숨이 끊어지면서 한 동생의 말이 그녀의 귀에 울렸다.

'나… 난, 몰라…. 누… 누나가… 그랬어.'

동생이 그런 말을 하지 않았다는 것도, 동생이 그런 말을 할 수도 없었다는 것도 잘 알았지만 그건 꿈에서 깨어난 현실에서나 그랬다. 동생은 물론 그 누구에게도 자신이 훔쳐낸 것을 말하지 않았다. 보여주지도 않았다. 절대 그럴 수 없었다. 하지만 꿈속에서는 여전히 얼굴 반쪽이 함몰되어 피를 흘리는 동생이 짓이겨진 입으로 몇 남지 않은 덜렁거리는 이빨들에 틱틱 부딪히는 목소리로 그녀를 향해 손가락질을 했다.

그녀는 자주 기절을 했다.

그리고 혼미한 정신 속을 오갔다. 전쟁이 끝나고 그녀가 전 세계를 떠돈 이유는 조선말이 들리지 않는 곳으로, 동생의 망령이 따라오지 않는 곳으로 가고 싶었기 때문이다. 아니 그보다 더 깊은 곳에 새겨진 이유는 그렇게 흉폭하게 돌로 얼굴을 때려내면서도 찾아내려고 했던 그것을 자신이 가지고 있기 때문이었다.

버릴 순 없었다. 그건 동생의 목숨과 바꾼 거였다. 버릴 순 없었다. 하지만 그것을 누구도 보게 할 수도 없었다. 절대로….

동생이, 떠나버린 동생이 돌아와서 보여 달라고 하기까지는 말이다.

3부

그림자

고래 두 마리 사이에 낀 새우

*

강태혁은 어둑한 반 지하 안방에 누워 있었다. 길고 오랜 꿈을 꾼 듯했다. 윤소영이 떠올랐다. 끊기는 기억과 오래된 텔레비전 화면의 치직거림처럼 잠음이 끼어든 기억이지만 그날 밤 그녀의 얼굴과 표정이, 유방과 하얀 나신이, 그녀의 짙은 향기와 함께 되살아났다. 그리고 조금 더 선명해진 기억의 새벽아침 그녀의 뒷모습도, 침대에서 일어서는 순간도, 커튼 틈으로 비쳐 들어온 빛이 그녀의 매끈한 등과 엉덩이, 허리를 비추는 그 짧은 순간 "죽지는 말고"라고 한 말과 함께 떠나버린 순간까지…. 그녀가 남긴 향기가 뇌리에 선명하게 각인되었다.

이제 그녀의 얼굴을 똑바로 보기 힘들어졌다. 그녀에겐 그럴 이유도 그래야만 할 이유도 없었다. 하지만 그가 아는 윤소영은 이유 없는 일을 할 여자가 절대 아니었다. 마음이 복잡해졌다.

'죽지는 말라고…?'

머리가 무겁게 울렸다. 자리에서 일어나 앉은뱅이책상 위에 있는 약봉지들을 뒤져서 약을 한 움큼 모았다.

'내가 할 일이 아직 남아 있다는 건가…?'

지금은 그것이 뭔지 생각하고 싶지 않았다. 물통의 미지근한 물로 약을 두 번에 나눠 먹었다.

밖으로 나왔다. 하늘을 보니 눈이 올 것처럼 꾸물꾸물했다. 수유시장 골목으로 들어가 허름한 분식집 구석에 앉았다.

양은 쟁반에 김치와 함께 덩그러니 놓인 된장찌개를 떴다. 한 숟갈, 한 숟갈, 또 한 숟갈….

올 초 나름 부푼 마음으로 강단에 섰던 자신의 모습이 제일 먼저 떠올랐다. 그리고 전민주, 천향원, 박시연, 이상한 사진들…. 그렇게 하나씩 모든 것이 차례대로 눈앞을 지나갔다.

버튼을 아무리 눌러도 꺼지지 않는 텔레비전처럼 한없이 이어지는 영상을 바라봤다. 익숙했던 사건파일을 넘겨보듯 보고 또 보았다. 한동안 그랬다.

자신이 할 일이 하나도 없는 줄 알았는데, 아직 둘이나 남았다는 것을 깨달았다.

'박인권과 이철상, 그리고… 그림자 찾기'

타워팰리스에서 윤소영이 왜 그랬는지 어렴풋이 알 것 같았다. 하지만 논리적이진 않았다.

'얼음공주가 나를 위해 그랬다는 게 말이 될까?'

결국 박인권과 이철상의 권력 다툼의 한가운데 끼어들고 말았다. 부용회와 혈통을 보지 않았다면 모를까, 이미 보고 말았다. 몇 주 남지 않은 대선을 결판지을 엄청난 것을 손에 쥐고 만 것이다.

'이대로 있으면 그냥 제사지낼 고사상 위에 돼지머리가 되는 거고.'

윤소영의 경고였다.

'싫으면 삶아지기 전에, 아직 쌩쌩하게 살아 있을 때, 한번 크게 들이받으란 말인데….'

쓴웃음이 지어졌다.

'결국 지들은 안 할 거면서 나 같은 아랫것에게 시키는 거지.'

핵심은 그것이었다.

'태어날 때부터 고귀하신 분들은 거룩하신 일들을 하셔야 하니 손에 흙 탕물을 묻힐 순 없단 말이지….'

직접 똥물을 튕기면 결국 이겨도 진 것이다. 훗날 언젠가 반드시 보복이 돌아온다. 박인권이 대놓고 이철상의 아픈 곳을 찌르면, 이철상이 완전히 죽지 않는 이상 결국 앙갚음이 돌아온다. 박인권이라고 아킬레스건이 없을 순 없다. 그곳을 똑같이 찔러올 것이다. 정치는 그런 것이다. 영원한 동지도 영원한 적도 없는 그런 아사리판이다.

'의원질에 만족할 순 없었던 건가?'

부용회 건은 늘 눈앞에 있었다. 잠재된 폭탄이었다. 폐기된 폭탄이 째깍째깍 다시 뛰기 시작한 것은 이철상이 대선에 나서기로 하면서부터다. 그냥 국회의원에 만족하고 살았다면 폭탄의 심장이 뛰지 않았을 거다. 대선에 나서서도 적당히 '대통령후보였다'는 직함에 만족하는 정도의 시늉만 냈다면 역시 폭탄은 그대로 잠 잘 거였다. 그런데 인간이란 탐욕덩어리는 본래 권력에 먹히면 그 질긴 욕심에서 헤어날 수 없는가 보다.

'제 구린 곳을 까맣게 잊고서….'

이철상만 그런 게 아니다. 위장전입, 다운계약서, 아들 병역비리, 논문 표절, 학력위조, 내연녀와 혼외자식들까지, 한도 끝도 없이 늘어져 있지만 그걸 잊는다. 아니 보지 않는다. 그리고 곧 보이지 않게 된다. 높이 올라서서 늘 아래를 내려다만 보면 그렇게 된다. 아래에 굽실거리는 것들이 벌레처럼 보이고, 하찮은 몇 푼에 눈물 흘리고 호들갑을 떠는 개돼지로 보이는 거다. 무시하는 마음이 슬며시 들기 시작하면 그들과는 반대로 자신은 점점 더 신과 가까운 영역의 고귀한 신분으로 올라가신다. 잘못? 비리? 신이 방귀를 뀐다고 그걸 잘못이라고 하나? 아니다. 그건 은혜로운 비를 내리기 위한 준비이다. 천둥이 쳐야 빗줄기가 내리고, 그래야 개돼지들이 즐거워 흙탕물 속을 뒹굴며 날뛰지 않겠는가 말이다.

'그림자는 박인권의 편이겠지? 아니 혹시… 박인권이 그림자?'

박인권이 직접 메스를 들고 살인을 감행했을 가능성은 없다. 그보다 젊고 능숙한 인물일 것이다. 하지만 세상에 단정할 일은 하나도 없다.

'어설픔과 전문가의 손길이 뒤섞인 솜씨….'

윤소영이 말했던 것처럼 확실히 기묘한 구석이 있다. 누가 봐도 이철상을 향한 칼날이고, 그 혜택의 수혜자는 박인권이다. 박인권이 그림자라면 이렇게 어설프게 처리하는 것이 이상하다. 너무 티가 난다.

'자신의 이득이 너무 빤히 보이는 게임이라니….'

강태혁이 된장찌개 옆에 숟가락을 놓았다. 할머니에게 웃음으로 인사하며 값을 치르고 문을 나섰다.

늦가을 바람이 몹시도 매섭게 불었다.

윤소영이 죽지는 말라고 했다. 물론 죽고 싶지는 않다. 하지만 부용회를 알게 된 순간 호랑이 등에 올라타고 말았다. 호랑이 목을 조여서 죽이든지 아니면 지쳐 떨어져 호랑이 먹잇감이 되든지 둘 중 하나였다. 하지만 맨손으로 호랑이를 때려잡은 사람은 아무도 없다. '수호지'의 무송이 그랬다지만 그건 소설 얘기고… 자신은 팍팍한 현실 속 멍청한 퇴직 형사일 뿐이다.

골목길 어귀 저만치에서 죽음이 고혹적인 미소를 짓고 있었다.

**

이철상 의원을 만나는 것은 어렵지 않았다. 어떻든 그는 기자였고 지금은 선거 막판 유세로 바쁜 때였다. 수시로 바뀌는 민심의 향방에 신경이 곤두선 보좌진과 경호진은 IC 리서치라는 듣도 보도 못한 신문사 기자증이지만 무시하지 못했다. 기자가 아니라, 치매 걸린 할아버지 손이라도 잡고 흔들어주며 하회탈 웃음을 지어야 할 상황인 걸 그들도 알았다.

강원도 유세에 나선 이철상 의원은 얼굴에 배어나오는 웃음을 감출 수 없었다. 춘천, 원주로 해서 강릉을 지나 속초로 이동하는 동안 확인한 밑바닥 민심은 그에게 벅찬 감동을 안겨주었다. 전통적으로 여권 세력이었던 강원도의 민심이 야권 후보인 그에게 온통 쏠린 거였다. 풍채 좋은 체격에 호탕한 목소리까지 더해진 그의 인기는 초등학생들 사이에서도 최고였다. 걸걸한 목소리를 흉내 내는 패러디까지 인터넷에 퍼졌다.

강태혁이 악수하는 청중들 틈에 끼어 나직이 한 마디 하며 이철상의 손에 전화번호가 적힌 종이를 쥐어주었다.

"어머님을 아시지요?"

밑고 끝도 없는 소리지만 순간적으로 그의 표정이 굳어졌었다. 노회한 정치가답게 곧 웃었지만 강태혁을 노려보는 흔들리는 눈빛을 한동안 감추지 못했다.

그날 밤 늦은 시간.

이철상 의원이 김포 쪽 한강 둔치로 직접 그랜저를 몰고 나타났다. 선거캠프용 차가 아니라 자신의 차를 몰고 온 것은 좋은 조짐이었다. 아무도 모르게 왔단 뜻이었다.

장기 렌트 중인 그의 라노스 승용차 안에서 말을 나눴다.

"강태혁이라고 합니다. 전에 잠시 경찰에 몸을 담고 있었습니다."

차는 렌트한 것이고 번호를 확인하시면 누군지 알 수 있단 말도 덧붙였다. 모든 것을 오픈하는 것은 이철상의 긴장을 풀리게 하려고도 그랬지만, 이젠 숨길 것도 없고, 숨겨도 감춰지지 않을 거의 막바지에 다다랐기 때문이다.

이철상의 첫 마디는 고맙다는 말이었다. 유세장에서 건넨 말이 주변 참모들이 들어도 '자기 어머니를 아느냐?'는 걸로 오인하도록 배려한 것과 쥐어준 쪽지에 전화번호만 적혀 있어 참모진의 곤혹스런 질문까지 피하게 해준 것을 고맙다고 말했다. 이철상은 확실히 호감형이었다.

강태혁은 이철상이 알아들을 수 있는 한도 안에서 사건을 정리해서 설명했다. 그는 머리 회전이 빨랐다. 금방 이해했다. 형인 인수그룹 이한상 회장이 살해당해 실족사로 위장되었을 때부터 조마조마하던 것이 눈앞에 닥치자 난감해 하면서도 한편으론 안도하는 기색이었다. 머릿속으로 자신이 집권하면 내줄 수 있는 자리에서부터 당장 끌어다 줄 수 있는 돈의 액수까지 복잡하게 계산하는 듯했다.

정치인의 신물 나는 계산과 실랑이에 빠지고 싶지 않았다. 강태혁이 본론을 꺼냈다.

"정말 어머님이 부용회와 관련되신 분입니까?"

한참 돌려서 배려한 질문이었다. 강태혁은 핸드폰을 꺼내서 그의 눈앞에서 전원을 끄는 것 같은 한심한 짓은 안 했다. 녹음하려고 하면 그 말고도 수십 가지 방법이 있다는 것을 이철상이 모를 리 없었다. 의심은 필요 없다. 신뢰하든 아니면 내려서 가버리든 그의 맘에 달린 거였다.

이철상의 훤한 얼굴에 고뇌의 괴로움이 한참을 오갔다.

그리고 한 말은 꽤나 길었지만 결국은 자신은 아니란 말이었다. 형인 이한상 회장과 자신은 배다른 형제이며 누나와 동생들도 각기 모친이 다르다는 복잡한 가족사였다. 밖에서는 아는 사람이 없는 자신들만의 가족사라는 거였다.

"이봐요, 강 형사님. 이건 정말 억울합니다."

이철상의 말이 옳은지 그른지는 알 수 없었다. 그의 아버지 이인수 회장이 살아 있다고 해도 진실은 알 수 없다. 그리고 진실을 말한다는 보장은 없으니까.

어떻든 폭탄은 여전히 유효했다. 째깍째깍 멈추지 않고 움직였다.

실제로 형인 이한상 회장의 모친이 일본인이고 동생 이철상 의원의 모친이 한국인이라고 해도 크게 달라질 건 없다.

'여태까지 왜 그걸 숨긴 거야?'

'지금 와서 대통령이 되겠다고 거짓말하는 거 아냐?'

'친모를 부정하는 파렴치한 작자가 대통령이 되면 나라꼴이 말이 되겠냐!'

'사실이라도 좀 거시기하다, 그치?'

한도 끝도 없이 터져 나올 거고, 선거가 불과 두 주일 남은 이 시점에는 거침없는 토네이도가 되어 모든 것을 집어삼킬 것이다. 선거공약도, 비전 제시도, 후보 검증도, 모두 다…. 거기에 인수그룹의 탄생과 성장 과정이 권력에 빌붙어 몸집을 불려왔다는 진실이나, 그걸 조금도 부끄러워하지 않았고 앞으로도 계속 그럴 것이라는 사실, 그래서 또 다른 제2, 제3의 인수그룹 같은 파렴치한 기업을 탄생하도록 조장할 것이란 냉정한 비판 따위는 끼어들 여지가 없다. 그냥 끝이었다. 감정이 이성을 먹어치우는 거였다.

강태혁의 이제 알았으니 그만 됐다는 말에도 이철상은 결사적으로 매달렸다. 경찰 쪽의 자리나 기업의 경호실 쪽 자리를 알아봐 주겠단 말도 꺼냈다. 결국 그런 말을 듣고야 말았다. 양아치란 말로 들렸다.

"제가 그리 깨끗한 놈도 아니고 어리석기는 해도 바보는 아닙니다. 그 자리에 가기도 전에 머리통에 총알이 박힐 거란 것 정도는 알고 있습니다. 신경 써 주셔서 고맙지만 사양하겠습니다."

라노스에서 쫓겨나다시피 내려서도 이철상은 다급한 표정으로 말을 이었다.

결국 강태혁은 자신도 아직 정하지 못한 말을 할 수밖에 없었다.

"태어난 것이 무슨 죄겠습니까. 의원님이 선택하신 것이 아니라 정해진 것이니 어쩌겠습니까."

박인권이든 이철상이든 결국 둘 중 하나가 대통령이 될 것이다. 둘을 저울의 양쪽에 올려놓으면 어느 쪽에 더 더러운 때가 많아 기울지는 모르지만 오십보백보일 것이다. 다만 핏줄이 더해지는 무게로 기우는 것은 옳지 않아 보였다.

답답함과 막막함이 밀려왔다. 답을 알 수 없었다.

"어쩔 수 없이 정해진 운명 말고, 앞으로 의원님께서 스스로 좋은 선택을 해주시기 바랍니다. 국민의 한 사람으로서 드리는 말씀입니다."

이철상은 대체 뭔 소리냐는 표정이었다. 이철상이 원하는 것은, 궁금한 것은, 단지 하나였다. 명확하게 말해주지 않으면 더 붙잡힐 것 같았다. 어쩌면 내일이라도 조폭들을 풀어놓을지도 모른단 생각도 들었다.

"폭로는 없을 겁니다."

그는 믿지 못하는 표정이었다.

"어디다 말할 깜도 안 되니까요. 좋은 정치인이 되시기 바랍니다. 국민을 위해 훌륭한 선택을 해주시기 바랍니다. 부탁입니다."

강태혁은 머리를 숙여 인사했다. 그리고 얼떨떨한 표정으로 난감해 하는 이철상을 뒤로 하고 떠났다.

＊＊＊

박인권 의원은 만나지 못했다. 아니 만나지 않았다. 만나도 할 말이 없었다. "당신이 그림자요?" 같은 기가 찰 헛소리를 해댈 것이 아니라면, 아무 소득도 없는 만남은 성가심만 생길 뿐이다.

할 일이 끝난 것 같았다. 아니 더 이상 갈 곳이 보이지 않았다.

지하 방구석에 던져진 3억짜리 가방은 여전히 가슴을 눌러댔다. 그대로 보고 있으면 시커먼 입을 벌려 비아냥댈 것만 같았다.

수유역 이디야 커피 창가에 앉아 바깥을 바라봤다. 아메리카노는 뜨거운 것으로 주문했다. 쌀쌀한 날씨에 오랜만에 햇빛이었다. 지나다니는 사람들의 발걸음은 가벼운 흥분에 차 있었다.

그러나 그의 머릿속엔 방구석 돈가방이 따라와 을러대는 느낌이었다.

그림자를 잡아야했다. 하지만 그림자는 어둠 속에 숨어 있었다. 놈은 의도를 드러내지 않았다. 실체가 모호했다. 굳이 알 수 있는 것은 메스를 사용해서 살인했다는 정도였다.

'그 의도는 결국…?'

박인권을 이롭게 하는 거였다. 이철상을 제거하는 거였다.

'하지만 이렇게 내가 터트리지 않고 멈추면 소용없잖아?'

그랬다. 처음부터 직접 터트리지 않고 남의 손을 빌렸다. 부용회는 늘 눈앞에 있었다. 찾으려고 하면 누구나 찾을 수 있게 저만치 놓여 있었다.

'놈은 누구 편이지? 박인권인가? 아무래도 이철상은 아니지. 그의 편이라면 이렇…'

순간 강태혁의 뇌가 감전되는 듯한 충격이 일었다. 느닷없는 한 목소리가 튀어들었기 때문이다. "편이 아니라 팬입니다." 분명 그랬다. 천안경찰서 한형철 형사가 경찰서 마당에서 그렇게 말했다.

'세… 세, 세상에… 설마… 둘 모두…?'

그림자는 박인권의 편이 아니라 편인 것처럼 보였을 뿐이란 생각이 머리를 강타했다. 머릿속에서 빨간 불이 왱왱 시끄럽게 울어댔다. 폭포수처럼 밀려오는 생각의 물결을 감당할 수 없었다.

'폭탄을 터트려 이철상을 제거하고, 그리고 박인권마저 좌지우지 할 수 있다면? 이철상을 제거하는 폭탄에 박인권이 개입했다는 확실한 증거를 손에 쥐고 있다면, 그렇다면 …?'

그동안 자신이 단단히 착각했던 것이다.

'놈은 대한민국을 뒤에서 조종할 수 있는 막강한 진짜 그림자가 되는 거다.'

갑자기 모든 것이 명확해졌다. 제각기 어수선하게 떠돌던 그림들이 제자리를 잡아갔다. 퍼즐이 점점 이야기를 만들어갔다.

'그래서 놈이 직접 메스로 목을 그은 거다. 국산그룹 김동욱 회장도, 인수그룹 이한상 회장도 직접. 북한산에서 죽인 것은 내게 알리려 한 것이 아니라 세상에 알리려고 한 거다. 내게 알리려고 했다면 코엑스 사진처럼 우회적 방법이 얼마든지 있었다.'

이철상 의원의 모친이 부용회원이라는 단순한 정보를 너무나 복잡한 과정으로 알게 했다는 것이 늘 머릿속을 떠나지 않은 꺼림칙함이었다. 수많은 선택을 강요했다. 우연과 엉뚱한 선택의 가능성에도 불구하고 그림자는 굳이 그랬다. 그것을 고집했다. 더 쉽고 간단한 길이 있는데도 번잡하고 어려운 길로 내몰았던 것이 내내 걸렸다. 살인을 즐기는 것 같지 않은데도 살인을 너무 티 나게 한 것도 그랬다. 죽이려면 손쉬운 방법도 많은데 굳이 메스로 목을 반쯤이나 너덜거리게 가르다니 정말 이상했다.

'국산그룹과 인수그룹은 친일재산회수 문제에 큰 걸림돌이자 대상이고, 그것을 의욕적으로 추진한 인물이 박인권이었다. 그런 그룹의 회장들이 죽었다면… 그리고 이철상의 부용회 문제가 터져 아슬아슬하게 반전에 성공해 박인권이 대통령이 된다면… 박인권은 완전히 코가 꿰이는 거였다.'

순간 강태혁은 소스라치게 놀라고 말았다.

'내… 내가 부용회 폭탄을 이철상에게 던지지 않아도… 결국 폭탄은 터지고 말 거다….'

다른 얼간이를 통해 터뜨리면 그만이다. 느닷없고 급조된 감이 있겠지만 상관없다. 이미 놈은 얻을 것을 모두 다 얻었으니까. 국산, 가산, 인수를 따라 부용회를 찾아냈다는 사실은 변하지 않는 거였다. 그거면 되었다. 그것이 진짜 목적이었다. 끝까지 따라오기만 하면 완성되는 시한폭탄이었다.

'어디서든 폭탄이 터지면 그만이다. 이철상은 죽고 살아남은 박인권이 대통령이 되어도, 국산과 인수를 거쳐 부용회를 찾아냈다는 진실은 여전히 남아 박인권의 목을 휘어감을 거다.'

그는 저도 모르게 자리에서 벌떡 일어섰다. 앞에 놓인 커피가 흔들리며 조금 쏟아졌다.

'이런 망할!

박인권의 목을 콱 물려면 명확하게 밖으로 드러난 사건이 있어야 했다. 그래서 이인수 회장을 죽여서 북한산 산행객이 발견되도록 했던 것이다.

'그것이 실족사로 묻혀버리는 바람에 헛수고가 된 것이다.'

경찰이 실족사로 덮은 것이 사실이고, 그것을 나중에 밝혀낼 수도 있지만, 국민들은 믿지 않을 거였다. 사실이어도 사실이라 믿지 않고 거짓선

전이라고 생각할 것이다.

'놈은 멈추지 않겠구나.'

놈은 모두가 다 볼 수 있게, 그냥 감정적으로 파고들어 이해할 수 있게 살인을 저지를 것이다. 그래야 명확하게 박인권의 목을 조일 끈이 생기는 거니까.

'그런데 왜 잠시 멈췄지?'

금방 답이 나왔다. 윤소영 때문이었다. 그녀가 전민주의 행적에 따라 방문한 기업들을 모두 감시망에 넣고 살펴보고 있기에 놈이 파고들지 못했던 거였다.

'그러면 지금은? 윤소영이 감시망을 풀었나?'

갑자기 강태혁의 심장이 빨라지기 시작했다. 빨리 놈을 잡지 않으면 어디선가 곧 목이 잘린 시체가 튀어나올 것이 분명했기 때문이다.

대선까지 일주일 남았다. 반드시 그 안에 일을 저지를 것이다. 그렇지 않으면 약효가 없으니까.

강태혁은 반도 먹지 않은 아메리카노를 그대로 놓은 채 카페를 뛰어나왔다. 한 시가 급했다.

시간을 이겨낸 진실

*

　차마 윤소영에게는 연락하지 못하고 미호를 통해 또 다른 살인의 가능성을 경고했다. 시간을 번 것인지 어떤 것인지는 알 수 없었다. 윤소영이 대선까지 일주일은 막아줄 수 있는지 아니면 그녀가 이번 사건에서 아주 손을 뗐는지도 알 수 없었다.

　윤소영의 추론이 떠올랐다. 그를 가운데 놓았다. 모든 것이 다 그를 중심으로 돌아간다고 말했다. "핵심은 여기에 있는데, 그림자의 의도를 모르니, 알 수가 없네요." 그렇게 말했다.

　이철상을 폭사시킬 폭탄을 찾는 것은 자신이 아니어도 됐다. 그런데도 굳이 자신을 택해 끌어들였다.

　'그렇다면 놈의 의도는 내가 개입하게 된 이유에 있을 거다.'

　그것이 무엇인지는 안개 속처럼 어렴풋했다. 답이 저만치 있지만 흐릿했다.

　'내가 중심이라면 시작도 나로부터 되었을 거다.'

　처음부터 차근차근 모든 것을 밟아보기로 했다. 마음은 급했지만 그럴수록 냉정해야 했다. 답은 자기 안에 있을 거다.

　'아니, 그래야만 한다.'

　드디어 그가 형사다워졌다. 진짜 강태혁이 되었다.

＊＊

최익훈 교수님은 언제나처럼 웃으며 맞아주었다. 푸근한 미소가 먼 나라 신선처럼 보였다. 공연한 질문인 줄 알지만 돌다리도 두드려야 했다.

"글쎄, 육아 문제로 강사가 갑자기 그만 됐다더군. 급하단 소리를 했어. 얼마나 다급한지 교무처장이 직접 전화를 했더군. 내가 젊은 강사시절 서울대에 출강했을 때 가르쳤던 적이 한 번 있지. 그 후에는 학회에서 가끔 만나는 사이였고. 어려운 후배들을 챙기고 싶은 마음이겠지."

그런 자가 후배를 대뜸 잘랐는지 묻고 싶었지만, 개인적 감정은 뒤로 미뤘다.

녹차만 한 잔 마시고 나왔다.

뚱보는 여전했다.

"아주 이젠 얼굴에 생기가 발랄하신데. 약은 먹고 있지? 뭐 술을 먹었어? 미친놈이 아주 지랄을 해요. 그렇게도 나를 오래 계속 만나고 싶어? 아주 용을 써라 용을 써."

대학원에 지원하라고 한 이유가 뭐냐고 물었다.

"멍청하게 퍼질러서 노니까 그렇지. 박사라도 돼야 먹고 살 거 아냐. 전직 경찰 나부랭이가 정신병인데 무슨 일을 하겠냐?"

굳이 사학과를, 그것도 최익훈 교수를 만나보라고 한 것에 대해선 묻지 않았다. 물어도 비슷한 말이 나올 게 분명했다.

＊＊＊

228

갑작스런 방문에도 털보 사장은 어제 본 것처럼 맞아주었고 민아리는 변함없이 쌀쌀맞았다. 추운 날씨에도 여전히 근사한 몸매에 짧은 반바지 차림이었다. 멋진 여자였다.

털보가 있어 민아리에게 뭐라 묻기 그랬지만 어쩔 수 없었다. 그녀에게 잠시 보자는 말을 하고 건물 밖으로 나왔다. 그 모습을 보고 오호, 하며 털보의 눈이 동그래졌다.

"다시 알바 할 생각으로 온 거 아니었어? 언제나 환영이야, 강 씨."

담배를 꺼내 문 민아리의 눈빛엔 경멸이 가득했다. 새삼스런 눈빛도 아니었고 처음도 아니었다. 굳이 불러낸 것에 대해 불편함보다는 빨리 끝내 달란 몸짓이었다.

자신에 대해 얼마나 아느냐 질문에 헛웃음을 내뱉었다.

"짭새였단 건 알아요. 어떻게 알았냐고요? 뭐요? 제가 그깟 당신 가방이나 뒤지는 년인줄 알아요? 뭐야 이거 완전 상또라이 새끼 아냐."

그러고는 그를 두고 팽 올라가 버렸다.

그녀와는 처음부터 잘못 꿴 단추 같았다. 어떻게 해도 잘 맞지 않는 어색하게 굴곡진 상태였다.

털보 사장에게 인사하고 가려고 2층으로 올라가는데, 문이 벌컥 열렸다. 민아리였다. 문을 막고 선 것이 비켜주지 않을 심산 같았다. 건드리기만 하면 달려들어 얼굴을 할퀴며 물어뜯겠단 전의가 가득한 표정이었다.

저만치 뒤로 털보가 보였다. 그래서 들어서지 않고 밖에 서서 사장에게 인사를 건넸다. 또 오겠단 말이었지만 정말 그런 날이 올 것 같지는 않았다. 사실 오늘도 처음부터 차근차근 빠짐없이 확인해 볼 요량이 아니었으면 오지 않았을 거였다.

돌아서서 계단을 내려가는데 그의 뒤통수로 민아리의 거친 목소리가 들렸다.

"이거 가져가, 씨발 짭새야!"

그러고는 그를 향해 뭔가를 던졌다. 그것이 그의 등에 맞고 바닥에 떨어졌다.

내려다보니 누런 서류봉투였다. 등에 맞은 느낌으로는 뭔가 딱딱한 것이 들어 있는 것 같았다.

도무지 민아리의 분노를 이해할 수 없었지만 그냥 그것을 주워 들고 계단을 마저 내려왔다. 여자들은 정말이지 이해하기 어려운 생물이었다. 이렇게까지 욕먹고 멸시당할 일은 없었다. 그녀의 반감에 대한 단서라면 그녀가 '짭새'라는 말을 했다는 정도였다. 지난 삶의 어디에선가 그리 기분 좋지 않은 일에 엮였을 것 같은 느낌이었다. 그렇다고 예전에 짭새였다는 이유만으로 사람을 이렇게 대하는 건 너무 과했다.

그러나 4호선을 타고 돌아오는 지하철에서 누런 봉투를 열어보는 순간 민아리의 분노를 이해했다. 그럴 만했다. 충분히 그럴 만했다.

봉투 안에는 수첩이 들어 있었다. 검정 캡스톤 공책이었다. 노트북 컴퓨터와 스마트기기가 나오기 전에 기자들이 즐겨 쓰던 노트였다.

전민주의 아버지 전신일의 취재노트였다. 겉의 봉투를 살펴보니 자잘하게 구겨진 것이 새것이 아니었다. 전민주가 그에게 건넸던 그때 그 봉투 같았다.

전민주가 오나가나에 왔던 더운 여름날이 되살아났다.

그날 그렇게 야박하게 대하자 전민주는 그대로 나갔다. 올라오다 마주친 털보가 "누가 대낮에 이렇게 울고 다니느냐"며 중얼거렸다. 그 말에 발끈하고 민아리가 따라 내려갔던 거였다.

그때 전민주는 신변의 위험을 느꼈던 것이다. 자신이 하는 일이 뭔지 모르지만 이상한 것들에 자꾸 쫓기는 기분이 들었던 거다. 어두운 골목길 누군가 따라오고 지켜보고 숨죽이며 살피는 기척을 느꼈던 것이다. 그게 아버지가 취재하던 것 때문이라고 막연하게나마 짐작했고, 그래서 아버지의 죽음처럼 자신의 죽음도 예상했을지 모른다. 결국 그녀는 정말 믿을 수 있다던, 아버지가 그렇게 말씀하시던, 그 형사를 찾아왔다. 제발 무엇 때문인지 한 번만 살펴봐달라고, 그렇게 수첩을 내밀었던 것이다.

하지만 망할 놈의 형사는 대인기피증에 쩔어 진저리치는 시간강사 나부랭이가 되어 있었다. 그리고 인간도 아닌 짓을, 어른이라면 하지 않을 짓을, 스스럼없이 했다.

'난 교수가 아냐, 난 강사라고! 대체 시간강사에게 뭘 바라?'

날씬이 민아리의 분노와 경멸을 이해할 수 있게 되었다.

위로하러 내려갔던 민아리가 발견한 것은 억지로 참으며 오열하는 한 여학생이었던 거다. 오들오들 떨며 신변의 위험을 피해 제발 자신을 도와달라고 애원하는 어린 여학생의 모습을 눈으로 똑똑히 본 민아리의 반응은 충분히 이해된다. 민아리가 그를 향한 경멸과 쏘아붙이는 분노와 악담을 입안 가득 담고 있을 수밖에 없는 이유도…. 역시 또 '씨발 짭새'였던 거다.

민아리는 봉투를 대신 전해주겠다고 받았을 것이다. 아니면 어떻게라도 전해달라고 전민주가 먼저 건넸을지도 모른다. 그렇게라도 아버지의 취재수첩을 남기고 싶었을 것이다. 왜냐하면 여기엔 아버지의 목숨, 그리고 자신의 목숨이 담겨 있으니까.

수첩이 있는데도 굳이 발췌한 7쪽짜리 종이를 따로 만든 이유를 비로소 알았다. 수첩은 그날 오나가나에 와서 건네려고 했기에 그랬던 것이다.

'교수님께서는 안전하게 보관해주실 수 있을 거예요. 그렇지요?'

강태혁은 저도 모르게 가슴이 뻐근하게 저려왔다. 지하철에서 내려 다시 오나가나로 돌아가 민아리에게 실컷 욕을 먹고 싶은 심정이 들었다. 민아리가 있는 힘껏 따귀를 때려 주면 속이 시원할 것 같았다.

부질없는 생각이었다. 그런다고 바뀔 것은 아무것도 없었다.

문득, 민아리가 이 수첩을 받은 즉시 왜 건네주지 않았는지 의심이 들었다. 그녀의 것도 아닌 것을 그녀가 오랫동안 가지고 있었던 이유를 알 수 없었다.

캡스톤 공책을 펼쳤다. 적힌 내용을 읽어 내려갔다. 갈겨 쓴 부분도 있고, 자기만의 메모여서 알아보기 힘든 부분도 적지 않았지만, 대략적인 내용을 이해하는 데는 문제없었다.

그렇게 한동안 취재수첩에 빠져들었다. 지하철의 흔들림도 주변의 웅성거림과 안내방송도 어느 하나 들리지 않았다.

수첩을 덮고 나자 회한의 한숨이 흘러나왔다. 고개를 들어 주위를 보니, 자신이 수유에서 내리지 못하고 당고개역까지 왔다는 것을 알아차렸다. 지하철에서 내려 반대편으로 건너가 하행선 지하철을 기다렸다. 모든 것이 얼떨떨했다.

한 마디로 충격이었다. 전신일의 집요함과 강인한 의지에 가슴이 떨려왔다. 취재한 것들은 기사로 발표하기 힘든 것들이었다. 친일파 재산축적 과정과 그 비리, 미군정의 담합, 그 후손들의 정치권과의 야합 등이 대부분이었다. 내용의 충격도 그렇지만 기사로 성립하기 위한 근거가 부족했다. 누구도 쉽게 증언하거나 자료를 내주지 않았다. 당연한 일이었다. 그런데도 그는 방향을 찾아냈다. 국내가 아닌 외국에서 찾으려 했다. 중국 만주라면, 거기 사는 우리 동포 조선족들이라면, 생생한 기억을 있는 그대로 전해줄 거라 확신했다. 그들에겐 당장의 이해관계에 걸린 상황이 아니기에 가능할 거라 판단한 것이다.

'그래서 중국으로 갔구나…. 의료선교를 빌미로 취재하러….'

중국에서 근거 자료를 취재하던 전신일이 죽은 것은 아무래도 그림자의 손길인 것 같았다.

남편과 딸의 억울한 죽음을 풀어달라던 하신애의 그늘진 얼굴이 떠올랐다.

전민주가 핵심을 추려서 컴퓨터로 프린트해서 만들어놓은 7쪽짜리 프린트 발췌본은 이 수첩을 기반 한 것이 분명했다.

배낭에서 하신애에게 받은 전민주의 발췌본을 꺼내 수첩과 맞춰 보았다. 수첩에는 전민주의 글씨로 보이는 덧붙인 메모가 있었다. 아버지의 취재를 바탕으로 내용을 보충하면서 확장시켰던 것 같다. 민아리가 재수 없는 짭새라고 말한 것이 떠올랐다. 민아리가 자신이 예전에 경찰이었던 것을 알게 된 것은 자신의 가방을 뒤지거나 뒷조사해서가 아니라, 전민주가 메모해 넣은 이 수첩을 보고서 알았던 것이다. 그리고 민아리가 전민주에게 수첩을 받고나서 금방 주지 못한 이유도 알 것 같았다.

'민아리도 기다렸구나… 기다렸어….'

아마 몇 번이고 그냥 던지듯이 주려했을지도 모른다. 하지만 울며 가버린 전민주가 돌아올 거라 생각한 것이다. 수첩은 그녀의 아버지의 인생이 기록된 귀중한 것이었다. 그것은 누구든 몇 장만 읽어보면 알 수 있었다. 게다가 그 귀한 기록에 군데군데 담긴 메모는 권력자와 기득권자의 비리와 전횡, 더러운 치부와 지저분한 협잡을 짐작케 하는 온갖 내용들로 가득했다. 민아리가 함부로, 이런 것을 '더러운 짭새 새끼'에게 주기가 저어될 수밖에 없었던 것이다. '권력의 똥구멍을 핥아먹는 더러운 짭새'라고 생각했을 테니 말이다. 전민주에게 소중하고 귀중한 추억이었고, 비록 감정이 북받쳐서 주고 갔지만 돌아올 거라 생각했다. 그렇게 민아리는 전민주가 수첩을 찾으러 오기를 기다렸다.

하지만 그녀도 오지 않고 망할 짭새도 어느 날 갑자기 전민주 살해용의자로 경찰에 잡혀가더니만 느닷없이 알바를 그만 둬 버렸다. 그러더니 오늘 또 이렇게 뜬금없이 들렀다가 가버리면 다시는 못 만날 거였다. 그래서 할 수 없이 던져버린 거였다. 자신의 것도 아니고 본래 주라고 전민주가 말했던 것이니….

수유역에서 내렸다. 마을버스를 타지 않고 걸어서 갔다.

형광등을 켜고 방으로 들어갔다. 배낭을 바닥에 털썩 던져놓고 앉은뱅이책상 위에 수첩을 놓았다. 바닥에 앉았다. 냉기가 엉덩이를 타고 올라왔다. 수첩을 다시 천천히 읽어보았다. 특별할 것은 없었다. 뭔가 중요한 것이 나오기를 기다렸지만 그렇지 않았다. 알아야 할 것은 이미 7쪽짜리 발췌본으로 충분히 알았기 때문이다.

팔베개를 하고 뒤로 누워 천장을 한참 뚫어지게 바라봤다. 등까지 차갑게 으슬으슬했다. 며칠 전 보일러에 기름이 다 된 것을 전화하려다 만 것이 이런 결과가 되었다. 귀찮아서 가만히 있을까 싶었지만 등골이 쑤시며 몸살이 나려고 했다.

일어나 앉으며 던져둔 배낭을 열고 안에 든 핸드폰을 꺼냈다. 석유를 배달해주는 곳에 전화를 했다. 다행히 곧 가져다준다고 했다. 전화를 끊고 핸드폰을 책상 위에 놓았다.

우연이었다. 그냥 배낭 안에 든 누런 서류봉투가 눈에 들어왔다. 전민주가 아버지의 취재수첩을 담아 가져왔던 그 봉투였다. 몇 시간 전에 민아리가 화가 나서 그의 등을 향해 팽개쳤던 특별할 것도 없는 그 봉투였다.

별다른 생각이 있어서는 아니었다. 그냥 봉투를 재활용으로 내다놓을 신문 쌓인 뭉치 위에 던져놓으려 했을 뿐이다. 일어나기 귀찮아 휙 던지려 했다. 봉투 그대로 던지면 날아가지 않고 팔랑거리며 방 중간에 떨어질 것 같아, 봉투를 접으려 했다. 몇 번 접어서 던지면 무거우니까 휙 던지기 쉬울 거란 대단할 것도 없는 생각이었다.

그래서 배낭에서 봉투를 꺼내 그냥 반으로 접었다. 안에 들었던 수첩은 이미 꺼내서 지하철을 타고 오는 내내 보았다. 아무것도 있을 리 없는 빈 봉투였다. 그냥 봉투였다. 그런데 안에서 뭔가 접히는 느낌이 났다.

'응?'

접던 봉투를 펴고 안을 들여다보았다. 손바닥만 한 뭔가가 봉투 안에 있었다. 손을 넣어 꺼냈다.

사진이었다.

아주 오래된 사진이었다. 시골 고향에 가면 대청마루나 안방 중앙에 걸어놓은 커다란 액자 한 귀퉁이에서나 찾아 볼 수 있을 것 같은 빛바랜 사진이었다. 정말 오래된 흑백사진이었다. 네 귀퉁이는 닳아 뭉툭해졌고 나머지 면도 살짝 헐듯이 보풀이 일 정도로 낡은 옛날 사진이었다.

'이게 왜 여기에 있지?'

그의 눈이 손에 든 서류 봉투와 앉은뱅이책상 위에 놓은 검은색 모조가죽으로 장정된 캡스톤 공책 사이를 왔다갔다 했다.

한참 후에야 비로소 납득이 되었다. 민아리가 팽개치는 바람에 취재수첩의 장정 안쪽에 꽂혀 있던 사진이 빠져나와 서류봉투 안으로 흘러나갔던 것이다. 수첩만 꺼내느라 미처 이 사진이 봉투 안에 빠져있는지 몰랐던 거였다.

사진을 보았다. 의자에 앉은 젊은 남자와 그 옆에 선 어린 남자아이의 사진이었다.

냉철하게 생긴 젊은 남자는 일본 전통의상인 유카타에 일본도를 차고 있었다. 그리고 그 옆에 선 빡빡 머리 어린아이는 아들인 것 같았다. 사진 아래에는 촬영한 연도와 글자가 적혀 있었다. 1940년이면 일제강점기였다. 글자는 일본식으로 왼쪽에서 오른쪽으로 써 있기는 했지만 쉽게 알아볼 수 있는 내용이었다.

松本素平 元山尋常小學校 入學 1940

내용으로 보아 1940년에 원산심상소학교(元山尋常小學校) 입학 기념으로 찍은 사진이었다. '松本素平'가 옆에 선 아이의 이름 같았다. 핸드폰으로 인터넷에 접속해서 이름을 읽어보니, '마쓰모토 소헤이'였다. 심상소학교는 국민학교로 이름이 바뀌기 전에 쓰던 일제강점기 초등학교 이름이란 것도 알아냈다.

사진 뒷면을 보았다. 아무것도 써 있지 않았다. 보통 옛날 분들은 기억과 기록을 위해 사진 뒷면에 메모를 하기도 하는데, 이 사진은 아니었다.

다시 사진을 뚫어지게 보았다.

특별할 것도 없는 그냥 오래된 사진이었다. 박물관이나 그 시대 책을 보면 흔히 있을 법한 사진이었다. 하지만 뭔지 모를 두근거림이 그의 가슴을 간질여댔다. 전신일의 취재수첩에 끼워져 있었다는 사실 때문이었다.

처음엔 무슨 의미인지 몰랐다.

'전신일이 이걸 어디서 구했지? 그리고 이게 무슨 의미지?'

그러다가 문득 하나가 떠올랐다. 전신일의 수첩에서 읽었던 대목이었다. 수첩을 가져다가 재빨리 책장을 넘겼다.

그러는 동안 그의 심장이 정신없이 뛰어다니기 시작했다. 쿵쾅거리는 소리가 고막 안쪽에서 터질 듯이 울렸다.

'혹시… 어쩌면 혹시… 서… 설마….'

그리고 결국 찾아냈다.

전신일이 중국까지 가서라도, 가족들을 버리고 선교 명목으로 중국 오지로 가서라도, 밝혀내고 싶었던 것이 무엇인지 깨달았다. 전신일은 다 알고 있었다. 이미 알고 있었다. 다만 사람들에게 확신을 줄 증거가 없었다.

전신일은 죽을 수밖에 없었다. 그가 이것을 찾고 있다는 것을 알았다면 당연히 그는 죽을 수밖에 없다.

순간 강태혁의 머릿속에 번개가 내리쳤다. 너무 놀라 잠시 그대로 얼어붙고 말았다. 그동안 완전히 놓쳐버린 사실이었다. 절대로 알 수 없었던 사실이었다.

그것이 그동안의 추론을 완전히 뒤집어 엎어버렸다.

'전신일이 죽을 수밖에 없었다면, 미… 미, 민주도 죽을 수밖에 없다….'

너무 자명한 결론이었다. 아버지가 갔던 길을 딸이 그대로 밟고 갔다. 그런데 아버지는 죽고 딸은 죽지 않는다면 이상한 일이었다.

강태혁은 너무 큰 충격에 정신을 차릴 수 없었다. 눈앞에서 온갖 소리의 휘황찬란한 불꽃들이 터져댔다.

비로소 자신이 중요한 것을 이때까지 새까맣게 놓치고 있었다는 것을 깨달았다. 윤소영의 말이 떠올랐다. 그녀는 반만 맞췄던 거였다.

나머지 퍼즐들이 모두 공중에 떠올라 차례대로 제 자리를 찾아가기 시작했다. 그리고 각기 모두 다 의미를 지니며 하나의 방향을 가리키기 시작했다. 아주 분명하고 강렬하게.

'찾았다… 그림자를 찾았다.'

그가 드디어 진실을 대면했다.

흩어진 퍼즐 맞추기

*

이틀 동안 강태혁은 무척이나 바빴다.

첫날은 취재수첩에 끼워져 있던 사진의 의미를 찾기 위해 국립중앙도서관에 갔다. 여러 자료들을 뒤졌다. 쉽지 않았다. 전신일의 막막함이 그의 가슴에 똑같이 느껴졌다. 분명한데, 모든 것이 분명한데, 근거가 없었다. 놈의 코앞에 들이 댈 물증이 없었다.

점심도 거르고 찾았지만 허사였다. 고지가 바로 저긴데 올라갈 방법이 없었다. 공연한 억측인지를 되돌아봤다. 그렇지 않았다. 아무리 보아도 틀림없었다.

그림자로 생각되는 사람에 대한 뒷조사를 했다. 그건 그리 어렵지 않았다. 분명했다. 느낌이 왔다. 그러나 역시 결정적 근거 없는 심증과 추측일 뿐이었다.

다음날 오전에 연세대학교로 갔다.

지도교수인 최익훈 교수를 다시 만났다. 엉뚱한 질문이었지만 최 교수는 자신의 전공인지라 어렵지 않게 대답해주었다. 그리고 책장 위쪽에 먼지가 잔뜩 앉은 옛날 자료를 꺼내 직접 보여주기까지 했다.

거기서 익숙한 이름과 그렇지 않은 이름을 확인했다.

환희보다는 맥이 빠질 정도로 허무한 느낌이었다. 바로 코앞에 있었는데도 그걸 모르고 한참 돌아서야 겨우 만난 거였다. 진실은 늘 곁에 있었다. 다만 몰랐을 뿐이다.

오전 내내 전화를 걸었지만, 전민주의 어머니와의 통화는 점심 시간 즈음에야 이루어졌다. 힘겨운 목소리의 하신애는 일 할 때는 핸드폰을 가방에 넣어두느라 받지 못했다며 미안해했다. 그는 자신이 더 미안하다는 말을 꾹 참고, 미처 묻지 못한 너무 당연한 것을 조심스레 물었다.

그녀의 답변은 그의 마음을 쓸쓸하게 만들었다.

예전 형사 시절 알던 출입국관리사무소 직원에게 전화했다. 출입국 사실을 확인해달라는 부탁에 당연히 난감해했다. 영장이 없기는 옛날에도 그랬지만 그때는 형사이기라도 했다. 5년 전 날짜와 이름을 콕 집어 그냥 사실만 확인해달란 말로 그를 구슬렸다.

20분 후, 중국으로 출국했던 기록이 있다는 통보를 해왔다. 물론 비공식적인 것이니까 일이 생기면 오리발을 내밀 거란 잔소리를 덧붙이는 것도 잊지 않았다.

천안으로 내려가는 라노스 안에서 DS유통 지동식 회장에게 전화를 했다. 그는 전화를 받자마자, 지난 일에 대한 변명을 다시 늘어놓았다. 까리를 어떻게 처리했느냐는 말에, 놈은 이제 조용히 지낼 거라는 답을 했다. 다행히도 아산만에 묻지는 않은 것 같았다. 어느 정도 예상한 바였다. 제멋대로 날뛰던 놈이지만 정리하기 쉽지 않았을 것이다. 세력이 반으로 줄어들어 학봉파에게 흡수되는 것보다는 부하 놈을 한 번 더 믿어주는 척하는 것이 낫기 때문이다. 물론 새로운 2인자로 점찍은 놈이 어느 정도 클 때까지긴 하지만 말이다.

다시 건 전화를 까리가 받았다.

까리는 묻는 말에 감히 헛소리를 섞지 못했다. 이미 끈 떨어진 뒤웅박 신세란 것을 절감했기 때문이었다. 며칠 동안 입을 다물고 조용히 있지 않으면, 이번엔 과녁을 이마로 바꿔보고 싶어 하는 여자를 보내겠다는 재미없는 농담으로 전화를 끊었다.

박시연이 전화를 받을지는 반반이었다. 그의 전화번호를 알려주기는 했지만 입력하지 않았을 수도 있고, 입력했기에 안 받을 수도 있었다. 굳이 확인하지 않아도 되는 문제지만 사소한 것 하나라도 놓치고 싶지 않았다.

박시연은 지친 목소리로 전화를 받았다. 그리고 그가 묻는 말에 따라 기억을 떠올렸다. 그리고 심중일 뿐이지만 그럴지도 모른단 대답을 했다.

차마 아직도 그런 일을 하냐는 건방진 참견을 할 뻔한 것을 꾹 참고, 고맙다는 말로 전화를 끊었다.

천향원은 여전히 그의 비위에 안 맞았다. 게다가 박술례 부인을 면회하는 것은 불가능하다고 말했다. 사무장은 치매가 심해져 사람을 제대로 알아보지도 못한다고 했다.

어딘지 알기에 병실로 몰래 들어갔다. 오픈된 곳이라 이상하게 생각하는 사람은 없었다. 노인은 더 늙어 있었다.

알고 싶은 것을 물었다. 대답은커녕 노부인은 그를 알아보지도 못했다. 윤소영이 왔던 때와 달리 병실을 지키는 남자들이 없는 이유를 알 것 같았다. 노부인은 어떤 변수로도 작용할 수 없는 죽은 카드가 된 거였다.

병실 문이 열리며 간호사가 들어왔다.

"어머 여사님, 오늘은 손님이 오셨네요!"

그를 내몰기보다는 조금 더 있으란 듯 간호사가 말했다. 하지만 그럴 시간이 없었다. 다른 간호사가 와서 노부인을 휠체어에 앉혀 밖으로 나갔다. 산책 시간이라고 했다. 간호사에게 부인에 대해 묻자, 그녀는 침대보를 정리하며 심드렁하게 말했다.

"카자흐스탄에 있다고도 하고 브라질에 있다고도 했어요. 텔레비전을 보면서 금발 머리 남자를 보고도 동생이라고 하신 적이 있다니까요. 브래드 피트가 남동생이라면 장동건은 아마 친조카일 걸요."

영화 속 잘 생긴 남자를 볼 때마다 동생이라고 우기는 노부인의 말을 진지하게 들을 간호사들은 없을 거였다.

천향원에서 내려가면서 윤소영에게 알릴까도 생각했지만 그만두었다. 무엇보다 아직 껄끄러웠고 미호가 끼는 것이 싫었다.

'위험할까?'

그럴지도 몰랐다. 하지만 아닐 거라 생각했다. 그림자는 살인을 즐기는 놈이 아니었다. 그는 결벽증에 가까운 놈이었다. 아니 그러기를 바랐다. 그것만이 유일한 길이었다.

그래서 얼음공주도 미호도 끼면 안 되었다. 놈은 이미 그녀들이 누구인지 알 것이다. 자신의 놀이판에 올린 장기알을 몰라볼 리 없다. 그 장기알이 나타난다면 놈은 숨어버릴 것이다. 어쩌면 메스를 들고 달려들 수도 있고. 그건 그가 바라는 모습이 아니었다.

이제 불과 대선이 5일 남았다. 시간이 없었다.

강태혁은 왕왕거리는 라노스를 있는 힘껏 밟았다. 그리고 모든 것이 시작된 곳으로 돌아갔다.

또라이의 도발과 미친놈의 냉소

*

영홍대학교는 그대로였다. 3월과 꼭 같은 느낌의 을씨년스러움이 12월 초에도 여전했다. 그때는 움이 돋고 꽃이 필 가능성을 품은 차가움이었지만 지금은 모든 것이 다 떨어지고 동면에 들어가려고 하는 싸늘함이었다.

그도 그랬다. 1학기 초 이곳에 올 때의 흥분이 2학기 말인 지금은 전혀 다른 흥분으로 바뀌어 있었다.

본관 4층으로 올라갔다. 교무처장실 앞에 멈췄다. 이곳을 세 번씩이나 왔던 것이 생각났다. 시간강사 주제에 교무처장을 세 번이나 만났다. 그것도 한 해 동안. 모두 다 그쪽에서 일방적으로 불러서였다. 이번엔 자신이 불러낼 생각이었다.

사무실 안으로 들어갔다. 서슴없이 그리고 거리낌 없이 교무처장실로 갔다. 평소와 달리 웬일인지 직원 하나가 급히 그를 불러 세웠다.

"무슨 일이시죠?"

그가 우뚝 서서는 고개를 돌려 직원을 향해 말했다.

"국가 중대사가 걸린 중요한 일입니다."

그러고는 휙 돌아 처장실 문을 두드렸다. 그리고 직원이 달려오기도 전에 문을 열고 안으로 들어섰다.

'교무처장 안재홍'이라 쓴 아크릴 명판이 놓인 책상 뒤에 그가 앉아 있었다. 그림자. 이 모든 일의 기획자. 대한민국을 손에 넣고 주무르고 싶어하는 미치광이. 살인자. 개새끼….

"이 분이 느닷없이 밀고 들어서는 바람에 어쩔 수 없이… 죄송합니다."

교무처장은 황급히 변명을 늘어놓으며 굽실거리는 직원에게 알았으니 나가보란 말로 손을 내저었다. 직원이 나가자 강태혁이 호쾌하게 말했다.

"오랜만에 뵙습니다, 처장님."

"누구시죠?"

처장은 금테안경을 손으로 잡아 조금 올리며 자세히 살펴보는 척 했다. 여전히 감색 정장은 방금 다린 것처럼 짱짱했고 넥타이 매듭도 단단했다. 먼지 하나 없이 깔끔하고 단아한 집무실 분위기도 한결같았다.

희망은 이것뿐이었다. 결벽증에 가까울 정도로 말끔한 성격. 소름끼칠 것 같은 냉혹함. 그가 그림자라는 것을 아는 순간 떠올린 것은 이것뿐이었다. 유일한 희망이었다.

"모르시겠어요? 접니다, 강태혁."

"강태혁 씨요…? 아, 이런, 지난 학기에 현장조사실습을 가르치셨죠?"

"맞습니다. 1학기에 그 과목을 강의했고 2학기에는 아마 기억하시겠지만 전민주와 찍힌 사진 때문에 짤렸지요."

"그런데 무슨 일로 여기에?"

전민주와 찍힌 사진이라는 말에 별다른 반응 없이 대꾸했다. 그가 9월 바로 이 장소에서 강의를 그만두라고 말할 때 사진 얘기는 나오지도 않았다. 사진은 천안경찰서에 잡혔을 때 나왔다. 또 다른 확신이었다.

"잠시 뵙고 말씀드릴 것이 있어서요."

"그래요, 제가 지금 시간이 없는데…."

"지금 말고 퇴근하시고 뵙자고 왔습니다."

처장이 미간을 찌푸렸다.

"무슨 말씀이신지 모르지만, 제가 조금 바빠서, 그런 약속이라면 다음에…."

"대선 이후에는 소용없는 일이거든요."

대뜸 말을 잘랐다. 그리고 그를 쳐다보았다. 분노도 흥분도 아닌 담담한 눈빛이었다. 하지만 그가 또 모른 척 말을 돌리며 빼기 전에 그의 입을 막아야 했다.

"저에 대해 잘 아시지 않습니까. 제가 한번 물면 놓지 않는다는 것도요. 괜히 미친개라고 하겠습니까."

처장의 눈빛이 날카로워졌다.

"오래 걸리지 않을 겁니다. 제가 무슨 말을 하려는지 이미 아실 테니까요."

강태혁이 그의 분노한 눈빛을 고스란히 받으며 말했다.

"처장님 차 앞에서 기다리겠습니다."

그러며 집무실을 나가려다가 말고 뒤로 돌아 말을 이었다.

"아참, 전 혼자 왔습니다. 몇 마디 여쭙고 고견을 듣고 싶을 뿐이니까요. 그러니 처장님께서 가끔 사용하시는 그 작은 칼은 그냥 두고 오셔도 됩니다."

강태혁이 씩 웃었다.

"의대 애들 실험실에서 몇 개 들고 나오시면 곤란합니다. 의대 군기가 군대 군기 버금가는 건 아시지요? 메스 없어졌다고 선배 레지던트에게 열나게 깨지면, 요즘 애들은 서울에 있는 의대로 가겠다고 자퇴할지도 모릅니다. 그러면 어떻게 합니까."

그러고는 정말 오랫동안 하고 싶던 말을 후련하게 꺼냈다.

"아무리 의대라도 여긴 지방대인데, 참으셨어야지요 처장님!"

**

　바텐더 아가씨가 살짝 놀라는 것을 무시하고 그는 평소와 달리 바가 아니라 구석 테이블에 앉았다. 아가씨는 그가 혼자가 아닌 것에 놀란 듯했지만 싱글몰트를 주문하자 빙긋 웃었다. 싱글몰트와 과일 안주를 내려놓고 바에 앉은 다른 손님들에게로 발걸음을 옮겼다.

　바텐더 아가씨가 멀어지자 강태혁이 흐릿한 미소를 지으며 입을 열었다.

　"자주 오시는 곳 같습니다. 술집답지 않게 아가씨의 미소가 정갈하군요. 딱 처장님께서 좋아하실 취향입니다. 아, 여자 취향을 말씀드린 건 아닙니다. 이곳 분위기와 아무 말이 없어도 알아서 척척 준비해주는 것 말입니다. 질척거리는 건 저도 싫거든요. 실례이긴 하지만 처장님과 저는 취향이 비슷한 것 같습니다."

　느물거리는 말에도 교무처장은 별다른 반응이 없었다. 어느 정도 예상은 했다. 이곳까지 온 것만 해도 그림자가 많은 것을 허용한 거였다. 이쪽의 패를 까서 보여주지 않으면 조금의 틈도 보이지 않을 거였다. 이젠 숨길 패도 없고 그럴 때도 아니었다. 대선이 코앞이었다. 대한민국의 운명이 풍전등화였다.

　"답답한 아랫것들이 한심한 짓을 해서 그동안 골치 아프셨죠? 저 바텐더 아가씨의 반만큼만 했어도 이렇게 제가 처장님을 다시 뵐 일이 없었을 텐데 말이죠."

　교무처장은 머리 위에서 내려오는 부분 조명 빛이 코앞에 내려 비추도록 몸을 의자에 뒤로 깊숙이 기댔다. 빛 뒤로 숨어 자신의 표정을 감추고 상대를 지켜볼 심산 같았다.

　"무엇보다 처장님께 드릴 말씀은 아니지만, 조금 불공평한 것이 아닌가

싶습니다. 여학생과 썸씽이 있다는 투서로 강사를 전격적으로 자르시는 공명정대하신 분이 총학생회 안에 독버섯이 자라고 있는 것은 그냥 두고 보시다니 말입니다. 너무 편파적이신 것 아닙니까? 아무리 시간강사가 졸이고 돈을 내는 학생이 왕이라고 해도 말입니다."

그의 도발에도 안재홍 처장은 꿈쩍도 안 했다.

"여학생과, 그러니까 전민주와 제가 모텔을 나오는 사진 하나로 대뜸 부도덕한 관계로 낙인찍으시면서, 총학에서 돈을 빼먹고, 사채놀이 하고, 학생들을 다단계와 유흥업소에 팔아먹는 것은 눈감아 주시니, 제 소견엔 꽤나 불공평해 보이거든요. 아, 물론 그 사진을 조작한 사람이 처장님이시니 어쩔 수 없기는 했겠지요. 그렇죠?"

조금 더 밀어붙였다. 그를 격동시킬 필요가 있었다.

"사실 그 사진은 저를 자르려는 것이 아니라 저를 밀어붙이려는 거였죠?"

안 처장의 눈썹이 꿈틀했다. 맞게 찌른 거였다.

"전민주와 저를 같은 사진 안에 담는 것이 진짜 목표였겠지요. 그래야 국산 김동욱 회장이 죽던 날 코엑스 앞에서 찍힌 전민주의 사진과 자연스럽게 연결될 테니까요. 그래야 아둔한 제가 두 가지를 연결시켜 볼 생각을 할 테니까요, 안 그런가요?"

강태혁이 씩 웃었다.

"뭐, 아무튼 어리석은 저를 충동질하시려고 노력 많으셨어요. 강의를 줬다 뺐지를 않나, 모텔 사진을 경찰에 뿌려서 알바하는 호프집에서 잡혀가게 하시질 않나, 말이에요."

강태혁이 장난스레 어깨를 으쓱거렸다.

"뭐 사실 제가 선생 노릇은 잘 못했지요. 총학 애들이 약간 껄쩍지근하다는 걸 알고도 그냥 넘어갔으니까요. 시간강사 주제에 학생 일에 끼어들기 좀 그렇단 생각이었지만, 선생다운 행동은 아니었지요. 물론 처장님에 비할 바는 아니지만요."

강태혁이 안 처장을 노려보았다.

"당연한 얘기겠지만, 전민주가 살해당한 건 아시지요? 자살이나 사고 사가 아니라 미필적고의의 탈을 쓴 진짜 살인이란 거 말이요?"

처음에 강태혁은 전민주가 불곰과 뱁새의 실수로 죽은 거라고 생각했다. 대기업 회장 같은 거물과는 상대도 안 되는 일개 여학생을 살해할 리 없다는 안이한 판단으로 본질을 놓쳤다. 사실 모두가 살인이라고 말했었다. 천안경찰서 한 형사도 그랬고 윤소영도 그랬다. 하지만 귓등으로 듣고 흘렸다. 어머니 하신애의 말은 딸을 잃은 격분에 찬 하소연과 울분이라고만 여겼다. 그렇게 눈이 멀어 뱅글뱅글 돌기만 했다.

취재수첩의 내용과 사진을 연결시켜 보고나서야 겨우 깨달았다.

그림자가 전신일을 반드시 제거해야 했다면 그 길을 똑같이 걸었던 전민주 역시 제거되어야 한다는 명백한 사실이 떠올랐다. 전민주의 죽음은 이미 결정되어 있었다. 단지 그 시점이 문제였을 뿐이다. 멍청이 시간강사를 끌어들이기만 하면, 회장님들 살인과 연결만 지어 놓으면, 그녀의 할 일은 끝난 거였다. 임무가 끝난 장기알은 거치적거리지 않게 치워진다. 혹시 열지도 모를 입을 영원히 다물게 하기 위해… 폐기되는 거다.

"총학 놈들이 일을 그르쳐서 처장님께서 꽤나 곤혹스러우셨을 겁니다. 그런데 놈들이 일을 그르친 것이 아니라 일부러 그랬다는 것은 아세요?"

안재홍의 눈빛에 그럴 줄 알았다는 듯한 확신의 빛이 스쳤다.

"혹시 까리란 놈을 아실지 모르지만, 그 놈이 여간내기가 아니에요. 총학에 들어온 불곰이나 뱁새 같은 얼간이하고는 차원이 다른 놈이거든요. 저도 처음엔 총학 놈들이 전민주를 괴롭히다 실수로 죽였다고 생각했는데 아니었죠. 처음부터 분명히 살해할 생각이었고 놈들은 사냥개처럼 그걸 수행한 거였죠. 다만 주인의 뜻과는 조금 다르게 말이지요."

강태혁은 뱃속 깊은 곳에서 부글거리는 고통을 억눌렀다. 지금은 해야 할 일이 있었다.

"지금부터는 순전히 제 추측이니까 틀릴 수도 있어요. 하지만 얼추 비슷할 겁니다. 일단 분명한 것은 전민주가 알코올 분해효소가 없어 술을 마시면 감당할 수 없는 체질이란 거였어요. 그림자는, 아, '그림자'는 저희끼리 만든 말인데, 이 모든 사건들의 배후 범인에게 붙인 이름이에요, 아무튼 그림자는 그 사실을 알고 있었어요. 그래서 전민주를 자살로 꾸밀 계획을 했지요. 총학 놈들에게 술을 못 마신다는 사실을 가르쳐 준 것도, 과음으로 인한 자살로 위장하는 살인방식도, 아마 그림자가 말해줬을 거예요. 그림자는 전민주에 대해 모르는 게 없으니까요."

안 처장이 코웃음을 친 듯했다.

"그런데 총학 놈들이 사고를 친 거예요. 계획에 없던 집단 강간도 그렇지만 장소가 문제였어요. 학교에서, 그것도 총학 사무실 바로 옆 동아리 방에서, 자살을 했다니 너무 아귀가 안 맞잖아요. 형사 하나가 살인의혹을 갖게 된 이유가 그 때문이었죠. 참한 여학생이 자살할 수많은 곳을 두고 학교 동아리 방이라니요. 학생들 낙서이 노트에 끄적거린 자살을 암시하는 글도 우습기 짝이 없고요."

이번엔 강태혁이 코웃음을 쳤다.

"어쩔 수 없이 그림자는 자살에서 사고사로 계획을 틀 수밖에 없어졌어요. 그냥 깔끔히 넘어갈 일이 번잡하게 경찰 쪽에 압력을 행사할 수밖에 없어진 거죠. 그림자는 '좋은 게 좋은 것이니 그냥 갑시다'라고 말하는 것도 구질구질하고 경찰 수뇌부에 돈을 푸는 것도 역겨웠을 겁니다. 아마도요. 아, 물론 학교 측에서는 자살이라고 우겨야 했겠지요. 그게 처음의 계획이기도 했지만, 사고사가 어쩌고 하면 골치 아파질 테니까요. 제가 헛갈려서 진실을 못 봤던 또 하나의 이유가 학교의 추잡한 욕망과 그림자의 욕망을 구분하지 못했기 때문이었지요."

강태혁이 정말 힘들었다는 듯 고개를 천천히 저었다.

"처장님의 행동을 골치 아픈 일을 덮으려는 학교의 파렴치한 결정에 따른 행정가다운 교무처장의 행동이라고 생각했기에 그림자의 욕망을 놓쳤어요. 사실, 구분이 불가능했죠, 그림자가 교무처장인데 그걸 어떻게 구분하겠어요. 안 그래요, 안재홍 처장님?"

강태혁의 갑작스런 도발에도 안 처장은 아무런 대꾸도 안 했다. 예상한 바였다. 조금씩 차근차근 몰아야했다.

"기르던 개에게 물리시니까, 조금 아프셨지요? 총학 놈들이 학생회관에서 그런 짓을 저지를 거라곤 예상치 못하셨을 테고요? 아마도 제 생각엔, 처장님께서는 전민주의 빌라에서 하라고 하셨을 거예요. 그랬다면 경찰도 자살로 스윽 사인하고 쉽게 넘어갔겠지요. 사실 자살은 자기 지내던 곳에서 하는 것이 가장 흔하죠. 게다가 자기 방에서라면 혼자 술을 마시는 것도 자연스러워 보이고요. 실연의 낙심으로 술을 자제 못 하게 되는 상황도 그렇고, 아시겠지만 밤에는 같이 사는 친구가 유흥업소에 나가 없으니, 혼자 먹다 쓰러져 119에 연락도 못했단 상황도 지극히 매끄럽게 처리되고 말이에요. 또 중요한 것은, 이따 말씀드리겠지만 자연스럽게 단서를 끼워 넣을 수도 있으니, 정말 한 큐에 여러 개의 당구공들을 제각각 구멍에 넣는 나이스 샷이었죠. 그런데 그 모든 것을 총학 놈들이 일부러 뒤틀어 버린 거죠. 왜냐하면 너무 큰 건이었거든요."

강태혁이 테이블 위에 얼음물 잔을 들며 말했다.

"처장님께서 너무 요즘 조폭 놈들을 과대평가하셨어요. 영화를 너무 많이 보셨든지, 아니면 죄송한 말씀이지만 요즘 사회를 잘 모르시는 것 같아요. 처장님처럼 단숨에 목을 따는 결단력이 있는 놈들이 생각보다 많지 않거든요. 무늬만 조폭이지 새끼들이 하나같이 다 쫄보들이에요."

그러고는 물을 죽 마셨다.

"처장님의 지시에 놈들이 겁이 난 거예요. 여자애 하나 죽이는 것 때문이 아니라, 죽일 애가 하필 전민주라는 것 때문이었어요. 놈들도 그녀를 알고 있었거든요. 학교 홍보모델까지 하는 데다, 또 들으셨는지 모르겠지만, 교무처장님과 그렇고 그런 사이란 소문까지 돌고 있으니 모를 리 없었죠. 그런데 처장님께서 전민주를 완벽하게 죽이라는 지시를 하신 거예요. 한번 놈들 입장이 돼 보세요. 어떻겠어요? 불알이 확 오그라든 등신 머저리 쫄보 새끼들 입장에서 말이에요. 이건 완전히 '여자애를 갖고 놀다가 지겨워서 매장시켜라'는 명령으로 들리거든요."

강태혁이 한 모금 더 마시고 잔을 내려놨다.

"그냥 떼어버리는 것이 아니라 굳이 살인까지 하라니, 영 찜찜했죠. 단순히 연애 문제가 틀어진 게 아니라 뭔가 엄청난 게 얽혀있는 냄새가 나거든요. 이대로 일을 수행했다가는 '열나게 부려먹다 패대기쳐져 된장 발리는 똥개 신세가 되겠다'는 생각도 들고요. 돌대가리들에겐 꽤나 복잡한 건수였던 거죠. 그래서 놈들은 중간보스인 까리란 놈에게 보고했던 거였어요."

그가 까리에게 전화로 확인한 내용이었다. 복잡한 건수를 짭짤한 건수로 만든 건 까리였다.

"일을 안 할 순 없죠. 그러면 처장님께 미움을 받는 정도가 아니라 총학이 쑥대밭이 될 거니까요. 자칫하면 모체인 DS유통까지 곤란해질 수도 있고요. 어떻든 처장님은 막강한 권력자시니까요. 그래서 놈들이 나름 짱구를 돌린 겁니다. 까리란 놈이 보통이 아니란 말씀은 드렸지요? 놈들은 일부러 학생회관에서 일을 처리한 겁니다. 그렇게 '나도 네 목을 쥐고 있어. 여차하면 터트릴 거야'하고 처장님을 협박한 거죠. 정말 미친놈들이죠. 감히 처장님에게 덤비다니 말이지요. 그야말로 개뿔도 모르면서 겁 대가리 없이 얄팍한 술수를 부리다니, 하룻강아지 범 무서운 줄 모르는 등신들이죠."

강태혁이 차갑게 비웃었다.

"놈들이 지금까지 목이 붙어 있는 것은 대통령 선거가 끝나지 않아서잖아요? 모든 것이 결정되고 나면 바짓가랑이를 붙들고 살려달라고 해도 목이 붙어 있을 가능성은 없죠. 안 그런가요, 처장님?"

안 처장의 눈초리가 씰룩거렸다.

"아무튼 놈들이 어설프게 잔대가리를 굴리는 바람에 제가 약간 이득을 보았습니다. 전민주의 빌라에 가져다놓을 A4로 출력한 7쪽짜리 종이가 중요한 키였는데, 이 쪼다들이 그 일을 제대로 하지 못한 거죠. 어쩔 수 없이 룸메이트가 유흥업소에 출근한 밤에 몰래 가져다 놓았겠지만, 여자들만 사는 방에 시큼한 냄새를 풍기는 놈들이 발이라도 썻고 들어갔겠습니까? 게다가 어디에 놓을지 생각하다가 주변 물건 몇 가지를 툭 건드렸을 수도 있고요."

전민주를 방에서 죽였다면 간단했을 거였다. 널브러져 죽어 있는 친구의 충격적 모습과 방안 여기저기 굴러다니는 소주병에서 나오는 냄새와 갑작스레 달려가 친구를 흔들며 오열하고 전화를 거는 일련의 행동이 방안을 자연스럽게 흐트러뜨려 모든 것을 덮을 거였다. 7쪽짜리 문건은 그렇게 스며들 거였다. 계획대로라면 말이다.

박시연에게 전화로 물어본 것이 그것이었다. 누군가 방에 들어온 낌새가 있냐는 물음에 술이 떡이 되어 아침에야 돌아온 박시연의 기억은 명확지 않았다. 그래도 제 몸에 나는 술 냄새와 다른 냄새가 방안에 있었던 것도 같다는 말과 화장대 위 로션이 하나가 사라졌는데 나중에 보니 바닥에 떨어져서 화장대 밑에 들어가 있는 것을 찾아냈단 말을 했다. 전민주가 방에 없어 걱정하던 차에 학교에서 자살했다는 말을 듣고 충격을 받아 그런 자잘한 것을 잊고 있었단 말도 덧붙였다. 진실에 다가섰지만 박시연의 말은 정황증거일 뿐이었다.

"그 7쪽 짜리 문건은 정말 중요한 거였어요. 저도 처음엔 그걸 전민주가 만든 줄 알았어요. 아버지의 취재수첩을 보고 발췌했다고 생각한 거지요. 취재수첩을 대조해 보고도 한동안 의심하지 못했어요."

취재수첩이란 말에 안 처장의 눈빛이 크게 동요했다. 강태혁은 그가 전신일을 죽인 것이 확실하단 생각을 했다.

"그 문건은 취재수첩에 있는 장소와 내용이 정리되어 있었는데 특이하게도 수첩에 없던 장소가 두 군데 더 있었어요. 처음엔 단순히 전민주가 취재수첩을 제게 보낸 후 나중에 조사해서 첨가한 거라고 생각했죠."

전민주가 수첩을 보냈다는 말에 안 처장의 눈빛이 번뜩였다.

"아무튼 갸우뚱하며 차분히 문건과 수첩을 꼼꼼히 대조해보니까 이상한 점이 쏟아져 나왔어요."

안 처장은 취재수첩이 어떻게 해서 그의 손에 들어가게 되었는지가 궁금한 듯했다. 강태혁은 무시하고 말을 이었다.

"7쪽 종이는 취재수첩을 보고 발췌한 문건이니까 수첩의 모든 장소가 문건에 들어갈 리는 없죠. 그런데 수첩에는 없던 장소가 적혀 있다니…, 좀 이상하죠. 전민주가 취재수첩을 바탕으로 나름의 조사를 해나간 거라면 억지로 납득이 되지만…, 어린 여학생이 그 정도까지 조사할 능력이 과연 있을까…? 하는 의심이 들죠."

강태혁이 이상하지 않느냐는 듯 동의를 구했다.

"그래서 엉뚱한 생각을 해봤어요. 누군가가, 아마도 그림자겠지만요, 아무튼 다른 이가 문건을 만들어서 그걸 전민주가 만든 것처럼 보이게 하려고 했다고 가정을 해봤지요. 그러자 일련의 상황들이 훨씬 쉽게 풀리는 거예요."

강태혁이 차갑게 웃었다.

"그림자가 취재수첩을 보지도 않고 어떻게 문건을 만들었지, 하는 질문은 간단히 해결할 수 있었어요. 그림자는 이미 전신일이… 아, 아시겠지만 전신일은 중국 연변에서 죽은 전민주의 아버지예요, 아무튼 전신일이 죽기 전에 어디를 조사하고 다녔는지 잘 알고 있었어요. 그리고 전민주가 어디를 다녔고, 또 다녀야 하는지를 정확하게 알고 있었지요. 그러니 수첩 없이도 그 정도 문건을 조작하는 건 일도 아니지요. 그렇게 해서 윤소영이 파악한 전민주의 동선과 거의 일치하는 7쪽짜리 문건이 완성된 거였습니다."

안 처장은 뜬금없이 윤소영이란 이름이 튀어나왔지만 반응하지 않았다. 이미 알고 있기 때문이었다. 그는 여전히 취재수첩이 세상에 나왔다는 것이 충격인 듯싶었다.

"그런데 이런 추정에 큰 걸림돌이 있어요."

스스로의 논리를 스스로 부정하는 것에 안 처장이 흥미롭다는 듯 노려보았다.

"그림자가 만들어낸 문건이 부용회를 가리키고 있다는 거지요. 그림자가 그토록 막고 싶어, 전신일을 죽이면서까지 막으려던 것을, 굳이 일부러 만들어 내다니 말이 안 되었죠. 심지어 사냥개들이 실수한 것을 다시 윽박질러서까지 전민주 빌라에 가져다 놓을 정도로 세심히 공을 들여서 말이에요. 엉뚱한 곳을 헤매도록 문건을 조작했다면 납득이 쉬운데, 반대로 취재수첩과 꼭 같게, 옳은 곳을 가리켰거든요. 아둔한 제 머리로는 풀기 어렵더군요. 알고 나면 사실 간단한 건데 말이지요."

강태혁이 씩 웃었다.

"그 풀기 어려운 실마리가 엉뚱한 질문으로 풀렸어요. '그림자는 왜 전민주를 윽박질러서 수첩을 뺏을 생각을 안 했지?' 망상 때문에 약을 먹는 저로서는 온갖 소리를 가져다 붙였지요. 그런데 답은 간단했어요. '그림자는 취재수첩이 있는지 모른다'였어요."

강태혁이 잠시 입을 다물었다. 안재홍은 입을 열 생각이 없어 보였다. 어쩌면 단 한 마디로 하지 않을 수도 있단 생각이 들었다. 어쩔 수 없었다. 그의 성격을 건드리는 수밖에 없었다. 가능하다면 말이다.

"처장님은 전신일의 취재수첩이 남아 있을 거란 생각을 못 하신 거예요. 전신일이 중국 연변으로 간 이유가 선교를 가장한 취재라는 것을 알고 있던 그림자는 그를 죽이고 그의 소지품을 뒤졌겠지요. 거기 없었죠. 그의 처와 딸이 중국에 장례를 치르러 갔을 때 전신일 집도 뒤지셨을 테지만 거기도 없었고요. 그래도 철저하신 처장님께서 집에 불을 질러 홀랑 모든 것을 태워버리셨죠. 그렇게, 있었어도 세상에서 사라졌다고 생각하신 거죠. 전민주를 윽박지르거나 뺏지 않은 이유도 그 때문이지요. 있지도 않은 걸 내놓으라고 할 수는 없으니까요. 알고 보면 참 단순한 거였지요. 그러자 나머지 어려운 문제가 풀렸어요."

안 처장의 눈에 제법이란 듯한 빛이 빠르게 스쳤다.

"7쪽 짜리 문건이 옳은 방향을 가리키도록 조작해 전민주의 유품 속에 끼워 넣은 이유도 단순했어요. 이제는 없는 취재수첩을 재생산 해놓아야 그것을 손에 쥐고 막후에서 주무를 수 있으니까요. 안 그런가요, 처장님?"

유품 속에서 다행히도 하신애가 찾아서 강태혁에게 전했지만, 만약 그러지 않았어도 그 문건은 살아날 거였다. 하신애가 유품과 함께 태워버렸어도 불사조처럼 다시 살아날 거였다. 컴퓨터로 정리했다는 것이 바로 그 이유였다. 전민주의 노트북이라면서 어디선가 들고 나오면 그만인 거였다. 어떻든 나타날 거였다. 그렇게 없애도 없애지지 않는 제 마음대로의 핵심을 틀어쥐고, 누가 대선에 승리하든 그를 협박하고 주무를 거였다. '고작 그런 걸로?'가 아니다. 당사자들에겐 염라대왕을 만나는 것보다 더 끔찍한 일이다. 놈은 '진실로 둔갑시킬 거짓이 도처에 널려 있어요…, 겨우 이 건 하나라고 생각하시는 것은 아니지요?'라는 불안감을 심어주는 것이 진정한 목적이었다. 그것이 권력이 되는 거였다. 권력의 본질은 그런 거였다.

"진실을 만들어서 그것을 손에 쥐려고 한 거였죠. 아닌가요? 제 말이 틀렸나요?"

강태혁이 이죽거렸다.

"제가 멍청한 것은 수첩과 문건을 대조해 보면 금방 드러나는 사실을 한참 어렵게 돌고 돌아서야 겨우 깨달았다는 거지요."

그림자를 찔러야 했다. 강태혁이 정색을 했다.

"수첩에는 이철상의 모친이 부용회원이라는 것과 박인권이 일본인 재산을 미군정과 손잡고 서류를 조작해서 가로챈 파렴치한이라는 두 개의 폭탄이 째깍거리고 있었어요. 그런데 문건에는 부용회 건만 기록되어 있었지요. 그렇게 한쪽만 적혀 있는 수상한 문건을 보고도 조작이란 생각을 못하다니 정말 한심했죠. 아버지의 취재수첩에 박인권과 이철상 둘 모두에게 불리한 내용이 담겨 있다면, 전민주가 둘 다 문건에 기록하는 것이 당연했죠. 진짜로 전민주가 문건을 만들었다면 말이에요."

박인권에 대한 말이 나오자 안 처장이 헛기침을 했다. 확실히 아킬레스건이 있기는 했다. 다행이었다.

"그림자는 전신일의 행적을 통해 두 가지를 다 알고 있었지만, 문건에 둘 다를 담을 수는 없었죠. 그림자의 목적은 박인권을 보호하는 거였으니까요. 처음부터 그랬고 지금도 그렇지요. 그래서 전신일을 죽인 거고, 전신일의 취재노트와 자료를 모두 다 없애려 한 것이지요. 맞지요?"

강태혁이 포크를 들었다. 과일을 하나 먹을 생각으로 어느 것을 선택할지 고르며 말했다.

"처장님은 이미 결정하셨던 겁니다. 둘 중에서 박인권의 편이 되기로요. 일본인 피가 섞인 이철상보다는 박인권이 낫다고 선택하신 거죠. 아닌가요?"

강태혁이 키위를 포크로 쿡 찍었다.

"아, 그 수첩이 어디 있는지 궁금하실 텐데 걱정 마세요. 정말 안전한 곳에 있습니다. 적당한 때에 기무사로 보낼까도 생각하고 있어요. 참, 아시죠? 윤소영 소령이요."

키위는 얼었던 것이 녹았는지 약간 물컹거리는 느낌이 났다. 맛은 그럭저럭했다.

"안 드세요?"

처장은 조명 뒤에 숨어 꿈쩍도 안 했다.

"좋습니다. 너무 많은 시간을 뺏지 않기로 했으니, 제멋대로의 망상을 빨리 말씀드리고 꺼지겠습니다."

강태혁이 할 수 없다는 듯 포크를 내려놓았다.

"지금까지 말씀드린 대로 대충 정리가 되자, 두 가지가 이해가 안 되었습니다. 첫째는 '왜 하필 전민주는 지금에서야 움직였을까?' 하는 겁니다. 그건 '왜 하필 그림자가 지금에서야 활동을 재개했을까?' 하는 것과 같은 질문입니다. 답은 대선 때문이었지요. 선거에서 박인권이 넉넉히 이긴단 보장이 없기에 이철상을 제거하는 것이 필요해졌던 겁니다. 만약 박인권이 우위에 있었다면 이렇게까지 할 필요가 없었겠지요."

목이 말라왔다. 얼음물로 입을 헹구듯 마셨다.

"아무튼 그러자 곧바로 두 번째 의문이 생겼습니다. 전민주가 하필이면 지금 기업체를 방문하며 다녔는지 이해가 안 되었습니다. 아버지의 조사를 자신이 이어서 하려 했다면 몇 년 전부터 할 수도 있었고 대학 졸업한 후에도 할 수 있었는데, 지금까지 가만히 있다가 굳이 지금, 꼭 맞춘 듯이, 대선 때가 되어, 아버지의 기록대로 기업을 찾아다니고 수녀원을 다니다니, 정말 이상했습니다."

안재홍 처장의 눈썹이 꿈틀거렸다.

"답은 간단했습니다. 사실 답은 늘 간단하죠. 정확하게 묻지 않으니까 정확한 답이 안 나오는 거였습니다."

강태혁이 물을 다시 마셨다.

"전민주가 그림자라고 하면 간단한 거였습니다."

그가 만들어낸 미소를 지었다.

"하지만 그럴 수는 없죠. 전민주가 나이 어린 여학생이어서가 아니라 죽었기 때문입니다."

안 처장은 꿈쩍도 안 했다.

"그럼 어떻게 된 걸까요? 그 답은 '전민주와 그림자는 같이 묶여 있다' 였습니다. 그림자가 바로 지금 이 시점에 움직이라고 했기 때문에 전민주가 움직였던 겁니다. 7쪽짜리 수상한 문건처럼 부용회 건과 관련된 부분만 찾아다닌 것도 거기만 가라고 했기 때문이었고요."

강태혁이 이번엔 포크로 사과를 찍었다.

"사람들은 흑백논리를 좋아하죠. 명쾌하니까요. 그래서 저도 모르게 전민주를 '내 편'이라고 생각하고 그림자를 '저 편'이라고 구분했죠. 그래서 헛다리를 짚었던 겁니다. 그러니 '나쁜 그림자'의 말을 '착한 전민주'가 들었다는 아주 간단한 진실을 볼 수 없었던 거죠."

사과는 밍숭밍숭한 맛이었다. 과일 안주는 좋은 선택이 아닌 것 같았다.

"전민주는 아무것도 모르고서 그림자의 하수인 노릇을 한 겁니다. 그녀는 자신이 무슨 일을 하는지도 모르고 여기저기 기업을 찾아다니고 수녀원을 방문했던 겁니다. 죽을 때까지도 자신이 왜 죽는지 몰랐을 겁니다. 그냥 소모품이었던 거죠, 그림자가 선택해서 가져다 놓은 쓰기 좋고 만만한 여러 소모품 중 하나였던 거죠."

그녀의 이야기를 하다 보니 처연한 감정이 스며들려 했다. 하지만 어설픈 감정에 빠질 때가 아니었다.

"전민주는 그림자의 말을 들을 수밖에 없었습니다. 아버지가 돌아가신 후 나타난 키다리 아저씨의 말씀을 어떻게 안 듣겠어요. 대학에 들어갈 때까지 학비와 생활비를 보태주고, 대학도 보내주고, 장학금도 주고, 심지어 학교 홍보모델까지 시켜준 고마운 키다리 아저씨 말씀을요, 안 그렇습니까, 키다리 아저씨? 아니면 그림자 어르신이라고 해야 하나요, 처장님?"

하신애에게 전화로 확인했다. 직접 만났을 때는 미처 묻지 못했던 것을 물었다. 불까지 나서 모든 것을 다 잃었을 텐데 어떻게 민주를 대학에 보냈는지를 물었다. 그렇게 해서 남편의 친구라며 나타나 지금까지 도와주는 고마운 분에 대해 듣게 되었다. 자기가 있는 대학에 보내주면 잘 돌봐

주겠고, 장학금도 받을 수 있게 해주고, 졸업하면 학교 교직원이 될 수 있도록 힘써 주겠다는 약속도 했다고 했다.

"학교에서 학생들이 수군거리더군요. 처장님과 전민주가 그렇고 그런 사이라고요. 맘씨 좋은 키다리아저씨와 가난한 여학생을 두고 그런 지저분한 말들을 덧붙이다니, 역시 뜬소문은 들을 필요가 없는 건가 봐요. 진실과 한참 먼 소리니까요."

지방대학과 전혀 어울리지 않는 발랄하고 생기 넘치는 전민주의 현실은 이것이었다. 그녀는 정말 이곳과 어울리는 여자가 아니었다. 다른 곳에 있었어야 했다. 그랬다면 이런 더러운 일에 얽히지도, 죽지도 않았을 거다. 하지만 그럴 가능성은 처음부터 없었다. 놈은 이렇게 이용하려고 철저하게 다져놓았던 거다. 어렸을 때부터 차근차근 준비해 왔던 거다. 바로 이 시점, 망할 대통령 선거가 있는 바로 지금, 목을 베서 제사상에 올릴 생각을 했던 거다.

혹시나 해서… 준비했던 거다. 지랄 맞을 박인권이 아슬아슬하게 지지율이 흔들리면 쓰려고 준비했던 거다. 결국 보조였다. 예비고 스페어였다. 한 여자의 인생이 누군가의 야욕을 위한 대안의 하나였던 거다. 박인권이 압도적인 우위를 차지했다면 전민주는 죽지 않았을 거다. 그러면 그림자 이 씨발 새끼는 큰 아량을 베풀 듯 허허 웃었을 것이다. 계속 그녀의 키다리 아저씨 노릇을 했을 거다. 교직원도 시켜주며 선량하고 너그러운 웃음을 지었을 것이다.

쓴물이 넘어오려 했다.

"왜 하필 전민주였지요? 혹시라도 전신일에게서 들은 뭔가가 있을까봐 그러셨습니까? 아니면 아예 이 망할 불온한 종자를 뿌리까지 뽑아야겠다고 생각하신 겁니까?"

강태혁이 노려보았다.

"전민주가 아니어도 다른 방법이 많으셨겠지요? 그렇지요?"

그랬다. 그녀가 아니어도, 그깟 부용회 건을 세상에 터뜨리는 것은 일도 아니었다. 하지만 전민주는, 열정적이고 적극적인 전민주는, 그림자의 역겨운 의도도 모른 채 환하게 웃으며 달려왔던 것이다. 그리고 고마워하기까지 했을 것이다.

그래서 그림자는 시간강사로 그를 불러냈다. 최익훈 교수에게 부탁해서 그를 오게 만들었다. 그렇게 필요한 카드가 놀이판 위에 올라간 것이다. 물론 놈은 전혀 다르게 판을 짤 수도 있었다. 자신이 대학원생이 아니고 시간강사로 내려오지 않아도 얼마든지 전민주와 엮이게 할 수 있었다. 학회에 데리고 가서 소개시킬 수도 있고 기업행사 도우미로 만나게 할 수도 있다. 하다못해 연세대학교 탐방이라도 시켜서 마주치게 해도 된다.

"전민주를 천향원으로 보내서 박술례 여사를 만나게 한 것도 처장님 생각이시지요?"

놈의 표정이 비로소 변했다. 제법이란 듯 비웃음이 입가에 떠올랐다. 이 틈을 놓치면 힘들 것 같단 느낌이 들었다. 재빨리 찔러댔다.

"여러 기업들을 줄줄이 방문시킨 것도, 그 기업에 홍보자료를 받아오라는 것 아니면 학교 홍보자료를 보내주라는 것 같은 하찮은 일이었겠지요. 부산 테레지 수녀원과 경주 나자레원에 가게 한 것도 그렇게 한 거고요. 그렇게 전민주가 여기저기 쑤시고 다닌다는 형식을 만들고 7쪽짜리 문건을 그녀의 빌라에 심어 넣음으로써 모든 것을 기정사실화시켰고, 전민주를 죽임으로써 어떤 말도 할 수 없게 만들었죠."

전민주가 죽어야 할 이유가 이것이었다. 그녀가 그림자의 꼭두각시로 춤을 추고 난 다음에는 말끔히 퇴장해야만, 그 춤의 의미를 제 좋은 대로 해석할 수 있기 때문이었다. 진실을 만들어내기 위해선 춤을 마친 무희가 깔끔하게 퇴장해야만 했다.

"그래야 전민주가 벌인 일에 대해서 당신 멋대로 말해도 다 진실이 되는 거니까요. 그렇게 구역질나는 모략이 불멸의 확고한 진리로 둔갑하는 거고요."

안재홍이 놀랍다는 표정이 되었다. 디테일은 틀릴지 모르지만 대체로 맞는 가닥이었기 때문이다.

"그런데 당신의 잘못이 뭔지 알아?"

갑작스런 말투의 변화에 놈의 얼굴에 당황한 빛이 스쳤다.

"당신 같은 자들은 자기 말고는 다 비천한 버러지로 여긴다는 거야. 똑같은 인간이란 생각을 못하는 거지. 다들 병신 같고 얼간이에 냄새나는 개돼지로 보일 테니 말이야."

강태혁이 도전적으로 노려봤다.

"그래서 당신이 실패한 거야. 그리고 이제 곧 일을 크게 그르칠 거고, 알아?"

충분히 격동시켰단 생각이 들었다. 이제 그 틈을 비집고 들어가 크게 벌려야 했다.

"전민주가 아무것도 모르고 당신이 시키는 대로 홍보자료 같은 것을 나눠주러 다녔다고만 생각하겠지? 하지만 아니야. 전민주는 불안했어. 왠지 알아? 바로 전민주는 아버지의 수첩을 가지고 있었거든. 달달 외울 정도로 다 알고 있었거든. 그런데 키다리 아저씨가 가라고 하는 곳이 죄다 그곳인 거야. 물론 그래서 이런저런 곳에 기웃거릴 순 있었지. 아버지의 취재수첩의 내용을 확인할 수도 있었고. 물론 기업이야 높고 높으니, 홍보부서에 전단 몇 개 가져다주고 몇 마디 하는 것으로는 얼씬도 못했지만 수녀원 같은 곳은 아니었지. 그들은 친절했고 또 당연히 자신들의 일을 말해줬지. 물론 부용회나 이철상 같은 엄청난 것에 도달할 수는 없었지. 알다시피 스물한 살 어린 여학생이니까 한계가 있었던 거지. 하지만 불안했어. 아버지가 수첩의 내용을 취재하다 죽었다는 것을 알기에 불안했던 거지. 그래서 수첩을 숨겼던 거야."

그는 저도 모르게 말을 끊고 말았다.

"그러지 않았다면, 아마 난 당신이 그림자인 줄 세상이 두 쪽 나도 몰랐을 거야."

놈은 수첩을 찾고 싶어 안달이 난 표정이 되었다. 어쩌면 메스를 꺼내 휘두를 수도 있단 망상이 스쳤지만 아니었다. 이곳에서 살인을 하지는 않을 거였다. 무엇보다 수첩의 행방을 모르는 상황이었다. 정말 기무사에 넘어가면 곤란하다는 걸 누구보다 잘 알 거였다. 박인권이 기무사령관을 만나 수작을 부린 것을 모를 리 없을 텐데, 그렇다면 수첩을 기무사령관 무릎 위에 올려놓는 행위는 다 된 밥에 재를 뿌리는 일이었다.

"당신은 전민주에게도 당했고 조폭 똘마니들에게도 콱 물렸어. 당신은 자신만 똑똑하고 자신만 대단한 줄 알지? 아니야. 완전히 멍청이 바보일 뿐만 아니라 정신적 불구자야, 알아?"

불구라는 말에 놈이 발끈했다. 제대로 찌른 듯했다. 놈이 의자에서 등을 떼고 앞으로 몸을 내밀었다. 천장 위의 조명이 그의 얼굴에 내리치듯 비췄다. 일본 가부끼의 기괴한 분장처럼 보였다.

"말조심해라, 어린 놈!"

무겁고 둔중한 목소리였다. 처장실에서 들었던 그의 목소리와는 차원이 다른 두꺼운 음침함이 담겨 있었다. 그의 눈빛은 철부지를 경멸하는 분노로 이글거렸다.

그가 드디어 반응했다는 것에 강태혁은 작은 희망을 걸었다.

강태혁도 의자에 등을 떼고 앞으로 몸을 기울여 그의 얼굴에 부딪칠 정도로 얼굴을 가까이 댔다. 거칠게 그의 눈빛을 받아쳤다. 그리고 혼신의 힘을 끌어올려 나직이 그러나 단호하게 을러댔다.

"당신이 정신적 불구라는 내 말이 틀렸다면, 내 목을 바치지."

내가 선택하지 않은 이름

*

"세상이 어떤지 모르는 코흘리개가 운 좋게 몇 가지를 짚어내더니 함부로 날뛰는군."

안재홍의 눈빛이 살기로 번뜩였다.

"사람들이 그러더군, 미친개 강태혁이 제가 한 말은 꼭 지키는 놈이라고. 좋다, 말해 봐라. 네 말이 틀렸다면 네 놈 목을 따주마. 아니면 이 자리에서 내 목을 가르겠다."

그림자는 평생 동안 자기 확신으로 살아온 자였다. 감히 젖비린내 나는 어린놈이 훈계를 하려드는 것을 참을 수 없었다. 자신이 말끔히 처리하지 못해 취재수첩이 남아 있다는 것에 당혹한 감정을 강태혁이 도발하자 누르고 눌렀던 분노가 폭발했던 것이다. 강태혁이 능글거렸다.

"아니, 난 당신 목 같은 건 필요 없어. 불구자의 목을 가져다가 뭐에 쓰게."

분노를 가까스로 억누르는 안재홍의 뺨이 씰룩거렸다.

"그렇게 나불대는 것이 지금이 마지막일 것이다. 멋대로 떠들어라."

맹수가 으르렁거리는 것처럼 들렸다.

강태혁은 드디어 걸려들었다고 생각했다. 하지만 완전히 잡기까지는 맘을 놓을 수 없었다. 어투와 용어를 더 낮춰 말했다.

"좋아, 말 하지. 귀를 잘 씻고 들어. 당신은 박인권과 이철상 중에서 박인권을 선택했어. 두 집안 모두 퀴퀴한 냄새가 나는 역겨운 비리를 잘도 덮으며 여기까지 온 집구석이지. 그 잘난 집의 잘난 인간 둘 중에서 당신이 박인권을 택한 이유는 이철상이 더럽기 때문이었어. 핏줄이 더러워서 이철상을 버린 거야. 일본 여자에게서 태어난 혼혈이 대통령이 될 수는 없단 생각인 거지, 맞아?"

안재홍이 으르렁거리듯 답했다.

"그렇다."

"그래서 당신이 정신적 불구라는 거야. 그 잘난 머리로 한번 생각해 봐. 박인권이나 이철상이나 모두 비리를 저질렀고 그들은 국가로 귀속될 재산을 가로채서 제 배를 불렸어. 둘 다 마찬가지라고. 그런데 외아들인 박인권은 모든 재산을 계승해서 그것을 바탕으로 조직을 정비해서 정치적 세를 불렸고, 조직을 동원해 탄탄한 지역기반을 만들고 결국 이렇게 오랫동안 국회의원을 내리 해먹고 있지. 하지만 이철상은 그 재산을 형이 가져갔어. 물론 지원은 받았지만 박인권과는 달랐지. 그럼 친일재산과 비리의 적폐를 탓한다면 박인권과 이철상 중에서 누가 더 무겁겠어? 당연히 박인권이지. 그런데도 당신은 박인권을 지지해. 더러운 핏줄보다는 낫다는 거잖아. 그게 균형 잡힌 옳은 판단이라고 생각해? 정신적으로 불균형인 것 아냐?"

"그 정도론 곤란하다. 애송이 목을 건 것을 잊지 마라."

강태혁이 짐짓 인상을 찌푸렸다.

"아니 이렇게 논리적인 말을 해도 인정하지 않다니, 당신 정말 명문대 나온 거 맞아? 너무 판단력이 후진데. 좋아. 하나 더. 현재 정치적 비전을 제시한 것을 비교해 봐. 박인권보다는 이철상이 더 훌륭해. 내가 우긴다고 생각하면 아무 신문이나 들춰서 봐. 정치 공약을 내세운 것들을 꼼꼼히 비교해 보라고. 이철상이 대통령이 되는 것이 박인권이 되는 것보다 더 낫다고 하고 있어. 정치전문가는 물론 경제전문가, 기업인, 문화예술인 등의 선호도에서 차이가 벌어지고 있어. 자, 그런데도 당신은 혈통이란 집착에 빠져서 박인권이 더 낫다고 생각하는 거 아냐? 판단이 잘못된 거지, 안 그래?"

안재홍이 비웃으며 고개를 저었다.

"한심한 소리 그만해. 입장에 따라 헛소리하는 것들은 언제든 있다. 박인권이 집권하고 나면 놈들은 금세 말을 뒤집어 반대로 외칠 거다. 그런 줏대 없는 소리는 근거가 되지 않아. 그리고 정치공약을 번드르르하게 만들어 놓는다고 해서 그것이 우위라고 할 수 없어. 지키지 않는 공약이나, 지킬 생각도 없는 공약이, 지금까지도 부지기수였어. 네 논리는 박약하고 네 말은 한심하고 유치해서 젖비린내가 여기까지 진동한다. 내 손을 더럽히지 않고 자살할 수 있는 기회를 주지. 네가 먹는 약을 한꺼번에 다 그 더러운 주둥이에 처넣는 것도 한 가지 방법이야. 추천하지."

안재홍의 말이 길어졌다. 강태혁은 좋은 조짐이라고 생각했다.

"아니, 대학의 교무처장씩이나 되는 양반이 이렇게 꽉 막혀서야 되겠어. 우리는 인간이야. 자율적 선택을 하는 것이 이렇게 인류를 발전시켜 왔잖아. 선택이 중요한 것은 당신도 알잖아. 그래서 내 앞에 수많은 선택을 늘어놓고 알아서 스스로 여기까지 오게 한 거잖아. 내가 시간강사가 된 것도 내 선택이고, 내가 국산그룹 사건을 맡은 것도 내 선택인 것처럼 말이야."

"딴 소리로 시간낭비 하지 말고, 더 할 말 없으면 이만 끝내지. 그리고 자살을 해. 약속을 지켜, 아니면 내가 찾아가 주지."

강태혁이 손을 재빨리 흔들었다.

"아니, 말 끊지 말고. 박인권이나 이철상이 어떤 부모에게서 태어났느냐 하는 것은 자신이 선택할 수 있는 게 아니었잖아. 이철상이 일본인 어머니를 두고 싶어서 둔 건 아니잖아. 그런 불가항력적인 것 말고, 그들이 어려서부터 획득한 노력과 선택의 가치와 방향을 가지고 판단해야 하는 거지. 그래서 내가 두 가지를 말했잖아. 그들의 부모가 불법으로 획득한 것을 누가 더 많이 부여받아 누리고, 그것을 더 교묘하게 굴리고 사용했느냐는 것, 그리고 앞으로 어떻게 살겠다는 포부와 비전 제시 말이야. 그 두 가지 모두 이철상이 박인권보다 훨씬 낫잖아. 더 좋은 사람이 쌔고 쌨지만, 지금 대선엔 둘이 올랐으니, 그 중에서 택한다면 당연히 이철상이어야 하는 거 아냐? 그런데 당신은 선택할 수 없는 불가항력적 운명으로 정해진 핏줄을 근거로 모든 것을 깡그리 무시하고 있어. 이러니 정신적으로 문제가 있다고 하지 않을 수 없지. 불구 맞는 거 같은데, 안 그래?"

안재홍이 잡아먹을 듯이 인상을 심하게 구겼다.

"이미 한 말을 또 할 생각이냐? 같은 말을 반복하며 떼를 쓰는 것은 저열한 놈들이나 하는 짓이야. 시정잡배들이나 하는 짓으로 나를 설득하겠다는 거냐? 아니면 생떼를 써서 조금 전에 말실수를 덮겠다고 용서를 비는 거야? 목을 자르지는 말아달라고? 응?"

그가 가르치는 말투로 손가락질까지 해대며 말을 이었다.

"사람들이 강태혁을 대단하다고 하더니만, 그게 아니군."

그러며 한심하다는 듯 비웃음을 흘렸다.

"전신일이 죽어가면서 네 이름을 말하기에 괜찮은 놈인 줄 알았는데 완전히 과대평가된 저질이로군."

그 말에 강태혁은 흠칫했다. 자신이 어떻게 해서 이 난잡한 그림의 가운데에 놓이게 됐는지 확연히 깨달았다. 전신일 때문이었다.

"이제 그만 끝내지. 뭔 이런 시정잡배 같은 한심한 놈 때문에 이 아까운 시간을 허비하다니, 원⋯."

안재홍은 자신의 살인이야기를 번연히 하면서도, 그리고 지금까지 긴 말을 듣는 동안 그 모든 것을 무언으로 긍정해놓고서도, 그보다 더 중요한 것은 자신의 시간을 뺏은 것이란 듯 혀를 찼다. 그러고는 제 양복 위에 앉은 먼지를 손으로 툭툭 쳐서 털어내고는 자리에서 일어서려 했다.

"아직 안 끝났어."

안재홍은 불쌍하단 표정을 지었다. 코웃음을 쳤다. 만신창이가 되고서도, 그로기 상태로 눈이 풀려 흐릿하면서도, 말로는 연신 상대를 죽이겠다며 피와 땀이 뒤엉킨 얼굴로 흐느적거리는 깜냥도 모르는 권투선수를 보는 듯 쳐다봤다. 강태혁이 그 눈빛을 무시하고 말했다.

"아직 하나 더 남았어."

강태혁은 정신을 가다듬고 비수를 꽂을 준비를 했다. 단호하고 냉정해야 했다. 두 번 다시 기회가 없을 거였다.

"이래도 당신이 정신이 탈골된 불구가 아니라면 내가 절벽 아래로 뛰어내려 죽지."

그가 말해 보라는 듯 코웃음을 쳤다.

강태혁이 가방을 열고 사진을 꺼냈다. 그리고 그것을 천장에 달린 부분 조명이 비치는 테이블 한가운데 놓았다. 그리고 그를 향해 보라고 눈짓했다.

전신일의 취재수첩에서 빠져나왔던 '松本素平 元山尋常小學校 入學 1940'라고 적혀 있는 바로 그 흑백사진이었다. 유카타를 입은 아버지와 아들 사진이었다.

그가 손을 뻗어 사진을 쥐고 살펴보았다. 그는 무슨 수작이냐는 듯한 표정이었지만 긴장한 빛이 흘렀다.

"전신일이 찾아낸 거야. 그게 조작사진이 아닌 건 아마 당신이 사진을 여러 번 조작해 봤으니까 더 잘 알 거야."

그러고는 이번에는 캡스톤 공책을 꺼내 테이블 위에 놓았다. 그리고 그 것을 그의 앞으로 밀었다.

"전신일의 취재수첩이야. 그래 맞아, 기무사 어쩌고 한 소리는 거짓말 이었어."

안재홍이 당황했다. 지금 무슨 영문인지 알 수 없다는 불신의 표정이 얼굴에 가득했다.

강태혁은 가방에서 최익훈 교수의 연구실에서 빌린 책을 복사한 종이 하나를 마저 꺼냈다. 그것을 그 수첩 위에 올려놓았다.

"원본은 절판이 되어 시중에 없지만 도서관에는 있으니까 맘만 먹으면 확인할 수 있을 거야. 난 빌려서 복사했지. 연대 사학과 최익훈 교수가 쓴 '세화회(世話會)의 전략' 214쪽을 복사한 거야."

거기엔 한 장의 사진이 수록되어 있고 옆에 사진 설명이 적혀 있었다. 책 속의 사진은 유카타를 입은 중년 남자 한 명이 산 중턱에 당당하게 서 있는 모습이었다. 그 남자 뒤로 도시가 작게 보였다. 사진 아래에 붙인 최 익훈 교수의 설명은 그 사진이 언제 찍은 것인지 알게 했다.

1945년 8월 29일. 원산(元山) 일본인 세화회(日本人世話會) 결성. 위원장 마 쓰모토 고로(松本五郎)

"알겠지만, 세화회는 1945년 우리나라가 광복되자, 일본인들이 어떻게 든 한반도에서 자신들의 기득권을 유지하려고 만든 단체야. 끝까지 떠나 지 않고 우리들을 착취하며 질기게 버티려고, 조선총독부 종전처리사무 본부의 전폭적 지지를 받아 미군정과 야합한 놈들도 바로 그 세화회 놈들

이란 건 당신도 알지? 경성, 인천, 부산, 원산, 청진, 군산 등등에 우후죽
순처럼 퍼진 세화회가 마지막까지 조선총독부의 역할을 대행했다는 것
도 알 테고? 더 말해줘야 하나?"

안재홍은 강태혁의 말보다는 그가 내민 소학교 입학 사진과 최 교수의
연구서에서 복사한 세화회 결성 사진을 번갈아 보기에 바빴다.

"같은 사람이야. 자세히 볼 것도 없어. 유카타 입은 남자는 동일 인물이야."

강태혁은 그의 당황한 마음에 재빨리 비수를 꽂았다.

"그러니까 아버지와 같이 사진을 찍은 그 꼬마의 이름은 마쓰모토 소헤
이(松本素平)고 그의 아버지는 마쓰모토 고로(松本五郎)인 거지. 꼬마는
1940년에 소학교를 입학했으니까, 7살에 입학했다고 치면 음… 지금 살
아 있다면 대충 73세 정도 됐겠지."

강태혁의 말 한 마디 한 마디가 안재홍에게 큰 충격으로 울렸다. 아직
아무것도 확실한 것은 없었다. 단지 사진일 뿐이다. 하지만 안재홍은 알
았다. 누구보다 그에 대해 잘 아는 안재홍은 대번에 이것들이 무엇을 뜻
하는지 삽시간에 깨달았다.

"아버지와 아들 사진을 입수한 전신일은 아들이 누구인지 알았어. 당연
하지 그 사진을 건네준 사람이 바로 박인권의 누나 박술례 여사였으니까."

그의 수첩에 적힌 내용을 통해 알게 된 사실이었다.

"전신일은 박인권의 뒷조사로 박술례를 어렵게 만났는데, 이미 그때는
치매가 시작된 상황이어서 증언 같은 건 어려운 처지였지."

이 사진을 박술례가 선뜻 건네줬을 것 같지는 않았다. 전신일이 그녀
병실에 늘어놓은 사진들을 보고 이런저런 것을 묻다가 이 사진의 존재를
알아냈을 거고, 그리고 노부인을 달래서 깊고 깊게 간직해 놓은 것을 보
았을 것이다. 그것이 그의 수첩으로 위치를 이동하게 된 것은 치매로 정

신을 살짝 놓은 사이 은근슬쩍 이뤄졌을 가능성이 높다. '제가 보관하겠습니다.'라는 들릴락 말락 한 말로 얼버무리면서 말이다. 물론 추측일 뿐이다.

"그래서 사진만으로는 진실을 밝혀낼 수가 없었지. 주변에선 모두 입을 다물고 말을 하지 않으니까. 그래서 전신일은 중국으로 건너가서 취재를 진행했고, 그러다가 당신에게 죽임을 당했지."

출입국관리사무소의 정보원이 확인해 줬다. 5년 전 8월 15일 전후해서 안재홍이 중국 심양으로 출국한 기록이 있었다. 중국은 비자를 받아야 하기에 비자 기록도 있었는데, 학술대회 참석이 사유였다. 5년 전 그 광복절에 전신일이 연변 삼합진에서 사망했다.

"전신일이 안타까운 건 그렇게 멀리 갈 필요가 없었다는 거야. 최익훈 교수가 그 원산 세화회 결성 사진을 가지고 있었거든. 그 사진에서 뒤에 보이는 도시가 바로 1945년 원산이야. 그런데 최 교수의 이 책은 3년 전에 출간되었지. 그것도 벌써 절판되었고. 연구서라는 것이 워낙 인기가 없으니까 말야."

최익훈 교수가 조금만 일찍 책을 냈더라면, 전신일이 중국까지 가서 그렇게 죽지는 않았을 텐데, 하는 아쉬움은 부질없는 생각이었다. 세상 모든 것이 뜻대로 되는 것은 아니었다.

"이걸 나보고 믿으라는 거냐?"

말은 그랬지만 안재홍의 목소리는 충격으로 떨리고 있었다.

"시간이 별로 없지만 조금만 자료를 찾아보면, 아마도 사진 속 꼬마 마쓰모토 소헤이(松本素平)가 조금 더 컸을 때의 사진도 찾을 수 있을 거야. 물론 그래봐야 옛날 사진이고 모두 다 정황증거일 뿐이지만 말야."

강태혁은 잠시 입을 다물고 그를 지그시 노려봤다. 그리고 깊은 가슴속의 마지막 남은 힘까지 끌어모았다.

"하지만 당신도 알잖아, 이게 진짜라는 것을. 그 꼬마 마쓰모토 소헤이가 당신이 선택한 박인권이라는 것을. 지금 대한민국 대통령이 되겠다고 나선 바로 그 박인권이란 것을. 아니야?"

안재홍은 커다란 충격을 받은 듯 혁 숨을 몰아쉬었다. 스멀거리며 불편하게 기어오르던 불안이 그의 가슴에서 터진 듯싶었다.

"박인권의 아버지는 친일파가 아니었어, 친일부역자도 아니었고, 그럴 수 없었지. 그냥 일본인이었으니까."

천둥치는 듯 단정적인 말에 안재홍은 무거운 침묵에 빠져 버렸다.

그거였다. 박인권은 정치적 후폭풍이나 보복 따위 때문에 이철상의 부용회 스위치를 누르지 않은 것이 아니었다. 부용회는 늘 눈앞에 있었다. 이철상의 아킬레스건은 훤하게 드러나 있었다. 하지만 그걸 건드리지 않았다. 도의나 염치, 공정함과 선의의 경쟁 따위가 아니었다. 자신이 더 구려서였다. 이철상은 혼혈이지만 자신은 순수 일본혈통이었다. 자칫하면 자신의 정체가 탄로 날지도 모른다는 불길함 때문에 박인권은 이철상의 부용회를 건드리지 않은 거였다.

그러나 그림자는 그걸 몰랐다. 알지 못했기에 여기까지 공작을 펼쳐 온 거였고 지금 저렇게 충격에 휩싸인 것이다.

그림자의 공작을 박인권이 만류했을까? 그걸 잘못 건드리면 우리 모두 죽는다고, 그만두라고 했을까? 아마… 그러지 않았을 것이다. 철저하게 모두를 속이기 위해서는 가장 측근부터 속여야 했을 테니까.

박인권은 그림자가 취재수첩을 쫓고 있을 때도 신경 쓰지 않았을 거다. 그깟 취재수첩이 무슨 대수란 말인가. 웬 어설픈 3류 머저리가 찌라시만도 못한 걸 끄적거렸다고 치부하고 몰아가면 그만이었다. 정치판의 거물은 자신이었고 칼자루를 쥔 것도 자신이었다. 하지 못할 것이 없는 자신에겐 그깟 취재수첩쯤이야 내연녀의 누드사진이 공개되는 것보다 웃긴 짓거리였다.

그렇게 점점 박인권은 제 본질을 잊고 폭주했다. 절대 정체가 드러나지 않을 거라 맹신했다. 사진이 이 세상에 나올 줄은 몰랐을 테니까. 나왔다면 벌써 아주 오래전에 수십 번 나오고도 남았을 테니까. 지금까지 나오지 않았다면 없는 거라고 과신했다. 잃어버린 사진은 영원히 어둠 속으로 사라졌다고 믿었다. 그러나 그렇지 않았다. 평생을 두려움에 떤 노부인이 지니고 있었다. 그리고 그림자가 뒤쫓자 결국 그 사진이 튀어나오고 말았다. 전신일을 죽이고 전민주를 쫓아 죽여 버리자 진실이 나오고 말았다.

만약 그림자가 쫓지 않았다면, 그림자가 더러운 공작을 벌이지 않았다면, 박인권이 이철상을 넉넉히 이기고 있어 부용회 스위치를 누르게 할 필요가 없었다면, 그랬다면… 사진은, 진실은, 영원히 어둠속에 묻혀버렸을 것이다.

"전민주를 따라 천향원에 계신 박술례 여사를 방문했어. 맞아, 당신이 가라고 윽박질러서 가게 된 거기 말야. 당신은 전민주와 나를 엮이게 하려고 보냈겠지만, 결국 그게 당신을 얽어매게 된 거야. 내가 거기서 박 여사를 만났으니까 말야."

애초에 전민주가 천향원을 탐방장소로 정한 이유는 아버지 전신일의 취재수첩에 들어 있는 '박술례'라는 이름 때문이었다. 그림자도 전민주의 의도를 어느 정도 짐작했겠지만 모르는 척 했다. 이유는 간단했다. 박술례에게서 얻어낼 것이 더 이상 없으니까. 나와도 아무도 진지하게 여겨주지 않을 헛소리들뿐이었으니까.

"맞아, 박술례 여사는 치매 중기였어. 하지만 가끔 반짝 정신이 돌아오실 때가 있는데 그때 내 손을 잡고 간곡히 부탁하더군. 중국에 있는 동생을 찾아달라고. 그러며 '난 봤어! 봤다고. 정말이야, 임산부를…'이라고 했지. 누구를 두려워하는지 전민주가 들어오는 서슬에도 소스라치게 놀라 뒷말을 채 마치지도 못하고 끊었지. 박 여사의 동생은 한 명뿐이고 그 동생이 박인권인데 왜 저런 말을 하나 싶었어. 그런데 그 손 힘 말야. 어찌나 강하고 억셌는지 그 간절함이 지금도 내 손아귀에 남아 있을 정도야. 그래서 더 기억에 남았지. 손을 잡고 간절히 매달리는 그 순간만큼은 치매가 물러가고 제 정신인 것 같았는데, 말은 '임산부'라는 치매기가 다분한 말이어서 말야."

강태혁이 안재홍의 눈을 뚫어질 듯 보며 말했다.

"하지만 내가 잘못 들었던 거였어. '임산부'가 아니라 '원산부'라고 말했던 거였어. 지금 당신이 들고 있는 아버지와 아들이 함께 찍은 사진을 보고도 처음엔 몰랐어. '원산심상소학교'라고 된 것을 보고도 몰랐지. '원산'을 '임산부'로 연결할 사람은 아무도 없으니까 말야. 그런데 전신일의 취재수첩을 여러 번 보다가 문득 깨달았지. 일제강점기에 원산이 원산부와 원산리로 나뉘어져 있었다는 것을 말이야."

일제강점기 원산부는 일본인 거주지역이고 원산리는 조선인 거주지역이었다. 강으로 갈린 두 행정구역은 서로 소통하지 않고 각자 다른 삶을 살았다. 물론 원산부의 일본인들은 강 건너 미개한 지역에 사는 천하고 더러운 조선 것들을 만날 일도 없고, 만나고 싶어 하지도 않았다.

"박술례 여사는 말하고 싶었던 거야. 지금 동생이라고 하는 박인권이 사실은 원산부에 관련된 어떤 인물이라고 말이야. 물론 이건 다 짐작일 뿐이야. 다시 찾아 갔더니 이젠 날 알아보지도 못할 정도로 치매가 심해 졌더군. 아마 그렇게 진실은 시간 속으로 묻혀질 것 같아."

안재홍이 불안한 콧방귀를 뀌었다. 불신과 확신을 오가는 불편하고 초조한 기색이었다.

강태혁이 잠시 침묵을 지켰다. 이젠 정말 마지막이었다. 벽에 부딪혔다. 더 이상 발을 내디딜 곳이 없었다.

그림자가 안재홍 교무처장이란 사실을 알게 된 후, 자신이 할 수 있는 일은 이것이 최선이란 걸 알았다. 그가 결벽증 환자에 가깝다는 것, 세 번 만나봤을 때의 느낌으로는 소신과 고집과 자기 확신이 강한 인물이라는 것이었다. 그것이 실낱같은 마지막 희망이었다.

그가 그림자라는 것을 밝히는 것은 모두 다 정황증거였다. 구체적인 것은 하나도 없었다. 그가 비록 자신이 그림자라고 자백해도 마찬가지였다. 국산 김 회장, 가산 정 사장, 인수 이 회장을 죽인 방법도 모르고 증거도 없었다. 무엇보다 그가 그림자라고 해서 박인권이 어떻게 되는 것도 아니었다.

자신이 할 수 있는 것은 아무것도 없었다. 자신이 할 수 있는 것은 고작 몇 마디 말뿐이었다. 그리고 나머지는 자신의 일이 아니었다. 취재수첩을 내놓은 진정을 보이는 행동이 할 수 있는 전부였다. 지금 앞에 놓인 문제에 비하면 그 수첩은 아무것도 아니었다. 수첩은 그냥 종이였다. 단지 그뿐이었다. 해석하고 받아들이고 이해해야만 비로소 의미가 진실이 되는 것이다. 그전엔 단지… 종이일 뿐이다.

지금은 종이가 아니라 진실이 필요했다.

강태혁이 앞에 놓인 싱글몰트 잔을 들었다. 뚱보의 경고가 잠시 머릿속에 울렸지만 단숨에 입안에 털어 넣었다. 뜨거운 것이 목을 타고 뱃속으로 내려갔다. 입 안 가득 향기가 코끝에 흘렀다.

여전히 그림자는 어둠 속에 머물고 있었다. 꿈쩍도 않고 그대로 앉아 있었다. 수첩조차 펼쳐볼 생각도 안 했다. 만질 생각도 없어 보였다. 그림자는 엄정한 사실보다 자신이 만들어내는 의미를 진실로 받아들이는 것에 익숙한 자였다. 현실보다 관념이 실상보다 이념이 훨씬 앞선 자였다. 이상과 관념이 빚어놓는 사실만이 진실이 되어야 하는 그에게 한갓 수첩은 3류 기자의 어설프고 불온한 농담일 뿐이었다.

강태혁은 마음속의 낙심을 가득한 한숨으로 토해냈다. 다 끝난 거였다. 어쩌면 이미 시작도 전에 끝난 일일지도 몰랐다.

취재수첩과 사진들을 주섬주섬 챙겼다. 가방에 넣었다.

"드리지 못하겠습니다."

낙담한 강태혁의 목소리가 낮아졌고 말투는 올라갔다.

"제 것이면 드리겠지만 다른 분의 유품이어서요."

그리고 차갑게 말했다.

"저는 할 수 있는 모든 것을 했습니다. 실수도 있고 어설픈 것도 있었지만, 그래서 지금도 괴롭게 후회되는 일이 너무 많지만, 피하지 않고 앞으로 나가 선택했습니다. 그래서 이 모양 이 꼴이 되었습니다."

그러며 두 손을 옆으로 펼치듯 들어보였다. 술기운이 돌았다.

"그러나 부끄럽지는 않습니다. 못났지만 그래도 뒤로 물러서는 비겁한 짓은 하지 않았으니까요. 분명히 알면서도 외면하지는 않았으니까요. 인정하고 싶지 않아 진실을 앞에 두고서 애써 눈을 감는 어리석은 짓은 하지 않았으니까요."

강태혁이 잠시 그림자를 처량하게 바라봤다. 그리고 말했다.

"저는 이철상의 부용회 건을 알리지 않을 겁니다. 박인권의 이 사진들을 밖으로 유출시키지도 않을 거고요. 이것이 제 마지막 선택입니다."

뜻밖의 말에 그림자의 표정이 딱딱하게 굳어졌다.

"저를 죽이고 싶으십니까? 그러면 그렇게 하세요. 하지만 내기는 제가 이 겼습니다. 처장님은 불구자가 맞으니까요. 박인권을 계속 옳다고 지지했기 때문에, 그를 위해 온 힘을 기울였고, 몸 바쳐 살인까지 불사했었기 때문에, 지금 냉정한 진실 앞에서도 여전히 그가 옳다고 우기고 있으니까요."

강태혁의 말은 진심이었다. 전략도 전술도 아니었다. 싱글몰트의 기운 때문일 수도 있었다.

"저는 조금 전에 혈통은 그 자신에게 씌워진 운명이지 선택이 아니기에, 핏줄로 판단하는 것은 공정하지 않다고 말씀드렸습니다. 저는 박인권이 싫습니다. 그건 그가 일본인이기 때문이 아니라 그가 야비한 협잡꾼이기 때문입니다. 일본인이 대한민국의 대통령이 된다는 경악할 사실에 놀라서 그가 싫은 것이 아닙니다. 그가 절대 대통령이 돼서는 안 된다고 믿는 것은 하찮은 미움과 질시 때문도 아닙니다. 그가 파렴치하게 스스로를 속이고 남을 속였으며, 앞으로도 우리 모두를 속일 것이기 때문입니다. 한국인인 척 가증스런 가면을 쓰고 수많은 악행을 저질렀기 때문에 전 그가 싫습니다."

강태혁의 얼굴이 상기되었다.

"하지만 그의 옛날 사진을 알리지는 않을 겁니다. 그가 사악한 인간이지만 그것을 몰라보고, 알려고도 않고, 아니 알고도 자그마한 이익 때문에 눈을 감아 외면하고, 그 자를 지금 여기까지 끌어 올려놓은 것이 바로 우리이기 때문입니다."

독일 민족이 히틀러에 대해 그토록 괴로운 감정을 갖는 것은 당연한 일이었다. 그에게 투표해서 압도적 지지로 총통에 앉힌 것이 바로 그들 자신이었기 때문이다. 그 어리석음, 그 몽매함, 그 한탄과 후회를 지금까지 하고 있는 것이다.

"박인권의 본질을 못 본다면, 맨얼굴을 못 본다면, 아무리 이 사진이 충격적으로 인터넷을 도배한다 해도 바뀌지 않을 겁니다. 박인권이 길길이 날뛰며 흑색선전이라고 매도하고 자신은 아니라며 부인하는 목청을 높이면, 모두가 태극기와 촛불을 들고 나가서도 어리석게 환호하며 또 속을 테니까요. 눈 가리고 보지 않으려는 사람들이나 귀를 틀어막고 듣지 않으려는 사람들에게는 그 어떤 것도 보이지도 들리지도 않을 테니까요."

강태혁의 흥분한 가슴이 터질 것처럼 뛰었다.

"그래서 전 이철상의 부용회 건도 말하지 않겠다는 겁니다. 이철상이 형과는 배다른 동생이란 말이 사실인지 아닌지는 저에게 중요하지 않습니다. 부용회에 침묵하는 것은 이철상을 돕는 것이 아닙니다. 불가항력적으로 정해진 이철상의 혈통을 끌어다가 그를 단죄하는 것이 본질이 아니기 때문입니다."

강태혁은 입안이 바짝 말랐다. 참담함과 괴로움이 몰려들었다. 머리가 어지러웠다. 현기증이 날 것 같았다. 마지막 남은 악을 끌어올렸다.

"이 새끼도 개새끼고 저 새끼도 씨발 놈인데 어떻게 할 거냐고요?"

재수 없는 고래 두 마리가 그동안 먹어치운 새우들이 얼마일지 상상도 가지 않았다. 거대한 주둥이를 열 때마다 그 속으로 빨려 들어가 어딘지 모를 곳에서 사라져버린 생명들이 얼마일지 가늠이 안 되었다. 그 주변에서 먹잇감을 노리며 그들을 따라다녔던, 그리고 그들에게 먹어치울 것을 몰아주었던 상어 떼들이 얼마나 많을지도 알 수 없었다.

"모르겠습니다. 전 모르겠습니다."

강태혁이 어지러운 정신을 붙잡았다.

"하지만 며칠 후, 그것을 국민들이 판단하고 심판할 겁니다."

끌어올렸던 감정이 내려가자 사방에서 피곤함이 밀려들었다. 신물이

났다. 지치고 힘들었다. 하지만 마지막 말은 해야 했다.

"저는 선택했습니다. 이제 당신 차례입니다."

역사의 변곡점에 선 사람들

*

대한민국 대통령 선거를 사흘 앞둔 날, 전 세계 뉴스는 첫머리에 한국 소식을 급전으로 송출했다.

사실은 한밤중에 인터넷에 올라온 찌라시부터였다. 유력한 야당 후보인 이철상 의원의 가족에 관해 의문을 제기하는 글이었다. 뭐라도 이슈를 만들어 떠보려고 안달이 난 기자들은 그것을 인용해서 일단 추측성 기사를 만들어냈고 발 빠르게 후배 기자들을 시켜 사실 확인을 지시했다.

하지만 그 기사는 실리자마자 묻혀버리고 말았다.

여당 후보인 박인권 의원이 피습당해 생명이 위독해졌기 때문이었다.

박인권 의원의 정책보좌관 심진철 의원이 긴급 기자회견 자리에 비통한 표정으로 나타나, 평소의 그답지 않게 허둥지둥 말을 늘어놓았다. 그리고는 다급히 박 의원이 실려 간 신촌세브란스병원 중환자실로 가버렸다.

심 의원이 전한 말은 많지 않았다. 지지자가 갑작스레 돌변해서 박인권 의원에게 달려들었다는 것과 선거일정을 중단할 수밖에 없다는 것 정도였다.

발 빠른 기자들이 흩어졌다. 어수선한 보좌진들과 당황한 선거사무원들을 따로 만나 여기저기 떨어진 부스러기 사실들을 주워 모았다. 그렇게 대략적인 사실들을 알게 되었다.

박인권 의원을 피습한 자는 50대 후반의 남자로 평소 안면이 있어 자문을 해주었다고 했다. 오전에 갑자기 여의도 선거 사무실로 찾아왔다는 것, 사무실에서 박 의원과 독대를 했다는 것, 최측근인 심진철 의원까지 잠시 나가라고 할 정도로 심각한 이야기였다는 것 등이 알려진 사실이었다. 밖을 서성이던 심 의원이 약간의 고성이 오가는 것 같더니 갑작스레 조용해져서 뛰어 들어갔고, 목을 쥐고 쓰러진 박인권 후보를 보고는 황급히 경호팀을 불렀다는 것도 여러 사람들의 말을 통해 확인했다. 손에 메스를 든 채 그 자리에 꼼짝도 않고 서 있던 피습자를 경호팀이 붙잡아 출동한 경찰에게 인계했다는 것도 사실인 것 같았다.

기자들은 영등포경찰서로 몰려갔고, 얼마 후 피습자가 천안의 영흥대학교 교수라는 것과 오랫동안 박인권 의원과 관계를 가져온 인물이란 것을 알아냈다. 경찰은 메스나 피습의 구체적인 정황에 대해 알려주지 않았다.

"사실관계를 좀 더 명확히 확인한 후, 수사가 진행되는 대로 상황을 말씀드리겠습니다."

공식 브리핑은 그것이 전부였다.

국내외 언론은 온갖 선정적 추측기사들을 쏟아냈다.

대한민국은 벌집을 쑤셔놓은 듯이 하루 종일 난리가 났다. 기자들이 시작하고 네티즌들이 가세한 설전이 온종일 각종 포탈 서버를 다운시킬 정도로 뜨거웠다.

박인권 의원을 피습한 자가 정신병자라는 것에서부터 이철상 의원 쪽에서 오래 전에 잠입시켜 놓은 프락치라는 것까지 온갖 설이 난무했다. 대체로 박인권 의원을 동정하거나 이철상 의원을 비난하는 기류였다. 전날까지 앞서고 있던 이철상 의원의 지지율이 급락했고, 거기에 지난 밤중에 올라왔던 찌라시를 기반으로 한 선정적 보도가 언론에 의해 다시 수면 위로 터져 나왔다. 북한산에서 추락사한 이한상 회장과 동생 이철상 의원의 어머니에 대한 추측성 기사는 명예훼손으로 고소당할 사안이었지만,

정신없는 언론도 흥분한 네티즌도 물불을 가리지 않았다.

이 날 밤, 박인권 의원이 신촌 세브란스병원 중환자실에서 사망했다.

아침이 되자, 흥분한 여당 지지자들이 거리로 나왔고 이철상 의원과 야당을 폭파시켜야 한다는 피켓이 거리 곳곳에 나붙었다.

선거가 이틀 남은 시점에 유력한 여권 대선후보가 죽자 시민들은 광분했다. 둘로 갈라진 시민들 사이에서 폭력사태가 전염병처럼 퍼져나갔다. 누구를 지지한다는 말을 한다는 것 자체가 불가능한 상황이 되어 버렸다.

대통령이 긴급히 이철상 의원을 청와대로 불러 독대했다. 그 자리에서 무슨 말이 오갔는지는 확실치 않지만, 조금 후 국회의장단을 비롯한 여야당 대표들과 이번 선거에 입후보한 군소정당 후보와 무소속 후보들까지 빠짐없이 청와대로 모여들었다. 비공개 회의였지만 이후 알려진 대통령의 말은 대체로 이랬다고 한다.

"이대로라면 누가 되어도 국가의 분열을 피할 수 없습니다. 올바른 민주주의가 되려면 국민들에게 잠시 시간을 주어야 합니다. 너무 늦지는 않을 겁니다."

다음 날, 대통령 선거를 하루 앞둔 날 정오였다. 여의도 국회의사당 앞에는 각 정당 대표들과 대통령후보들 전원이 모였다. 그들 모두 일렬로 단상에 늘어섰고 단상 중앙에 마련된 연단에는 마이크가 마련되었다.

단상을 마주보는 앞자리에는 국내외 모든 언론사 기자들이 빠짐없이 모였다. TV 방송과 라디오는 정규 프로그램을 중지하고 이 기자회견을 생방송으로 내보냈다.

전 세계의 이목이 집중된 가운데, 대표로 이철상 의원이 앞으로 나섰다. 손에 든 연설문을 연단 위에 놓고는 고개를 들어 정면을 잠시 응시했다. 정신없이 플래시가 터져 나왔다.

"며칠 전, 우리 국민은 큰 슬픔을 맞이했습니다."

그렇게 시작한 이 의원의 말은 국정의 혼란과 국론의 분열을 거쳐 내일로 다가온 대통령선거로 이어졌다.

"어제 이번 선거에 입후보한 저희들 모두와 국민의 대표인 국회의장을 비롯한 여야 각 정당 대표들이 대통령과 함께 이 문제를 어떻게 해결할 것인지를 깊이 숙의했습니다. 그리고 저희 모두가 지금 말씀드리는 바대로 하기로 동의하고 합의했습니다."

플래시가 여기저기서 미친 듯이 터졌다.

"민주주의를 지키기 위해서는 민주적 절차가 중요하고 그 민주적 절차는 헌법과 정의에 입각해야 한다는 것입니다."

다시 플래시 세례가 이어졌다.

"민주주의는 대통령이나 국회의원, 정치인, 공무원, 기업인 등과 같은 어느 한 사람이 만들어가는 것이 아니라, 국민 모두가 함께 만들어가는 것이라는 것을 우리 모두 잘 압니다."

이철상 의원의 표정은 역사의 변곡점에 서 있다는 것을 절감한 듯 상기되어 있었다.

"그래서 민주주의를 위해서, 국민들이 바르게 대통령을 선출할 수 있도록 하기 위해서, 민주적이고 정의로운 방법을 저희들이 고민했습니다. 그것은….."

다시 플래시가 연달아 터졌다. 국회의사당 앞은 물론 방송을 통해 생중계를 시청하는 온 나라가 긴장으로 쥐 죽은 듯 숨을 죽였다.

"그것은 내일로 정해진 대통령선거를 이대로 치를 수 없다는 것입니다.

국민들이 선택하고 판단할 가능성이 사라진 지금과 같은 상태 그대로라면 이건 민주주의라고 할 수 없기 때문입니다."

작은 놀람과 충격이 퍼졌다. 하지만 뒤미처 나올 말에 가슴을 졸이며 모두가 집중했다.

"저희는 민주주의를 포기할 수 없습니다. 선택을 국민들께 돌려드려야 하기 때문입니다. 그래서 저희 모두는 민주주의를 지키기 위한 마음으로, 국민들께 선택을 마땅히 돌려드려야 한다는 마음으로, 다음과 같이 합의했습니다."

이철상 의원은 연단 위에 펼쳐 놓은 합의문을 읽으려고 시선을 내리깔았다. 그리고 잠시 마음을 가다듬는 듯했다. 다시 고개를 든 그가 또렷한 목소리로 합의문을 읽어 나갔다.

"첫째, 이번 대통령선거에 입후보한 모든 정당, 무소속 후보자들은 오늘 이 시간으로 후보에서 모두 사퇴한다."

순간 온 나라가 얼어붙었다. 번역을 통해 알아들은 전 세계 언론관계자들은 한 박자 늦게 반응했지만 놀람의 충격은 더 한 듯했다.

"둘째, 이후 선거는 헌법에 기초한 민주적 법과 질서에 따라 선거관리위원회가 관할해서 진행한다."

모든 후보가 사퇴한다면 후보자 없이 선거를 치를 수 없는 일이었다. 그렇다면 선거는 선거관리위원장의 선언으로 무효가 될 것이고, 이후는 헌법이 정한 원칙에 따라, 다른 시기를 잡아 대통령 선거를 치르게 될 거였다.

"셋째, 새로운 대통령을 뽑는 선거는 헌법과 원칙에 따라 추후 새롭게 정해 실시한다."

아무도 말을 하지 못했다. 사진기자들조차 충격에 빠진 듯 플래시가 몇 방 외에는 터지지 않았다.

"끝으로 국민 여러분께 당부의 말씀을 드리겠습니다."

이철상 의원이 정면을 보고 말했다.

"지금 우리나라는 역사의 변곡점에 놓여 있습니다. 국민 여러분들 모두가 역사의 증인이며 앞으로 만들어갈 위대한 대한민국의 디딤돌을 놓는 분들입니다. 서로 의견의 다름과 차이는 민주주의의 당연한 모습입니다. 그것이 없어야 하는 것이 아니라, 그것을 어떻게 드러내고 상의하고 표현하느냐 하는 방법이 민주적이야 합니다."

국민들은 여전히 충격에서 헤어나오지 못했다. 불과 대선을 하루 앞둔 시점이었고, 이대로라면 내일 그가 바로 대통령이 될 거였다. 그런 그가 그것을 포기하고 방법의 민주주의를 말하고 있었다. 그렇기에 모든 사람들은 그 말의 진정에 귀 기울이지 않을 수 없었다.

"역사의 기로에 놓인 이 시점에 저와 다른 후보자들 그리고 국가 원로와 대통령을 비롯한 모두가 이 점에 동의했습니다."

그가 잠시 말을 멈추고 호흡을 가다듬었다.

"위대한 대한민국은 국민들이 만드는 것이며 국민 여러분들이 선택하는 것입니다. 우리 모두 역사에 부끄럽지 않은 나라, 행복한 대한민국을 만들기 위해 노력해주시기를 부탁드리는 바입니다. 고맙습니다."

이철상이 고개를 숙여 인사했다.

다시 정신을 차린 플래시가 연달아 터졌다. 플래시가 그치질 않았다.

그날 내내 대한민국은 다른 의미에서 달아올랐다. 여전히 정쟁과 악담이 퍼졌지만 그것을 보고 판단하고 선택할 마음의 민주주의가 싹트기 시작했다.

"이철상 의원이 대표로 나서서 읽은 것은 이미 그가 자신이 대통령이라고 착각한 거 아닙니까?"

유명 정치평론가가 긴급 진단 자리로 만들어진 텔레비전 방송에 나와 한 소리였다.

"몇 달 후 다시 선거를 치른다는 모양새로 자신의 이미지를 탈색시키는 거죠. 국민이 어쩌고 하지만, 결국 몇 달 후에도 그가 유력한 후보인 것은 여전하지 않습니까? 여당이 갑자기 어디서 후보를 만들어 옵니까. 그러니 결국 자신에게 유리하다고 판단해서 이런 정치적 쇼를 하는 겁니다."

다른 방송사도 여러 전문가들을 급히 불러 부랴부랴 방송을 편성해서 뒤질세라 온갖 말을 만들어냈다.

"선거비용은 어떻게 할 겁니까? 이번에 치르지 않고 다음에 치르면 그동안의 선거 비용을 모두 국고에서 부담해야 하는데, 이거 원 대통령 한 번 뽑으려다가 국민들 허리가 다 휘겠습니다."

"아마 선거가 내년 봄쯤으로 정해질 텐데, 그래도 그때까지 정치적 일정이 빠듯합니다. 아마 국민들이 정신없을 겁니다."

"현 대통령 임기가 2월에 끝나는데 그 전에 대선을 못 치르면 할 수 없이 국무총리가 대통령 권한대행이 되어 국가를 통치하는 기형적인 일이 벌어집니다. 이 노릇을 어쩔 겁니까? 그리고 이게 헌법에 맞는지도 엄정한 확인이 필요합니다."

"그러니까, 무책임하게 이렇게 해서는 안 되는 겁니다. 정치인이 돼서 국민들을 내팽개치면 됩니까? 국민들이 혼란을 느낄 겁니다."

"법리적 해석 문제도 지금 쉽지 않습니다. 후보가 모두 사퇴해서 선거를 못 치른다는 것이 법리에 맞아요? 그리고 다른 후보자들에게 압력을 줘서 사퇴시키는 것은 민주주의 원칙에 위배되는 거 아닙니까?"

"여론 지지율이 가장 높은 후보이긴 했지만 그렇다고 선거가 꼭 그렇게 된다는 법도 없지 않습니까. 그런데 그가 다른 무소속 후보자들까지 죄다 피선거권을 제한하듯 발표해 버리는 건 옳지 않습니다. 이번에 무소속으로 출마한 안동훈 후보는 국회의원도 아니고 정당도 없는 환경운동가입니다. 대체 무슨 법적 근거로 이런 일을 벌이는 건지, 도통 알 수가 없네요. 나라가 이러면 안 되는 겁니다. 이건 폭력입니다."

일반 국민들의 반응들도 제각각이었고 음모론과 기이한 시나리오까지 등장했다. 이철상이 이대로 대통령에 오르면 쿠테타가 일어날 수도 있다는 의미심장한 가능성에서부터 의도적으로 이렇게 혼란을 부채질한 것이 북한의 소행이란 것까지 다양했다. 북한에서 남한에 잡입시킨 전문가 킬러가 박인권을 살해해서 정국을 파탄으로 흘러가도록 획책했다는 거였다.

극단적 이야기들이 오고갔지만, 이날 오전 국회의사당 앞에서 이루어진 기자회견 전까지와 같은 극단적 반목과 충돌은 가라앉았다.

다음 날 대통령 선거는 무효가 되었다. 모든 후보자들이 사퇴함에 따라 선거를 치를 수 없다는 선거관리위원장의 선언이 있었다.

그렇게 대한민국이 국민에게 선택권을 돌려주었다.

1945년 이야기: 마담 따바이와 로스케 부인

*

포근한 다다미 냄새에 잠이 살포시 들려 할 때였다.

"어쩌면 내지(內地)로 가야 할지 모르겠어."

언제 오셨는지 아버지의 목소리가 등 뒤에서 들렸다. 하지만 평소처럼 반갑게 일어나 인사하지 않았다. 아버지의 목소리가 전에 없이 무겁고 침울해서였다. 모로 누운 채 살며시 실눈을 뜨고 벽을 바라보았다.

"이 살림살이들을 다 어쩌고요?"

모친의 말은 걱정과 아쉬움이 가득했다. 평소 같으면 단호한 목소리였을 테지만 아버지는 모친의 말에 수긍하는 말투였다.

"중요한 것들만 모아 봐."

아버지의 말씀은 아쉬움이 가득 담겼지만 이미 결정되었다는 통보였다.

소년은 이 집을 버리고 본토로 가야 한다는 말에 가슴이 덜컹했다. 며칠 전 아랫마을 원산리 조선 놈들이 미친 듯이 설치고 다니는 충격적인 모습에 놀란 가슴이 또 다시 발작하는 듯했다. 그리고 그렇게 많은 사람들이 꾸역꾸역 몰려나올 줄 정말 몰랐다. 그들이 불러대는 "만세!" 소리가 지금도 귀에 아프게 쟁쟁거렸다.

학교의 분위기도 심상치 않았다. 미나미 선생님만이 기합을 단단히 할 뿐 다른 선생들은 얼빠진 모습으로 허둥대는 것이 부산스럽기만 했다.

"소헤이가 이제 학교에 막 적응을 했는데 내지에선 어쩔지도…."

모친은 말끝을 흐렸다. 그렇게 자신을 두둔하는 그 말투가 더 미웠다.

핑계를 대는 것 같았다.

소년은 또래보다 키가 작았다. 5학년이 되었지만 소학교를 입학할 때보다 겨우 반 뼘 정도 컸을 뿐이었다. 또래들의 놀림과 이지메보다 괴로웠던 건 그때마다 학교에 찾아와 미나미 선생님에게 하소연하듯 말을 하고 돌아가는 모친의 뒷모습이었다.

"소헤이는 치마폭에 쌓여 있대요, 쌓여 있대요~."

놀림감이 되는 것보다 놀림감이 되게 하는 빌미에 더 부아가 치밀었다. 모친에게 어렵게 말을 했지만 모친은 학교에 오는 것을 멈추지 않았다. 그리고 그것이 이상한 생각으로 번지게 만들었다. 자신 때문에 오는 것이 아니라 어쩌면… 미나미 선생님 때문에? 그리고 그런 생각은 그만의 느낌이 아니었다. 아이들은 더 집요하게 놀리며 괴롭혔다.

"얼레리 꼴레리~ 얼레리 꼴레리~."

가슴속에 풀리지 않는 응어리가 회회 도는 사이 어떻게 된 일인지 잠이 까무룩 들었다. 어쩌면 아버지의 말씀 때문에 마음이 놓여서였을지도 모른다.

"우선… 하시모토 씨를 만나보면 어떻게 될지도 모르지…."

아침이 되었다. 차가운 기운이 다다미에 스며들기 시작했다. 시린 계절이 다가오고 있었다. 매일 아침 배달되던 헤이조마이니치(平壤每日)가 더 이상 오지 않게 되자 불안한 기분이 더 퍼졌다. 그리고 짐작처럼 되었다.

이틀 후 부슬비가 을씨년스럽게 내리는 날, 아버지가 경성으로 떠나셨다. 하시모토 씨가 앞에서 손목시계를 보며 초조한 눈빛으로 재촉했다. 아버지는 소년의 두 어깨를 두 손으로 단단히 잡은 후 노려보듯 다짐했다.

"소헤이! 넌 자랑스런 황국신민이다. 그것을 한시도 잊지 마라. 알았느냐?"

하늘같은 아버지의 갑작스런 출타가 가뜩이나 불안한 그를 더 움츠러

들게 했다.

짝-!

갑작스레 아버지가 소년의 뺨을 때렸다.

"정신 차려! 전쟁에 졌다고 세상이 무너지는 게 아니다."

왼쪽 뺨이 차가운 바람에 선뜻할 정도로 빨갛게 부어올랐다.

"이제 다시 우리가 위대한 천황 폐하의 뜻을 이곳에 펼치게 될 것이다.
알겠느냐?"

아버지의 목소리는 살짝 격앙되어 있었다. 소년은 저도 모르게 가슴에
뜨거운 것이 치밀어 올랐다. 아버지가 무엇을 하려는지 알았다. 왜 갑자
기 자신의 뺨을 때렸는지도 알 것 같았다.

"내가 없는 동안 네가 이 집의 가장이다. 알겠느냐, 소헤이!"

알았다. 이젠 모친도 자신이 간수해야 한다는 의미였다. 식구가 셋이었
다가 둘이 되어도 집은 여전히 그대로 이어져야 한다는 거였다.

소년은 대답 대신 가슴에 힘을 넣으며 어깨를 쫙 폈다. 작은 가슴이 우
스워 보일 테지만 소년은 진지했다. 손자국이 난 얼굴에 또 다른 의미의
붉은 기운이 퍼졌다.

아버지의 얼굴에서 조선 놈들이 미친 듯이 쏟아져 나와 날뛰던 날로부
터 생긴 깊은 찌푸림이 처음으로 펴졌다. 그것이 더할 나위 없는 칭찬이
었다. 소년은 어른이 되어도 된다는 허락을 받은 느낌이었다. 키가 남들
보다 머리 하나가 작아도, 팔씨름에서 한 번도 급우들을 이긴 적이 없어
도, 조선 놈들을 때려줄 용기가 도무지 생기지 않아도, 이젠 어른이 되었
다고 아버지가, 자랑스런 아버지가 인정한 거였다. 아버지의 말씀은 분명
한 증거였다.

"서랍 장 안에 있는 토지문서를 목숨을 걸고 지켜라."

그 말을 마지막으로 아버지는 하시모토 씨와 함께 경성에서 열릴 중대한 회의에 참석하기 위해 떠났고 소년은 아버지를 기다렸다. 그리고 그동안 집을 아버지만큼, 아니 아버지보다 더 잘 지키고 키우겠다는 다짐을 했다.

원산의 거리와 학교는 한 차례 휩쓸고 간 광풍의 뒷마당이었지만 나름의 차분함이 긴장 속에 유지되었다. 여전히 흥분한 조선 놈들의 바쁜 발걸음과 소년을 노려보는 야비한 웃음이 있었지만 석 주 전의 광란에서 조금 빗겨난 듯했다. 하지만 세상은 조금씩 이상하게 바뀌고 있었다. 원산리의 조선 놈들이 감히 다리를 건너와 이쪽을 기웃거렸다. 그렇게 더러운 옷에 냄새나는 놈들이 원산부의 거리를 쏘다니기 시작했다. 처음엔 신기한 구경을 하듯이 그리고 차츰 익숙해져서는 자신의 땅이라는 듯 돌아다녔다. 기웃거리고 염탐하고 살펴보고 심지어 열린 문을 통해서 대담하게 마당에 들어서기까지 했다.

하지만 그건 시작이었다. 인정하고 싶지 않지만 조선 놈들과 말을 하지 않을 수 없게 되었다. 먹을 것이 부족해졌기 때문이다.

추수 때가 되어갔지만 소작인 놈들이 곡식을 가져오지 않았다. 아버지가 계시지 않기 때문이라고만 할 수는 없었다. 세상이 바뀌었다고 떠들어대는 놈들에게 추수를 하라고, 농지세를 바치라고 말할 기관이 모두 멈춰섰기 때문이다. 잡아다 거꾸로 매달아 톡톡히 값을 치르게 할 순사들이 넋을 놓고 하나둘씩 어디론가 사라져 버리고 있는 상황이었다. 아버지가 생각났다. 단단하고 강인한 아버지가 생각났다. 기합이 빠진 순사나 헌병대들도 하지 못할 일을 위해 아버지가 지금 경성에 가셨다는 것을 떠올리자, 소년은 다시금 자랑스런 마음이 들었다.

'이 땅을 떠날 순 없다. 이 땅은 우리 가문의 땅이다. 천황 폐하의 봉토다.'

하지만 아버지는 돌아오지 않으셨다. 하시모토 씨도 마찬가지였다. 방직회사를 운영하던 하시모토 씨 댁의 경우는 그나마 사정이 나았지만 언제 조선인 노동자 놈들이 제멋대로 떠나버리든지 내팽개칠지 모를 불안한 상태였다.

날씨는 점점 더 추워졌다. 밥상 위에 반찬들이 하나둘씩 사라지다 그릇에 담긴 밥의 양이 반으로 줄기 시작했다. 결국 모친은 조그만 자개장을 내다팔았다. 누구에게 얼마를 받고 넘겼는지는 알 수 없었지만 제값을 받았을 리 없다는 것 정도는 알았다. 그래도 기장이 섞이긴 했지만 쌀밥을 먹을 수 있게 된 것이 다행이란 생각도 들었다. 아버지가 돌아오시면 자개장이 없어진 것을 보고 뭐라고 하실지 걱정이 되었다. 하지만 상황은 자개장으로 끝날 일이 아니었다.

가재도구들이 하나둘씩 사라졌지만 내일의 기대가 쌓여가는 것은 아니었다. 불안감이 먼지처럼 하나둘씩 쌓이더니 먹는 문제가 아닌 다른 일이 터져 나왔다.

소문이 돌았다.

로스케 군사들이 만주와 조선 북쪽에 진주한다는 것은 이미 어느 정도 알고 있었다. 내지와 남쪽에 진주하는 미국 군사들과 반씩 나눠서 조선에 들어온다는 것을 어른들의 말 속에서 전해 들었기 때문이다. 평소 헤이조 마이니치를 꼼꼼히 살피던 아버지를 따라 열심히 신문을 읽어두었기에 대강의 위치와 견문은 어설프게나마 없지 않았다.

하지만 소문의 내용은 흉악한 거였다. 학교에서 돌아다니는 말이 다들 그렇듯이 허무맹랑하고 과장된 것이지만 그 소문은 거리에서도 똑같았고, 조선인 놈들조차 두려움에 떠는 듯했다.

"로스케 놈들이 사람을 잡아먹는대."

이상하게도 그 말은 두렵지 않았다. 전쟁에서 졌다. 분하지만 사실이다. 그래서 잡아먹히는 것 같은 일이 생길지도 모른다고 어느 정도 감안하고 있었기 때문일지도 모른다. 아니 잡아먹히면 그것으로 끝이기 때문이어서일 수도 있었다. 하지만 다른 말은 견딜 수 없이 끔찍했다.

"여자들을 잡아간대."

그 말의 의미를 소년은 알았다. 죽이지는 않는다는 의미였다. 하지만 죽는 것보다 더 못한 일이었다. 아니 죽어야 하는 일이었다.

두려움은 전염병과 같은 것이고 전염병은 내지인이건 조선 놈이건 가리지 않는 법이었다. 여자들이 이상한 일을 벌이기 시작했다. 머리를 삭발 했다. 소학교 입학생들처럼 빡빡 밀어버렸다. 처음엔 한둘이었고 원산부 내지인 젊은 여자들부터였지만 차츰 늘어나더니 조선 것들도 머리를 깎기 시작했다.

"로스케 놈들은 눈깔이 없거든."

내지인을 구별할 눈이 없기도 하지만 그럴 생각이 처음부터 없다는 공포가 전염병처럼 마을에 번졌다. 그리고 만주에서 내려온 로스케 놈들이 함흥에서 저지른 짓이라며 들려온 흉흉한 소식은 공기까지 두려움에 떨게 만들었다. 그렇게 나이 든 부녀자들도 가리지 않는다는 소문이 반쯤 퍼지기도 전에 여자들은 모두 머리를 밀었다.

그것은 소년에게 치욕이었다. 머리를 미느니 할복을 해야 마땅했다. 그러나 처음부터 부녀자들 같은 것들에게 할복처럼 과분한 영예가 가당키나 하겠는가.

소년의 괴로움은 모친 역시 머리를 밀었다는 거였다.

그날 이후 소년은 모친과 말을 하지 않았다. 단 한 마디만 내뱉었을 뿐이다.

"안 돼. 내가 이 집의 가장이야!"

머리를 밀기 전 모친은 집을 떠나자고 말했다. 그러나 소년에겐 아버지를 찾아 경성으로 가자는 말이 비겁한 도피와 제 잘못을 덮으려는 뻔뻔한 수작으로 들렸다. 더 이상 팔아먹을 것이 남지 않은 집안 살림살이를 보고 생각해낸 천연덕스런 술수로 보였다. 로스케와 흉측한 소문을 핑계로 기합이 빠진 알량한 부녀자의 어설픈 소치였다.

대체 무슨 낯짝으로 집안의 주인을 만난단 말인가? 집안의 살림살이를 다 팔아먹고, 굶주림에 굴복해서 집안을 말아먹고, 감히 주인에게 어떻게 얼굴을 든단 말인가?

소년은 그럴 수 없었다. 뼈대만 남아도 이 집은 자신이 지켜야 할 곳이었다. 아버지가 지키라고 한 곳이었다. 제 주제를 모르는 조선 놈들이 날뛰지만 땅문서는 여전히 이 손아귀에 있었다. 아버지는 그것을 지키라고 했다. 그런데 한갓 부녀자가….

"안 돼. 내가 이 집의 가장이야!"

그 말에 모친은 갑작스레 뺨을 한 대 맞은 것처럼 표정이 변했고 눈빛이 회색으로 뿌옇게 변해버렸다. 뜨끔했지만 허리를 펴고 작은 가슴에 힘을 넣었다. 움켜쥔 손이 불불 떨리기까지 했다. 저도 모르는 분노가 치밀었다. 이렇게까지 되게 한 모든 것들이 삽시간에 떠올랐다.

미친 조선 놈들과 냄새나는 원산리 천한 것들, 지저분한 깃발과 침 튀는 더러운 고함들, 그리고 맥아리 빠진 헌병대장과 허둥대는 순사들, 대천황폐하의 칙어를 잊고 제 자리를 던져버리고 도망친 쥐새끼 같은 것들… 모두 다 쓸어버리고 싶었다.

"못 가. 이 집과 함께 죽는다."

모친은 그 다음 날, 머리를 깎았다. 쥐 파먹은 듯이 듬성듬성한 머리는 역겨웠다. 눈도 마주치지 않으려는 모친의 표정도 역시 마찬가지였다.

그 후로 밖은 소란스러웠지만 집 안은 무거운 침묵의 적막감이 터질 듯이 가득 들어찼다.

조마조마한 긴장은 조그마한 불씨에도 화르륵 타오를 거란 걸 소년은 알고 있었다. 하지만 소년의 머릿속엔 아버지의 말씀이 떠나지 않았다.

'소헤이! 넌 자랑스런 황국신민이다. 그것을 한시도 잊지 마라. 알았느냐?'

**

흉흉한 소문의 불안과 전염병 같은 삭발은 시작에 불과했다. 로스케 군사들이 개와 염소를 이끌고 내려온 순간, 원산은 천둥벌거숭이의 공간으로 변하고 말았다.

그날은 왱왱 사이렌이 울렸다. 마을 전체가 잠시 얼어붙은 듯 멈춰서 버렸다. 거리의 사람들은 사이렌이 우는 하늘을 보았고 이제 몇 나오지도 않는 학교에서도 잠시 선생님의 말소리가 멈췄다. 부엌이나 상점 안에 있던 사람들도 두려운 공기에 이끌려 하나둘씩 나와 하늘을 보았다.

그렇게 모두가 각오하고 있던 소리를 들었다. 사이렌은 거리 몇 곳에 조선인 보안대가 붙여놓은 환영한다는 문구만큼이나 공허한 거짓말이었다. 로스케 군사들을 환영한다는 명목이지만 사실은 거리에 있는 부녀자들에게 재빨리 집안으로 피하라는 경보였다. 그건 조선인들에게도 예외가 아니었다.

로스케 군인들은 우리 천황폐하의 군대를 무장해제시키기 위해 내려왔다고는 하지만 만주에서부터 들려온 소문은 무장해제 정도가 아니란 것을 이미 알고 있었다. 소문은 부풀려지기 마련이지만 상종 못할 족속이란 건 확실해 보였다. 조선인이든 내지인이든 눈앞에 있으면… 가리지 않는다는 거였다.

소년은 그날 눈으로 똑똑히 확인했다. 충격에 눈이 호떡만큼 커졌고 나중엔 캄캄해졌다.

로스케 군사들의 행색은 마적단이나 화적패들보다 조금 나은 정도였다. 장총을 어깨에 축 늘어뜨려 걸친 채 터덜터덜 웃으며 마을에 들어왔다. 머리는 하나같이 망나니처럼 풀어헤쳐 산발이었고, 손등에는 알 수 없는 문신이 수두룩했다. 풀어헤친 군복 밖으로 드러난 가슴에 난 털은 짐승의 그것이나 다름없었다. 낄낄거리며 웃는 입가에는 탐욕이 흘러넘쳤고 눈에는 욕정이 가득했다. 무엇보다 황망했던 것은 그들 무리 끝에 양과 염소, 개와 닭을 주렁주렁 매달고 왔다는 거였다.

그들은 백주 대낮에도 조선인을 앞세워 마을의 일본인 집을 샅샅이 뒤졌다. 쌀과 양식은 물론이고 돈이 될 만한 물건들을 남김없이 가져가 버렸다. 시계와 만년필을 특히나 좋아했다. 술을 달라고 하는 경우도 다반사였다. 술을 주면 미친 듯이 퍼먹고 떠나기는 했다. 하지만 그렇게 잔뜩 취해 다른 집에 가서 행패를 부렸다.

다행이자 또 다른 불행은 놈들이 금방 떠났다는 거였다. 하루 정도 머물고 남쪽으로 내려갔다. 그동안 마을의 피해는 그럭저럭 버틸 만한 거였지만, 새로운 괴로움은 또 다른 부대가 연달아 내려온 거였고, 그때마다 군대라고는 도저히 상상할 수 없는 총 든 거렁배들의 연이은 출현에 마을은 공포로 잠식되었다.

로스케 부대가 지날 때마다 매번 환영 자리를 열었지만 갈수록 차려내는 음식을 대기가 힘들어졌고, 놈들이 마을을 뒤져 빼앗아갈 것들도 줄어들었다. 나중엔 심지어 이불과 담요까지 걷어갔고 취사도구도 들어갔다. 놈들은 총을 든 깡패였다.

하시모토 씨의 방직회사는 문을 닫을 수밖에 없었다. 놈들이 공장의 기계들을 모두 뜯어내서 가져갔기 때문이다. 하시모토 부인은 쥐 파먹은 것 같은 머리를 한 채로 넋을 놓아 버리고 말았다.

"탕-."

총소리가 난 건 그때였다.

사람들이 몰려나와 무슨 일인지 보았다. 총을 쏜 자는 물론 로스케 군인이었다. 개를 쏜 거였다. 부끄럼도 없이 뭐라고 떠들어대는 소리는 알아들을 수 없었다. 뒤에 서 있던 안경 낀 늙은 조선인이 중얼거리는 말을 들었다. 어디서 배웠는지 알 수 없지만 몇 마디 로스케 말을 아는 듯했다. 만주 천안령 고개에서 화적질을 할 때 주워 들었을지도 모른다. 어떻든 안경잡이 노인의 말은 어이가 없었다.

"개고기는 역시 누렁이가 최고야."

꼭 그렇게 말했는지는 알 수 없고 노인의 통변이 옳은지도 모른다. 다만 그 총소리를 시작으로 여기저기서 개를 무섭게 잡아먹기 시작한 것을 보면 그리 틀린 말이 아니었다.

밤이 될 때마다 무서워졌고 날씨는 더 추워졌고 소년은 저도 모르게 몸을 웅크리고 잠에 드는 날이 많아졌다. 더 이상 내다 팔 것도 뺏길 것도 없어진 을씨년스런 집은 그냥 터만 남고 말았다.

'아버지가 돌아오신다면, 돌아오시기만 한다면…'

그런 마음이 복잡해졌다. 오서서 집을 제대로 간수하지 못했다고 불호령이 떨어질 것이 분명하기도 했지만, 아버지가 오시기만 하면 저런 더러운 털북숭이들과도 담판을 지으실 거란 걸 알기 때문이었다. 아버지는 못하는 것이 없었다.

하지만 그런 생각은 하루 만에 바뀌었다.

로스케 군사들이 더 이상 떠나지 않고 원산에 머물렀다. 그건 새롭게 뺏길 것이 없다는 점에서는 안심이었지만 또 다른 불안이 생겼다.

사람들이 사라지는 것이었다.

정확하게는 남자들이 하나둘씩 사라졌다. 처음엔 내지인들만이었지만 실수 같지 않은 실수로 조선인 남자들도 사라졌다. 들판에 세워져 총살을 당한 것은 아니었다. 그런 일은 로스케들이 나타나기 전에 이미 끝난 일이었다. 로스케들은 가져갈 것이 없자 사람을 가져가기 시작한 거였다.

학교에서는 이제 몇 남지 않은 급우들이 "로스케들이 사람을 먹는다." 는 소리를 했지만 그게 사실이 아니란 생각이 들었다. 로스케를 두둔하려고 그런 것이 아니라, 그가 읽은 '수호지'의 내용 때문이었다. 사람을 잡아 먹는 놈들은 노지심 같은 땡중 떼놈들이지 로스케 놈이 아니었다. 그리고 그 사람 먹는 땡중은 야들야들한 어린아이 고기를 더 좋아한다고 했다. 그리고 그건 맞는 말 같았다. 청년보다 훨씬 더 잡기 쉬운 아이들을 놔두고 젊은 사람들만 그것도 남자들만 사라지는 것은 다른 이유가 있는 게 분명했다.

소년은 전에 읽었던 '헤이조마이니치'의 한 기사가 생각났다. 로스케 놈들이 만주에서 한 사람당 50엔이니 70엔이니 하는 돈에 사람들을 잡아 로스케 땅으로 데려간다는 소문이 진짜라는 것을 눈앞에서 확인한 거였다.

골목을 돌아다니는 소년의 마음은 덜컹거렸다. 자신을 잡아갈지도 모른다는 두려움보다는 아버지가… 아버지가 돌아오시지 못하… 아니 돌아오시면 안 된다는 생각이 들었기 때문이었다.

평생 잊지 못할 일들이 연달이 터졌지만 결정적인 것은 아직 아니었다.

사람들은 암암리에 경성이나 이남 강원도로 탈출을 감행했고, 원산부 사람들은 눈에 띄게 줄어들었다.

그리고 드디어 조선 놈들이 소년의 집에 오고야 말았다.

원산리 집들은 대부분 조선인 보안대와 로스케 장교들의 숙소와 작전 사령부로 수용되고 말았다. 하시모토 씨의 집도 그렇게 빼앗기고 말았다. 소년의 집도 그럴 뻔했지만 그렇게 크지 않은 집이었고 조금 외진 곳에 있다는 지리적 상황 때문에 간신히 넘어갔다. 하지만 로스케들을 피하겠다는 생각으로 도망친 만주와 함경도 쪽 피난민들이 원산으로 몰려들면서 집이 부족해지자 상황이 바뀌었다. 치안을 맡은 로스케들이나 조선인 보안대는 '여기도 로스케 세상이구나.'라며 황급히 떠나려는 피난민들을 붙잡았고, 그들에게 지낼 숙소를 마련해주겠다고 말했다.

로스케 놈들이 한 짓은 있을 수 없는 짓이었다. 몰려든 피난민을 내지인 집에 분산 수용시킨 것이다. 그건 결국 내지인들과 조선 놈들을 한 집에 지내게 하는 극악하고 더러운 짓거리였다.

그렇게 소년과 모친은 집의 안채로 쫓겨 들고, 바깥채는 보안대의 윽박지름에 몰려 만주에서 내려온 조선 놈들에게 내주고 말았다.

불편함은 냄새에서부터 시작되었다. 몸에서 나는 냄새와 악취는 참아내기 힘들었다. 그들이 입을 열 때마다 머리가 지끈거렸다. 무엇보다 아버지의 집이, 아니 내 집이, 이렇게 짓밟히는 것에 분노가 치밀었다. 하지만 그가 할 수 있는 일은 입을 꽉 다물고 끓어오르는 감정을 억지로 끌어내리는 것뿐이었다. 몇 명 거부하던 내지인들이 혹독한 꼴을 당한 것을 본 후로는 더욱 그랬다. 그렇게 아버지의 집이 돼지우리가 되었다.

텅 비다시피 했던 원산이 북쪽에서 내려온 피난민들로 가득차자 다시 마을이 홍성거리는 듯했지만, 이젠 죽도 밥도 아닌 이상한 꼴이 되고 말왔다.

무엇보다 먹을 것이 없었다. 이젠 내다팔 물건도 없었다. 굶주림에 뱃가죽이 등에 들러붙을 지경이었다.

사흘을 앓듯이 누워만 있었다. 그날 저녁 어디선가 모친이 가져온 주먹밥을 허겁지겁 입안에 움켜 넣다가 처연하게 바라보는 모친의 눈빛과 마주쳤다. 그 순간 자신의 몰골에 혐오감이 일었다. '아버지가 보시면 어떻다고 하실까' 하는 생각에 눈물이 핑 돌았다. 비로소 그제야 소년은 모친이 떠나자고 했던 말을 듣지 않은 것을 후회했다. 하지만 쥐 파먹은 민둥머리가 된 모친의 행적이 그런 미안함과 후회, 나약함을 단숨에 삼켜버렸다.

아이들은 나무로 권총을 만들어 뛰어다니며 노래를 불렀다. 세상이 어떻게 돌아가든 코흘리개들은 길에 나와 뛰어놀았고 그들은 새롭게 바뀐 이상한 분위기에 쉽게 물들었다. 남자 아이들은 여자아이들의 뒤꽁무니를 쫓아다니며 나무권총으로 위협하듯 달려들었다. 그러며 외쳤다.

"마담 따바이! 따바이! 따바이!"

뜻은 누가 말해주지 않아도 알 수 있었다. 로스케 놈들이 권총을 쥐고 일본인들을 협박할 때 하던 말이었다. 그리고 놈들의 희번덕거리는 눈에서는 아이들도 그 이유를 찾아낼 수 있었다. 여자를 내놓으라는 위협이었다. 그리고 내놓으라는 이유는 말하지 않아도 알았다.

소년은 코흘리개들보다 나이가 많기도 했지만 그렇게 저속한 놈들과 어울려 놀 때가 아니었다. 지금 벌어진 상황은 꼬마 놈들에겐 놀이일지 몰라도 그에겐 생생한 현실이었다. 그는 헤쳐 나가야 했다.

소년에겐 마담 따바이를 외치는 아이들의 놀이가 점점 더 절실한 현실이 되어 목을 죄는 느낌이었다. 그건 밤마다 사라지는 모친의 기척 때문이었다. 그리고 그건 자연스레 마을에 떠돌아다니는 '로스케 부인'이란 말이 귓가에 뱅뱅 맴돌게 만들었다. 짙은 화장을 하고 밤이면 나가 새벽에 돌아온다는 내지인 여자들 이야기. 내지 여자들이 하루아침에 뒤집힌 세상에서 냉면가게에서 일을 하고 목욕탕에서 허드렛일을 한다는 말은 들었지만… 로스케 부인이란 건… 너무 한 거였다.

낮에는 마담 따바이가 밤에는 로스케 부인이 그를 괴롭혔다.

결정적인 것은 거대한 덩치에 팔뚝까지 누르스름한 털이 가득한 로스케 장교가 지니고 있던 칼 때문이었다. 치안 유지군으로 있던 그 장교의 허리춤에 감청색 칼집에 호랑이 자개 무늬가 선명한 단도가 꽂혀 것을 보았다. 충격이었다. 그건 아버지 거였다. 분명했다. 연꽃무늬 가문의 문장이 단도 자루에 선명했다.

그 단도가 그 장교의 허리춤에 꽂혀 있는 것은 아버지에게서 뺏은 것일 수 없다. 아버지가 경성으로 떠나실 때 그 단도는 안방 벽장 안 자개함에 넣어져 있었다. 그리고 그건 로스케 군인들의 잇단 강탈에도 뺏기지 않고 지켜낸 몇 안 되는 가문의 유물이었다. 그가 다다미를 들추고 깊이 감추어두었기 때문이다.

그 단도가 다다미 밑에서 로스케 장교의 허리춤으로 옮겨가게 된 이유가 눈에 보이듯이 그려졌다. 소년은 괴로움에 몸부림을 쳤다.

그날 밤 소년은 두근거리는 마음을 죄며 밤을 기다렸다. 숨죽이고 잠든 척 조금도 움직이지 않았다. 밤이 깊어졌고 모친은 조용히 일어났다. 그리고 그는 그날 밤 보아서는 안 될 것을 보았다.

로스케 부인이 무엇인지… 털북숭이 로스케들이 어떤 짓을 하는지… 그는 똑똑히 보았다.

***

　이상하게도 아무렇지 않았다. 한숨도 자지 못했지만 머릿속은 더할 나위 없이 맑았다. 결심을 했기 때문일 수도 있다. 더러운 것을 더럽다고 할 필요가 없기 때문일 수도 있다. 어쩌면 그날 저녁 모친이 어렵사리 구해 온 음식을 죄다 토해냈기 때문일지도 모른다. 구역질이 머리를 맑게 했다. 뱃속까지 가득찼던 더러운 지난 나날 동안 입안으로 들어간 것까지 몽땅 토해내게는 하지 못했지만 창자까지 꽉꽉 쥐어짜낸 욕지기는 소년을 새롭게 만들었다.

　그는 떠나기로 했다. 아버지를 찾아 경성으로 가기로 했다. 그러기 위해서는 준비가 필요했다. 정리할 것도 있고…. 그래야 아버지 얼굴을 똑바로 볼 수 있다.

　'강해져라 소헤이!'

　아버지의 목소리가 귀에 쟁쟁했다. 잊지 않으려고 목소리를 붙잡았다.

　바깥채에 있는 조선인들과 말을 나누기 시작한 것도 그때부터였다.

　전염병 같은 놈들에게 그래도 몇 가지 요긴한 것을 알아냈다. 경성에 친척이 있다는 것은 얻어걸린 거였다. 자주 내왕은 못했지만 친형제간이란 말이 귀에 붙어 떨어지질 않았다. 계획은 바깥채에 있는 박무삼이란 자의 외아들이었다. 놈의 나이는 알 수 없었지만 얼추 키가 비슷했다. 그게 아니어도 어쩔 수 없었다.

　날짜를 정했다. 그리고 준비를 했다. 아버지가 중요하다고 했던 것들을 챙겼다. 그리고 기다렸다.

　날이 되었다. 밤이 깊었고 그날은 원산의 조선인 치안대와 로스케 군인들이 해방 자축을 하는 잔치가 있는 날이었다. 그날로 잡은 것은 로스케 군인들이 밤새도록 퍼마실 거기 때문이었다. 그리고 터질 듯이 긴장되었던 마을 분위기도 어느 정도 느슨해질 거였다. 술 때문이었다. 조선 놈들은 술로 한풀이할 것이고 로스케 놈들은 마담들을 고르기 위해 퍼마실 것이다.

생각대로 들뜬 잔치분위기는 한밤중까지 이어졌고 굶주린 배에 들어간 술은 사람들을 풀어지게 했다. 손도 발도 그리고 정신도.

그렇게 폭격 맞은 듯이 들떠 웅성대던 원산은 자정을 넘어 새벽에 다다르자 사위가 조용해졌다. 때가 되었다. 몰래 아버지의 단도를 더러운 놈에게서 훔쳐냈다. 내뿜는 숨소리가 역겨웠지만 참았다. 아니 참아야 했다. 심장이 쪼그라들었지만 용기를 내서 해냈다.

그 다음 일은 생각보다 쉬웠다.

미리 먹을 것으로 구워삶아 놓은 만큼 박무삼의 아들놈은 약속한 장소에 나타났다. 놈은 조용히 픽 갔다. 덤비지도 못하고 꽥 소리도 없이 그대로 돼져 버렸다. 잠시나마 천황폐하의 신민이었던 기개라고는 코딱지만큼도 찾아 볼 수 없는 한심한 죽음이었다. 더러운 족속답게 더럽게 갔다.

아버지의 단도는 아까웠지만 놈의 가슴에 꽂은 채로 둘 수밖에 없었다.

불은 새벽 미명에 났다.

술에서 깨어난 동네 사람들이 모여든 것은 소년의 집 바깥채가 다 타고 나서였다. 집밖으로 빠져나온 사람들은 아무도 없는 듯했다.

그나마 소년의 집이 조금 떨어진 곳에 있어 근처 다른 집으로 불이 옮겨 붙지 않았다는 것에 사람들은 안도했다. 치안대에서 조사를 했지만 죽은 사람이라곤 박박 머리 깎은 젊은 여자 한 명과 건넛방에서 발견된 가슴에 칼이 꽂힌 채 타버린 남자 어린애뿐이었다. 어린애는 몰라도 여자는 충분히 도망칠 수 있는데도 굳이 똑바로 앉아 죽음을 기다린 모습이 을씨 년스런 일본 년 같단 소리가 들려왔다.

"아, 로스케 부인이라니까 그러네. 그래서 그것이 남편의 칼도 팔아 먹었대잖아."

"그래서 칼로 지 아들을 찌르고 지도 죽은 건가? 불을 내서?"

"그거야 모르지. 아무튼 일본 것들은 씨알이 영…."

물론 원산을 떠난 소년은 그런 얘기를 알지 못했다. 그는 단 하나의 생각뿐이었다. 경성으로 가서 어떻게든 살아남아야 한단 생각 그뿐이었다.

가능성은 희박했지만 아주 불가능한 것은 아니었다.

품에 꽁꽁 동여 맨 전대 안에는 가문이 소유한 아버지의 땅, 만주 신경(新京)과 조선 경성(京城), 군산(群山)의 땅 문서가 있었다. 아버지의 도움을 받은 사람들, 경성에서 만나야 할 사람들의 이름이 빼곡히 적힌 서류가 있었다. 그리고 자신을 그들에게 증명할 사진 하나.

아버지와 자신을 끈끈이 연결해주는 사진.

그것이 모든 것을 해결해 줄 거였다. 아버지의 아들이라는 명백한 증명 앞에 그들은 고개를 숙일 것이다. 아버지에게 받은 은혜를 받아낼 것이다.

소년은 사진을 보며 이를 꽉 물었다.

자신이 어떻게 변하든, 앞에 무슨 일이 있든, 이 더러운 개돼지들 틈에서 반드시 살아남겠다고 맹세했다. 그래서 아버지의 뜻을, 천황폐하의 뜻을 반드시 다시 이루겠노라 다짐했다.

형형한 눈의 소년은 굶주림도 잊고 동상으로 부르튼 발을 질질 끌며 경성으로 향했다.

에필로그

다시 기다리는 봄

*

선릉역 사거리 국산빌딩에 들어서는 것은 여전히 까다로웠다. 하지만 데스크 여직원은 그를 단번에 알아봤다. 헉 숨을 참을 정도로 티가 났다. 그는 미안함을 섞은 미소를 지으며 손가락으로 게이트를 가리켰다. 그렇게 잠시 후 39층에 있는 김세진 전무의 집무실로 들어섰다.

"아버님을 살해한 범인을 잡았습니다. 그런데 누군지 말씀드리기는 곤란합니다."

김세진 전무의 표정은 복잡해 보였다.

몇 달 전 처음 만났을 때보다 강태혁에 대해서 더 많이 알게 된 듯싶었다. 최근의 롤러코스터 정국의 변화 뒤에서 그가 뭔가 했다는 생각을 하는 듯했다. 그리고 그에 따라 자신이 어떤 태도를 취해야 할지 지금 열심히 계산하는 듯했다. 그는 뜻하지 않게 함부로 대해서는 안 될 거물이 된 거였다.

"기사도 못 쓸 것 같습니다. 아마, 영원히 누구도 못 쓸 겁니다."

그러고는 들고 온 서류가방을 테이블 위에 놓았다.

"이걸 돌려드리러 왔습니다."

김 전무는 그것이 무엇인지 알아봤다. 자신이 부산 파라다이스 호텔에서 건넨 그 가방이었다. 당황스러웠다. 기사를 핑계로 돈을 준 것이지만 그건 김동욱 회장의 부적절한 관계와 추문에 대한 입막음용이었다. 그걸 지금 다시 가져온 거였다.

"그… 그럼, 이걸 어쩌라고…?"

"알아서 하세요."

그러고는 김 전무의 다음 말을 듣지도 않고 일어섰다. 그렇게 사무실 문으로 가서 손잡이를 잡고 열려다가 뭔가 생각이 난 듯 고개를 돌렸다. 그리고 딱딱하게 얼어있는 김 전무를 향해 장난처럼 말했다.

"너무 적어서, 원…. 한 열 배 정도 키우면 어떨까도 싶은데, 어때요?"

그러자, 살아날 길을 찾았다는 듯 소파에서 벌떡 일어서며 그가 외치듯 말했다.

"조… 좋습니다. 가능합니다."

단호하게 입술을 꾹 다물며 할 수 있다는 다급한 의지를 보였다. 그러자 강태혁이 고개를 끄덕였다.

"어디다가 기부를 하든지, 아니면 선친 이름으로 재단 하나 만드는 것도 괜찮을 것 같은데, 재단은 좀 어렵나? 전무님이 사재를 조금 더 출연하면 되지 않을까요?"

그러고는 얼떨떨해 하는 그를 향해 윙크를 했다.

"전 양아치가 아니라니까요, 미친놈이지."

그러고는 멍해진 그를 남겨두고 집무실을 나갔다.

얼마 후, 국산그룹이 100억을 출연하여 장학사업과 순수문화사업을 지원하는 '김동욱 재단'을 설립한다고 언론에 공표했다.

강태혁은 부산 사하구의 가산유통 본사를 찾았다. 넓은 얼굴의 정인희 상무를 만난 것은 본사 사무실이 아니라 부산항 컨테이너 선적장에서였다. 작업복 차림의 정 상무는 여전해 보였다.

"그냥요. 부산에 놀러온 김에 소주나 한 잔 사달라고 왔지요."

좋다며 가자는 정 상무의 호의를 정중히 거절했다.

"저도 바빠서요. 언제 한 번 다시 찾아뵙고 꼭 소주 한 잔 얻어 마시겠습니다."

그 말을 마지막으로 돌아서 나왔다. 아마 평생 다시는 만나지 못할 거였다. 정인희 상무는 이미 충분히 아버지의 빈자리를 채우고 있었다. 홀륭히 극복했다.

그런 그에게 공연히 분란의 씨앗을 던지고 싶지 않았다. 그럴 권리가 자신에게는 없었다. 시간은 부용회를 기억하지 않을 거였다.

인수그룹은 그가 상관할 바 아니라 윤소영의 소관이었다.

며칠 고민했다. 결국 미호를 만났다. 인수그룹 이한상 회장을 살해한 자가 그림자라는 것을 알려주었다. 그림자가 누구인지도, 그리고 어떻게 되었는지도 모두 말해 주었다. 그 다음은 그의 일이 아니었다. 얼음공주가 알아서 처리할 일이었다.

이철상 의원은 만날 수 없었다. 만날 사소한 이유는 있었다. 갑작스레 터진 인터넷 찌라시 보도에 당황했을 테고, 그래서 그가 터뜨린 거라고 분노할 수도 있었다. 전에 만났을 때 터뜨리지 않겠다고 약속했지만, 그것을 믿느냐 안 믿느냐는 이철상의 그릇에 달린 문제였다. 배신감에 치를 떠는 어리석음도 그의 선택이고, 믿고 신뢰해 차분해지는 현명함도 그의 몫이다. 그것까지 남이 해줄 수는 없는 노릇이다.

'난 그저 내 길을 가면 된다.'

오해는 오해대로, 사실은 사실대로 그냥 뚜벅뚜벅 가면 그만이었다.

알아보지 못할 테고 무슨 사연인지도 파악하지 못하겠지만, 그래도 휑뎅그렁한 정신의 빈터에라도 결과를 말해줘야 한다는 의무감에 천향원으로 향했다.

박술례 여사의 병실은 비어 있었다.

"며칠 전에 돌아가셨어요."

이젠 정말 친동생이 있었는지도, 그 동생이 중국에 사는지도, 영원히 알 수 없게 되어 버렸다.

돌아서서 나가는 그를 향해 간호사가 무엇을 알고 있는지 이렇게 말했다.

"박인권 의원 소식이 뉴스에 나올 때였어요. 그렇게 동생분이 돌아가셨다는 뉴스를 보신 후였던 것 같아요. 모두 알아들으셨는지 침대에 아무 말 없이 누워계셨는데, 눈에 꾀죄죄한 눈물이 주르륵 흐르더라고요."

전신일의 취재수첩은 돌려주었다. 하신애는 남편과 딸을 만난 것처럼 수첩을 가슴에 꼭 껴안았다. 감은 눈에서 뜨거운 눈물이 흘러 내렸다.

남편과 딸의 노력으로 이상한 인간이 우리나라를 흔들게 되는 것을 막게 되었다는 말을 하고 싶었지만 감히 입을 열 수 없었다.

모두가 하찮게 알고 무시하던 3류 지방신문 기자 전신일은 모든 진실을 알고도 근거를 찾아 목숨을 걸었다. 그보다 훨씬 잘났고 학벌이 짱짱히 빛나는 일류 언론인들은 추측성 찌라시에 호들갑을 떨며 '썰'을 유포하는 것으로 자신의 직무를 저버렸다. 사실이 아니라 추측, 진실이 아니라 편향이 우리 주변에 흘러넘쳐 썩은 냄새가 진동하게 만들었다. 그리고 똑똑한 그들은 자신들이 쌓아놓은 견고한 성 안으로 숨어 버렸다. 전신일이 세상을 바꿀 때 그들은 자신들의 사명을 바꿔먹었다.

오열하는 하신애를 위로할 수 없었던 것은 자신이 바로 그런 자들이었기 때문이다. 전민주의 간절한 눈길을 외면하고 그 손을 잡아주지 않은 자신도 똑같은 놈이었다. 교수냐 시간강사냐는 알량한 말장난의 성을 쌓고 도망치고 거들먹거리던 똑같은 놈이었다.

"고맙습니다. 이렇게라도 돌아올 수 있게 해주셔서, 정말 고맙습니다."

고개 숙인 그를 향해 글썽이는 하신애가 말했다.

"그이의 말이 맞았어요. 강 형사님이 훌륭한 분이란 것이 맞았어요. 민주가… 우리 민주가 '아빠가 못다 이룬 사명을 이루어 줄 수 있는 분이야'라고 했던 말이 정말로 맞았어요."

강태혁은 도저히 고개를 들 수 없었다.

강태혁이 몇 번을 망설이다 용기를 내서 전화를 걸었다. 전민주의 사고사에 대해 괴로워하던 박시연의 모습이 머릿속에서 지워지지 않고, 애처로운 망사스타킹으로 사라진 그녀의 뒷모습이 자꾸만 떠올랐기 때문이다.

전에 만났던 커피 빈에서 만나기로 했다. 한겨울의 추위가 저녁을 더 일찍 끌어내린 것처럼 을씨년스런 날이었다.

막상 마주 앉으니 입이 막혔다. 할 말이 입안에 가득했지만 아무 말도 할 수 없었다. 박시연은 수수하게 입고 나왔지만, 화장은 아직도 그곳에 있다고 말해주었다.

그녀의 선택에 뭐라 할 것은 아니었다. 그녀가 무슨 일을 하든, 어떻게 살든, 그녀의 판단이고 선택이었다. 하지만 그렇게 되게 한 데에 끼어든 결정적인 것을 말해주지 않을 수 없었다. 그건 일종의 책임감이었다. 어쩌면 자신의 말이 공연한 간섭일 수도 있지만 말해줘야 했다.

뜨거운 아메리카노가 하염없이 식어 미지근해질 무렵, 결국 강태혁이 입을 열었다.

박시연은 말없이 고개를 숙인 채 듣기만 했다. 굳이 말할 필요 없는 것들은 빼고 말했다. 마지막으로 정리해서 말했다.

"사고가 아니었어. 계획된 살인이었어."

그래도 박시연의 숙인 고개는 펴지지 않았다. 그녀의 마음을 알았다. 아니 알 것 같았다. 죄책감으로 가득한 그녀는 자신을 던지듯이 살고 있는 거였다. 망사스타킹으로 애처롭게 살고 있는 거였다.

"네가 말해주기 전에 이미 놈들은 알고 있었어, 민주가 술을 마시지 못한다는 것을. 그리고 어떻게든 죽일 생각이었어, 무슨 방법으로라도."

그림자가 모를 수 없었다. 그녀에 대해 모든 것을 다 알고 있었고, 그래서 그렇게 자살로 위장하려 했다. 하지만 박시연은 몰랐다. 자신이 촐랑이 학생회장에게 우연히 한 말 때문에, 전민주가 술을 한 잔만 마셔도 인사불성이 된다고 한 그 말 때문에, 민주가 그렇게 된 거라고 믿고 있었다. 자기 때문에 친구가, 자신의 절친이, 참혹하게 죽었다고 생각했다. 그래서 언론에 흘렸고, 그리고 또 신경질적이고 삐쩍 마른 재수 없는 시간강사에게 어떻게든 말하려 했던 거였다. 전민주가, 자기 말실수로 억울하게 죽은 친구 민주가, 믿을 수 있다고 한 선생님이었으니까…. 하지만 그는 매몰차게 돌아섰고, 그렇게 그녀 앞의 다른 길을 막아 버렸던 거다. 그녀를 죄책감의 절벽으로 한없이 굴러 떨어지게 밀어버렸던 것이다.

"미… 미, 미안하다, 시연아."

강태혁은 자신이 짊어져야 할 죄책감을 다른 이가 짊어지고 있다는 것에 괴로움을 느꼈다. 자신은 그러면 안 되는 거였다. 정말 그러면 안 되는 거였다. 그런 선택을 하면 안 되는 거였다.

"내, 내가 정말 잘못했다. 많이 잘못했다…."

안재홍의 1차 공판이 여러 번 이어졌다. 사안의 중대성이 있어 중형이 불가피해 보였다. 하지만 그림자는 변호사를 선임하지 않았고 어떤 반박도 긍정도 하지 않았다. 법정에서도 입을 꾹 다문 채 한 마디도 하지 않았다.

박인권의 선거사무실에서 경호팀에게 잡힌 이후 지금까지 입을 연 적이 단 한 번도 없었다.

결심공판에서 무기징역을 선고받은 그가 법정을 나왔다. 기자들의 성화에 법원은 어쩔 수 없이 약간의 언론 노출을 허용했다. 그동안 침묵과 묵비권으로 일관했던 그가 입을 열 거라 생각하지 않았기 때문도 있었다.

기자들이 온갖 질문 세례를 퍼부었지만 안재홍은 굳은 표정으로 먼 곳을 바라보기만 했다.

"아버지께서 월북하셨던 것이 영향을 준 것 아닙니까?"

갑작스런 젊은 기자의 돌발 질문에 그의 눈썹이 꿈틀거렸다. 영악스런 기자는 재빨리 흘러 다니는 '썰'을 가져다 붙였다.

"아버지와 접촉하신 것은 아닙니까? 항간에 북한의 지령을 받았다는 소리도 있는데, 그것이 아버지와 접촉을 통해 이뤄진 건 아닙니까? 중국 연변에 가셨던 것도 그런 과정이었던 것 같은데, 사실을 말씀해 주십시오!"

내용은 그만두고라도 앞뒤도 안 맞는 소리였지만, 안재홍이 처음으로 반응을 보였다. 물론 입을 열지는 않았다. 그 질문을 한 기자를 잡아먹을 듯이 노려보았다.

그것에 법원 직원이 당황했다. 입을 열면 곤란하다는 생각이었다. 서둘러 기자들의 이어진 말을 끊고 그를 호송차량에 태웠다.

차량이 떠나는 곳까지 극성맞게 따라간 기자들과 빨리 기사를 보낼 생각으로 썰물처럼 사라진 기자들과 달리, 방금 전 질문을 했던 젊은 기자는 멍하게 서 있었다. 안재홍의 눈길을 잊을 수 없어서였다. 상어의 눈처럼 감정 없는 싸늘한 눈빛이었다. 꿈에 나올까 두려웠다.

머리를 흔들어 정신을 차린 기자는 속으로 한바탕 욕을 해대고는 달려갔다. 기사를 송고해야 했기 때문이다. 뛰기 시작하자 조금 전의 두려움이 서서히 사라졌다. 대신 자신이 그를 최초로 격동시킨 인물이라는 자긍심이 차올랐다.

하지만 그는 몰랐다. 방금 전 죽음의 문턱을 밟았다는 것을. 그림자의 손에 작은 칼이 쥐어져 있었다면, 지금 이렇게 달리는 대신 뿜어 나오는 피를 막으려고 두 손으로 목을 쥔 채 쓰러져 있을 거라는 것을, 그는 도저히 알 수 없었다.

***

누리기획 감사실 윤소영의 집무실에 강태혁이 들어섰다. 만남은 타워팰리스에서의 그날 밤 이후 처음이었다.

윤소영이 권하는 대로 책상 바로 앞에 놓인 소파에 앉으며 그가 말했다.

"놀라지 않으시는군요?"

"언제 오시나 했습니다."

맞은편에 앉은 윤소영이 말했다. 미호는 아무 말 없이 그녀 뒤에 섰다.

"더 빨리 뵈려했는데 소령님이 내주신 퀴즈가 너무 어려워 시간이 좀 걸렸습니다."

"퀴즈요? 제가요?"

그 말에 강태혁은 깊은 미소를 지었다. 그러자 윤소영이 화제를 돌렸다.

"형사님은 폭탄을 둘 다 던지지 않으시면서도 그림자를 도발해서 둘 모두에게 던지게 하셨군요. 멋진데요. 다시 예전처럼 살아나신 것 같군요, 강 형사님."

"모두 소령님의 가르침 덕분입니다."

"제 가르침이라니요?"

"본인이 직접 하지 않으면서 남이 움직이게 하는 묘수를 가르쳐 주셨잖아요."

"제가요?"

"소령님이 내신 퀴즈가 그게 아니었나요? 상암동 힐튼에서 천안으로 가시면서 내신 퀴즈 말이에요."

상암동이란 말에 윤소영이 한 방 먹은 듯 변했다가 금세 크게 웃었다. 진심으로 기쁜 표정이었다.

"세상에…, 역시 천하의 강태혁이라더니…. 어떻게 아셨어요?"

그녀의 반응에 강태혁이 속으로 탄복했다. 얼음공주는 여전했다. 거짓말을 하지 않았다.

"때마침 경찰특공대가 동식이파 아지트를 급습한 것이 계속 걸렸어요. 물론 이미 세워진 작전이었다고 천안경찰서 한 형사가 말하기는 했지만요."

"그런데요?"

윤소영이 정말 알고 싶어 하는 눈치였다.

"하나 더 걸리는 게 나중에 나오더군요. 아무리 생각해도 조폭 애들이 기자를 납치하는 것은 너무 과도했거든요. 고작 사진 한두 장 때문에, 게

다가 서울 상암동까지 원정 와서 납치하다니, 잘 납득이 안 되더군요. 그러자, 힐튼 주차장이 지하 4층까지 있다는 것이 떠오르더군요. 아무리 산타페에 발신기를 장착했다고 해도 그렇게 정확하게 위치와 시간까지 맞출 수 있을까, 하는 의혹이 들더군요. 그래도 여전히 의혹이지만요."

윤소영이 고개를 끄덕였다.

"우연이 둘이 겹치면 필연이거든요. 그건 결국 제가 잘 모르는 바탕에 뭔가 다른 이유가 있단 의미였죠. 그래서 마약이 나왔다는 동식이파 아지트에 대해서 알아봤어요. 정말 마약이 나왔지만 경찰특공대까지 나선 것에 비하면 보잘 것 없는 양이었죠. 의심이 커졌어요. 마약 제보를 받은 형사를 만나, 제보를 받은 날짜를 물었죠. 그러자 재미있게도 소령님께서 아르테미스에서 사진을 찍은 그 다음 날이더군요. 아주 공교롭게도 말이지요."

"우연일 수도 있잖아요?"

윤소영의 반문은 부정하는 것이 아니라 제대로 풀고 있느냐를 묻는 순수한 흥미의 질문이었다.

"제가 우연을 잘 안 믿거든요. 물론 그날 진짜 제보가 있었을 수도 있죠. 하지만 소령님이 납치된 날, 그러니까 경찰특공대가 아지트를 급습한 날이 제보 받은 지 불과 나흘 후였거든요. 물론 경찰이 마약 문제다보니 아주 재빨리 즉각 대처했을 수 있지만, 제가 경찰을 좀 알잖아요. 그렇게 전격적으로 경찰특공대까지 출동하려면 수속이 복잡하거든요. 시간도 꽤 걸리고요."

윤소영이 만족스런 표정으로 웃었다.

"이상한 제보인지, 마약범의 거짓 정보인지, 역공격인지 등등 위에서는 여러 루트로 확인한 후에 특공대 파견을 결정하거든요. 영화나 드라마처럼 전화만 하면 대뜸 출동하는 것이 아니라 서류 쓰고 보고하고 결재 받고 해야 하는 거니까요. 나흘은 너무 빨랐죠. 물론 누군가 엄청난 분이 위에서 지시를 하신 거라면 조금 얘기가 다르겠지만요."

그가 자신의 추측을 말했다.

"그래서 이런 생각을 해 봤지요. 소령님은 납치된 것이 아니라 처음부터 그런 자작극을 벌인 거고, 납치범들은 동식이파 졸개들이 아니라 소령님의 부하들이란 생각 말이에요. 그러자 나머지는 술술 풀렸어요. 천안의 아지트는 동식이파의 것이지만 소령님은 경찰특공대가 거기를 급습할 때 섞여 들어가셨겠죠. 뭐 특공대를 움직이실 분이니 그들 중 하나와 미리 맞춰 둔 대로 살짝 잡힌 것처럼 경찰서로 끌려가는 것은 일도 아니었겠죠. 물론 거기서 소령님을 진짜 기자라고 여긴 김 형사라는 꼴통을 만날 줄은 모르셨겠지만요."

윤소영의 얼굴에 함박웃음이 터지려 했다.

"아무튼 이렇게 생각하자 나머지는 모든 것이 아귀가 맞아 들어갔어요. 소령님다운 그림이 나오더군요. 감히 천하의 윤 소령이 잠을 자겠다는데 원 나잇 손님 아니라고 내쫓은 모텔 놈이나 거기에 관계된 조폭 놈들은 톡톡히 쓴맛을 봐야 했지요. 미호가 토네이도에서 놈들에게 진짜 총을 쏜 것도 놈들 아지트 하나를 끝장낸 것도 다 소령님의 심정에 꼭 맞는 앙갚음이었지요. 안 그런가요?"

윤소영이 천천히 박수를 쳤다.

"좋아좋아, 맞아요. 제가 그랬어요. 자, 그런데 왜 이런 말씀을 지금 하시는 거죠?"

무시하는 말이 아니라 여전히 만족스럽다는 듯 흥미로운 목소리였다.

"다 좋은데 왜 굳이 저를 놀라게 하셨는지 여쭤보려고요."

얼음공주가 빙그레 웃었다. 그 모습을 보자 얄미워졌다. 자신은 정말로 윤 소령이 납치되어 여자로서 끔찍한 꼴을 당할까봐 온통 정신이 뒤집혔었기 때문이었다.

"형사님이 정신을 못 차리셔서 그랬어요."

"예?"

"제가 핑계를 대는 것 같아요?"

그건 아니었다. 얼음공주가 하나라면 하나고 둘이라면 둘이었다.

"아니요. 하지만 잘 이해가 안 되는군요. 동식이파 놈들을 손봐줄 생각이었으면 그냥 하셔도 됐을 텐데 굳이 절 그렇게 도발하신 것이 납득이 안 됩니다."

그녀의 입가에 진한 미소가 흘렀다. 무척이나 고혹적으로 보였다.

"제가 그랬기에 강 형사님이 영흥대학교 총학생회를 들었다 놓으신 거잖아요. 미호가 총을 쏴대도 만류하지 않으신 거고요."

그녀의 말에 강태혁이 뜨끔했다. 그 날의 다급함과 흥분, 그리고 폭력의 맛이 되살아났다. 그때는 경찰이 아니었다. 폭력에 굶주린 미친개였다.

"그전에 이미 형사님은 예전 느낌으로 돌아왔어요. 천하의 강태혁 형사가 돌아왔다고요. 하지만 움직이질 않았죠. 전민주가 죽은 것도, 전민주를 그렇게 한 놈들이 어디에 있는지도 찾으면 찾을 수 있지만 도통 움직이지 않았어요. 왜 그랬을까요? 공황장애 때문에? 약을 먹어서? 아니요, 다 아니에요."

그녀가 손으로 그의 가슴을 찌를 듯이 가리켰다.

"그건 강 형사님 스스로 자신을 과거 속에 가두어 놓았기 때문이었어요. 이제 그만 다 털어버리고, 싫으면 싫다 좋으면 좋다, 화가 나면 분노하고 기분 좋으면 환하게 웃어도 된다고요. 기뻐하고 행복해도 된다고요. 그런데 아직도 죽은 방현진 형사를 잊지 못해 그 마음속에 스스로를 꽁꽁 묶어두고 있잖아요. 자신이 웃으면, 진정으로 기뻐하면, 죽은 그녀에게 너무나도 미안한 일을 한다는 듯이 스스로를 어둠 속에 가두고 있잖아요. 아닌가요? 제 말이 과한가요?"

사랑하던 여인의 이름이 튀어나오자 가슴이 화들짝 뛰며 아파왔다. 얼음공주는 차가운 얼음송곳을 그의 가슴에 꽂았다. 그녀의 말은 핵심을 찔렀다. 하나도 틀린 말이 아니었다. 하지만 그래도 가슴이 저리도록 아파왔다.

"그래서 그랬어요. 형사님을 자극해서 움직이게 하려면 아주 강한 충격이 필요했거든요. 제가 잘못했나요?"

그리고 잠시 윤소영이 말을 멈췄다가 덧붙였다.

"그래서 도곡동에서 보험을 들어드렸잖아요."

그 말에 강태혁이 멈칫 얼어붙었다. 맺고 끊는 것이 서릿발 같은 얼음공주가 뭔가를 주었다면… 예상을 했어야 했다.

"형사님 목이 지금 붙어 있는 것이 뭐 때문이라고 생각하세요?"

그의 표정을 살핀 윤소영은 이제껏 그것도 몰랐냐는 듯이 차갑게 웃었다.

"천안에 내려가서 영홍대학교를 살펴보는데 답답하더군요. 어떻게 이렇게 단순한 것을 위대하신 강 형사님께서 모르셨을까 하는 생각이 들자 걱정이 되더군요. 우리 잘나신 강 형사님이 이대로 멈춰버리면 어떻게 될까 하는 노파심이요. 주물러댈 카드가 지천에 널린 그림자가 다른 길을 찾고 나면 버려진 형사님은 어떻게 될까 하고요."

곱게 끝나진 않을 거였다.

"그때는 방법이 없었는데, 아르테미스 모텔에서 수모를 받고 사진을 찍는데 문득 떠올랐어요. 두 가지를 한꺼번에 해결할 방법이요. 그래서 부하들을 천안으로 불러 내렸죠. 덕분에 애들이 고생했죠. 며칠 동안 한밤 중에 칙칙한 여러 모텔들 앞에 죽치고서 사진을 열심히 찍어댔으니까요. 그렇지 않고서야 어떻게 멍청한 강 형사님이 그 사진 속에서 공교롭게도 딱 맞게 짙은 화장을 한 박시연을 찾을 수 있었겠어요."

강태혁은 비로소 확연히 깨달았다. 그녀는 당연히 전민주뿐만 아니라 전민주의 주변 사람들에 대해서도 모든 것을 탈탈 털어 알고 있었던 거다.

생각해 보니, 윤소령이 촬영했다는 카메라를 산타페 안에서 주목한 것은 미호였다. 팀장이 납치되었는데 미호는 단서를 찾겠다고 DSLR 카메라를 뒤지고 있었던 거다. 그 화급한 시간에 그러고 있었다. 그리고 그 카메라에 담긴 사진을 보여준 것도 미호였고, 거기에 뭔가 있는 듯 확대해 가며 계속 본 것도 그녀였다.

'박시연의 얼굴이 찍힌 사진은… 아하, 그날이 거기가 아니었구나….'

그랬다. 아르테미스 모텔에서 찍힌 것인지 알 수 없었다. 처음 몇 장만 아르테미스 간판이 나왔고 다음부터는 남자와 그의 팔짱을 낀 여자들만 클로즈업 되어 찍힌 사진들이었다.

그의 표정을 읽은 윤소영이 코웃음을 쳤다.

"형사님이 미호의 사진에 관심을 보이지 않았다면 아마도 다른 방법을 통해서라도 천안으로 방향을 잡을 계획이었죠. 방법이야 얼마든지 있으니까요."

꼭 그림자가 한 것과 같은 말을 그녀가 했다. 알고 있었지만 다시금 얼음공주가 무서워졌다.

"그래요, 제가 강 형사님을 자극했어요. 그렇게 형사님이 멈추지 않고 움직여야 그림자가 버리지 않을 테니까요. 그래야 강 형사님의 하나뿐인 목숨도 살아있을 거고요."

그는 윤소영 뒤에 서 있는 미호를 쳐다봤다. 미호는 여전히 인조인간처럼 감정을 드러내지 않았다.

"물론 그림자를 잡기 위해서였어요. 진실을 찾기 위해서요. 그래서 잡았잖아요. 진실을 찾았잖아요. 그런데도 제게 속은 것이 부아가 나세요?"

그녀가 도전적으로 노려보았다.

"형사님이 전민주의 복수를 하게 한 것도 저고, 형사님이 죽지 않도록 막아드린 것도 전데, 그런 야멸친 눈으로 절 보시다니 너무 하시는 거 아니에요?"

강태혁은 얼떨떨한 표정이 되었다. 얼음공주와 엮이면 결과가 고약하다는 것을 알았지만 완전히 장난감 신세였던 거다. 미친개처럼 총학생회에 들이닥치게 유도하고는, 전민주의 행적에는 입을 다물어서 끼어들지 못하게도 했다. 제가 도발하고 제가 멈추게 하고… 맘대로 갖고 논 거였다.

그런 황망한 심정에 빠진 그의 귀에 날카로운 목소리가 파고들었다.

"이봐요, 강 형사님. 당신 나한테 빚진 거야. 그거 알아?"

윤소영이 코웃음을 쳤다.

"가만히 있었으면 모르는 척 넘어갈 거였어. 그런데 퀴즈가 어쩌네 하고 굳이 이런 얘기를 뭐하러 했어요?"

자신이 그림자를 잡은 성취감에 우쭐댔다는 후회가 물밀듯이 밀려들었다.

"고맙네요, 강 형사님. 덕분에 내가 당신 목숨을 붙여주기 위해 무엇까지 희생했는지 이제 똑똑하게 알게 되었죠?"

타워팰리스의 진한 향기와 끈적한 밤이 떠올랐다.

"내가 내일 당장 누리기획으로 출근하라고 할 수도 있다고요. 알아요?"

윤소영이 더할 나위 없이 진하게 웃었다.

"강 형사님? 빚 갚을 준비는 되어 있지요?"

그녀의 하얀 얼굴이 눈이 시리도록 아름다웠다. 그것이 무척이나 두려워졌다.

*****

사당동 오나가나 문을 밀고 들어섰다. 달랑 풍경 소리가 울렸다. 털보가 그를 보고는 다 안다는 표정을 지으며 고갯짓을 했다.

"요즘 손님이 늘어 바쁜 참인데, 잘 왔어."

민아리는 여전했다. 이 추운 날에도 그 짧은 반바지를 잘도 입었다. 매끈한 다리도 육감적인 가슴도, 그리고 경멸에 찬 눈빛도 그대로였다.

털보의 말은 거짓말이었다. 손님이 늘지 않았다. 오나가다, 지나가다 그냥 들르는 사람이 여전히 대부분이었다.

털보가 새로 개발한 매콤떡볶이를 손님 테이블에 가져다놓고 추가 맥주를 주문 받고 돌아섰다. 바에서는 민아리가 다른 테이블 주문을 받았는지 맥스 코크를 눌러 500잔에 따르고 있었다. 그 앞에서 잠시 쭈뼛거렸다. 언제나처럼 그녀가 따르고 간 후 들어가 따를 생각이었다.

그때 맥주를 따르던 민아리가 뒤를 돌아보지도 않고 말했다.

"이봐, 아저씨!"

처음엔 자신을 부르는지 몰랐다. 이때껏 자신이 뭐라고 불렸는지 기억이 안 났다. 먼저 부른 적도 없지만 '아저씨'라고 한 것도 처음이었다.

"으, 응?"

민아리는 여전히 시선을 앞으로 향한 채 두 번째 맥주를 따르고 있었다.

"이젠 강의 안 해?"

느닷없는 질문에 당황했다. 그녀가 왜 그런 걸 묻는지 알 수 없었다. 고

322

개를 옆으로 돌려 주방문턱에 기대 팔짱을 끼고 있는 털보를 보았다. 털보가 팔짱을 낀 채 어깨를 으쓱해 보였다.

문득, 민아리가 전신일의 취재수첩을 보았다는 것이 생각났다. 그리고 최근 이어진 사건과 연결했을 수 있단 생각도 들었다. 순간 가슴속에 작은 기쁨이 일었다. '씨발 짭새'가 이번에 어떤 일을 했는지 아는 것 같았다. 여전히 '짭새'지만 그렇게 '씨발'은 아닌 것 같다고 생각한 것 같았다. 작은 용서를 받은 것 같았다.

두 잔의 맥주를 따른 민아리가 돌아서서 멍하게 선 그의 앞에 잔을 놓았다. 눈빛은 여전히 곱지 않았다. 자신의 가슴을 뚫어지게 보는 것에 질색한다는 표정이었다. 하지만 그녀의 목소리는 조금 달라져 있었다.

"뭐해? 빨리 갖다 줘. 저쪽 4번 테이블에서 두 잔 주문 받은 거 아냐?"

그녀가 내준 두 잔을 들고 손님 테이블에 가져다 놓았다. 그리고 천천히 돌아왔다.

민아리가 대답을 기다리는 시선으로 그를 바라봤다.

"강의 이젠 안 하냐고?"

강태혁이 말했다.

"해야지, 또."

그리고 편안하게 웃었다. 그리고 점점 환하게 정말 기쁘게 웃었다.

"새 봄이 되면 다시 시작해야지."

주방 문턱에 몸을 살짝 기댄 털보가 팔짱을 풀며 지그시 웃었다. 그리고 주방으로 들어갔다. 주문 받은 골뱅이무침을 새콤달콤하게 무쳐야 했기 때문이다.

민아리는 맥주를 따랐고 강태혁은 그것을 날랐다. 털보는 양파와 오이를 썰어 골뱅이를 파채와 함께 버무렸다.

모두가 할 일이 있었다. 서로서로 모두 다 자신이 맡은 일을 스스로 선택해서 열심히 해냈다.

잔뜩 찌푸리게 했던 매서운 추위가 물러가며 얼어붙었던 겨울이 녹아가고 있었다.

봄이 오고 있었다.

·

우리 앞에는 늘 두 사람이 서 있다

15년 전인가 어느 날, 초등학생 아들이 뿌듯한 표정으로 내게 달려와 장래 희망을 말했다. 난 깜짝 놀라 피식거리고 말았다. 절대로 될 수 없는 누군가가 되고 싶단 얼토당토않은 말을 했기 때문이다.

"왜 그런 생각을 했어?"

어린 아들의 대답은 황망했지만 나름 진지했다. 그 때문에 헛웃음을 지었던 것이 머쓱해졌다. 그리고 그 덕분에 이 소설의 핵심 플롯이 생겨났다.

다른 분들은 어떠실지 모르지만, 나는 역사를 살펴보는 일이 무척이나 괴롭다. 보고 싶지 않은 아픈 장면들이 너무 많아, 마음을 쏟아 읽다보면 참담함에서 헤어나오지 못하기 때문이다. 그럼에도 역사를 살펴보는 것은 꼭 해야 할 일이라고 생각한다. 지금 내 앞에 서 있는 두 사람 중에서 누구와 손을 잡을 것인가를 알려주는 좋은 시금석이니 말이다.

우리 앞에는 늘 두 사람이 서 있다. 우리는 그들이 누구인지, 어떤 사람인지 안다. 둘 중 한 명과만 손을 잡을 수 있다는 것도 잘 안다. 그 둘은 이렇다.

'좋은 사람, 나쁜 사람'

우리는 바보가 아니고, 어리석지도 않으며, 스스로를 쉽게 설득하고 자위하며 변명을 일삼기는 해도, 누가 좋고 누가 나쁜지 잘 안다. 산타할아버지만 착한 아이 나쁜 아이를 구분할 수 있는 것이 아니다.

늘 문제는 둘 중에서 하나를 선택할 수밖에 없다는 거고, 그 선택으로 자신이 그런 사람들과 그런 문화 속에서 그렇게 살아간다는 거다. 처음엔 별것 아니지만 차츰차츰 자신도 그렇게 익숙해져 간다. 물들어 간다.

"다 그 놈 때문이야."

맞다. 틀린 말은 아니지만, 남 핑계대기를 좋아하는 사람들은 늘 핑곗거리를 찾는 데 명수다. 냉정한 현실인식은 '그 놈'에게 먼저 손을 내민 것이 자신이었다는 것을 지적한다. 하지만 늘 그렇듯이, 자신을 냉정히 바라보는 것은 늘 어렵다. 나도 예외는 아니다.

그래서 역사를 볼 때, 지금 우리 현실을 볼 때, 마음이 무거워진다. 나도, 아니 내가 그렇게 동참했기 때문이다. 기막히게 끝내주는 말솜씨로 번지르르하게 빠져나갈 수도 있고, 미사여구의 현란한 명분과 이유를 무더기로 댈 수도 있지만, 모두 자기 선택의 책임을 호도하려는 핑계일 따름이다.

진실은 단순하다. 자신이 그런 선택을 했다는 것, 알면서도 그렇게 했다는 것, 바로 그것이다.

오래된 아이디어를 글로 만드느라 꼬박 3년이 걸렸다. 이런저런 일이 많아서도 그랬지만 광복에서 한국전쟁까지의 역사를 살펴보는 일이 생각보다 오래 걸렸다. 훌륭한 연구자들의 노작이 없었다면 이 글의 많은 부분이 엉성할 뻔했다. 이 자리를 빌려 고마운 마음을 전한다.

이제는 다 커서 초고를 읽고 날카로운 지적을 해준 아들과 처에게도 고마움을 전한다. 덕분에 그 뜨거운 여름을 이 신나는 소설과 함께 즐겁게 보낼 수 있었다.

그리고 마지막까지 함께 글을 고민해 주신 하응백 선생님, 이동원 선생님, 허진 선생님께도 감사드린다. 이 글이 이렇게나마 된 것은 모두 이분들 덕분이다.

초등학생 아들은 아예 기억도 못하는 그 장래 희망을 여기서 말할 수는 없다. 스포일러가 될 수는 없으니까. 다만 이 소설을 읽으면 아마도 짐작하실 수 있을 게다. 아들의 소망과 꼭 반대로 적었으니 말이다.

2019년 1월 백양관에서
유광수